MAX OBAN

TÖDLICHER HERBST

AF197180

atb aufbau taschenbuch

Max Oban, geboren in Oberösterreich, studierte in Wien und Karlsruhe. Er schlug eine Karriere als Manager ein, arbeitete für einen internationalen Konzern in Deutschland, den USA und Teheran, bevor er sich seiner Tätigkeit als Schriftsteller widmete. Max Oban ist erfolgreicher Autor zahlreicher Romane, unter anderem der Paul-Peck-Krimireihe. Er lebt in Salzburg und in der Wachau.

Als Aufbau Taschenbuch erschien von ihm bisher ein Roman mit Tiberio Tanner: »Blutroter Wein«.

Detektiv Tiberio Tanner weiß das Leben zu nehmen – er liebt Wein, gutes Essen, und seine Partnerin Paula. Als eine Freundin Paulas ihn beauftragt, den Mord an ihrer Mutter aufzuklären, kann er nicht Nein sagen, obschon der Fall aussichtslos erscheint, da er bereits ein Jahr zurückliegt. Hedwig Pammer war eine beliebte Hebamme, die an einer Privatklinik beschäftigt war. Die Polizei konnte aber weder ein Motiv für den Mord finden, geschweige denn einen Täter. Tanner lässt sich in die Klinik einweisen und ermittelt undercover. Kaum hatte er erste Recherchen angestellt, wird der nicht sonderlich beliebte Chefarzt der Privatklinik ermordet – genau ein Jahr nach dem Mord an Hedwig Pammer. Für Tanner steht fest, dass beide Morde zusammenhängen. Er ahnt jedoch nicht, dass der Täter noch weitere Opfer im Visier hat.

MAX OBAN

TÖDLICHER HERBST

EIN KRIMI AUS SÜDTIROL

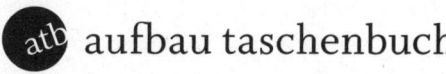 aufbau taschenbuch

Dieser Roman beruht nicht auf Tatsachen. Namen, Personen und Handlungen sind frei erfunden. Irgendwelche Ähnlichkeiten mit tatsächlichen Begebenheiten, Orten oder Personen, seien sie lebend oder tot, sind rein zufällig.

Zum besseren Verständnis und um Missdeutungen auszuschließen, wird der Leser darauf hingewiesen, dass der Autor die Meinungen und Sichtweisen seines Protagonisten Tiberio Tanner in wesentlichen Punkten teilt.

MIX
Papier aus verantwor-
tungsvollen Quellen
FSC® C083411

ISBN 978-3-7466-3777-8

Aufbau Taschenbuch ist eine Marke der
Aufbau Verlage GmbH & Co. KG

1. Auflage 2022
© Aufbau Verlage GmbH & Co. KG, Berlin 2022
Umschlaggestaltung www.buerosued.de, München
unter Verwendung eines Bildes von
© mauritius images / Blickwinkel / Alamy
Gesetzt LVD GmbH, Berlin
Druck und Binden CPI books GmbH, Leck, Germany
Printed in Germany

www.aufbau-verlage.de

„Wir leben nicht, um zu essen, sondern wir essen,
um zu leben."
Sokrates

*

„Ein Philosoph gibt einem anderen Speisen und Getränke,
aber nicht, um ihn zu sättigen, sondern um seinen
Geschmack zu ändern."
Ludwig Wittgenstein

*

„Das Leben ist viel zu kurz, um schlechte Weine
zu trinken."
Tiberio Tanner

PERSONEN

Bertolotti, Pietro, 20, Student an der Uni Bozen

Bertolotti, Rebecca, 22, Schwester Pietros

Brugger, Marian und Regina, Nachbarn Ursulas und Inhaber des Geschäfts ANTIQUARIATO & TRÖDEL in Meran

Carluccia, Gerlinde, Tochter der Hebamme Hedwig Pammer

Chessler, Maurizio, 63, Freund Tiberios und ehemaliger Commissario Capo in der Questura Bozen

De Santis, Nero, Nachfolger Maurizios als Commissario Capo bei der Polizia Stato Bozen

Drackoner, Carlo, Dott. MBA, Chef der Krankenversicherung Assicurazione Sanitaria Fidatezza S.p.A

Klammer, Ursula,Krankenschwester in der Klinik St. Gertraud

Kogler, Henrico, Kellermeister im Weingut des Barons von Murach

Kogler, Susanne, Gattin Henricos und Hausdame bei Baron von Murach

Kurz, Dr. Bruno, 58, Inhaber und Chefarzt der Privatklinik Santa Gertrude im Ultental

Kurz, Marietta, 43, aufgedonnerte und stets chic gekleidete Gattin Brunos

Kurz, Luisa, 17, Tochter Mariettas

Matteiner, Dr. Erich, Anästhesist mit trauriger Vergangenheit

Matteiner, Corinna, Gattin Erichs.

Matteiner, Martin, 20, Sohn von Corinna und Erich.

Murach, Baron Filippo von, adeliger und renommierter Weingutsbesitzer im Meraner Land

Pammer, Hedwig, tüchtige und tote Hebamme

Pammer, Franz und Ines, Witwer Hedwigs und seine neue Ehefrau

Paula, 46, Apothekerin, verständnisvolle, hübsche und freche Partnerin Tanners

Podestà, Franz, Dr., Prokurist bei der Banca Nazionale del Lavoro in Bozen

Rosenfeld, Hera, Dr., provisorische Chefin der Kurklinik Bruneck

Sartori, Peter, Lebensgefährte Ursulas

Schluzzer, Paulas Cousin und Tanners Famulus

Schneidig, Rose-Marie, Dr., Ärztin und Jugendfreundin Tanners

Staudinger, Alois, pensionierter Polizist

Tappeiner, Stefano, Finanzchef der Privatklinik Santa Gertrude

Tiberio, Tanner, 56, Genussmensch und Leiter der Detektei Diskretion & Fazit mit Bürositz Bozen. Privatanschrift: Altenburg, Fraktion der Gemeinde Kaltern

Weitere Personen: Ehrbare Bauern, Mitarbeiter der Questura Bozen, obskure Verdächtige aus ganz Südtirol, diverse Langweiler und Snobs

Wildspitze
3768 m

Weißkugel
3738 m

Reschen-
pass

Wilder
Pfaff
3456 m

Ötztaler Alpen

Hochwilde
3482 m

Sarntaler Alp

Schnalstal

VINSCHGAU

Vernagt-
Stausee

MERAN

Prokulus-
Kapelle
Naturns

Schlanders

Sarnthe

Nals

Schloss
Kastel-
bell

BOZEN

Sch
Sig
mü
kro

Südtirol
Trentino

Ortler
3905 m

Kalterer
See

Kalte

Margrei
an der
Weinstra

EINS

Wie immer ließ Tanner sein Auto in einer Parkbucht am Bach stehen. Kühle Luft stieg herauf. Vor ihm auf der Promenade lagen die vier altertümlichen Ecktürme und die inmitten der grünen Weinranken in die Höhe ragenden Gemäuer des Schlosses Maretsch.

Nach dem quirligen Trubel der Bozner Altstadt genoss er den Weg entlang der Wassermauer, nahe am Stadtzentrum, aber doch im Grünen. Beim *Haus Schönblick* stieg er rechts die Stufen hinunter, die ihn zum Talfergries und in leichten Schwüngen am Fluss entlang zu seinem Büro führten.

Tanners Schritte verlangsamten sich, je näher er dem Büro kam. Heute war ihm jeglicher Enthusiasmus für die Büroarbeit abhandengekommen. Einen Moment blieb er vor der Tür stehen und starrte auf das Schild, das so blank geputzt war, dass er darin sein Spiegelbild sehen konnte.

DETEKTEI DISKRETION & FAZIT
DISCREZIONE E RISULTATO
TIBERIO TANNER

In seinem Büro war es heiß und stickig. Er hängte sein Sakko in den Schrank, setzte sich an den Schreibtisch und dachte über sein Tagesprogramm nach. Ein neuer Auftrag war nicht in Sicht, die Büroarbeit würde rasch erledigt sein: alte Unterlagen lochen und die halb leeren Ordner in seinem neuen IKEA-Regal verstauen. Von seinem letzten Auftrag hatte er noch die Rechnung an seinen Auftraggeber zu schreiben. Letzteres tat er am liebsten.

Leichte Rückenschmerzen trieben ihn ans Fenster, er sah auf die steinerne Mauer am Ufer des Talferbachs, der Richtung Süden floss, wo er sich nach Bozen mit dem Eisack vereinte. Von der Stadtpfarrkirche Sankt Nikolaus schlug es zehn Uhr. Um diese Zeit war er früher bei Fiat schon zwei Stunden damit beschäftigt gewesen, die diversen, in seinem Terminkalender vermerkten Besprechungen in die Tat umzusetzen. Tanners Gedanken wanderten zurück in die ehemalige Arbeitsumgebung in Turin und an das Ende seiner beruflichen Tätigkeit. Nach dreißig Jahren im Management, zuletzt als Mitglied der Geschäftsleitung, war es im Zuge der Fusion des Fiat-Konzerns mit Chrysler auch zu Anpassungen im Personalbereich gekommen. Er erinnerte sich, als ihn der Chef in sein Büro beorderte und ihn mit den Worten »Nehmen Sie Platz« begrüßte. Während der Boss unruhig vor ihm auf und ab marschierte, bekam Tanner das Gefühl, nur noch Befehlsempfänger zu sein. Fünf Minuten später war sein Vertrag einseitig aufgelöst und er stand mit sechsundfünfzig und einer mageren Abfindung auf der Straße.

Ohne lange zu überlegen, beschloss er damals, Zeit und Geld in eine neue Karriere zu investieren. Einige Zeit verbrachte er als junger Nachwuchslehrling bei einem Mailänder Detektivbüro und erwarb in einer mehrmonatigen Ausbildung die Arbeitsberechtigung als sogenannter Berufsdetektiv, ausgestattet mit Kompetenz und Faktenwissen in Kriminologie, Rechtskunde und Personenschutz, amtlich examiniert und mit einer von der Behörde ausgestellten Legitimation. Mit Lichtbild.

Von seinem Büro aus sah er auf die im Wind zitternden Äste der Bäume, die entlang der Straße standen und auf die braune Wiese, die von zahlreichen umherhüpfenden Krähen bevölkert war. In den letzten Tagen war das Grün immer stärker den bunten Farben des beginnenden Herbstes gewichen.

Das Telefon klingelte, und das plötzliche Geräusch erschreckte ihn. Nicht sein Handy war es, sondern das Festnetztelefon, das auf dem Schreibtisch stand. Einen Augenblick überlegte er, das Telefon läuten zu lassen und nicht abzuheben. Ob es Paula war? Nein. Die würde auf seinem Handy anrufen. Der Blick auf das Display zeigte ihm eine unbekannte Festnetznummer. Vielleicht war es ein Kunde. Ein Detektiv hat stets für seine Kunden da zu sein, auch wenn es sich nur um einen potenziellen Klienten handelte. Zudem könnte er einen neuen Auftrag gut gebrauchen. Noch einmal läutete das Telefon und diesmal, wie es ihm schien, besonders laut. Unaufmerksam drückte Tanner den Hörer ans Ohr und brauchte einige Augenblicke, bis er den Namen des Mannes verstand.

»Wie war Ihr Name?«

»Hier ist Kogler. Henrico Kogler. Zum besseren Verständnis: Ich bin der Kellermeister von Filippo Murach.«

»Filippo wer?«

»Weingut Baron Filippo von Murach. Lassen Sie mich raten, Herr Detektiv … Sie sind leidenschaftlicher Biertrinker.«

»Ich bin leidenschaftlicher Weinliebhaber«, sagte Tanner, vielleicht eine Spur zu laut.

»Sie brauchen nicht gleich beleidigt sein. Noch mal von vorn: Henrico Kogler … ich bin der Kellermeister des Herrn Baron. Und wir brauchen Ihre Unterstützung.«

»Wer ist *wir*?«

»Ich und noch einer aus der Weinbranche. Ein Freund und Gesinnungsgenosse.«

»Und welcher Art soll die Unterstützung sein, die Sie und Ihr Gesinnungsgenosse brauchen?«

»Ihre Dienstleistung als Detektiv ist gefragt. In einer heiklen Angelegenheit, verstehen Sie?«

»Heikle Angelegenheiten sind meine Stärke. Worum geht es genau?«

»Nicht am Telefon. Die Angelegenheit ist nicht nur heikel, sondern auch bedrohlich und geradezu gefährlich.«

»Bedrohlich und geradezu gefährlich«, wiederholte Tanner.

»Kennen Sie das Gasthaus Ötzi in Vernagt? Eine Dreiviertelstunde von Meran entfernt.«

»Meinen Sie den Ort, wo der versunkene Kirchturm manchmal aus dem Stausee ragt?«

»Im Schnalstal. Genau dort.«

»Geht's nicht etwas einfacher? Der Ort liegt fast zweitausend Meter hoch. Mitten in den Ötztaler Alpen.«

Tanner hörte den Mann, der sich mit Henrico Kogler vorgestellt hatte, heiser lachen. »Darum ist es der ideale Ort für unser konspiratives Treffen. Dort sieht und hört uns keiner.« Wieder das heisere Lachen, gefolgt von einem Hustenanfall. »Außerdem können Sie mit Ihrem Wagen bis zur

Eingangstür des Gasthauses fahren. Wenn Sie ein ordentliches Auto haben. Und der Ort liegt nur eine Dreiviertelstunde von Meran entfernt.«

Tanner dachte an seinen alten Fiat und seufzte.

»Also! Wie entscheiden Sie sich, Herr Detektiv?«

»Wie sind Sie überhaupt auf mich gekommen?«

»Jemand hat Sie mir empfohlen.«

Tanner wollte schon fragen, wer ihn angepriesen hatte, überlegte es sich aber anders.

»Gut, dass Sie nicht danach fragen. Ich hätte ohnehin nicht verraten, wer Sie gelobt hat. Wenn Sie ein schlechter Detektiv wären, hätte ich Sie nicht angerufen.«

Tanner überlegte einen Moment, was er antworten sollte. »Wenn ich ein guter Detektiv wäre, würde ich nicht in die Ötztaler Alpen fahren, um einen Auftrag von Ihnen anzunehmen.«

»Also! Wie entscheiden Sie sich, Herr Detektiv?«

»Wann soll ich dort sein?«, hörte sich Tanner fragen.

*

»Was gibt's zum Abendessen?«, fragte Tanner, als er Paulas Wohnung betrat.

»Zuerst erwarte ich einen Guten-Abend-Kuss, dann darfst du ans Essen denken.«

Tanner umarmte sie und wagte gleichzeitig noch einen Blick in den Spiegel.

»Wenn du dich noch einmal wie ein Pfau im Spiegel betrachtest, während du mich küsst, kannst du dein Essen selbst zubereiten. Und hör auf, den Bauch einzuziehen. Dafür bist du nämlich nicht schlank genug. Es ist übrigens bekannt, dass bei Männern, die plötzlich beginnen, auf ihre Figur zu achten, der Verdacht aufkommt, dass sie sich eine Freundin zugelegt haben.«

Tanner setzte sich an den Küchentisch und beobachtete mit wachsender Begeisterung, wie Paula das Abendessen zubereitete.

»Es gibt Neuigkeiten.« Paula nahm den Topf vom Herd und drehte sich zu ihm um, während sie weiter umrührte. »Morgen früh beginnt ein zweitägiger Kongress in Meran, an dem ich teilnehmen muss. Verpflichtende Fortbildung für Apotheker.«

»Und Apothekerinnen«, ergänzte er und runzelte die Stirn. »Ich muss morgen um zehn Uhr in Vernagt sein. Irgendwo dort, wo man den Ötzi gefunden hat.«

»Was hast du mit dem Ötzi zu tun?«

»Zwei Männer wollen mir einen Auftrag geben.«

»Was erwarten die beiden von dir?«

»Keine Ahnung. Worum es geht, wollen sie mir bei dem geheimnisvollen Treffen in Vernagt erzählen.«

»Vernagt liegt im Schnalstal. Das passt gut«, sagte sie, stellte den Kochtopf weg und drückte ihm einen Hochglanzprospekt in die Hand. »In dem Hotel findet mein Kongress statt.«

Panorama-Spa Alpinpool-Resort Meran, las Tanner. Auf dem Titelbild war eine Frau im Schneidersitz abgebildet, die mit geschlossenen Augen und halb erhobenen Armen glücklich in den warmen Schein der untergehenden Sonne lächelte.

»Was meinst du mit *passt gut*?«

»Ganz einfach. In diesem Hotel übernachte ich. Du fährst mich da hin und dann weiter zu deinem Termin in den Ötztaler Alpen. Das Schnalstal ist nicht weit von Meran entfernt. Nach deiner Besprechung kannst du bei mir im Hotelzimmer übernachten, auf einer Couch ... oder einem Notbett.«

»Ich liebe Notbetten«, murmelte er und faltete den Hochglanzprospekt auseinander.

Vitalcenter, las er, *Thalassotherapie* und *Wellness-Oase. Lifestyle und tiefgreifende Erlebnisse mit unseren Ayurvedapaketen.* Bei dem Gedanken an die Ayurvedapakete bekam er spontan eine Gänsehaut. Früher stand in einem Hotelprospekt, dass sie ruhige und saubere Zimmer haben, dachte er und gab Paula die Broschüre zurück.

»Du solltest dich entscheiden«, sagte sie und fächelte sich mit dem Prospekt frische Luft zu. »Ich muss dem Hotel melden, dass ich nicht alleine im Zimmer übernachten werde.«

»Wegen des Notbetts.« Wie sehr liebte Tanner dieses Gefühl. Zuerst extreme Anspannung und dann extreme Verwirrung. »Seit ich dich kenne, bringst du mein Leben durcheinander.«

»Du kannst froh sein, dass es mich gibt. So darfst du in den schönsten Hotels in Meran absteigen. Wenn du mich nicht kennengelernt hättest, würdest du in einer obskuren Kneipe sitzen und mit irgendeinem Flittchen flirten.«

Tanner drehte den Kopf und sah nachdenklich aus dem Fenster. Obskure Kneipe ... welche romantische Musik würden die da wohl spielen?

ZWEI

Val Senales stand auf dem Schild. *Schnalstal.* Eines der linken Seitentäler des Unteren Vinschgaus. Kurz nach Naturns verließ er die SS 38 und folgte dem Schnalser Bach nach Nordwesten, der ihn in engen Kehren stets bergauf führte, vorbei am steil aufragenden Schloss Juval, in dem sich eine der Ausstellungen Reinhold Messners befand, die er gemeinsam mit Paula vor einigen Wochen besucht hatte.

Wie weiße Punkte zeichneten sich die Bauernhöfe ab, die zu jahrhundertealten Weilern gehörten, die sich links und rechts die steilen Hänge hinaufzogen. Hoch über dem Tal thronte die Pfarrkirche von Katharinaberg. Tanner hielt auf dem kleinen Platz vor der Kirche. Ein Holzschild klärte ihn darüber auf, dass früher hier eine Ritterburg stand, bevor sie von fleißigen Mönchen abgetragen wurde und der heutigen Pfarrkirche Platz machte. Das Schild informierte ihn auch, dass das Gotteshaus der heiligen Katharina von Alexandrien geweiht war. Von dieser heiligen Frau hatte Tanner noch nie gehört. Er drehte eine Runde durch das Gotteshaus und bewunderte die mächtigen Tonnengewölbe des Kirchenschiffs mit den Rundbogenfenstern und dem mehreckigen Chor.

Das Wetter war schön und Tanner setzte gut gelaunt die Fahrt fort. Auf Holzbrücken kreuzte er mehrmals den Schnalser Bach. Die enge Straße wand sich in steilen Serpentinen zwischen Felsblöcken und Schuttkegeln den Berg hinauf, bis er, umgeben von den Dreitausendern der Ötztaler Alpen, den Stausee in Vernagt erreichte.

Er parkte direkt vor dem Gasthaus Ötzi, neben dem zwei SUVs standen. Waren das die Autos seiner beiden Gesprächspartner? Die Uhr zeigte ihm, dass er bereits fünf Minuten zu spät war. Im Vorbeigehen bewunderte er den smaragdgrünen See, in dem sich die strahlend weißen Spitzen der Dreitausender spiegelten.

In der Gaststube saßen einige Männer beim Bier. Selbstbewusste Bauerngesichter sahen ihn an, Männer mit strubbeligen Haaren, kräftigen Bäuchen und blauen Schürzen.

»Ich bin mit zwei Herren verabredet«, sagte Tanner zu dem Wirt, der ihm ein paar Schritte entgegengekommen war und auf eine Tür im Hintergrund der Gaststube deutete.

»Die warten schon auf Sie.«

»Schön, dass Sie pünktlich sind«, sagte der Ältere der beiden und sah auf die Armbanduhr. »Nehmen Sie Platz.«

Tanner bestellte ein Mineralwasser und ein Glas Weißburgunder vom Lehengut, hauptsächlich weil der Wein von den Hängen des Galsauner Sonnenbergs kam. Immer Weine aus der Region trinken, sagte er sich.

Die beiden Männer grinsten und nickten sich gegenseitig zu. »Gute Wahl«, sagte der eine zu Tanner. »Sie sind unser Mann.«

Als der Wirt den Raum verlassen hatte, stellte sich der Ältere mit dem Namen Arnoldo Sartini vor.

»Dann sind Sie Henrico Kogler«, sagte Tanner zu dem anderen.

Der Mann nickte. »Wir haben gestern telefoniert.«

Tanner sah den beiden Männern ins Gesicht. »Sie machen es richtig geheimnisvoll. Konspiratives Treffen am Rand eines abgelegenen Stausees auf siebzehnhundert Meter Seehöhe.«

Der eine Mann, der Tanner gegenübersaß, wollte antworten, unterbrach sich aber und wartete, bis der Wirt die Getränke abgestellt und den Raum wieder verlassen hatte. Tanner nahm einen Schluck, lehnte sich zurück und wartete, was jetzt kam.

Etwas umständlich stellten sich die beiden zuerst vor, wobei Henrico Kogler als Sprecher fungierte, während der andere den Mund nicht aufmachte und Tanner nicht aus den Augen ließ.

»Baron Filippo von Murach ist einer der größten und renommiertesten Weingutbesitzer im Meraner Land. Und ich bin seit Jahren der Kellermeister des Barons.«

Kogler trug verwaschene Jeans und ein dunkelblaues Sakko. Mit seinen nach unten hängenden Mundwinkeln machte er einen verbitterten Eindruck, was Tanner nicht so recht einschätzen konnte. Vielleicht entsprach seine Mimik auch der Rolle, die er mit dem anderen für das Gespräch verabredet hatte. Jedenfalls konnte sich Tanner nicht vorstellen, dass Kogler irgendwann in seinem Leben gelacht hatte.

Mit einer wedelnden Geste zeigte er auf den neben ihm sitzenden Mann, einen schlanken, liebenswürdig wirkenden Vierziger mit Vollglatze, der wortlos in die Brusttasche seiner dunkelblauen Samtjacke griff und eine Visitenkarte vor Tanner auf den Tisch legte. *Arnoldo Sartini. Weingut Schloss Sartini. Plaus bei Naturns.*

»Arnoldo Sartini«, sagte der Glatzkopf mit samtener Stimme. »Nun noch einmal ganz offiziell. Besitzer des Weinguts und des angeschlossenen Boutique-Hotels. Und guter Freund des Barons.«

Sartini trug einen sorgfältig gestutzten Dreitagebart und war im Gegensatz zu dem neben ihm sitzenden Kogler auffällig gut gekleidet. Sogar der Knoten seiner dezent gestreiften Krawatte saß vorschriftsmäßig in der Mitte des weißen Hemdes. So wie der Mann aussah, würde ihn Paula wahrscheinlich als gut aussehend bezeichnen.

»Also …« Tanner klopfte mit der flachen Hand auf den Tisch. »Welche krummen Dinge soll ich für Sie erledigen?«

»Nicht so ungeduldig«, sagte Kogler. »Bevor wir darüber reden, beantworten Sie uns zuerst die Frage, wie gut Sie sich mit der Weinherstellung auskennen.«

»Weinherstellung?« Tanner zog die Stirne kraus. Er war eher in der Konsumation zu Hause.

»Ich meine den gesamten Produktionsprozess … von der Traube zur Maische und weiter bis zur Gärung und Abfüllung. Wie gut beherrschen Sie diese Materie?«

Tanner wartete mit der Antwort, bis ihm eine eingefallen war. »Ich kenne Weiß- und Rotwein«, sagte er und nahm einen großen Schluck von seinem Weißburgunder.

Kogler sah Sartini hilfesuchend an. »Da müssen wir wohl etwas nachhelfen.«

»Treffen Sie keine vorschnellen Schlüsse«, schob Tanner nach. »Ich bin nämlich ausgewiesener Experte in der Kellerwirtschaft, ich weiß, dass sich Önologie vom griechischen König Oineus ableitet und dass man als italienischer Autofahrer mit mehr als 0,5 Promille nicht mehr hinters Steuer darf.«

Aus Koglers Richtung tönte ein leises Seufzen herüber. »Hören Sie zu, Herr Detektiv, es geht mehr oder weniger um den guten Ruf unserer Weine, verstehen Sie? Achtundneunzig Prozent der Südtiroler Rebflächen tragen das Gütesiegel DOC, das unseren Kunden eine Qualitätsgarantie bietet. Leider gibt es in unserer Region ein kriminelles schwarzes Schaf und ein Delikt, das man mit banden- und gewerbsmäßigem Betrug bezeichnen kann, verstehen Sie?«

Kogler dozierte noch eine ganze Weile über die Gütemerkmale der Südtiroler Weine, kam aber nicht zur Sache. Schon während seiner Berufsjahre bei Fiat hatte Tanner Gesprächspartner nicht gemocht, die nach jedem zweiten Satz die Frage *Verstehen Sie?* einfügten, so als ob sie ihr Gegenüber als geistig minderbemittelt einschätzten.

»Sie sprachen von einem schwarzen Schaf«, sagte Tanner. »Hat das Schaf auch einen Namen?«

Kogler nickte. »Raffetseder heißt der Mann, verstehen Sie? Er hat ein Weingut in Kastelbell im mittleren Vinschgau. Die Gemeinde, in der er zu Hause ist, heißt Kastelbell-Tschars, kurz nach der Einfahrt ins Schnalstal. Sein protziges Weingut liegt direkt neben dem Schloss Kastelbell.«

»Und was werfen Sie dem Mann vor?«

»Zwei Vorwürfe stehen im Raum. Erstens der unzulässige Verschnitt minderwertiger Weine aus diversen Anbaugebieten. Auch ausländische Billigweine sollen verarbeitet werden. Billigste Weinpanscherei, verstehen Sie?«

Die Sonne schien durch die Scheiben der Gaststube und spiegelte sich auf Sartinis Glatze.

»Und das zweite Delikt?«

»Was meinen Sie?« Kogler schüttelte den Kopf.

»Sie sagten vorhin, dass Sie Raffetseder wegen zweier Verfehlungen beschuldigen.«

»Da ist noch die Sache der Vermarktung von Übermengen«, griff Sartini helfend ein. »Wein aus unrechtmäßiger Herstellung, nennen wir das, Übermengen also, die eigentlich der Destillation hätten zugeführt werden müssen. Wir schätzen, dass mehr als eine Million Liter als Biowein deklariert wurden. Das Schlimmste aber ist der Verschnitt der Weine unterster Qualität. Vermutlich wurden falsche Etiketten für die Flaschen und das Verpackungsmaterial hergestellt.«

Tanner hob den Kopf und sah den beiden ins Gesicht. »Weinfälschung … ist das normal bei den hiesigen Winzern?«

»Was ist schon normal in der heutigen Zeit?« Kogler grinste.

»Aber nicht doch«, sagte Sartini laut. »Normal ist das nicht. Wir in Südtirol sind ehrliche Winzer. Aber wie in jeder Branche gibt es auch bei uns schwarze Schafe. Und Raffetseder ist ein dunkelschwarzes. Da werden unter Einsatz von Eichenspänen, Eiweiß und synthetischen Enzymen die Geschmacksnuancen des Weins manipuliert, da wird oxydiert oder Feuchtigkeit entzogen, um künstlich einen Wein herzustellen, der alles andere ist als ein Naturprodukt. Von biologisch will ich gar nicht reden. Im Fall Raffetseder geht es wahrscheinlich um Millionen Hektoliter.«

»Wohin gehen die gepanschten Weine? Ins Inland?«

Sartini schüttelte den Kopf. »Selten. Zu gefährlich. Weinfälschung ist zwischenzeitlich ein internationales Geschäft geworden. Im Vordergrund stehen Osteuropa und China. Dort gibt es Millionen betuchter Kunden, die wenig bis nichts vom Wein verstehen.« Kogler ballte die Faust. »Und deshalb werden wir uns den Gauner jetzt kaufen, verstehen Sie?«

»Und das Kaufen soll ich für Sie übernehmen?«

Sartini nickte und schenkte Tanner ein freundliches Lächeln. »Für guten Sold natürlich.«

»Wie sind Sie eigentlich auf mich gekommen? Alleine in Bozen gibt es mehrere Detektivbüros und Wirtschaftsdetekteien.«

»Sie haben als Detektiv einen guten Ruf. Sie gelten als kompetent und verschwiegen«, sagte Kogler.

»Wie recht Sie haben«, erwiderte Tanner.

Die Tür ging auf und der Wirt steckte den Kopf herein. Tanner hob sein leeres Glas hoch, was der Wirt mit einem Lächeln zur Kenntnis nahm.

»Und was erwarten Sie genau von mir?«, fragte Tanner.

»Unser Auftrag ist ganz einfach. Sie verschaffen sich Zugang zu den Kellereien Raffetseders, machen einige aussagekräftige Fotos und entnehmen aus unterschiedlichen Behältnissen Proben.«

»Aus unterschiedlichen Behältnissen«, wiederholte Tanner.

»Es ist wirklich simpel«, sagte Kogler. »Wir werfen dem Gauner Manipulation in allen Teilprozessen des Herstellungsprozesses vor, angefangen vom Ansetzen der Maische, einer hinterher vorgenommenen Anreicherung, möglicherweise auch Schwefelung oder späterer Einflussnahmen bei der Gärung, dem Ausbau oder im Rahmen der Reifung.«

Tanner wollte gerade eine Frage stellen, als Sartini in seine Aktentasche griff, die neben ihm auf der Bank lag, und zwei Blätter vor Tanner hinlegte.

»Das ist es im Detail, was wir von Ihnen wollen.« Mit dem Zeigefinger klopfte er auf das oberste Blatt. »Das sind die Pläne der Kellereien, und wir empfehlen Ihnen, hier in den Gärkeller einzusteigen. Die kleine Tür hier seitlich wird für Sie offen stehen.«

»Und wenn sie versperrt ist?«

»Vertrauen Sie mir. Sie wird für Sie geöffnet sein. Wir haben im Vorfeld bei Raffetseder gründlich recherchiert.« Mit dem Finger fuhr er quer über den Grundrissplan. »Wir brauchen Proben aus dem gesamten Produktionsprozess, aus allen Behältern, die auf dem Plan mit den Nummern 1 bis 5 versehen sind.« Wieder griff er in seine abgenutzte Aktentasche und holte fünf kleine Fläschchen heraus, die ebenfalls die Ziffern 1 bis 5 trugen.

»Von diesen Behältern brauchen wir Proben, die Sie in die richtige Flasche füllen. Für einen Weinfachmann wie Sie eine Kleinigkeit, verstehen Sie?«

Tanner verstand.

»Seien Sie vorsichtig, wenn Sie in den Gärkeller hinuntersteigen. Möglicherweise sind nachts die elektronischen Kohlendioxyd-Melder außer Betrieb. In diesem Fall empfehle ich Ihnen die alte Methode mit der Kerze. Halten Sie sie ganz unten auf den Boden. Sobald die Kerze erlischt, ist Gefahr im Verzug. Zuviel Dioxyd und zu wenig Sauerstoff.«

»Wann muss das Ganze über die Bühne gehen?«, fragte Tanner,

»Es ist wichtig, dass Sie das Ganze während der nächsten zwei Tage erledigen. Wir konnten uns Kopien der Raffetseder'scher Erntetagebücher beschaffen. Genau jetzt ist der richtige Zeitpunkt, um dem Schweinehund die Betrügereien nachzuweisen.«

»Wie sind Sie an diese Unterlagen gekommen?«

Kogler lachte. »Nicht nur in der hohen Politik gibt es Whistleblower, auch bei den Südtiroler Winzern laufen hilfreiche Menschen herum, die einem mit etwas Geld Informationen und Unterlagen beschaffen.«

»Warum zeigen Sie Raffetseder nicht einfach an und lassen die Staatsanwaltschaft ermitteln? Damit stoppen Sie seine Betrügereien und sind einen lästigen Konkurrenten los.«

Sartini schnaufte. »Wenn es so einfach wäre. Wer glaubt schon ohne Nachweis einem Wettbewerber? Natürlich kommt es irgendwann zu einer Anzeige, aber zuerst müssen wir die Beweise haben. Und die werden Sie uns liefern.«

»Und außerdem«, unterbrach Kogler, »geht es um den Ruf des Südtiroler Weins an sich. Ein Skandal wäre tödlich und würde das Vertrauen bei unseren Kunden nachhaltig erschüttern. Denken Sie an den österreichischen Weinskandal. Der ist bis heute in aller Munde. Den Fehler, den die Österreicher damals begangen haben, werden wir in Südtirol nicht wiederholen. Das Weingut Raffetseder wird von uns diszipliniert werden, aber ohne Skandal und ohne Spektakel in der Presse.«

»Ohne Spektakel«, sagte Tanner. »Warum machen Sie das Ganze nicht selbst?« Er zeigte auf den Grundrissplan am Tisch. »Sie haben recherchiert, und Sie kennen die Räumlichkeiten im Detail. Warum soll ich in die Höhle des Weinlöwen?«

»Es darf nicht der geringste Verdacht aufkommen, dass wir dahinterstecken«, entfuhr es Kogler.

»Jetzt kommt die Wahrheit ans Tageslicht.« Tanner

grinste. »Lassen Sie mich raten, wie Sie sich das vorstellen … zum Beispiel, wenn man mich schnappt. Dann darf ich Sie nicht als Auftraggeber angeben. Stimmt's? Und was sage ich dann? Vielleicht patrouillieren nachts schwer bewaffnete Wachen durch die ganzen Räume, oder sie haben Alarmanlagen installiert, oder Raffetseder hetzt scharfe Hunde auf mich. Wenn man mich auf frischer Tat bei einem Einbruch erwischt, ist meine Karriere als Detektiv im Eimer, und ich wandere ins Bozner Gefängnis.« Tanner klopfte auf die Pläne vor sich. »Das ist ein verdammtes Himmelfahrtskommando, das mich direkt in die Strafanstalt bringt.«

»Übertreiben Sie nicht«, sagte Kogler. »Nach unseren Informationen sind Sie ein erfahrener Detektiv. Raffetseder fährt keine Nachtschichten. Ab zwanzig Uhr sind die Weinkeller menschenleer. Sie bekommen alle notwendigen Informationen von uns, um das Risiko auf Minimalniveau zu halten.«

»Minimalniveau, dass ich nicht lache. Ich hab was gegen ein Selbstmordkommando, das mich zwei Jahre hinter Gittern bringt. Wenn nicht länger.«

»Es gibt ein attraktives Honorar«, sagte Kogler.

Tanner trank das Weinglas leer. Er hatte sich ein inneres Nicken antrainiert, ohne dass ihm jemand seine Zustimmung anmerkte. »Jetzt wird's interessant. Lassen Sie hören.«

*

Was für ein eigenartiges Gespräch, dachte Tanner, während er auf der SS 38 Richtung Meran fuhr. Als er durch den kleinen Ort Rabland nahe der Talsohle des Vinschgaus fuhr, schob er eine alte CD mit Donizettis Arien aus Lucia di Lammermoor in das Radio. Einige Minuten lang verfolgte er Erika Köths Bemühungen, mit der Rolle der Lucia klarzukommen, dann schaltete er die Musik aus. Bei dem Gedanken an seinen Auftrag fühlte er sich nicht wohl. Erstens hatte er sich seinen Auftraggebern gegenüber bereit erklärt, eine massive Rechtsverletzung zu begehen. Noch schwerer wog aber, dass er sich fachlich nicht genügend auf der Höhe fühlte, um den Anforderungen des Falles gerecht zu werden. Weinliebhaber zu sein und einen Chardonnay treffsicher von Weißburgunder zu unterscheiden, reichte hier als Expertise nicht aus.

Eine halbe Stunde später schlich Tanner müde durch die klimatisierte Halle des *Panorama-Spa Alpinpool-Resort-Hotels* in Meran. Wie in einer gotischen Kathedrale strebten schlanke Säulen zur Decke, wo sie sich zum sternenförmigen Gewirr eines Kreuzrippengewölbes vereinten. Die beiden Portiere lümmelten gelangweilt hinter dem Tresen und richteten sich schlagartig auf, als Tanner die Lobby betrat. Kurz nach ihm wurde die Drehtür in kreisende Bewegung gesetzt, und eine Gruppe gut gelaunter Frauen und Männer betrat lärmend die Hotelhalle. Wahrscheinlich Teilnehmer an dem Apothekerkongress, die froh waren, dass das Vortragsprogramm für diesen Tag zu Ende war.

Ein Ehepaar, nach dem Dialekt aus der Schweiz, kam eiligen Schrittes in die Hotelhalle, steuerte die Rezeption an und begann übergangslos ein lautstarkes Gespräch mit einem der Portiere, der in seiner phantasievollen Uniform wie ein altösterreichischer General wirkte. Leise Volksmusik tönte aus unsichtbaren Lautsprechern. Lyrische Instrumentalklänge, aus denen Tanner Gitarre, Flöte und Hackbrett heraushören konnte. Ein gut frisierter Herr in dunkelblauem Anzug und mit schwarzem Aktenkoffer stand am Fenster und sprach leise in sein Mobiltelefon.

Zielstrebig fuhr Tanner mit dem Lift in den dritten Stock und klopfte zaghaft an die Zimmertür mit der Nummer 322.

Paula dampfte förmlich noch, als sie vorsichtig die Tür öffnete. Sie hatte ein Handtuch wie einen Turban um den Kopf gewickelt und trug einen flauschigen Bademantel.

»Ich komme gerade aus der Dusche«, sagte sie unnötigerweise. »Wie geht es dir? Du siehst müde aus.«

»Das mag ich an dir«, sagte er, »dass du deine Fragen selbst beantwortest.«

»Meine Frage war, wie es dir geht.«

»Ich habe einen neuen Auftrag.« Tanner erzählte von seinem Gespräch mit den beiden Männern.

»Gehen wir in die Hotelbar«, sagte sie. »Deinen neuen Auftrag müssen wir feiern.«

»Ich habe keine Lust mehr, wegzugehen. Am liebsten würde ich hier im Zimmer bleiben und die Minibar plündern.«

»Du hast recht. Außerdem ist die Hotelbar unten sicher vollgestopft mit all den Kongressteilnehmern, die mir schon den ganzen Tag auf die Nerven gehen.«

»Ist dein Kongress wenigstens interessant?«

»Man trifft immer die gleichen Vortragenden, die vor den gleichen Teilnehmern über die gleichen Themen reden. Networking nennen die das.«

»Worum geht es eigentlich in deinem Seminar?«
Paula drückte ihm einen Zettel in die Hand.

Kongress der Südtiroler Apothekerkammer
Fortbildung für Apotheker/innen im *Panorama-Spa Alpin-pool-Resort Meran*

09:00 Uhr *Apotheken zwischen High Touch und High Tech*
    Prof. Dr. Willibald Eisner, Policlinico Universitario Agostino Gemelli, Rom
10:00 Uhr *Frühe Demenz bei Männern*
    Dr. med. Carla Pedesta, Policlinico Federico II, Napoli
10:30 Uhr *Trainingstherapien für Männer im fortgeschrittenen Alter*
    Prof. Dr. Emily Gimero, Università di *Milano*, Istituto di clinica medica.
11:00 Uhr *Sinn und Unsinn von Homöopathie*
    Ayurveda-Berater Gundolf Schüssler, Heilpraktiker
12:00 Uhr *Digitalisierung und Telemedizin im medizinischen Umfeld*
    Dr. Petrovich Scharlatansky, Prag, ČSSR

»Die beiden Programmpunkte von zehn bis elf Uhr halte ich für sexistisch. Kein Wunder, dass hier Frauen am Rednerpult stehen.«

Tanner wedelte mit dem Zettel. »Und? Gibt es neue Erkenntnisse in der Pharmazie?«

Paula schüttelte den Kopf. »Nichts Neues. Stets dieselben alten Geschichten, nur werden sie immer von neuen

Menschen erzählt. Täusche ich mich, oder bist du nicht happy mit deinem neuen Klienten?«

»Mit dem Klienten bin ich zufrieden. Nur was sie erwarten, geht über meine Kenntnisse. Die sehen in mir eine unfehlbare Weinautorität. Das gefällt mir nicht.«

Paula musterte ihn und Überraschung stand in ihrem Gesicht. »Tiberio, du trinkst seit vierzig Jahren Wein. Und meist sogar zu viel. Folglich gehst du locker als Experte durch.«

»Natürlich weiß ich, dass *Lago di Caldaro* für trockene, hellgranatrote Weine mit Bittermandel-Bouquet steht, die hauptsächlich aus Vernatsch, Lagrein oder Pinot Nero hergestellt werden und die Zusatzbezeichnung Classico tragen dürfen, sofern sie aus dem historischen Bereich stammen.«

»Na also«, sagte Paula. »So weit gehen nicht einmal meine Kenntnisse.«

»Das reicht aber nicht. Zumindest entspricht es nicht dem, was ich für meinen Auftrag brauche. Meine Klienten verlangen, dass ich in einer Nacht-und-Nebel-Aktion in ein fremdes Weingewölbe einbreche, um aus Gärbottichen und unterirdischen Barriquekellern Proben zu entnehmen und in Fläschchen zu füllen.«

»Wo lieferst du die Flaschen ab?«

»In der Nähe des Weinkellers, den ich unter die Lupe nehmen soll, liegt das Schloss Kastelbell, von dem ein Wanderweg nach Norden geht, der hundert Meter weiter in die Via Montalban mündet. Dort steht eine alte knorrige Kiefer, die einen hohlen Stamm haben soll.« Er grinste. »Hohler Baumstamm als toter Briefkasten. Wie bei Sherlock Holmes.«

»Und wo liegen jetzt deine Bedenken?«

»Meine Wissenslücken liegen bei der technologischen Ausstattung einer modernen Kellerei, den Gerätschaften und Verfahrenstechniken.«

»Ich habe vor zwei Jahren ein Weinseminar besucht. Dort lernt man alles, was du für deinen Auftrag brauchst.«

»Weinseminar?«

»Weinseminar«, wiederholte Paula und klappte das Notebook auf, das auf ihrem Bett lag. »Hier! Eintägiger Weinworkshop der Kellerei *Vinum Vulcanus* in Nals bei Terlan. Beginn morgen um neun Uhr.«

»Was kostet das?«

»Zweihundert Euro. Geschenkt. Und die Seminarinhalte sind wie für dich gemacht.« Sie drehte den Laptop zu ihm, sodass er auf den Bildschirm sehen konnte.

»Was hältst du davon?«, fragte sie.

»Nicht schlecht. Nur neun Uhr ist verdammt früh.«

DREI

Nach einigen Kilometern auf der Via Principale Richtung Norden überquerte er die Etsch und folgte der schmalen Straße, die in Serpentinen zwischen den Weinbergen hinaufführte. Jedes Mal, wenn Tanner auf der SP 10 die Ortschaft Nals in nordwestlicher Richtung durchquert hatte, wunderte er sich, warum das unmittelbar anschließende Dörfchen Schernag zur Gemeinde Tilsens gehörte, obwohl es von dort aus nicht erreichbar war. Einige hundert Meter Richtung Prissian stand eine verwitterte Holztafel, auf der er den Namen WEINGUT VINUM VULCANUS entziffern konnte. Lautlos öffnete sich ein schweres schmiedeeisernes Tor, hinter dem sich der Weg in eine lange, wie mit dem Lineal gezogene Zufahrt verwandelte, an deren Ende ein steinerner Bergfried stand, der zur Gänze mit Efeu zugewachsen war und wie ein verwunschener Turm aussah. In einem kleinen Fenster am oberen Ende des massiven Rundbaus erschien für wenige Augenblicke eine junge Frau, rothaarig und außerordentlich hübsch, wie es Tanner vorkam. Etwas verschämt hatte sie den Kopf gesenkt und ihre Blicke trafen sich. Eine beklagenswerte Jungfrau, dachte Tanner, hinter dicken Mauern von einem brutalen Burgherrn gefangen und voll Sehnsucht nach dem Ritter in weißer Rüstung, der sie befreite. Das wird nichts, dachte er. Tanner hatte während der letzten Jahre an Gewicht zugelegt, so dass er sicher war, dass ihm seine weiße Rüstung nicht mehr passte.

Die Straße führte durch ein kleines Wäldchen und zog sich weiter schräg den Berg hinauf. Der Ansitz entpuppte sich als ein monströses, altes Steingebäude mit ineinander verschachtelten Dachvorsprüngen, unmotivierten Erkern und wuchtigen Balkonen. Alle Richtung Norden gerichteten Mauern waren mit graubraunen Flechten und grünem Moos überwuchert. Sein Blick fiel auf die hohen Ziegelschornsteine und eine zentral angeordnete gläserne Kuppel, die sich bis zu dem gewaltigen Steinportal herunterzog, was dem gesamten Ensemble den Eindruck einer theatralischen Mixtur aus Mittelalter und Kitsch verlieh.

Die Zufahrt endete in einem Straßenrund, das den Charakter eines mittleren Kreisverkehrs hatte, auf dem bereits rund zwanzig Autos parkten. Er hörte das Knirschen der Räder auf dem Kies, als er im Schritttempo dahinrollte, bis er zwischen zwei protzigen SUVs eine Lücke entdeckte, in der sein kleiner Fiat beinahe verschwand.

»Wir freuen uns, Sie zum Weinsymposium auf unserem Campus willkommen zu heißen.« Eine aufgedonnerte Blondine stürzte auf ihn zu und drückte ihm einen Zettel in die Hand. »Sie sind sehr pünktlich. Wir starten mit dem ersten Theoriereferat in genau vier Minuten.« Sie zeigte auf den Boden vor seinen schmutzigen Schuhen. »Die blauen Punkte am Boden führen Sie direkt in die Räume der Kellerei. Dort finden die Vorlesungen statt.«

Gemeinsam mit zwei Männern, die ihm freundlich zunickten, stieg er eine Marmortreppe nach unten und folgte den blauen Punkten, die ihn über einige verzweigte Gänge schließlich in den Vortragssaal führten. Etwa zwanzig Menschen, etwa gleich viele Frauen wie Männer, warteten mit verschränkten Armen oder blätterten in Unterlagen, die vor ihnen auf den Tischen lagen. Der Seminarraum war modern und funktional ausgestattet, als Teil des Kellergewölbes aber außerordentlich kühl und feucht. Nach fünf Minuten jagte der erste Kälteschauer durch Tanners Körper.

Zum Beginn des Seminars wurde viel Theorie vorgetragen. Der Referent, ein übergewichtiger Mann mit Nickelbrille, erinnerte ihn an seinen Mathelehrer auf dem Gymnasium. Genauso ermüdend, nur viel langweiliger. Mit sanfter, monotoner Stimme dozierte er über den Südtiroler Wein, berichtete, dass zwei Drittel der gesamten Menge in genossenschaftlichen Kellereien gekeltert wurden, ein Viertel aus dem Verband Südtiroler Weingüter stammt und fünf Prozent von den freien Weinbauern.

Interessant wurde es, als zwei Stunden später ein Programmpunkt an die Reihe kam, der sich *Blick hinter die Kellertür* nannte. »Wir gewähren Ihnen jetzt einen authentischen Blick hinter die Kulissen und lassen den Südtiroler Wein in einem völlig neuen Licht erstrahlen«, zwitscherte die aufgedonnerte Blondine, die er bereits kennengelernt hatte. »Hier im Keller adeln wir den Traubensaft zu aromatischen und erfrischenden Weißweinen und zu eleganten, ausgewogenen Rotweinen.« Tanner bewunderte den 2000 Liter fassenden Traubenwagen, durfte auf einem Lesefahrzeug LM-31 der Firma Mörtl Platz nehmen und übte die Bedienung des schweren Maischewagens mit einem zugelassenen Gesamtgewicht von 2800 Kilogramm. Aufmerksam lauschte Tanner den Bemerkungen zur sogenannten Chemiekeule. »Während die böse Konkurrenz 14- und 18-mal mit dem Spritzwagen unterwegs ist, fährt der Ökowinzer zwischen ein- und viermal im Jahr zum Spritzen raus«, sagte die Blondine und nickte stolz. »Schwefeln gilt als unbedenklich, nur die Sache mit dem Kupfer wird von uns strikt abgelehnt.« Darüber war Tanner sehr froh. Im Rahmen der Kellerführung stellte er der aufgedonnerten Blondine noch einige tiefergehende Fragen, die für seinen Einsatz im Weinkeller Raffetseders wichtig sein könnten. Sicher ist sicher.

Nach dem Rundgang ging es zurück in den alten, kopfsteingepflasterten Gewölbekeller, der in der Zwischenzeit neu möbliert worden war. Tanner nahm an einem der beiden runden Tische Platz und freute sich darauf, dass nach der langweiligen Theorie nunmehr die Praxis des Verkostens auf dem Programm stand. Schließlich verstand er sich zutiefst als Mann der Praxis. Tanner fand es bemerkenswert, dass an seinem Tisch nur die Männer Platz genommen hatten, während sich die Frauen gegenüber versammelt hatten. Wieder war es die aufgetakelte Dame, die während der Weinprobe das Regiment übernahm. »Die nun vor uns liegende geruchliche und geschmackliche Prüfung der Weine erfordert eine ausgefeilte Degustationstechnik. Dabei geht es nicht nur um Schlürfen und Schlucken, sondern auch um die haptischen und die nasalen Empfindungen, mit denen wir Menschen ausgestattet sind.«

»Meine Gattin sitzt da drüben.« Der ältere Herr neben Tanner deutete mit dem Kinn zum Tisch der Frauen hinüber. »Sie hat ein derart aufdringliches Parfum, dass wir keine Chance hätten, die blumigen Noten des Weins wahrzunehmen.«

»Lassen Sie sich Zeit«, näselte die Blondine. »Schwenken Sie das Glas, damit sich die Aromen entfalten können. Vergessen Sie nicht, vor dem Geruch die Farbe des Weins zu beurteilen. Und essen Sie zwischendurch immer wieder ein Stückchen Schüttelbrot, um den Geschmack zu neutralisieren.«

Ab jetzt wurde die Sache zu einer echten Herausforderung, zumal alle fünf Minuten ein neuer Wein kredenzt wurde. Erst sehr spät wies ihn der ältere Herr darauf hin, dass zu Beginn der Weinprobe die aufgetakelte Blondine dringend empfohlen hatte, den probierten Wein in die dafür bereitgestellten Näpfe zu spucken. Diesen Hinweis musste Tanner überhört haben. Ab diesem Zeitpunkt ging es Schlag auf Schlag. In kurzer Taktfolge kamen immer neue Weine in das Probierglas, und bei jedem vollführte Tanner konzentriert die gleiche Prozedur: Farbe des Weins prüfen, riechen, Glas ein- bis zweimal schwenken, nochmals riechen und abfragen, was einem die Nase sagt. Danach die Probe mit ein wenig Luft am Gaumen zirkulieren lassen, bis sich die Aromatik voll entfaltet, um sich auf der Zunge auszubreiten und den Gaumen zu kitzeln. Jetzt war der Zeitpunkt gekommen, dass sich die zuvor in der Nase wahrgenommenen Nuancen in Geschmack umwandelten. Er hatte das Ziel erreicht.

Es war schon spät am Nachmittag, als er sich genötigt sah, Paula anzurufen.

»Das Weinseminar ist aus dem Ruder gelaufen«, sagte er und versuchte, deutlich zu artikulieren.

»Du lallst.«

»Du musst mich abholen.«

»Und dein Auto?«

»Lass ich hier stehen.«

Eine Dreiviertelstunde später saß er in Paulas Auto und versuchte, nicht in ihre Richtung zu atmen. Es war wenig Verkehr auf der Straße nach Meran, und der Wagen glitt ruhig durch die Nacht. Paula sprach kein Wort mit ihm.

»Interessiert dich, wie das Weinseminar war?«, fragte er, um die peinliche Stille zu durchbrechen.

»Wenn du möchtest«, sagte sie mit spitzer Stimme.

»Ich habe viel Theorie gepaukt. Und ich habe 87 Weine probiert. Nach professionellem Ritus. 42 Weißweine und 45 Rotweine. Eine Heidenarbeit.«

»Warum hast du dir die Zahl gemerkt?«

Er klopfte auf seine Brusttasche. »Ich habe akribische Aufzeichnungen angefertigt.«

»87 Weine ... was für eine Herausforderung.« Paula grinste.

»Mach dich nicht lustig. 87-mal Geruch prüfen mit anschließender Gaumenzirkulation. Und sich 87-mal zwingen, das durchgegorene Analysegut zu schlucken.«

»Ich bin stolz auf dich.« Paula stöhnte. »Erfahrene Weinprüfer spucken den Wein nach dem Probieren aus.«

Jetzt stöhnte Tanner auf. »Glaub mir, Paula, ich hab es bei jedem Wein von Neuem probiert. Das mit dem Ausspucken. Es ging nicht.«

»Um Gottes willen. Hast du alles getrunken? Jetzt verstehe ich deinen Zustand.«

»Du darfst mich nicht verachten, Paula. Man kann mir alles nehmen, dachte ich während der Weinprobe, die Ehre, das Geld und meinen guten Ruf ... nur das nicht, was ich hinuntergeschluckt habe.«

VIER

Nachdem er seine Kopfschmerzen mit einer überdurch-schnittlichen Dosis Aspirin halbiert hatte, fuhr er mit dem Bus quer durch den mittleren Vinschgau, um seinen Fiat ab-zuholen, der immer noch vor dem Weingut in der Nähe von Nals stand. Es war kurz vor elf Uhr, und die Sonne war be-reits vor drei Stunden hinter den Ötztaler Alpen untergegan-gen, als er den dunklen Schatten von Schloss Kastelbell hoch auf dem mächtigen Felsblock neben der Straße sah.

Für jeden Auftrag braucht man die richtige Arbeitsklei-dung. Aus seinem Kleiderschrank hatte er einen schwarzen Pulli zur schwarzen Hose ausgesucht und hoffte, dass ihn die Kleidung im Dunkeln weitgehend unsichtbar machte. Ein kritischer Blick in den Spiegel bestätigte ihm, dass man in schwarzer Kleidung tatsächlich schlanker wirkte. Das wollte er Paula nicht vorenthalten, sodass er vor ihr einige beschwingte Schritte auf und ab tänzelte, was sie mit den Worten kommentierte: »Schwarz ist bei Weitem nicht dun-kel genug, um dich wirklich schlanker erscheinen zu las-sen.«

Kein Licht erhellte die Gegend, als er das Weingut Raf-fetseder erreichte. Genügend weit von den Gebäuden ent-fernt, stellte er den Wagen ab und näherte sich zu Fuß dem verwinkelten Komplex, bei dem es sich, so hatte Henrico Kogler erwähnt, um einen mittelalterlichen Ansitz handeln sollte, der aber mehrere Male umgebaut und mit modernen

Anbauten ergänzt worden war. Wie ein klobiger Klotz erhob sich rechter Hand der Wohntrakt, neben dem einige Nebengebäude standen, in denen früher wohl das Gesinde untergebracht worden war. Im Hintergrund rauschte der Wald, und davor waren ein paar Schuppen zu erkennen und die weitverzweigte Haupthalle, die wohl der Weinerzeugung gewidmet war. Das niedrige Gebäude zog sich über die gesamte Breite des Grundstücks hin und verschwand im Hintergrund im Schatten mächtiger Baumkronen.

Tanner schlich an der Mauer entlang, um dem Lichtkegel einer einsamen Lampe zu entgehen, die den Hof beleuchtete. Vor seinem geistigen Auge glich er das Terrain mit dem Grundrissplan ab, den ihm Kogler ausgehändigt hatte. Hinter diesen Mauern mussten sich die Gärkeller befinden, in denen er seinen Auftrag erfüllen musste. Er fand die kleine Tür auf der Nordseite des Gebäudes, die ihm Kogler und Sartini zum Einstieg in die Kellerei empfohlen hatten. Hier war es dunkler, so dass er sich sicherer fühlte. *Die kleine Tür hier seitlich wird für Sie offen stehen*, hatte Sartini versprochen. Tanner drückte die Klinke nach unten und rüttelte einige Male. Natürlich war die Tür verschlossen.

Da war ein Geräusch zu hören. Tanner erstarrte, presste sich flach an die Gebäudewand und horchte in die Dunkelheit. Ein Tier mit langem Schwanz huschte über seine Füße. Kein Feind. Keine Panik.

Vorsichtig lugte er um die Ecke und schlich an der Außenwand der Halle entlang, wo er ein kleines, mit Spinnweben verhangenes Fenster entdeckte, durch das er schemenhaft große Tanks erkennen konnte. Hier war er richtig. Mit dem Messer kratzte er den brüchigen Kitt aus dem Rahmen, entfernte die Glasscheibe und nach einer Minute stand er zwischen zwei Tanks. Dort verharrte er einige Augenblicke und war froh, dass kein Bewegungsmelder ansprach und sich keine Scheinwerfer einschalteten.

Im Licht der Taschenlampe sah er kurz auf den Grundrissplan, verglich diesen mit der Wirklichkeit und schlich zu den Gärbottichen auf der linken Seite der Halle hinüber. Der Raum machte einen sauberen, aufgeräumten Eindruck. Weinherstellung ist eine saubere Angelegenheit.

Er erinnerte sich an die Warnung Koglers, zog den Kerzenstummel aus der Tasche und zündete ihn an. Kein Flackern. Kein Kohlendioxyd. Er blies die Kerze aus und verstaute sie in seiner Jackentasche.

In der Halle war es warm, es roch nach Wein, dem sich der scharfe Geruch von Trester überlagerte. Mannshohe Gärtanks standen in einer übersichtlichen Reihe Spalier, jeweils mit kleinen Schildern, die über den Inhalt Auskunft gaben. In einem eisernen Wandregal fand er einige Behälter mit Flaschenetiketten. Praktische Angelegenheit. Nicht der Inhalt der Flasche bestimmte den Preis, sondern das Etikett.

Über eine Leiter kam er in einen zweiten Gebäudeteil, in dem es noch wärmer war. Sein Nacken und die Achseln waren nass vom Schweiß. Er wischte gerade mit dem Taschentuch über seine Stirn, als jemand von draußen den Schlüssel ins Schloss steckte. Sein Herzschlag stockte. Leises Quietschen der Tür drang an sein Ohr und dann leise Schritte, die näher kamen. Eine auf den Boden gerichtete Taschenlampe leuchtete am Ende der Halle auf.

In panischem Schrecken zog sich Tanner hinter einen der dicken Tanks zurück. Dabei stieß er mit der Hand gegen eines der vorstehenden Ventile. Die Taschenlampe entglitt ihm und polterte auf den Boden. Tanner hielt den Atem an. War dies das Ende seines Auftrags? Wo war die Taschenlampe? Während er sich bückte und auf allen Vieren nach vorne kroch, hörte er, wie die Gestalt näher kam und, die Taschenlampe hin und her schwenkend, nicht nur den Korridor zwischen den Tanks, sondern auch jeden verborgenen Winkel dahinter ausleuchtete. Es war ein älterer, kleinwüchsiger Mann, der sich mit schlurfenden Schritten näherte. Verzweifelt auf dem Bauch liegend tastete Tanner den Boden vor sich ab, bis er seine Taschenlampe wieder in Händen hielt. Wie ein Krebs kroch er rückwärts und hoffte, dass ihn der Mann nicht bemerkt hatte.

In diesem Moment schalteten sich mit einem stakkatohaften Trommelwirbel die aberhundert Leuchtstoffröhren an der Decke ein und tauchten die Halle in gleißendes Licht. Neugierig lugte Tanner nach vorn. Der Mann war tatsächlich nicht größer als ein Meter sechzig. Unter dem wadenlangen Mantel trug er einen gestreiften Pyjama. Tanner sah auf die Uhr. Genau Mitternacht. Vielleicht war das der Nachtwächter, der seine Pflichtrunde durch die Produktionshallen erledigte. Plötzlich gab der Mann ein Schnauben von sich und hob den Kopf. Tanner hielt den Atem an. Doch nichts geschah. Mit eigenartig steifen Schritten setzte der Mann seinen Rundgang fort, und Tanner sandte ein Stoßgebet zum Himmel, als die Beleuchtung erlosch und er hörte, wie der Mann das Tor von außen versperrte.

An der Wand hinter den Tanks war eine ganze Batterie von Ventilen und Auslässen angebracht, die wie Wasser-

hähne aussahen. Zum wiederholten Mal verglich er die be-
schrifteten Täfelchen mit den mitgebrachten Plänen, dann
kletterte er an den stabil aussehenden eisernen Rohrleitun-
gen nach oben. Er plagte sich lange, um den Kupplungs-
flansch mit dem Schlauch zu verbinden, der zu dem Gär-
bottich führte. Im Licht seiner Taschenlampe unternahm
Tanner mehrere Versuche, die Handpumpe zu betätigen,
bis das Probenfläschchen endlich gefüllt war. Danach wanderte er zuerst zu den benachbarten Behältern, dann im
Barriquekeller zu den großen Holzfässern, um auch von
dort die verabredeten Proben zu entnehmen.

Das Unglück passierte, als er auf dem Weg zu dem kleinen Fenster war, durch das er das Gebäude wieder verlassen wollte. Er hätte hinterher nicht mehr sagen können, ob
er zu schnell oder zu unaufmerksam durch die Fertigungs-
halle unterwegs war. Die Misere begann, als er einer großen Pumpenanlage auswich, wo er über einen am Boden
liegenden Schlauch stolperte. Er schwankte, warf hilfesuchend die Hände in die Luft und stürzte kopfüber in einen
großen, ovalen Bottich. Tanner zappelte panisch und ruderte mit den Armen, bis sein Kopf wieder die Oberfläche
erreicht hatte, wobei er einiges von der hellroten, streng
riechenden Flüssigkeit schluckte. Aufgrund der Erkenntnisse aus dem Weinseminar wusste er sofort, wo er gelandet war: Er steckte bis zum Hals in einem Behälter mit
Maische, die weder unangenehm kalt war, noch schlecht
schmeckte. Rotwein-Maische, sagte er sich, wahrscheinlich Vernatsch oder Lagrein. Genauer konnte er die Maische trotz seiner auf dem Seminar erworbenen Kompetenz
nicht analysieren.

Maische muss in Ruhe gelassen werden, hatte er auf dem Symposium gelernt. Um dem Wein keinen Schaden zuzufügen, bemühte er sich, so rasch wie möglich den Bottich zu verlassen, was sich aufgrund der glatten Wände als schwierig herausstellte. Er versuchte, den Rand des Behälters zu fassen, rutschte ab und verlor endgültig das Gleichgewicht. Dickflüssiges Gemisch aus Traubensaft, Fruchtfleisch und Schalen wirbelte an die Oberfläche. Vorsichtig rappelte er sich in die Höhe, suchte mit beiden Beinen nach einem festen Untergrund, um wieder das Gleichgewicht zu erlangen. Noch während er bis zu den Oberschenkeln in der Flüssigkeit stand, sah er an sich herunter und stellte eine große Ähnlichkeit mit dem Schlamm-Monster aus dem Hollywoodstreifen *Der Schrecken vom Amazonas* fest. Nur war dieses grün, während sein Anzug dezent rot gefleckt war. Mit zitternder Hand befingerte er seine Stirn und entfernte einige hartnäckige Breiklumpen, die ihm in die Augen hingen.

Vorsichtig glitt er zum Rand des Bottichs und unter Aufbietung aller Kräfte gelang es ihm, sich nach oben zu hieven, bis er über den Behälterrand steigen konnte. Endlich wieder festen Boden unter den Füßen.

Leise öffnete er die Tür. In Paulas Hotelzimmer war es dunkel. Er hörte ihren Atem. Sie schlief. Plötzlich gab sie einen undefinierbaren Laut von sich. »Bist du es?«, fragte sie mit verschlafener Stimme.«

»Das will ich dir auch geraten haben«, flüsterte er.

Paula griff zum Schalter ihrer Nachttischlampe.

»Oh, Dio mio, Tiberio!« Paulas Schrei schrillte durch den

Raum, als sie das rot schimmernde Schlamm-Monster sah, das vor ihrem Bett stand. Sie schnaufte laut und rieb sich die Augen. »Um Gottes willen! Was ist passiert? Bist du verletzt?«

»Ich weiß jetzt, wie Rotwein hergestellt wird«, sagte Tanner.

»Du stinkst nach Vernatsch«, sagte sie.

»Stimmt«, sagte er. »An dir ist eine Sommelière verloren gegangen.«

»Ich weiß seit vielen Jahren, dass sich Männer zu ihrem Nachteil verändern, wenn sie älter werden, doch dass sie Fruchtfleisch, Schalen und zerquetschte Trauben ansetzen, ist mir neu.«

Mit unsicheren Schritten stapfte er am Bett vorbei Richtung Badezimmer. Während er die heiße Dusche genoss, hörte er Paula rufen: »Soll ich dir den Rücken waschen?«

»Du sollst mir den Rücken stärken«, entgegnete er, doch das ging im Rauschen des Wassers unter. Angewidert betrachtete er danach im Spiegel seine zerrupften Haare und die rot geränderten Augen. In der Duschkabine lagen zwei Handvoll Maischerückstände. Welche Verschwendung! Das würde locker für eine Flasche Wein reichen.

Mit hochgezogenen Augenbrauen betrachtete sie ihn, als er aus dem Badezimmer kam. »Im ersten Moment dachte ich, ein Monster steht vor der Tür. Was ist passiert?«

»Ich brauche einen doppelten Grappa.« Tanner deutete zur Minibar neben dem Bett. »Rasch.«

»Hast du deinen Auftrag erfüllt?«

Er nickte. »Ich habe sogar die Probefläschchen in den hohlen Baum gesteckt.«

Tanner gefiel es nicht, wie sie ihn von oben bis unten musterte. »Bist du in diesem Zustand durch die Hotelhalle gelaufen?«

»Es war furchtbar … im Keller des Hotels habe ich mich zwischen den Abfallbehältern versteckt und dann bin ich über abgelegene Treppenhäuser zu dir geeilt.«

»Hoffentlich hat dich keiner gesehen. Stell dir die Schlagzeile in der Lokalzeitung vor.«

Er griff sich auf den Kopf. »Hier oben tut es weh.«

»Da blutest du«, sagte Paula. »Was hast du angestellt?«

»Der Maischebehälter war glatt. Ich bin ausgerutscht …«

»Hast du Schmerzen?«

»Alles tut weh, vor allem wenn ich den Kopf bewege. Selbst wenn ich denke.«

»Nicht zu denken schaffst du locker.«

Paula entdeckte eine kleine Flasche Vernatsch in der Minibar.

»Um Gottes willen«, stöhnte er. »Kein Rotwein. Darin bin ich heute schon geschwommen.«

»Zwei Fläschchen Grappa sind hier. Nach diesem Schrecken wird das nicht reichen für dich«, sagte sie. »Jetzt erzähle endlich, welche Abenteuer du erlebst, wenn ich nicht dabei bin.«

FÜNF

Tanner saß auf einem Polstersessel nahe der Rezeption und beobachtete das bunte Treiben in der Hotelhalle. Paula war bei den Apotheker-Kollegen in ihrem Seminar und ihm war langweilig. Auf dem niedrigen Tisch entdeckte er eine Apothekerzeitung mit der Überschrift: DU UND DEINE KRANKHEITEN. Rasch legte er die Broschüre beiseite. Solche Zeitungen mochte er nicht, in denen auf jeder Seite Symptome von Krankheiten beschrieben waren, die er wahrscheinlich schon mit sich herumschleppte.

Nach dem Frühstück hatte er eine Botschaft von Henrico Kogler auf dem Handy vorgefunden, der sich für die prompte und korrekte Erledigung des Auftrags bedankte. Den letzten Satz, dass das vereinbarte Honorar bereits auf sein Konto überwiesen wurde, las Tanner zweimal. Diese erfreuliche Botschaft gehörte gefeiert. Er überlegte, was er trinken sollte. Für Grappa war es zu früh und für Kaffee zu spät. Es war warm in der Lobby des Hotels, also bestellte er bei einem weiß beschürzten Mädchen ein Glas Wein. Weißwein. Rotwein hatte er in schlechter Erinnerung. Er sah auf die Uhr und beschloss, schnell zu trinken, bevor Paula aus ihrem Seminar zurückkam. Nach dem zweiten Glas spürte er, wie ihn die Wärme des Weins durchflutete und die Wände der Hotelhalle langsam zur Seite rückten. Geräuschlose Wellen bewegten sich in seinem Kopf von einer Seite zur anderen, langsam und behäbig, wie an einem Meeresufer, an dem eine angenehme Brise das Wasser an den flachen Strand spült. Als er im Hintergrund Paula entdeckte, die gemeinsam mit einer Frau auf ihn zusteuerte, erhob er sich, und langsam verliefen sich die geräuschlosen Wellen. Rasch trank er sein Weinglas leer und stellte es auf den Nebentisch.

»Tiberio, darf ich dir Gerlinde Carluccia vorstellen?« Dann deutete Paula auf ihn und sagte: »Das ist Tiberio, von dem ich dir schon erzählt habe.«

»Was hast du über mich erzählt?«, fragte Tanner.

Paula warf ihm einen blitzenden Blick zu, den er nicht einordnen konnte. Er erinnerte sich, Gerlinde schon einmal getroffen zu haben. Das musste schon einige Jahre her sein.

»Sie sind auch Apothekerin?«, fragte er.

Sie nickte. »Löwenapotheke in Bruneck. Paula und ich kennen uns schon viele Jahre. Und von Zeit zu Zeit treffen wir uns auf solch langweiligen Kongressen.«

Gerlinde war klein und hatte ein breites, teigiges Gesicht. Ungefähr in Paulas Alter, nur deutlich weniger attraktiv, dachte Tanner. Noch im Sitzen sah man, dass sie mit ihrer kräftigen Statur eher wie eine Bäuerin als eine Apothekerin wirkte. Ihr mittellanges Haar war grau und strähnig, das Kleid aus dickem, welligem Stoff, der wie Samt glänzte. Ein Kleid von zweifelhaftem Geschmack und viel zu schwer für ihren dünnen Körper. Eine mächtige rotbraune Bernsteinkette lag auf ihrer Brust, die braun war von unzähligen Sommersprossen.

So wie die Frau aussah, war sie wahrscheinlich weniger intelligent und ziemlich humorlos. Tiberio! Reiß dich zusammen! Deine Vorurteile nehmen schon wieder überhand. Wie oft hatte er beschlossen, mit der zur Gewohnheit gewordenen Unart zu brechen, sich zu schnell ein Bild von einer Person zu machen, die er kaum kannte. Keine Klischees, wiederholte er für sich und nicht vorschnell kategorisieren. In einem der Firmenseminare bei Fiat in Turin hatte er von den Gefahren der schnellen Klischees gelernt, die angeblich den Blick auf die Vielfalt der Realität versperren. Nachdem er sich einige Zeit danach gerichtet hatte, eröffnete sich ihm, dass Klischees die Wirklichkeit oftmals exakt und treffsicher beschrieben. Seitdem ließ er seinen Vorurteilen wieder freien Lauf, bastelte sich seine Klischees sogar selbst zurecht und lebte freier damit als früher.

»Du hast Wein getrunken«, sagte Paula und wiederholte den blitzenden Blick von vorhin. Die beiden Frauen drehten die Köpfe zueinander und nickten sich zu. »Wir wollen auch Wein. Dann überstehen wir unser trockenes Seminar heute Nachmittag besser.«

Als Kavalier bestellte er bei dem jungen Mädchen drei Gläser Sauvignon. »Eigentlich wollte ich nichts mehr trinken«, sagte er. »Aber du hast mich dazu überredet.« Paula kommentierte seine Bemerkung mit dem Hochziehen ihrer Augenbrauen.

Sie prosteten sich zu. »Gerlinde hat ein Anliegen an dich«, sagte Paula.

»Vielleicht bitte ich Sie, einen Auftrag zu übernehmen«, sagte Gerlinde und zog ihre Stirn in Falten. »Wenn ich mir das leisten kann. Detektive sollen teuer sein.«

Bevor er antworten konnte, sagte Paula: »Mein Detektiv macht dir bestimmt einen Sonderpreis. Nicht wahr, Tiberio? Du hast ohnehin gerade einen Fall abgeschlossen. Anschlussauftrag nennt man das in der Wirtschaft.« Sie lächelte ihn an und nippte an ihrem Glas.

Sonderpreis! Was fiel der Frau ein! Tanner mochte das Wort *Sonderpreis* nicht.

»Warum heißen Sie eigentlich Tiberio?«, fragte Gerlinde.

»Daran ist mein Großvater schuld. Er stammt aus der südlichen Emilia-Romagna, wo der Fluss Tiber entspringt. Deshalb Tiberio.«

»Ich glaube das nicht.« Paula trank den Rest des Weines und sah ihn über den Rand des Glases an. »Mein guter Tiberio ist wahrscheinlich nach dem Kaiser Tiberius benannt, der seine ihn liebende Gattin Agrippa ermorden ließ.«

»Historisch nicht bewiesen. Das mit dem Mord an der Ehefrau ist nur ein Gerücht.«

Langsam drehte er sich zu Gerlinde um. »Worum geht es nun bei Ihrem Auftrag?«

Sie sah zuerst auf die Uhr, dann auf Paula. »Unsere Pause ist vorbei. Wir müssen wieder in den Vortragsraum.« Und zu Tanner gewandt: »Unser heutiges Programm ist um vier Uhr zu Ende. Haben Sie dann Zeit für mich?«

Tanner nickte. »Ich warte hier in der Lobby auf Sie.«

Tanner sah den beiden Frauen nach, die Richtung Treppenhaus schlenderten.

»Und nach Meran steht das Pustertal auf dem Programm.« Tanner drehte sich um und sah, dass am Nebentisch zwei schmuckbehangene, ältere Frauen Platz genommen hatten. »Hinterher fahren wir nach Verona, leider nur zwei Tage, da wir rechtzeitig in Barcelona sein müssen, wo wir unser Kreuzfahrtschiff nach Ibiza besteigen. Shoppen auf der Avenida de España … es gibt nichts Schöneres. Nur mein Gatte mag es nicht, wenn ich mit seiner Kreditkarte losziehe.«

Tanner lief ein eisiger Schauer über den Rücken. Er erinnerte sich an die Zeit, als er noch ein schlechtes Gewissen bekam, wenn er Gespräche mithörte, die nicht für ihn bestimmt waren. Das war lange her.

Tanners Telefon klingelte. Nach einem kurzen Blick auf das Display meldete er sich. »Maurizio, wie geht's dir?«

»Meine Frau ist verreist, und ich muss den ganzen Tag auf meine beiden Enkel aufpassen.«

»Das ist doch schön.« Tanner lachte. »Dann kannst du dein Opa-Dasein in vollen Zügen genießen und musst es mit niemandem teilen.«

»Ich würde es liebend gerne teilen. Der eine Enkel schreit wie am Spieß, der andere stinkt aus den Windeln. Stör ich dich? Wo bist du gerade?«

»Ich sitze in der Lobby eines Luxushotels in Meran.«

Maurizio Chessler war zwanzig Jahre Commissario Capo bei der Polizio di Stato in Bozen gewesen, bis er vor einem Jahre nach einem Streit mit dem Vizequestore vorzeitig in Pension geschickt worden war. Seitdem war ihre Freundschaft noch enger geworden.

»Hast du einen neuen Auftrag, weil du dir so eine teure Absteige leisten kannst?«

Tanner erzählte von seinem Abenteuer in den Raffetseder'schen Weinkellern und den fünf Probefläschchen, die er in dem toten Briefkasten deponiert hatte.

»Du verwendest tote Briefkästen? Kommunikationshistorisch betrachtet, ist das ein Relikt aus dem Neolithikum.«

»Hat aber seinen Zweck erfüllt. Die Proben sind beim Auftraggeber angekommen, der jetzt juristisch gegen das schwarze Winzerschaf vorgehen wird.«

»Ich frage mich nur, ob die Proben, die du dir bei einem Einbruch angeeignet hast, vor Gericht als Beweis anerkannt werden. Soweit ich weiß, dürfen unrechtmäßig erlangte Beweise vom Gericht nicht verwertet werden.«

»Das ist deren Problem«, sagte Tanner. »Ich glaube nicht, dass es überhaupt zu einem Gerichtsverfahren kommt. Die werden Raffetseder erpressen und ihn zwingen, seine Betrügereien bleiben zu lassen. Wie die das anstellen, will ich gar nicht wissen.«

»Wann bist du wieder in Kaltern?«

»In zwei Tagen.«

»Dann treffen wir uns zu einer Marende.«

*

Es war kurz vor 16 Uhr. Tanner dachte an Gerlinde Carluccia, die er gleich treffen würde. Verabredungen und Termine, dachte er. Das ganze Leben unterliegt zeitlichen Planungen. Früher, als er noch bei Fiat arbeitete, war sein gesamter Tagesablauf von Terminplänen beherrscht gewesen, und auch heute prägten stundengenaue Planungen und stets aktuelle To-do-Listen seine Detektivarbeit. Planen heißt, den Zufall durch Planungsfehler ersetzen. Planen heißt aber auch, genau zu wissen, was man *nicht* tun oder auf später verschieben sollte. Tanner beschloss, für nächste Woche eine Nicht-To-do-Liste zu erstellen.

Nach einem Speckbrot und einem doppelten Espresso blätterte er sich gerade durch die *Neue Südtiroler Tageszeitung*, als Gerlinde Carluccia mit einem Buch in der Hand aus dem Lift stieg.

»Gott sei Dank sind die Vorträge für heute zu Ende«, sagte sie.

Tanner drehte den Kopf. »Wo ist Paula?«

Gerlinde lächelte. »Ich soll Ihnen schöne Grüße ausrichten. Sie ist im Schwimmbad.«

»Und worüber reden wir beide jetzt?« Tanner faltete die Zeitung zusammen und legte sie beiseite.

Sie bestellte ein Glas Wein und seufzte. Ihr faltiges, gelbliches Gesicht war ungeschminkt und strahlte genauso Müdigkeit aus, wie ihre schleppende Art, zu reden und sich fortzubewegen. Sie hat sich umgezogen, dachte er. Gerlinde trug ein mit großformatigen Blumen bedrucktes Kleid, und auf ihrem flachen Busen erblühte eine Rose, von Margariten umrankt.

Sie legte das mitgebrachte Buch auf ihren Schoß. Sie blätterte darin, und Tanner sah, dass es sich um ein Fotoalbum handelte.

»Sind das Urlaubsfotos?«

Ärgerlich blitzte sie ihn an und legte das Album aufgeschlagen auf den Tisch. »Hier!« Sie zeigte mit dem Finger auf eine Fotografie. Es war das Bild einer altmodisch aussehenden Frau in einer grauweißen Uniform. Sie trug das graue Haar straff zurückgekämmt und schaute starr in die Kamera.

»Die Frau sieht Ihnen ähnlich. Besonders die Augenpartie …«

»Sie sind ein guter Beobachter, Herr Tanner. Das ist meine Mutter.« Mit einer heftigen Geste klappte sie das Fotoalbum zu. »Das war meine Mutter.«

»Wann starb sie?«

»Am zweiten September vor einem Jahr.«

»Fast ein Jahr her«, rechnete Tanner.

»Sie wurde ermordet.«

Erschrocken hob er den Kopf. »Mord?«

Gerlinde nickte energisch, und ihm fiel auf, dass sie ihre Hände zu Fäusten geballt hatte. »Vor fast einem Jahr fand man Mama in einem Waldstück vor dem Haus, in dem sie wohnte. Tot. Stranguliert. Mit einem Strick um den Hals.«

»Stranguliert … um Gottes willen. Wer hat das getan?«

Sie schüttelte den Kopf. »Der Mörder wurde nie gefasst.«

»Und seitdem ist ein Jahr vergangen?«

»Nächste Woche jährt sich Mamas Todestag. Darum bin ich so wütend.«

»Wütend … warum?«

»Vor zwei Tagen hat mich ein Polizist aus Bozen angerufen und mir mitgeteilt, dass man die Mordermittlung auf neue Beine gestellt hat. Auf meine Frage, was das bedeute, kamen viele Beschwichtigungen, wie ernst man nach wie vor die Fahndung nach dem Mörder nehme.« Gerlinde redete sich in Rage, und ihr Kopf lief rot an. »Natürlich werde die bisherige Sonderkommission nicht aufgelöst, für die ein Jahr lang Spezialisten aus mehreren Dienststellen der Questura zusammengezogen worden sind. Man könne nicht länger die Kollegen von dort abziehen, sagte der Mensch am Telefon, also würde das Personal geringfügig reduziert werden. Dann hat mich der Polizist beruhigt und mir versprochen, dass mit gleichem Nachdruck nach dem Mörder meiner Mutter gefahndet wird. *Mit gleichem Nachdruck …* verstehen Sie? Bei diesem Satz bin ich ihm fast ins Gesicht gesprungen.«

»Ich kann Ihren Ärger gut verstehen.« Tanner versuchte, möglichst viel Mitgefühl in seinen Gesichtsausdruck zu bringen. »Wo war Ihre Mutter zu Hause?«

»Mama stammt von einem Bauernhof im mittleren Eisacktal. Sie war das jüngste Kind der Familie und hat ihre Hebammenausbildung an der Claudiana Bozen mit bestem Erfolg abgeschlossen. Ich glaube, sie hat einige Jahre als Geburtshelferin im Sanitätsbetrieb Meran gearbeitet. Nach ein paar Jahren begann sie, als freiberufliche Hebamme zu arbeiten.«

»Ich kenne mich beim Kinderkriegen nicht so gut aus … freiberufliche Hebamme, wie funktioniert so etwas?«

Gerlinde lächelte. »Privatwirtschaftlich eben. So wie Sie als Detektiv. Freiberuflich arbeitende Hebammen stellen ihre Dienstleistungen privat in Rechnung. Mama war darüber hinaus auch in Krankenhäusern tätig, meist als Urlaubsvertretung.«

»War Ihre Mutter verheiratet?«

»Geschieden. Mein Vater ist gerade in Pension gegangen. Er lebt in Bozen. Mit Ines, seiner zweiten Frau.«

»Wie lange liegt die Scheidung zurück?«

»Genauer weiß ich es nicht. Aber meine Eltern waren schon geschieden, als Mama starb.«

»Ihre Mutter hat nie wieder geheiratet?«

»Sie hat genug von Männern, sagte sie einmal zu Michael.«

»Michael?«

»Entschuldigen Sie. Michael ist mein Bruder. Er lebt und arbeitet in Mailand. Großhandelskaufmann bei einer Baufirma.«

»Der Mord ... könnte der mit dem Beruf Ihrer Mutter zusammenhängen?«

Sie zuckte mit den Schultern. »Wenn ich das wüsste. Die Polizei hat alle Spuren verfolgt. Sagt sie wenigstens. Es gab auch einige Verdächtige. Doch keinen Mörder. Wer bringt schon eine harmlose Hebamme um?«

»Irgendwer hat es nachweislich getan.«

»Natürlich«, sagte sie leise.

»Gab es Streit in der Familie? Gibt es jemanden, der Ihrer Mutter übel gesinnt war. Ihr Bruder, Onkel, Tanten ...?«

»Sie sind nicht sehr charmant. In meiner Familie gibt es keine Mörder. Warum fragen Sie mich so etwas Unanständiges?«

»Weil die Erfahrung zeigt, übrigens nicht nur in Südtirol, dass zwei Drittel der Morde in der eigenen Familie stattfinden.«

»Für meine Familie gilt das nicht.«

»Übrigens sind die Täter in überwiegendem Maße Männer. Damals, als Ihre Mutter zu Tode kam ... ist da irgendetwas Besonderes passiert?«

»Was meinen Sie?«

»Gab es vorher Streit mit irgendjemandem? Wirkte sie bedrückt? War etwas anders als sonst?«

»Ob sie bedrückt war ... daran kann ich mich nicht erinnern ... meine Mutter war nie die Lustigste. Eher humorlos. Das dürfen Sie nicht falsch verstehen. Mama war kein langweiliger Typ, sie hat einfach selten gelacht. Vielleicht fand sie die Welt nicht komisch. Das Schönste war, wenn sie dazu beitragen konnte, einem Baby auf die Welt zu helfen.«

»Wann haben Sie sie zuletzt gesehen? Bevor … bevor es passiert ist?«

»Daran erinnere ich mich gut. Am Tag zuvor. Sie hatte ihren freien Tag, und wir trafen uns im Café Lindtner in Bozen.«

»War sie so wie immer?«

Schulterzucken.

»Hatte sie Angst?«

»Angst? Nein.« Gerlinde lehnte sich zurück und legte ihre Stirn in Falten. Tanner schwieg. Er wollte ihr Zeit zum Nachdenken geben.

»Es war ein warmer Tag, und wir saßen vor dem Café in der Sonne. Mama bekam einen Anruf.«

»Etwas Besonderes?«

»Nein. Eine Hebamme wird oft angerufen, auch wenn sie gerade irgendwo in einem Café sitzt. Oder im Theater.« Sie lächelte. »Geburten richten sich nicht nach geregelten Arbeitszeiten.«

»In welchem Krankenhaus hat sie damals gearbeitet? Als der Mord passierte.«

Ohne nachzudenken, sagte sie: »Privatklinik Santa Gertrude.«

»Sankt Gertraud. Ich glaube, dort war ich schon einmal. Liegt das nicht im Ultental?«

»Genau. Sankt Gertraud ist das hinterste und letzte Dorf im Tal. Und ich glaube, auch das höchst gelegene. Mama war damals etwa drei Wochen dort. Zur Aushilfe. Oder Urlaubsvertretung.«

»Die Klinik hat einen guten Ruf«, sagte Tanner.

»Täuschen Sie sich nicht. Eigenartige Dinge sollen in

dem Krankenhaus vor sich gehen, sagte Mama einige Male.«

»Eigenartige Dinge … was meinte sie damit?«

»Keine Ahnung. Ich erinnere mich nur, dass sie einen Dr. Kurz erwähnte.«

»Dr. Kurz … und in welchem Zusammenhang hat sie ihn erwähnt?«

»Jetzt erinnere mich. Dr. Bruno Kurz hieß der Mann. Ich glaube, das war der Klinikchef von Sankt Gertraud. Wahrscheinlich ist er es immer noch.«

»Warum hat sie ihn erwähnt?«

»Er soll ein Wüstling gewesen sein. Ein Grobian. Das hat sie mehrfach betont. Und noch etwas: Mama hat nur wenige Wochen in der Klinik gearbeitet, aber mit diesem Kurz lag sie einige Male im Clinch.«

»Im Clinch liegen bedeutet so viel wie Nahkampf. Wissen Sie, worum es dabei ging? War es ein Streit um Geld, oder ging es um die Arbeit als Hebamme?«

»Ich weiß es nicht.«

»Haben Sie Ihre Mutter nicht gefragt?«

Wieder blitzte sie ihn an. »Wenn ich es getan hätte, würde ich es Ihnen verraten.«

»Was möchten Sie, dass ich tue?«

»Suchen Sie den Mörder meiner Mutter«, sagte sie. »Wenn es schon die Polizei nicht tut, möchte ich, dass Sie dieses Schwein finden.«

SECHS

»Durch mich bist du heute zu einem neuen Auftrag gekommen«, sagte Paula. »Rate mal, wer mich jetzt zum Essen einlädt.«

»Ich mag Rätsel nicht«, sagte er und griff nach der Speisekarte. Konzentriert versuchte er, den kleingedruckten Text zu lesen, wobei er die Karte näher an die Augen heranführte und sie dann wieder entfernte.

»Was machst du?«, fragte sie.

»Ich übe das Scharfstellen.«

»Und?«

»Die Schrift bleibt verschwommen.«

»Du brauchst eine neue Brille, mein Schatz.«

»Glaube ich nicht. Diese hier habe ich erst seit vier Jahren.«

»Einer der Dozenten auf dem Apothekerkongress nannte das die galoppierende Fehlsichtigkeit des Alters. Eine ganz normale Erscheinung für Männer deines Jahrgangs.«

Er blies hörbar die Luft aus. »Dich sehe ich scharf, und das reicht mir.«

Sie saßen im Altenburgerhof, nur einen Steinwurf von Tanners Haus entfernt. Er erinnerte sich, dass es die Lage auf der hoch gelegenen Hangterrasse unterhalb des Mendelkamms war, die ihn bereits beim ersten Besuch überzeugt hatte, das Haus zu kaufen, in dem er seit gut einem Jahr wohnte.

Tanner war froh, als er aus Turin wieder in das Überetsch

zurückkehren konnte. Während der langen Jahre bei Fiat war er auf der ganzen Welt unterwegs gewesen. Jetzt begann er, sich wieder in seiner alten Heimat wohlzufühlen. Zu Hause bleiben statt unterwegs sein. Statt *See you*, *Hello* und *Tschüss* wieder *Griaß di* und *pfiat di*. Das war zu seinem Motto geworden, seit er wieder hier lebte. Tanners Elternhaus unten in Kaltern, in dem er aufgewachsen war, musste dem Bau einer Ferienwohnanlage weichen, und so hatte er vor einem Jahr das alte Steinhaus in Altenburg gekauft. Das Grundstück war zwar nicht viel größer als das Gebäude, doch von Gartenarbeit hatte er ohnehin nie viel gehalten.

Neben der Aussicht war es vor allem die Nähe seines neuen Heims zum Gasthaus Altenburgerhof, der ihn schon einige Male mit seinen opulenten Knödelvariationen und dem frischen Krautsalat vor dem Hungertod gerettet hatte.

Nach kurzer Diskussion einigten sie sich bei der Vorspeise auf eine große Portion Rohnenknödel mit Käsesoße. Die Wirtin, so hatte sie Tanner einmal verraten, gab in Butter gedünstete Zwiebeln und Knoblauch in die Knödelmasse, was dem Gericht einen unwiderstehlichen Geschmack verlieh. Außerdem kamen alle Gewürze und Kräuter aus dem eigenen Garten. Tanner überredete Paula zu einer Flasche Lagrein DOC 2018 von der Kellerei Kaltern. Von seinem Weinseminar hatte er in Erinnerung, dass das Jahr 2018 hervorragende Rotweine im Überetsch hervorgebracht hatte.

»Wenn du möchtest, kann ich dir die Weinansprache dieses edlen Tropfens auch vorsingen.«

»Wenn du singst, wird der Lagrein sauer«, sagte sie.

Er schüttelte den Kopf. »Lenk mich nicht ab. Ich muss mich konzentrieren.«

Er hielt das Glas vor das Gesicht, steckte seine Nase hinein und nahm einen kleinen Schluck. »Der Wein ist deiner würdig. Farbe dunkelgranatrot, Duft nach Veilchen und Brombeeren, voll im Geschmack mit leicht herben Schokoladenoten und Aromen von Waldbeeren, im Gaumen samtige Fülle und weiche Säure. Hast du noch Fragen?«

»Ich bin stolz auf dich«, sagte sie. »Aber deswegen hättest du dich gestern nicht in den Maischebehälter stürzen müssen.«

Während sich Paula mit einem Südtiroler Krautsalat begnügte, bestellte Tanner das Bauernschöpserne, das mit Rosmarin und Thymian abgeschmeckt war.

Tanner hob Paula das Glas entgegen, und sie stießen an. »Würdige mich eines Blickes!«, sagte sie. »Beim Anstoßen schaut man der gegenübersitzenden Frau tief in die Augen.«

»Schau mir in die Augen, Kleines«, sagte er.

Bevor sie zu Tanners Haus gingen, machten sie einen Spaziergang, der sie vom Altenburgerhof an Weinbergen und Apfelbäumen vorbei zur kleinen Kirche führte, die dem heiligen Vigilius geweiht war. Wie gewohnt, warf er einen kurzen Blick auf das verwitterte Fresko über dem Westportal, das Christus in violetter Tunika zeigte, der an einem Kreuz mit kreisförmiger Umrahmung hing. Das aus groben Metallstäben gefertigte Tor führte zu dem winzigen, quadratischen Friedhof mit einer Handvoll schmiedeeiserner Kreuze. Hier befand sich Tanners Lieblingsplatz, den die Altenburger *Klotzbank* nannten. Es gab viele Orte in Südtirol mit einer prächtigen Aussicht auf Weinberge, Täler und die imposante Bergwelt, aber dieser Platz im Herzen seiner Heimatgemeinde war etwas Besonderes. Hierher kam er immer, wenn er Ruhe suchte oder um seine durcheinander geratenen Gedanken zu sortieren.

»Kennst du Gerlindes Geschichte?«, fragte Tanner. »Das mit ihrer Mutter, meine ich.«

»Ich habe das damals sogar am Rande mitbekommen. Außerdem stand es in allen Zeitungen. *Mord an einer Hebamme*.«

»Die Frau wurde erdrosselt.«

»Nimmst du den Auftrag an?«

»Hör mal! Du hast der Frau einen Sonderpreis versprochen. Da kann ich doch nicht mehr ablehnen.«

»Und was wirst du machen?«

»Informationen sammeln. Und das wird schwierig genug. Wenn ein Mord nach wenigen Tagen nicht geklärt ist, sinken die Chancen rapide. Und nach einem Jahr ist eine Aufklärung so gut wie aussichtslos. Außer man hat Glück.«

»Du hattest schon oft im Leben Glück«, sagte Paula und lächelte.

»In der Questura Bozen sollte vor einiger Zeit zur Aufarbeitung ungeklärter Tötungsdelikte eine Sonderkommission *Cold Cases* eingerichtet werden. Soweit ich weiß, wurde das nie in die Praxis umgesetzt.«

»Hast du mit Maurizio gesprochen?«

Tanner nickte. »Er war damals in der Questura für die Mordfälle zuständig.«

»Wie hat er reagiert?«

»Maurizio ist alt geworden. Er hat abgebaut, seit er nicht mehr arbeitet.«

»Er ist kaum älter als du.«

»Er klang deprimiert, als ich ihn auf den Mord an der Hebamme angesprochen habe. Jeder Ermittler fühlt sich an der Ehre gepackt, wenn er in Pension geschickt wird und einen ungeklärten Fall zurücklässt.«

»Hilft er dir?«

»Wir treffen uns morgen. Er versucht, an die alten Unterlagen heranzukommen, die im Archiv der Questura liegen.«

Lange standen sie nebeneinander auf der Terrasse und sahen hinunter ins Tal. Nach Osten öffnete sich der Blick auf das weite Land des Überetsch, das im Westen von der Mendelwand geschützt war, einige hundert Meter unterhalb lag der Kalterer See, umringt von ausgedehnten Weingärten, die den Berg hinaufkletterten. Am oberen Ende des Sees konnte er die Häuser des Ortes St. Josef ausmachen, hingestreut wie kleine, weiße Legosteine. Die Sonne war schon untergegangen, und man sah die ersten Sterne blinken. Die Luft roch nach den Weingärten, nach trockenem Gras und den in höheren Lagen vorherrschenden Fichtenwäldern. Vereinzelt zeigten sich ein paar Wolken über dem Mendelpass, die sich vom Roen bis nach Norden zur Furglauer Scharte zogen. Irgendwo da oben verlief die Sprachgrenze zwischen Südtirol und dem Trentino.

»Kennst du all die Berge da drüben?« Tanner zeigte auf die Gipfel im Hintergrund.

Paula schnaufte. »Ich kenne sie nicht nur, ich habe sie alle bestiegen. Im Norden siehst du die Gipfel von Hirzer und Ifinger, die Sarner Scharte und das Rittner Horn. Weiter nach Osten folgen Rosengarten und Latemar. Und nach Süden öffnet sich der Blick ins Etschtal.«

»Das kenne ich. Warum klettern Menschen eigentlich auf Berge?«

»Weil sie das genießen.«

»Sie genießen die Anstrengung?«

»Quatsch. Bergwandern ist mehr als nur spazieren zu gehen. Es ist Balsam für die Seele. Ich weiß, dass die Altenburger Klotzbank dein Lieblingsplatz ist, weil du hier nicht nur die Stille genießt, sondern auch deine Gedanken besser sortieren und Probleme lösen kannst. Wenn du jedoch die Berge im Hintergrund nicht nur anschaust, sondern besteigst, schüttet dein Gehirn Glückshormone aus. Ich werde dir beweisen, dass du dich nach so einer Bergtour um vieles glücklicher und zufriedener fühlst als vorher.«

»Wann willst du mir das beweisen?«

»Nächste Woche. Da schleppe ich dich auf einen der Berge, die du von hier aus siehst.«

»Es wird plötzlich kühl hier«, sagte er. »Lass uns ins Haus gehen.«

SIEBEN

Am nächsten Morgen fuhr Tanner die engen Kurven ins Tal
und wunderte sich, wie vertraut ihm die Landschaft um Altenburg bereits geworden war. Der dunkle Wald, der sich
den Mendelhang entlangzog, begleitete ihn bis zur Strada
del Vino hinunter, die ihn in einer Viertelstunde gemütlicher
Fahrt durch die ersten Ortsteile von Kaltern führte. Das
f-Moll von Donizettis siebtem Streichquartett drückte seine
Stimmung etwas, als er im Tal die Kreuzung erreichte, an
der sich die Straße teilte.

Der Morgen roch frisch, und ein Windstoß fegte über den
Platz und wirbelte Tanners Haare durcheinander. Zielsicher
steuerte er das *Laubencafé* mitten am Marktplatz an, als
sein Handy läutete. Es war Paula, die schon seit mindestens
zwei Stunden in ihrer Apotheke arbeitete.

»Stör ich dich bei deiner Marende?«

Tanner konnte förmlich hören, wie sie grinste, und beschloss, ihre unqualifizierte Frage zu ignorieren. »Ich treffe
mich in fünf Minuten mit Maurizio.«

»In deinem Büro?«

»In Kaltern.«

»Lass mich raten … im Laubencafé.«

»Was ist der Grund deines Anrufs?«

»Bist du um elf Uhr im Büro?«

»Willst du mich besuchen?«

»Carlo hat mich angerufen. Er will dich sprechen.«

»Wer ist Carlo?«

»Carlo Drackoner. Soweit ich weiß, ist er der Chef einer großen Südtiroler Krankenversicherung. Ich habe ihn auf dem Kongress in Meran kennengelernt.«

»Wie viele Männer hast du dort noch kennengelernt?«

»Du hast mich sogar ins Tagungshotel nach Meran begleiten dürfen. Also reg dich wieder ab.«

»Was will dieser Carlo von mir?«

»Er hatte keine Zeit, mir die ganze Geschichte zu erzählen. Aber er klang aufgeregt. Jedenfalls wird Carlo um elf Uhr bei dir im Büro auftauchen. Wo bist du um diese Zeit?«

»Ich werde um elf im Büro sein und auf deinen Carlo warten.«

»Das ist nicht mein Carlo.«

»Schönen Tag noch«, sagte Tanner.

Mit Schwung betrat er das Laubencafé, setzte sich an einen der freien Tische am Fenster und bestellte einen großen Espresso und eine Kastanienroulade. Am Nachbartisch saßen zwei ältere Frauen, die vor Kuchenbergen saßen und sich lautstark über Männer unterhielten, wobei Tanner nicht erkennen konnte, ob sich die Plaudereien um deren Ehegatten oder um Männer schlechthin drehten.

Tanner dachte an sein Gespräch mit Gerlinde, der Tochter der ermordeten Hebamme, als ihn eine heisere Stimme aus seinen Gedanken riss: »Ich hoffe, ich störe den Herrn Detektiv nicht.«

Maurizio Chessler stand vor ihm, einen dicken Aktenordner unter dem Arm geklemmt.

»Du siehst müde und staubig aus«, sagte Tanner. »Setz dich. Danke, dass du gekommen bist.«

»Müde und staubig. Beides stimmt.«

Tanner deutete auf den Ordner. »Da ist ein Kilo Staub daran. Ist das die Unterstützung, die du mir versprochen hast?«

Maurizio nickte und klappte den Ordner auf. »Der Hebammenmörder«, las Tanner laut die Überschrift vor.

»Das ist nur ein kleiner Teil der Akten, die über den Fall bei uns im Archiv liegen.«

»Warum hast du nicht alles mitgebracht?«

»Man hat mich erwischt, als ich aus dem Archiv kam.«

»Erwischt?«

»Als Rentner darf ich da nicht mehr hinein. Heute ist es mir gerade noch geglückt. Außerdem hätte ich einen Gabelstapler gebraucht, so dick sind die Akten zu diesem Fall.«

»Die ganze Geschichte reicht weit zurück«, sagte Tanner und blätterte sich durch den Ordner.

»Ziemlich genau ein Jahr. Von Zeit zu Zeit wache ich in der Nacht auf und muss daran denken.«

»Ist das hier dein verkörpertes schlechtes Gewissen?«

»Eine Frau, die brutal ermordet wurde. Ich habe die Leiche genau in Erinnerung. Sie wurde erwürgt. Mit einem Seil.«

Tanner überlegte einen Augenblick, was er erwidern sollte. Er betrachtete Maurizios blasses, faltiges Gesicht. »Ich kann dich gut verstehen. Es stört einen Polizisten, wenn er bei seiner Pensionierung einen ungeklärten Fall zurücklässt.«

»Stören ist das falsche Wort. Außerdem war es bei mir keine normale Pensionierung, sondern eine Entlassung. Einen solch brutalen Mord nicht aufgeklärt zu haben, erfüllt mich mit Hilflosigkeit und Wut, verstehst du? Und mit dem Gefühl, versagt zu haben.«

»Du hast nicht versagt.« Tanner klopfte mit der Hand auf den Ordner, was eine Staubwolke hochwirbelte. »Darf ich mir die Unterlagen nach Hause mitnehmen?«

»Ich habe sie aus dem Archiv der Questura geklaut«, sagte Maurizio und dämpfte seine Stimme, als die beiden Männer vom Nebentisch herübersahen.

»Geklaut? Und was sagt dein Nachfolger bei der Kripo dazu?«

»Nero De Santis? Der ist auf Urlaub. Deshalb kam ich auch in das Archiv, ohne dass es jemand gemerkt hat.«

»Und jetzt?«

»Jetzt wünsche ich dir alles Gute. Ich weiß nicht, was De Santis der Tochter der Ermordeten erzählt hat, aber in der Tat wurde die Sonderkommission aufgelöst, die ein Jahr lang versucht hat, den *Hebammenmörder* zu finden. Leider erfolglos.«

Die beiden älteren Frauen hatten in der Zwischenzeit ihre Kuchenberge verdrückt und waren dabei, die Rechnung zu bezahlen.

»Ich werde mir zu Hause jede einzelne Unterlage in dem Ordner zu Gemüte führen«, sagte Tanner. »Die Zeugenaussagen, alle verdächtigen Spuren und sämtliche Indizien.«

»Indizien? Nach fast zwölf Monaten? Als Profi weißt du genau, wie oft Mordfälle ungelöst bleiben, wenn sie nicht innerhalb der ersten vierundzwanzig Stunden aufgeklärt werden.«

Tanner legte seine Hand auf den Aktenordner. »Es gibt auch Ausnahmen.«

»Jedenfalls werde ich dich unterstützen«, sagte Maurizio. »Wenn du es willst.«

»Unterstützung bei der Suche nach dem Hebammenmörder.« Tanner klopfte auf den Aktenordner, der wieder eine Staubwolke von sich gab. »Du sagtest, es gibt über diesen Fall noch mehr Unterlagen im Archiv der Questura.«

»Es wird schwierig werden, die alle unbemerkt aus dem Gebäude zu schmuggeln. Ich bin Pensionist. Vergiss das nicht. Aber ich versuche zu helfen.«

»Jede Hilfe ist willkommen«, sagte Tanner und winkte der Kellnerin. »Darauf trinken wir einen. Vielleicht haben die hier auch ein Bauerngröstl. Ich habe Hunger.«

*

Er stand am Fenster und blickte auf die steinerne Mauer am Ufer des Talferbachs, dann drehte er langsam dem Fenster den Rücken zu und betrachtete die magere Möblierung. Früher hatte hier ein Immobilienmakler sein Büro gehabt und davor wohl ein alleinstehender Mensch sein Ein-Zimmer-Appartement. Ein dunkelgrauer Teppichboden machte das Büro noch dunkler. Die winzige Kochnische auf der linken Seite war durch einen grünen Plastikvorhang von dem etwa zwanzig Quadratmeter großen Zimmer getrennt, das Tanner als Büro nutzte. Er hatte sich bei der Einrichtung des Raumes nur von seinem eigenen Geschmack leiten lassen. Das hatte er jetzt davon. Vor dem Fenster hingen als ein Geschenk Paulas hellblaue Vorhänge. Rechts an der Wand verbarg ein Holzschrank einige leere Aktenordner, bereit, Tanners zu lösende Fälle der nächsten zehn Jahre aufzunehmen. Dann war er achtundsechzig Jahre.

Drei Stühle standen im Raum: Zwei aus hellem Holz vor

und ein schwarzer Drehstuhl hinter dem Schreibtisch, auf dem er soeben Platz nahm, als die Türglocke seinen Besucher ankündigte. Es war Punkt 11 Uhr. Carlo ist pünktlich, dachte Tanner und drückte auf den Knopf an der Gegensprechanlage.

»Danke, dass Sie Zeit für mich haben«, sagte sein Besucher, blieb einige Sekunden in der Tür stehen und sah zuerst Tanner, dann sein Büro mit prüfenden Blicken an. Die Begutachtung fiel offenbar positiv aus. Jedenfalls nickte er und drückte Tanner seine Visitenkarte in die Hand.

Dott. Carlo Drackoner, MBA
Assicurazione Sanitaria Fidatezza S.p.A.
La via della salute
Montellostraße 13/a – 39100 Bozen

»Das ist selbstverständlich«, erwiderte Tanner. »Schließlich kennen Sie Paula gut. Da tut man, was man kann.« Mit einer höflichen Handbewegung wies er auf den Besucherstuhl vor seinem Schreibtisch.

»Ich kenne Ihre Paula zwar, aber nicht gut.« Und mit einem schlüpfrigen Lächeln fügte er ein »Leider« hinzu.

Tanner überlegte, ob er dem Mann für dieses *Leider* die Zähne einschlagen sollte. »Was genau haben Sie auf dem Herzen?«, fragte er stattdessen und bemühte sich um ein freundliches Lächeln. Immerhin handelte es sich um einen potenziellen Kunden.

»Es geht um Betrug und möglicherweise um Korruption in einem Krankenhaus«, sagte der Mann. »Und wir brauchen Beweise.«

Carlo saß etwas nach vorne gebeugt in seinem Sessel. Wie in den Startlöchern zu einem Hundertmeterlauf. Er hatte ein breites, kantiges Gesicht und schütteres, braunes Haar. Das Hervorstechendste war seine Adlernase, lang und leicht gekrümmt. Mit fiebrigen Augen sah er Tanner an und atmete schwer, wobei er keuchende Geräusche von sich gab.

»Betrug und Korruption«, wiederholte Tanner. »Können Sie mir das etwas genauer erläutern?«

»Was genau in dieser Klinik vor sich geht, wissen wir nicht, deshalb kann ich nur von Verdachtsmomenten sprechen. Wir vermuten, dass die Klinik Chefarztstunden abrechnet, obwohl der Termin nur von einem Assistenzarzt oder einer Krankenschwester durchgeführt worden ist. Die Chefarztbehandlung wird natürlich bei der Krankenkasse abgerechnet.«

»Abrechnungsmanipulation«, sagte Tanner.

»Es geht noch weiter. In der Klinik, die wir im Auge haben, wurden auch Leistungen für bereits tote Patienten abgerechnet.«

»Wie hoch ist der Fehlbetrag, der Ihnen entstanden ist?«

Carlo Drackoner schnaufte. »Wir vermuten, dass uns im letzten Halbjahr ein Schaden von mehreren Hunderttausend Euro entstanden ist.«

»Ich kenne das aus meiner Berufspraxis«, sagte Tanner. »Abrechnungsbetrug … so etwas gibt es nicht nur in Krankenhäusern.«

»Das ist der eigentliche Grund, warum ich zu Ihnen komme. Sie sind ein Mann aus der Privatwirtschaft, und Sie kennen die Abläufe in einem Unternehmen.«

»Nur dass in einem Krankenhaus manche Dinge anders laufen als in einem Industriebetrieb.«

»Gewinn ist gleich Umsatz minus Kosten.« Carlo lachte. »Diese Formel gilt in einer Klinik wie in einer Chemiefirma.«

Kaum war das Lachen aus seinem Gesicht verschwunden, saß er wieder konzentriert vor Tanners Schreibtisch. »Ich fasse den Verdacht unseres Hauses nochmals zusammen: Korruption, Abrechnung nicht erbrachter Leistungen sowie der Einsatz von Personal ohne oder mit nicht ausreichender fachlicher Qualifikation. Und deshalb möchten ich und meine Versicherung Ihre Unterstützung in Anspruch nehmen.«

»Wirtschaftskriminalität ist meine Stärke.« Tanner sprach den Satz langsam und jedes Wort betonend. Die Wahrheit muss deutlich genug gesagt werden, dachte er.

»Warum schalten Sie nicht die Staatsanwaltschaft ein? Ich kenne vergleichbare Betrugsfälle in einer großen Unternehmensberatung, in der die Polizei nach einer Anzeige Razzien durchgeführt hat, bei denen Protokolle, Dienstpläne und Abrechnungen beschlagnahmt wurden. Zwei Tage später saß der Schuldige im Gefängnis.«

»Hier ist der Fall nicht so eindeutig. Wir vermuten, dass der Chefarzt der Bösewicht ist. Aber es gibt einige schwerwiegende Hindernisse.«

»Welche Hindernisse?«

Carlo runzelte die Stirn und wiegte missbilligend den Kopf hin und her. »Der Chefarzt, den wir verdächtigen, ist eine Koryphäe und einer der bekanntesten Ärzte in Südtirol. Verstehen Sie das Problem? Wir müssen ganz sicher sein.

Der Mann wird als Gynäkologe und Chirurg in der Region sehr geschätzt. Bei Patienten, Behörden und seinen Ärztekollegen. Wenn wir den Mann festnehmen lassen, gibt es ohnehin einen Skandal. Aber eine Fehleinschätzung käme einem Justizirrtum gleich. So etwas können wir uns als Versicherungsgesellschaft nicht erlauben. Deshalb sagte ich vorhin: Wir brauchen Beweise. Und die sollen Sie uns beschaffen.«

»Wie heißt der Mann?«

»Dr. Bruno Kurz. Chefarzt und Eigentümer der renommierten Privatklinik Sankt Gertraud. Das liegt im hinteren Ultental.«

*

Dr. Bruno Kurz. Klinikchef von Sankt Gertraud. Den Namen hatte Gerlinde Carluccia erwähnt, als sie über ihre Mutter sprach, die vor einem Jahr ermordet wurde. Ein Wüstling soll er gewesen sein, der Dr. Kurz. Und ein Grobian. Und jetzt noch Carlo von der Krankenversicherung, der den renommierten Arzt des Betruges und der Korruption verdächtigt. Wie sollte er jetzt vorgehen?

Tanner fühlte sich plötzlich ausgelaugt und müde. Er setzte sich wieder an seinen Schreibtisch und kritzelte einige Strichmännchen in sein Notizbuch, was er immer tat, um seine Gedanken zu ordnen. Dann holte er eine angebrochene Flasche 2018er-Sauvignon der Kellerei Terlan aus dem kleinen Büro-Kühlschrank. Ein trockener Sauvignon stärkt die Gehirntätigkeit. In Maßen getrunken.

Rose-Marie Schneidig, dachte er. Die kann mir helfen. Zufrieden stellte er nach einer kurzen Google-Suche fest, dass sich ihre Arztpraxis immer noch in der Bozner Altstadt befand.

Eine brüchige Frauenstimme meldete sich am Telefon: »Doktor Schneidig.«

»Hier Tiberio Tanner. Guten Tag, Rose-Marie.«

Längere Pause. »Tiberio! Du hast mich früher einmal Rosilein genannt.«

Rosilein. Tanner saß vor dem Bildschirm seines Notebooks, drückte das Telefon gegen sein Ohr und überlegte. Neblig verschwommen tauchten Erinnerungen an ein dunkel gelocktes Mädchen vor ihm auf, hübsch und lieb, eine Medizinstudentin aus einem Marktflecken in der Nähe von Brixen.

»Ich brauche deine Unterstützung.«

»Benötigst du medizinische Hilfe? Bist du krank?«

»Ich bin kerngesund«, sagte Tanner mit fester Stimme, um keinen Irrtum aufkommen zu lassen. »Bist du in deiner Praxis? Dann könnte ich in einer Viertelstunde bei dir sein.«

»Ich habe heute keine Patienten mehr. Cavourstraße 36 im Erdgeschoss. Ich warte auf dich.«

Gut, dass sich niemand um meine Promille im Blut kümmert, dachte er, als er sich in sein Auto quälte. Vom Talfergries fuhr er auf die Runkelsteinerstraße, die ihn am Südtiroler Naturmuseum vorbeiführte. Es regnete und graue Nebel hingen über der Stadt.

Rosilein, dachte Tanner. Mein Gott! Das war weit über dreißig Jahre her. Eine junge Medizinstudentin aus Gudifaun, einem kleinen Dorf im Eisacktal. Er versuchte, sich daran zu erinnern, wie sie aussah. Blond, schmal, sehr schlank. Mehr an Erinnerung war nicht drin. Sie waren sehr verliebt gewesen. Rose-Marie hatte kurz vorher den ersten Teil ihres Studiums an der Uni Mailand abgeschlossen und machte gerade ein Praktikum am Zentralkrankenhaus in Bozen. Dort waren sie sich das erste Mal begegnet.

Zehn Minuten später saß Tanner in der überhitzten Küche, eine Tasse Tee vor sich. Ein schwarzes, antik wirkendes Telefon stand auf der Kredenz neben dem Esstisch. Alles war peinlich sauber. Kein Staub, kein herumstehendes Geschirr, nur ein leichter Geruch nach Putzmitteln lag im Raum. Neben dem Telefon standen einige gerahmte Fotografien. Hatte Tanner ihr damals ein Foto geschenkt? Er sah auf Rose-Marie Schneidig, die ihm gegenüber am Küchentisch Platz genommen hatte. Er war in sie verliebt gewesen. Aber Tanner hätte sie nicht wiedererkannt, wenn er ihr auf der Straße begegnet wäre. Ein rosarotes Jäckchen hing über ihren schmalen Schultern. Irgendwo tickte langsam eine Uhr.

»Lebt deine Mutter noch?«, fragte er, um irgendetwas zu sagen.

Sie nickte mehrmals. »Sie ist alt geworden. Und sie weiß nicht mehr, wer ich bin.«

An ihrem Haar konnte Tanner erkennen, dass es früher einmal blond gewesen war. Kurz und struppig, wie ein abgeerntetes Kornfeld im Herbst. Am Hinterkopf stand ein Haarbüschel senkrecht nach oben. Wie eine Indianersquaw, dachte er, mit einer Feder am Hinterkopf. Fast erwartungsvoll sah sie ihn an, die Augen zu kurzsichtigen Schlitzen verengt. Eine tiefe waagrechte Falte lief über die Stirn, so als hätte sie in ihrem Leben zu oft die Stirn gerunzelt und die Augenbrauen hochgezogen. Hatte sie schon immer dieses ausgeprägte Kinn gehabt?

»Danke, dass du so schnell für mich Zeit hattest«, sagte Tanner und schob die Tasse mit dem dampfenden Tee ein Stück zurück.

»Du hast Glück. Ab nächster Woche bin ich in Pension.« Sie flüsterte, als ob ihr Gespräch niemand hören dürfte.

»Pension?« Tanner schüttelte den Kopf und tat, als ob er erstaunt wäre. »So alt bist du doch nicht.«

»Danke für den Versuch, höflich zu sein. Ich habe schon vor drei Monaten meine Praxis verkauft und gleich das ganze Haus dazu.« Sie lächelte ihn an. »Ich gehe zurück in das Dorf, wo ich aufgewachsen bin. Dort, wo auch meine Mama lebt. Ich werde sie pflegen.«

»Gudifaun im Eisacktal. Ich erinnere mich, weil ich dich dort einmal besucht habe.«

»Erzähle mir, welche Unterstützung du von mir möchtest.« Sie umklammerte die Teetasse mit beiden Händen und lehnte sich in ihrem Sessel zurück. »In der Zeitung habe ich gelesen, dass du jetzt ein Detektiv geworden bist. Ein Detektiv …« Ein etwas spöttisches Lächeln spielte um ihre Lippen. »Bist du deshalb zu mir gekommen?«

»Kennst du die Privatklinik in St. Gertraud?«

Sie nickte. »Ich habe jedes Jahr einige meiner Patienten dorthin überwiesen.«

»Was kannst du mir über das Krankenhaus sagen?«

»Tüchtige Leute. Die verfügen über die modernsten Diagnose- und Therapiegeräte.«

»Kennst du den Chef des Spitals?«

»Doktor Bruno Kurz.« Sie lächelte. »Ich habe ihn auf einem Symposium getroffen. Schon viele Jahre her.«

Tanner hob den Kopf und sah sie an. »Als ich dich

fragte, ob du ihn kennst, hast du zu lächeln begonnen. Warum?«

Ihr Schmunzeln verstärkte sich. »Wie gesagt … wir haben uns vor einigen Jahren auf einem Kongress näher kennengelernt. In Wien. Im Frühling. Seitdem duzen wir uns. Seitdem ich ihn zuletzt getroffen habe, sind bestimmt vier oder fünf Jahre vergangen. Man hört, dass Bruno eine sehr bewegte Geschichte hat … was Frauen betrifft, meine ich. Da ist für mich alte Schachtel kein Platz mehr.«

»Es ist warm hier in der Küche.« Er stand auf, zog sein Sakko aus und hängte es auf die Sessellehne. Dann erzählte er von der Hebamme Hedwig Pammer, die vor einem Jahr ermordet worden war.

»Ich erinnere mich an die Frau«, sagte Rose-Marie. »Ihr Tod stand damals in allen Zeitungen. Ich hatte aber keinen unmittelbaren Kontakt mit ihr. Schwangere Frauen kommen selten zu mir in die Praxis.«

»Diese Hedwig hat als freie Hebamme gearbeitet, war aber zur Zeit ihres gewaltsamen Todes als Urlaubsvertretung in der Klinik St. Gertraud angestellt. Ihr Mörder läuft immer noch frei herum.«

»Und jetzt kommst du als Sherlock Holmes ins Spiel, stimmt's?«

»Über Detektive macht man keine Witze«, sagte Tanner mit Ernst in der Stimme. Dann erzählte er von seinem Gespräch mit dem Menschen von der Krankenversicherung und dessen Verdacht auf Korruption und Abrechnungsbetrug in der Klinik St. Gertraud.

»Und was soll ich dabei tun?«, fragte sie und griff sich an die Brust.

»Ich möchte, dass du mich in das Krankenhaus einweist. Erfinde irgendwelche Beschwerden, die ich angeblich habe, so dass die mich durch alle teuren Gerätschaften schleusen müssen. Verstehst du, richtig kostspielig muss es werden, mit ausschließlicher Behandlung durch den Chefarzt. Dann komme ich vielleicht dahinter, welche überhöhten Kosten an meine Krankenkasse weiter verrechnet werden.«

»Was du vorhast, ist eine arglistige Täuschung einer seriösen Krankenanstalt«, sagte sie und grinste. »Außerdem grenzt so etwas an Missbrauch meines hippokratischen Eides.«

Tanner sah ihr zu, wie sich Rose-Marie erhob. Jetzt würde sie gerne die Hände in die Hüften stemmen. Wenn sie Hüften hätte. Hatte sie auch früher schon so schmale Lippen? Er sah auf ihr Gesicht. Lippen wie ein dünner Strich, wie mit einem Lineal gezogen. Werden Lippen mit den Jahren dünner?

»Abrechnungsmanipulationen sind nichts Außergewöhnliches im Krankenhausbetrieb. In den Ärztezeitschriften lese ich regelmäßig von solchen Fällen. Da werden zum Beispiel teure endoskopische Eingriffe geltend gemacht, in Wirklichkeit beschränkte sich das Ganze auf ein Heftpflaster und einige Streicheleinheiten einer Krankenschwester.«

»Das mit den Streicheleinheiten gefällt mir«, sagte Tanner. »Gibt es diese auf Krankenschein? Nur Endoskopie mag ich nicht. Streich das von der Liste.«

In der Küche war es still. Einzig die Uhr tickte, und der Kühlschrank brummte leise.

»Lieber Tiberio, ich habe begriffen, wie du deinen detektivischen Spürsinn im Krankenhaus umsetzen willst. Du bekommst eine genaue Liste von mir, über welche Symptome du klagen musst. Die Krankheiten, die ich dir verordne, werden deinen Klinikaufenthalt richtig teuer werden lassen. CT-Analysen sind dabei selbstverständlich, aber nicht teuer genug. Wegen der von mir konstatierten chronischen Herzinsuffizienz denke ich an Magnetresonanztomographien sowie den Einsatz von 3-D-Ultraschall-Bildgebungen. Das geht ins Geld. Wahrscheinlich müssen auch Katheter zum Einsatz kommen, wobei ich vorschreiben könnte, dass nicht die billigen Einmalkatheter genommen werden dürfen. Nur die dicken, teuren sind gut genug für dich. Übrigens …« Sie schob die Brille nach oben und beugte sich vor. »Hast du irgendeine Tropenkrankheit? Da hätte ich noch einige teure Ideen.«

»Wie kommt man zu einer Tropenkrankheit?«

»Warst du in südlichen Regionen?«

»Ich war vor kurzem im südlichen Etschtal«, sagte Tanner verwirrt.

»Egal. Wir müssen uns hinterher einen Überblick über sämtliche vertragsärztliche Leistungen verschaffen, die auf deinen Namen abgerechnet wurden. Nur dann wird es uns gelingen, die von der Klinik nicht erbrachten Leistungen aufzudecken, die der Dr. Kurz an die Krankenkasse meldet. Deine Aufgabe wird es sein, sämtliche Behandlungen und Eingriffe sauber zu dokumentieren.«

»Was für Eingriffe? Denkst du an größere Operationen mit Vollnarkose?«

Sie betrachtete seine Frage als störenden Einwand, den sie mit einem energischen Handstreich zur Seite wischte.

»Merk dir: Notiere jeweils mit Datum und Uhrzeit, welche Person dich wie lange behandelt hat und was genau mit deinem Körper gemacht wurde. Besonders, wenn man dich in irgendwelche Röhren steckt.«

»Ich mag Röhren nicht.«

»Du bist als Mann in einem kritischen Alter. Deshalb rate ich dir, bei deinem Klinikaufenthalt sämtliche Vorsorgeuntersuchungen machen zu lassen, die der Früherkennung von häufig auftretenden Erkrankungen dienen. Hast du das verstanden?«

»Viele deiner Ratschläge kenne ich von Paula«, sagte Tanner und erhob sich. »Ich muss jetzt los.«

»Treffen wir uns noch mal?«, fragte sie hinter seinem Rücken. »Wir haben gar nicht über dich gesprochen.«

»Ruf mich an«, sagte er und lief aus dem Haus.

*

Er beschloss, den Wagen stehen zu lassen und zu Fuß zu Paulas Apotheke zu gehen. Die laue Luft erfrischte ihn, und gut gelaunt marschierte er die Cavourstraße hinunter. Nach einem kleinen Umweg führte ihn der Weg in die Guido-Anton-Muss-Gasse, wo er vor einem Spielzeuggeschäft stehen blieb. Lange betrachtete er die im Schaufenster ausgestellten Spielwaren, doch bis auf ein rotes Blechauto hatte keines eine Ähnlichkeit mit den Spielsachen aus seiner Kindheit. Bei Susi Barons Friseursalon *Portico 54* überquerte er die Laubengasse, die wie zu jeder Tages- und Jahreszeit mit dem wuseligen Sprachgewirr sich dahinschiebender Deutscher, Österreicher und einiger Italiener verstopft war. Zweihundert Meter weiter bog er vom Kornplatz in die Silbergasse ab, wo er in einer gläsernen Haustür seine vom Wind zerzausten Haare betrachtete. Er müsste dringend zum Friseur, bevor Paula ihn dazu aufforderte. Tanner rechnete kurz nach. Er kannte Paula über zwanzig Jahre. Genauso lang betrieb sie ihre Apotheke am Anfang der Silbergasse, in der sie sich auch kennengelernt hatten, als er mit Grappabedingten Kopfschmerzen in der Apotheke Linderung gesucht hatte.

Die Apotheke war in einem Haus untergebracht, das nur zwei Fenster breit, dafür sehr tief war und über drei Lichthöfe hinweg bis zur Laubengasse führte. Das Ladengewölbe der Apotheke lag über dem Keller des Vorderhauses, das, so hatte Paula recherchiert, ins frühe 13. Jahrhundert zurückreichte.

»Setz dich in den Homöopathie-Erker«, flüsterte sie ihm zu und deutete auf die Kundin, die ungeduldig an der Theke wartete, um bedient zu werden.

Wortlos setzte sich Tanner in den Erker, dorthin, wo nicht nur die homöopathische Abteilung zu Hause war, sondern sich auch andere rezeptfreie Mittelchen befanden, die Linderung bei Krankheiten versprachen, von denen er noch nie gehört hatte. Ein Plakat klärte ihn darüber auf, dass die homöopathischen Wirkstoffe stets über die Mundschleimhaut aufgenommen werden, so dass man die Globuli-Kügelchen entweder im Mund zergehen lassen oder mit der Zunge in die Wangentasche schieben sollte. Tanner hatte noch nie etwas in seine Wangentaschen geschoben. Außerdem hatte er vor, sich ab morgen in der Klinik zur heiligen Gertraud der Schulmedizin und nicht alternativmedizinischem Aberglauben anzuvertrauen. Vom Erker aus beobachtete er Paula, die vorn an der Theke mit der Kundin verhandelte. Sie redete mit dem ganzen Körper, zeigte auf die Medikamentenschachtel, die sie in der Hand hielt, turnte zwei Stufen auf die Leiter hinauf, wo sie nach einer weiteren Pillenpackung griff. Es war ständig Bewegung in ihr, und ihre schulterlangen braunen Haare flogen in weitem Bogen um ihr Gesicht. Tanner war sehr zufrieden mit dem, was er von seinem Platz aus sah.

Nur die Kundin schien nicht recht befriedigt zu sein, jedenfalls schloss sie abrupt ihre Tasche, schüttelte den Kopf und rannte aus dem Geschäft.

»Eine lästige Kundin?«, fragte er.

»Nervig. Sie wusste nicht genau, was sie wollte.«

»Das ist selten bei Frauen.«

Prüfend sah Paula ihn von oben bis unten an. Tanner kannte diese Art von Musterung, die nichts Gutes versprach.

Eine halbe Stunde später sperrte Paula die Tür der Apotheke ab, und sie schlenderten durch die Altstadt zu seinem Auto. Eine Zeit lang diskutierten sie, ob sie das Abendessen in Paulas Küche oder in einem der Bozner Altstadtlokale einnehmen sollten. Tanner, der für Zu-Hause-Kochen eintrat, gewann.

»Was macht dein Fall?«, fragte sie. »Ich habe heute kurz mit Carlo telefoniert. Er sagte, dass du voll motiviert den Fall übernommen hättest.«

»Ich bin immer voll motiviert bei der Sache.«

»Das ist fair«, sagte sie. »Was kochst du heute Abend für mich? Und was hast du vor, um Carlo zu helfen?«

»Ganz einfach. Ich lasse mich morgen um zehn Uhr ins Krankenhaus einweisen.«

Abrupt blieb Paula stehen und starrte ihn an. »Du lässt dich was …?«

Tanner klopfte auf die Brusttasche seines Mantels. »Da drin habe ich die fachärztliche Überweisung in die Privatklinik Santa Gertrude.«

Sie sah ihn fragend an. »Da hat doch Gerlindes Mutter als Hebamme gearbeitet.«

Tanner nickte, schwieg aber einige Sekunden, um sich auf den hektischen Feierabendverkehr zu konzentrieren, in dem sie sich über die Talferbrücke stauten. Langsam fuhren sie dann die Luigi-Cadorna-Straße stadtauswärts, wo Tanner nach dem Gelände des Bozner Fußballclubs nach links abbog. Dort wurde der Verkehr flüssiger.

»Ich versorge die St.-Gertraud-Klinik seit vielen Jahren mit Medikamenten. Also erzähle niemandem, dass wir uns kennen.«

»Hat die Klinik keine eigene Apotheke?«

»Doch, hat sie. Und ich habe einen Vertrag mit dem Krankenhaus, dass ich die dortige Apotheke mit den Medikamenten versorge.«

Paulas Häuschen lag neben dem hoch aufragenden Gscheibten Turm, dem Teil einer alten Befestigungsanlage, dort, wo sich die Straße in zwei aufeinanderfolgenden engen Schleifen neu orientiert und als Strada Provinciale 99 in nördlicher Richtung steil hinauf nach Jenesien führt.

»Beide Aufträge weisen in die gleiche Richtung«, sagte er. »In der St.-Gertraud-Klinik ist irgendetwas faul. Und ich werde herausfinden, was.«

ACHT

Val d'Ultimo hieß das Tal auf Italienisch. Tanner erinnerte sich an einen früheren Fall, der ihn einige Male in das Tal der Falschauer geführt hatte, einem Fluss, der im Gebiet von Lana in die Etsch mündet und im hinteren Ultental entspringt. Genau dort lag das Dorf St. Gertraud, mit 1800 Meter Seehöhe die höchst gelegene Fraktion der Gemeinde Ulten, wie Tanner der verwitterten Ortstafel entnehmen konnte.

Mit seiner verschachtelten Architektur, den zahllosen Erkern, Rundbögen und Türmchen sah die Privatklinik Santa Gertrude wie ein herrschaftlicher Ansitz aus dem 16. Jahrhundert aus.

Tanner schaltete die Musik von Pergolesi aus, als er auf den Parkplatz vor dem Eingang des Krankenhauses fuhr. Es war genau zehn Uhr.

Das Erste, das ihm beim Betreten des Gebäudes auffiel, war das Transparent über dem Eingangsportal mit der Aufschrift: »Wir feiern 100 Jahre Privatklinik Santa Gertrude.«

Die einfallslose, klimatisierte Halle sah wie der Turnsaal in seinem früheren Gymnasium aus. Nur die herunterhängenden Ringe und die Basketballkörbe fehlten.

Die streng aussehende Dame am Empfang begrüßte Tanner mit den Worten: »Schön, dass Sie pünktlich sind.« Sie sah auf die Uhr. »Ihr Programm startet in genau fünfzehn Minuten.«

»In fünfzehn Minuten?« Vor Schreck ließ Tanner sein Köfferchen fallen. »Mein Programm? Was bedeutet das?«

Die Dame, die von erhöhter Sitzposition auf ihn heruntersah, hatte ihren strengen Blick auf ein freundliches Lächeln umgeschaltet. »Wir wollen doch keine Zeit verlieren, nicht wahr?«

»Zeit ist Geld«, sagte Tanner und ärgerte sich, dass ihm keine pfiffigere Bemerkung eingefallen war.

»Hier steht alles drauf, was Sie wissen müssen.« Die Dame drückte ihm einen eng beschriebenen Zettel in die Hand. »Sie haben das Zimmer 212 im zweiten Flur. Natürlich ein Einzelzimmer.« Wieder sah sie auf ihre Armbanduhr. »Jetzt sind es nur noch zehn Minuten. Dr. Hackenbusch wartet zu Ihrem ersten Anamnesegespräch.«

»Anamnesegespräch«, wiederholte Tanner, etwas verwirrt. »Wo finde ich den Herrn?«

Sie deutete auf das Blatt Papier, das Tanner in der Hand hielt. »Steht da drauf. Raum Nummer 13 im Erdgeschoss.« Sie streckte den Arm aus und zeigte über seine Schulter hinweg auf die andere Seite der Halle. »Das ist da drüben neben den Toiletten.«

Im Gang des Krankenhauses roch es nach desinfizierter Sauberkeit und Äther. Im Gegensatz zu einigen traurigen Gestalten, die ihm begegneten, fühlte sich Tanner wie ein privilegiertes Mitglied der gesunden Minderheit und fast beschlich ihn ein schlechtes Gewissen, dass er sich wohlauf fühlte. Nicht einmal sein Rücken tat ihm heute weh.

Nullachtfünfzehn, dachte Tanner, als er das Zimmer 212 betrat. Klassische Möblierung. Ein eisernes, weiß lackiertes Bett, daneben ein einfacher Nachttisch und auf der gegenüberliegenden Seite eine tischähnliche Konsole und ein Holzsessel. Unter der Decke prangte ein schräg montierter Fernseher, auf dem eine Laufschrift behauptete, wie sehr man sich freue, den neuen Patienten Tiberio Tanner im Krankenhaus begrüßen zu dürfen, das demnächst den hundertsten Geburtstag beging. Genau über seinem Bett hing ein gerahmtes Poster an der Wand.

Egal an welcher Krankheit Sie leiden, die Fachkräfte der Privatklinik Sankt Gertraud kennen die Gegenmittel.
- Kardiovaskuläre Medizin gegen arterielle Hypertonie,
- Calciumtherapien bei Knochenschwund im Alter,
- Spirituell anthroposophische Therapien bei alkoholbedingter Fettleber.

Nachdem Tanner das mit dem Knochenschwund und der Anthroposophie gelesen hatte, beschloss er, das Bild von der Wand zu entfernen. Keine unnötigen Angstmachereien. Unsicher balancierend kniete er auf seinem Bett und versuchte, das Bild vom Haken zu nehmen, als plötzlich hinter ihm eine Stimme fragte: »Gefällt Ihnen der Text nicht?«

Eine weiß gekleidete Krankenschwester stand hinter ihm, die Arme vor der Brust gekreuzt. Tanner hatte nicht mitbekommen, dass jemand das Zimmer betreten hatte. Erschrocken rutschte er, immer noch auf den Knien, vom Bett herunter.

»Ich bin Schwester Ursula«, sagte sie unnötigerweise, weil sie ein metallenes Namensschild an ihrer weißen Uniform trug.

»Herzlich willkommen in unserer Klinik.« Ihre Stimme

klang wie das Zwitschern einer Nachtigall. Sie sah auf die Uhr. »Sie haben gleich einen Termin bei Dr. Hackenbusch.«

»Ich weiß«, sagte Tanner, möglicherweise etwas unfreundlich.

»Ich bin gekommen, um Sie abzuholen und Ihnen den rechten Weg zu weisen.«

»Ein Abweichen vom rechten Weg ist noch kein Fehltritt.«

»Sagt wer?«

»Sagt Konfuzius.« Tanner versuchte ein Lächeln.

Schwester Ursula runzelte die Stirn. Ihre braunen Augen blitzten ihn an. Sie musste um die vierzig sein. Vielleicht ein paar Jahre drüber. Nicht nur die blonden Haare, die in der Neonhelligkeit der Deckenlampe glänzten, beeindruckten ihn, sondern auch ihre sinnlichen Lippen und der enorme Busen unter der gestärkten Schwesterntracht. Die Art, wie sie sich vor ihn hinstellte, ließ auf zwei Dinge schließen: Sie machte sich über ihn lustig und war mit einer ausreichenden Portion Selbstbewusstsein gesegnet.

»Gehen wir.« Tanner öffnete die Tür und überließ ihr den Vortritt. Sie verströmte einen leichten Parfumgeruch.

Gemeinsam stiegen sie die Treppe ins Erdgeschoss. Nach einigen Schritten blieb sie stehen und drückte die Schreibkladde an ihre Brust und zeigte auf eine der Türen.

»Da drin erfahren Sie alles über sich selbst.«

»Ah, Herr Tanner«, sagte ein älterer Mann mit Vollbart. »Ich bin Dr. Hackenbusch.« Er zeigte auf eine Holzbank beim Fenster. »Nehmen Sie kurz Platz. In fünf Minuten bin ich bei Ihnen. Dann legen wir los.«

Tanner war jetzt alleine in dem kleinen Wartezimmer. Er setzte sich und streckte die Beine von sich. Auf dem niedrigen Tischchen neben ihm stand ein kleiner grüner Elefant aus Keramik. Er hatte große, kugelrunde Augen und einen nach oben gebogenen Rüssel. Tanner nahm die Figur in die Hand, die überraschend schwer war. MADE IN INDIA stand auf der Unterseite.

Völlig fertig, verschwitzt und hungrig lag Tanner drei Stunden später in Zimmer 212 auf seinem Bett. Dr. Hackenbusch hatte ihm gefühlte hundert Fragen gestellt, die er dank der Vorbereitung durch Rose-Marie glaubhaft beantworten konnte. Das erste unangenehme Ereignis betraf die Messungen von Gewicht, Taillen- und Hüftumfang, die eine junge Arzthelferin vornahm. Tanner mochte es nicht, in der Unterhose vor einem jungen Mädchen herumzutänzeln. »Das muss sein«, flötete sie gut gelaunt, schickte ihn wegen einer Urinprobe zur Toilette und zapfte ihm gefühlte zwei Liter Blut ab.

»Nehmen Sie da oben Platz.« Die Arzthelferin deutete auf ein silbrig glänzendes Standfahrrad. Stöhnend kletterte Tanner in den Sattel, dann befestigte das Mädchen eine Unzahl eiskalter Saugnäpfe mit angeschlossenen elektrischen Leitungen an seiner Brust. »Los geht's«, befahl sie.

Nach fünf Minuten kam der erste Schweißausbruch. Immer stärker schwitzend trat er eine Viertelstunde lang in die Pedale, wobei ihn das Mädchen lächelnd beobachtete. Jedes Mal, wenn sein Treten langsamer und das Schnaufen lauter wurde, steigerte sie die Belastung, so dass Tanner nur noch unter Aufbietung aller Kräfte in der Lage war, die Pedale durchzutreten. Typisches Arbeitnehmergefühl, dachte er, elendiges Strampeln und nicht von der Stelle kommen.

»Fahrradfahren gehört nicht zu Ihren Hobbys«, sagte sie.

»Kann ich stattdessen nicht drei Berge besteigen?«

»Theoretisch durchaus möglich.« Das Mädchen zeigte zum Fenster. »Gleich hinter dem Haus ist die Tulferspitze. Nur die Kabel zu unserer EKG-Maschine sind nicht lang genug.«

»Haben Sie nicht wenigstens ein E-Bike?«

»Wir müssen uns einen Überblick ihres anatomischen Habitus verschaffen«, sagte Dr. Hackenbusch zehn Minuten später und deutete auf eine mit ultramarinblauem Kunststoff bespannte Liege. »Auf den Rücken legen.« Übergangslos begann er, seine oberen und unteren Körperregionen zu betasten, mit spitzen Fingern zu beklopfen und schmerzhaft zu drücken. Ein Ergebnis des Befingerns erfuhr er nicht. Das Brummen, das der Arzt während der körperlichen Kontaktaufnahme von Zeit zu Zeit hören ließ, konnte Tanner nicht deuten. Nur nach der Prüfung der Sehschärfe zog der Arzt die Augenbrauen hoch und sagte zu dem jungen Mädchen: »Akute Presbyopie«, was diese diensteifrig notierte.

Presbyopie. War das eine Krankheit, an der er litt? Tanner griff nach seinem Handy, um den Begriff zu googeln, legte es aber wieder zur Seite. Man musste nicht alles wissen.

Tanner hatte seinen Koffer auf das Bett geworfen und war dabei, die mitgebrachte Wäsche in dem kleinen Spind zu schichten, als es klopfte und Schwester Ursula ihren Kopf hereinsteckte. »Guten Tag, Herr Tanner, wie fühlen wir uns jetzt nach der ersten Anamnese bei Dr. Hackenbusch?«

»Es ist anstrengend in Ihrer Klinik.«

»Sie haben Schweiß auf der Stirn«, sagte sie. »War der Vormittag so anstrengend?«

»Es ist sehr heiß hier in der Klinik.«

»Wir haben in allen Räumen zwanzig Grad.«

»Das ist die Durchschnittstemperatur im Krankenhaus«, sagte Tanner, setzte sich auf das Bett und betrachtete die Schwester, die ein mit einer bläulichen Flüssigkeit gefülltes Glas in der Hand hielt. Sie ist doch noch nicht vierzig, dachte er. Und sie hat ziemlich dunkle Haut, was ihm beim ersten Treffen nicht aufgefallen war.

»Trinken Sie das.« Sie stellte das Glas auf seinen Nachttisch und legte eine monströse Tablette daneben, groß wie eine Weintraube.

Tanner zeigte auf die Riesenpille. »Ist die für ein Pferd?«

»Ab sofort bekommen Sie täglich drei von diesen Dingern. Tut Ihnen sicher gut.«

»Und was ist das in dem Glas?«

»Medizin. Aufbauend, heilend und lindernd. Tut Ihnen gut.«

»Die Untersuchung durch Herrn Hackenbusch ist noch keine halbe Stunde her. Woher wissen Sie, was mir guttut?«

»Sie glauben nicht, wie rasch wir in der Klinik Santa Gertrude wissen, wie wir unsere Patienten gesund machen.« Aus ihrem Klemmbrett löste sie einen Zettel und reichte ihn Tanner. »Das ist Ihr Programm für heute Nachmittag und für morgen. Wir schieben Sie noch einmal in die MRT-Röhre, und am Nachmittag starten Sie mit unserer rhythmischen Gymnastik.«

»Gymnastik?«, wiederholte Tanner erschrocken.

»Pilates. Tut Ihnen gut. Wir stärken Ihr Powerhouse. Vom Waschbärbauch zum Waschbrett.« Lächelnd zeigte sie auf die Riesentablette und das Glas mit der bläulichen Flüssigkeit. »Nehmen Sie das.«

»Später«, sagte er. »Wenn ich das mit dem Powerhouse verkraftet habe. Was ist eigentlich Presbyopie?«

Sie sah auf das Klemmbrett und ihr Grinsen verstärkte sich. »Hat Dr. Hackenbusch tatsächlich bei Ihnen diagnostiziert. Aber keine Angst, Presbyopie ist keine Krankheit, sondern eine altersbedingte Fehlsichtigkeit. Auch Altersweitsichtigkeit genannt. Sie brauchen eine stärkere Brille. Leider haben wir keine Augenheilkunde an unserer Klinik. Da werden Sie sich zu einem der Südtiroler Augenärzte bemühen müssen. Übrigens …« Sie zeigte auf Tanners gestreiften Pyjama, der im geöffneten Koffer obenauf lag. »Ihren Pyjama brauchen Sie nicht auszupacken. Bei uns sind Nachthemden Vorschrift. Aus hygienischen und medizinischen Gründen.«

»Warum? Das ist mein Lieblingspyjama. Ich hänge an ihm.«

»Von dem müssen Sie Abschied nehmen. Der Chef der Klinik wird Ihnen gerne erklären, warum.«

»Meinen Sie Dr. Bruno Kurz?«

»Er ist der Chef. Und in diesen Dingen lässt er nicht mit sich reden.«

»Er hat das Krankenhaus gegründet, nicht wahr?«

»Das ginge rechnerisch nicht. Schließlich feiert die Klinik morgen den hundertsten Geburtstag. Der Gründer war sein Großvater, Professor Dr. Ambros Kurz. Morgen am späten Vormittag startet die Feier. Ein Riesenspektakel mit

Orchestermusik, Fernsehen und einer Festansprache des Chefs. Die Vorbereitungsarbeiten werden von Marietta geleitet. Sie werden die Feier morgen miterleben.« Ein Lächeln zeigte sich auf ihren Lippen. Tanner stellte fest, dass er ihr Lächeln mochte. »Natürlich nur, wenn Sie nicht vorher als geheilt entlassen werden.«

»Wer ist Marietta?«

»Sie ist Brunos Ehefrau. Marietta Kurz. Stets aufgeputzt und chic gekleidet. Und fast zwanzig Jahre jünger als er.«

»Wohnt der Chef eines Krankenhauses eigentlich in einer Luxusvilla auf einem der sonnigen Südhänge mit unverbaubarem Blick ins Etschtal? Oder ist er hier in den Räumen der Klinik zu Hause?«

Sie lachte. »Eher Ersteres. Dr. Kurz wohnt in Schlanders im Vinschgau, eine Autostunde vom Krankenhaus entfernt.«

»Ich habe noch eine Frage«, sagte Tanner rasch, als sie sich anschickte, den Raum zu verlassen. »Kannten Sie eine Hebamme mit dem Namen Hedwig Pammer?«

Schwester Ursula sah aus, als ob sie erschrak. Dann nickte sie. »Sie war Hebamme. Ich glaube, zuerst in Bozen, dann im Bezirk Meran.«

»Hat sie nicht auch hier an der Klinik gearbeitet?«

»Nur als Urlaubsvertretung. Und auch nicht lange. Warum interessieren Sie sich für die Frau?«

»Sie ist tot, nicht wahr?« Tanner sah sie gespannt an, während er auf ihre Antwort wartete.

»Sie starb ungefähr vor einem Jahr. Vielleicht ist es auch schon länger her.«

»Kannten Sie die Frau?«

Ursula lehnte sich zurück und verschränkte die Arme vor der Brust. »Warum fragen Sie mich das?«

»Ich erinnere mich an die Zeitungsartikel. Die Frau wurde ermordet.«

»Und Sie meinen, das hat mit unserer Klinik zu tun? Nur weil die Frau einige Wochen hier in der Geburtshilfe gearbeitet hat?«

»Der Mörder von Hedwig Pammer wurde nie gefasst.«

»Sehr bedauerlich.«

»Können Sie sich an sie erinnern? Was war sie für ein Mensch? War sie beliebt? Als Kollegin, meine ich.«

»Daran erinnere ich mich nicht. Und wenn ich mich erinnern könnte, würde ich Ihnen nichts erzählen.«

Schwester Ursula hob das Kinn leicht an, drehte sich auf dem Absatz um und rauschte aus dem Zimmer.

Mit Abscheu betrachtete er das Glas mit der bläulichen Flüssigkeit und die riesige Tablette. *Aufbauend, heilend und lindernd. Tut Ihnen sicher gut.* Kurz entschlossen warf er die Tablette ins Klo und goss die Medizin in den hellgrünen Kaktus auf dem Fensterbrett. Tut ihm sicher gut.

Entweder war er auf Diät gesetzt worden, oder man hatte ihn bei der Essensverteilung vergessen. Tanners Magen knurrte. Er hüllte sich in seinen dunkelblauen Schlafrock, stieg die Treppe in das Erdgeschoss hinunter und machte sich auf die Suche nach etwas Essbarem. Am hinteren Ende der klimatisierten Halle stieß er auf ein kleines Lokal, das sich Cafeteria Gertrud nannte. Er steuerte auf eine rundliche Frau zu, die ein weißes Servierhäubchen im Haar trug und ihn mit einem knappen Blick über ihre Brille hinweg ansah. Tanner schielte auf das Namensschild an ihrer Bluse: BELINDA.

»Ich habe Hunger«, sagte Tanner. »Haben Sie ein Speckbrot?«

»Um Gottes willen!« Die Frau zischte ihn an und schüttelte den Kopf. »Speckbrot gehört in unserer Klinik nicht zum Angebot. Zuviel gesättigte Fettsäuren und karzinogen wie Asbest und Zigaretten. Was das Essen betrifft, herrscht bei uns ayurvedisches Denken vor. Einen hundertprozentig veganen Speck aus Seetang und Spirulina kann ich Ihnen anbieten. Dreitausend Jahre alte indische Heilkunst. Bei uns frisch zubereitet. Starten Sie doch Ihre ganz persönliche Pancha-Karma-Kur.« Sie deutete mit ihrem Zeigefinger vor sich auf den Fußboden. »Hier und jetzt!«

»Können Sie mir wenigstens ein Glas Wein bringen?« Tanner sah die Frau hoffnungsfroh an.

Sie nickte. »Ich kann Ihnen einen schmackhaften Weißwein anbieten.«

»Welche Traube?«

Sie zuckte mit den Schultern. »Warten Sie«, sagte sie, lief mit eiligen Schritten in die Cafeteria und kam mit einer halb vollen Flasche zurück.

»Hier!« Stolz hielt sie ihm die Flasche hin. »Der wird gerne getrunken.«

GOLDENER SEPTEMBER stand auf dem Etikett. Und darunter: WEISSWEIN AUS LÄNDERN DER EU.

»Wird gerne getrunken«, wiederholte Belinda.

Tanner bestellte eine Flasche Bier, die sie ihm erst nach zweimaligem Nachfragen zum Tisch brachte und sofort kassierte.

Auf einem der beiden eisernen Tischchen vor der Cafeteria lag ein herrenloses Magazin, das Tanner gelangweilt durchblätterte, bis eine Fotoreportage über die Bikinimode der nächsten Badesaison seine Aufmerksamkeit erregte. Zwei Seiten weiter stieß er auf den erschütternden Bericht über die Scheidung Brad Pitts von einer Schauspielerin, deren Namen er noch nie gehört hatte.

Auf der anderen Seite der Eingangshalle hatte man mit dem Aufbau einer Holztribüne begonnen. Arbeiter in blauen Anzügen schleppten Stühle herbei und stellten sie in leicht geschwungener Form vor dem Rednerpult auf.

»Das Bier schmeckt ausgezeichnet«, sagte Tanner zu der Frau mit dem weißen Servierhäubchen im Haar, die neugierig aus der Cafeteria getreten war und zusah, wie hinter den Sitzreihen ein Kamerateam seine Stative aufbaute.

»Die Hundertjahrfeier wirft ihre Schatten voraus«, sagte sie.

Eine gut gekleidete Frau mit straff zurückgekämmten schwarzen Haaren lief vorbei, ein Handy am Ohr und eine Aktenmappe unter dem Arm. Einer der Männer im blauen Arbeitsanzug schleppte eine Trittleiter in die Halle, die er hinter der Rednertribüne aufstellte, und begann, rosarote Girlanden an den Deckenbalken zu montieren. Die gut gekleidete Frau trippelte wieder vorbei, gefolgt von drei Männern mit Fotoapparaten um den Hals. Einer schrieb während des Gehens etwas in ein Notizheft, während die Frau lautstark auf ihn einredete.

»Ich weiß, wer die Männer sind«, sagte die Frau mit dem Namen Belinda. »Journalisten aus Bozen und Innsbruck. Am Abend soll es noch eine Pressekonferenz geben.«

»Wer ist die Frau mit dem Handy, die so hektisch hin und her läuft?«

»Das ist Marietta Kurz, die Frau von unserem Chef. Und da ist er persönlich.« Ein Mann stieg aus einem der Aufzüge und marschierte, den Herumstehenden vornehm zunickend, mit selbstbewusstem Schritt vorbei.

»Das war der Kurz?«, fragte Tanner.

»Dr. Bruno Kurz.« Tanner registrierte ihr anerkennendes Seufzen. »Ich kenne ihn jetzt schon seit fast dreißig Jahren.«

Er sah sie von der Seite an. »Dann gehören Sie fast zum Inventar.«

Sie machte ein unfreundliches Gesicht. »So alt bin ich nun auch wieder nicht.«

»Das war als Anerkennung gedacht«, sagte Tanner. »Dreißig Jahre ... solch eine Loyalität dem Arbeitgeber gegenüber ist bewundernswert. Und leider selten geworden.«

»Wie recht Sie haben.« Ihr Augenaufschlag zeigte ihm, wie sehr sie mit seiner Meinung übereinstimmte.

»Sie müssten eigentlich meine Tante Hedwig kennen.« Er wartete, bis sie sich mit fragendem Blick ihm zuwandte.

»Tante Hedwig?«

»Hedwig Pammer. Sie war Hebamme von Beruf und hat einige Zeit hier in der Klinik gearbeitet. Schon lange her.«

»Natürlich kann ich mich an Hedwig erinnern. Gut sogar.«

»Leider hat sie ein trauriges Ende gefunden.«

Auf der anderen Seite der Halle hatte Marietta Kurz vor der Rednertribüne in unterschiedlichen Posen Aufstellung genommen, während die Journalisten sie mit einem Blitzlichtgewitter überschütteten. Tanner fragte sich, warum keiner ihren Mann fotografierte, der einige Schritte abseits stand. Schließlich war er der Chefarzt der Klinik und somit die Hauptperson.

»Darf ich mich zu Ihnen setzen?« Belindas Stimme riss ihn aus seinen Gedanken. Tanner klopfte auf den Stuhl, der neben ihm stand. »Nehmen Sie Platz. Erzählen Sie mir Ihre Erinnerungen an meine Tante Hedwig.«

»Wenn Sie in der Klinik zu tun hatte, kam sie immer bei mir vorbei. Auf einen Matcha-Tee.«

Tanner sah sie fragend an. »Einen was?«

»Matcha-Tee. Sie trank immer eine oder zwei Tassen bei mir. Möchten Sie ihn probieren?«

Er beeilte sich, den Kopf zu schütteln. »Ich bin mit dem Bier sehr zufrieden. Zurück zu Tante Hedwig. Wie haben Sie sie in Erinnerung?«

»Immer gut gelaunt.«

»Ja«, sagte er gedehnt. »Für ihre gute Laune war Hedwig überall bekannt.«

»Nur während der letzten Monate war sie anders.«

»Wie … anders?«

»Es war, als habe sie ihre gute Laune verloren.«

»Was war der Grund dafür?«

Belinda zuckte mit den Achseln. »Keine Ahnung. Ich habe sie gefragt, doch es kam keine Antwort.«

»Wissen Sie noch, wann das war?«

»Das kann ich nicht mehr sagen.« Sie sah zur Decke, als ob dort die Antwort stünde. »Hedwig Pammer musste vor einem Jahr sterben. Ihr merkwürdiges Verhalten begann aber schon lange vorher.«

»Lange vorher … meinen Sie einige Wochen oder Jahre?«

»Ein Jahr, vielleicht auch zwei. Genauer kann ich es nicht sagen.«

»Ab diesem Zeitpunkt war ihr Verhalten also anders.«

»Genau. Ab diesem Zeitpunkt war sie auch nicht mehr so oft hier an der Klinik. Ich erinnere mich, dass Dr. Kurz sich eine andere Urlaubsvertretung suchen musste.«

»Wen hat Hedwig während des Urlaubs vertreten? Ich meine, wer war damals die Stammhebamme hier im Krankenhaus?«

»Die Frau hieß Burgstaller. Sie gibt es nicht mehr bei uns. Musste schon vor einigen Monaten in Rente gehen.«

»Warum musste sie gehen?«

»Krebs. Einige Wochen nach ihrer Pensionierung ist sie gestorben.«

Plötzlich erinnerte sich Tanner an den Zettel mit dem Behandlungsprogramm, den ihm Schwester Ursula überreicht hatte. Er zog den Zettel aus der Hosentasche und entfaltete ihn. Verdammt!

13 Uhr 30 im Gymnastikraum A
PILATES: FLACHER BAUCH – STARKER RÜCKEN.
Bitte seien Sie pünktlich!

Es war 13 Uhr 40. In Panik sprang er auf. Eine Minute später stand er lauschend vor der Tür mit der Aufschrift *Gymnastikraum A*, durch die rhythmisches Klatschen nach draußen drang. Ohne zu klopfen, trat er ein. Etwa zwanzig Frauen sprangen auf Hüpfbällen auf und ab. Wie auf ein geheimnisvolles Signal drehten ihm alle den Kopf zu und starrten ihn an.

»Die Übungen für das Zwerchfell haben Sie versäumt«, sagte die Therapeutin, die überraschend stämmig gebaut war. »Wir wenden uns gerade Bauch und Taille zu. Der rote dort in der Mitte des Kreises ist Ihr Ball.« Sie deutete auf den verwaisten Hüpfball, einer von denen mit einem Hasengesicht und zwei riesigen Ohren zum Anhalten. Tanner blieb keine Wahl. Unter den neugierigen Blicken der ringsum sitzenden Frauen bestieg er den Hasenball.

»Hopsen! Los!«, rief ihm die Therapeutin zu und begann wieder, rhythmisch auf ihre Trommel zu schlagen. Tanner schloss die Augen. Mit einem Bier im Bauch hopsen. Wie gut, dass ihn Paula nicht sah.

Schwitzend durchquerte er eine Stunde später die Halle, in der die Vorbereitungsarbeiten für die morgige Feier offenbar abgeschlossen waren. Links und rechts der Rednertribüne standen exotische Pflanzen, und davor waren die Stühle tribünenartig im Halbkreis angeordnet. Marietta Kurz, die Frau des Chefarztes, lief immer noch diensteifrig herum, und ihr Befehlston, den sie an einen der Bediensteten richtete, war laut wie der eines Unteroffiziers auf einem Kasernenhof.

Müde kroch Tanner die breite Stiege nach oben. Er blickte gerade auf sein Handy, ob eine Nachricht angekommen war, als ihm Schwester Ursula entgegenkam. Sie blieb stehen und sah sich um, ob niemand in der Nähe sei. Einer der Arbeiter kam vorbei, der einen riesigen Gummibaum in Richtung der Rednertribüne schleppte. Ursula dämpfte ihre Stimme und wartete, bis der Arbeiter im Treppenhaus verschwunden war, während Tanner sein Handy in die Hosentasche stopfte.

»Ich würde Sie gerne sprechen.«

Tanner nickte. »Wann?«

Sie sah auf die Uhr. »In zwanzig Minuten beginnt die tägliche Visite des Chefs. Da müssen Sie auf Ihrem Zimmer sein.«

»Chefvisite«, sagte Tanner gedehnt. »Sehen wir uns da?«

Sie schüttelte den Kopf. »Ab sofort bin ich im wohlverdienten Feierabend.«

»Wann treffen wir uns?«

»Nachdem Dr. Kurz mit seinem Anhang bei Ihnen war. Sagen wir um halb acht Uhr. Ich warte mit meinem Auto unten beim Pförtnerhäuschen.« Sie deutete auf seine Hosentasche. »Die Handynutzung ist übrigens strikt verboten im Krankenhaus. Lassen Sie das Ding ab jetzt in Ihrer Hosentasche.«

Tanner nickte. »Wie komme ich zum Pförtnerhaus, ohne dass mich das halbe Krankenhaus beobachtet?«

Sie lächelte verschwörerisch. »Ich zeige Ihnen einen geheimen Weg durch die Kellerräume, auf dem Sie die Klinik verlassen können, ohne dass Sie jemand sieht.«

»Durch die Kellerräume?«

Ihr Lächeln verstärkte sich. »Fahren Sie mit dem Lift ins Untergeschoss und gehen Sie an der Wäscherei und dem Raum mit Mülltonnen vorbei. Die Tür, zu der Sie dann kommen, ist mit einem elektronischen Zahlenschloss gesichert. Geben Sie die Nummer 4711 ein, und der Weg für Sie ist frei.«

»Wer ist schon wirklich frei?«

»4711. Merken Sie sich die Zahl, Sie Philosoph«, sagte sie und verschwand in einem der Krankenzimmer.

NEUN

Ich würde Sie gerne sprechen. Was wohl Schwester Ursula von ihm wollte? Etwas Unangenehmes vielleicht? Oder nur eine harmlose Einladung zum Abendessen. Reiß dich zusammen, Tiberio. Ein Abendessen mit Schwester Ursula würde ihm Paula nie und nimmer durchgehen lassen. Andererseits müsste man ihr ja nicht alles erzählen. Von Untreue keine Spur, sagte er sich. Ganz harmlos. Und eigentlich rein dienstlich.

Tanner warf seine Kleider auf das Bett und war splitternackt Richtung Bad unterwegs, als es klopfte und ein junger Arzt den Raum betrat, der wie ein Inder aussah. Als er Tanner sah, murmelte er eine Entschuldigung und hielt ihm ein Tablett hin, auf dem sich zwei Dinge befanden, die er bereits kannte: die Riesentablette und das Glas mit der bläulichen Flüssigkeit. »Mit besten Grüßen von Dr. Hackenbusch.« Der Arzt sah auf seine Armbanduhr und sagte, während er schon Richtung Tür ging: »Nehmen Sie die beiden Medikamente innerhalb der nächsten zehn Minuten. Spätestens dann kommt nämlich Dr. Kurz und wird kontrollieren, ob Sie alles geschluckt haben.«

Tanner schluckte eine Antwort hinunter, wartete, bis der Inder die Tür geschlossen hatte, dann goss er die bläuliche Flüssigkeit in den Kaktus am Fensterbrett. Tut ihm gut. Nachdem er die Pferdetablette ins Klo geworfen hatte, blieb er einige Sekunden vor dem Badezimmerspiegel stehen, ging dann etwas näher heran und betrachtete den älteren Mann genauer, der ihn mürrisch ansah. Graues Gesicht und tiefe Falten um die Augen. Kein erfrischender Anblick.

Genießen Sie unsere Luxus-Intervallbrause, hatte er in der Gebrauchsanweisung der Klinik gelesen. Die Dusche war in der Tat ein hochtechnologischer Mechanismus, und ohne Gebrauchsanweisung kaum zu beherrschen. Alleine die *intermittierende Massagefunktion mit Einhebelbedienung …* zuerst so heiß, dass sich die Haut bis an die Schmerzgrenze rot färbt, und einen Millimeter weitergedreht eiskalt, dafür aber mit *integriertem Kneipp-Effekt*.

Einige Augenblicke später füllte sich das Zimmer mit einer Hundertschaft weiß gekleideter Gestalten, angeführt von Dr. Bruno Kurz, dem Chefarzt der Klinik. Dahinter quetschte sich ein weiß gekleideter Schwarm ins Zimmer, bestehend aus Oberärzten, Stationsärzten, Assistenten, Schwestern und Pflegern. Schließlich war sein Zimmer so überfüllt wie die Schiffskabine in einem alten Schwarz-Weiß-Film mit den Marx Brothers.

Tanner hatte auf dem Sessel neben dem Bett Platz genommen. »Ist es nur meine Einbildung, oder wird es allmählich ganz schön voll hier?«

Der Chefarzt pflanzte sich vor Tanner breitbeinig auf. »Warum sind Sie nicht im Bett?«

»Ich bin nicht müde.«

»Hören Sie!« Das kam von einem der Assistenten aus dem Hintergrund. »Das hier ist ein Krankenhaus, das morgen seinen hundertsten Geburtstag feiert. Und seit hundert Jahren hat der Patient bei der Chefvisite im Bett zu liegen.«

Der Assistent, ein blonder, etwas übergewichtiger Mann, drängte sich nach vorn und reichte dem Chef einige zusammengeklammerte Papiere.

»Der Blutdruck ist nicht in Ordnung«, sagte er zu Dr. Kurz. Über Tanners Kopf hinweg. Hier geschah alles über seinen Kopf hinweg. Das ärgerte ihn.

»Wie ist sein Stuhlgang?«, fragte Dr. Kurz. Die Frage war an den danebenstehenden Dr. Hackenbusch gerichtet.

Tanner hob die Hand. Wie in der Schule. »Das kann ich am besten beantworten.«

Dr. Kurz drehte sich um und griff nach Tanners Handgelenk.

»Puls ist unregelmäßig und deutlich beschleunigt«, murmelte Kurz, mehr zu sich selbst.

»Das EKG, das wir heute früh gemacht haben, ist unauffällig.« Die Bemerkung kam von dem übergewichtigen Assistenzarzt.

Der Chefarzt ließ Tanners Hand fallen. Sein Blick wanderte vorwurfsvoll zum Assistenten. »Sie sind noch ein junger Mann ohne Erfahrung. Merken Sie sich, dass sich ein Mediziner nicht nur auf den objektiven Charakter von Fakten stützt. Ein guter Arzt bewertet den Patienten holistisch, er verlässt sich auf sein Gefühl, um nicht bei den Symptomen hängen zu bleiben. Außerdem sind wir über die Vitalparameter dieses Patienten nur ungenügend informiert, was mir zeigt, dass aufwendige Diagnostiken ausständig sind und schleunigst nachgeholt werden müssen. Ich denke an EEG, bildgebende Analysen, Colonoskopie sowie eine detaillierte Auskultation der Carotiden.« Er bohrte dem Assistenten den Zeigefinger in die Brust. »Notieren Sie das.« Daraufhin drehte Dr. Kurz den Kopf und starrte Tanner mit weit aufgerissenen Augen an. »Habe ich nicht recht?«

Tanner wusste nicht recht, wie er die Frage beantworten sollte, weshalb er sich auf ein Nicken beschränkte. Außerdem stank der Chefarzt erbärmlich nach Alkohol.

Nachdem die Hundertschaft weißer Mäntel sein Zimmer verlassen hatte, öffnete er das Fenster.

Im Badezimmer löschte er seinen Durst und setzte sich dann an das wackelige Tischchen vor dem Fenster. Er erinnerte sich an das Gespräch mit Rosilein, der er die Einweisung in die Klinik verdankte. *Deine Aufgabe wird es sein, sämtliche Behandlungen und Eingriffe sauber zu dokumentieren.* Tanner holte sein Notizbuch aus dem Koffer, beschriftete es mit »Persönliches Behandlungsprotokoll« und listete akribisch auf, welche Hilfe und Serviceleistungen er seit seiner Ankunft in der Privatklinik Santa Gertrude in Anspruch genommen hatte. Buchhalterisch genau notierte er Art und Umfang jeder Beratung oder diagnostischen Betastung. Mit Datum und Uhrzeit hielt er fest, welche Gespräche er mit welcher weiß gekleideten Person geführt hatte. Dann vergrub er das Notizbuch im Kleiderschrank unter seiner Unterwäsche. Der erste Schritt, einen eventuellen Abrechnungsbetrug der Klinik nachzuweisen, war getan. Carlo, sein Auftraggeber, würde zufrieden sein.

Tanner hielt sich gerade im Badezimmer auf, als sein Handy klingelte. Er lief in sein Zimmer hinüber, und nach hektischer Suche entdeckte er das Telefon in einer seiner Jacken, die er vor der Chefvisite in den Kleiderschrank gestopft hatte.

»Warum hebst du nicht ab?« Mit ihrer gewohnt wohlmo-dulierten Aussprache klang Paulas Stimme laut und klar. So als ob sie direkt neben ihm stünde.

»Ich habe gerade eine der ekelhaften Untersuchungen hinter mich gebracht, um den Auftrag zu erfüllen, den ich von deinem Carlo erhalten habe.« Langsam setzte er sich auf die Bettkante.

»Das ist nicht mein Carlo«, sagte sie.

»Außerdem ist hier im Krankenhaus Handyverbot. Ich verstoße gerade gegen sämtliche Hausregeln.«

»Wie kommst du voran?«

»Mir wurden sämtliche Körpersäfte abgezapft und alle Innereien auf den Prüfstand gelegt. Mein Lufu ist übrigens ohne Tadel.«

»Lufu?«

»Lungenfunktionstest. Da ich alles genau dokumentiert habe, kann Carlo in spätestens zwei Tagen überprüfen, ob die Krankenhausrechnung in Ordnung ist oder die Klinik Abrechnungsbetrug betreibt.«

»Hast du Schwester Ursula kennengelernt?«

Er machte eine kurze Pause, um auszuatmen und sich eine überzeugende Antwort einfallen zu lassen. »Ich glaube, eine der Krankenschwestern heißt so. Glaube ich wenigs-tens. Kennst du sie?«

»Ich sagte dir doch, dass ich aus meiner Apotheke St. Gertraud mit Medikamenten versorge. Schwester Ursula ist meine Ansprechpartnerin in der Klinik. Sie darf nicht erfah-ren, dass wir uns kennen. Schließlich ist dein Undercover-Einsatz gegen das Krankenhaus gerichtet.«

»Ich bin verschwiegen wie ein Grab.«

»Du bist ein Mann. Männer sind Tratschtanten.«

»Männer können keine Tanten sein«, sagte Tanner.

Kaum hatte er aufgelegt, klingelte sein Handy.

»Hier ist Carluccia. Ich hoffe, ich störe nicht.«

Gerlinde Carluccia, die Tochter der ermordeten Hebamme. Seine Auftraggeberin. Automatisch richtete sich sein Oberkörper auf. »Natürlich stören Sie nicht.«

»Ich habe heute mit Paula telefoniert. Von ihr weiß ich, wo Sie sich derzeit aufhalten.«

Er schnaufte. »Ich hoffe, Sie haben niemandem davon erzählt.«

»Halten Sie mich für blöd?«

Tanner beschloss, die Frage nicht zu beantworten, und wartete, bis sie sich wieder meldete.

»Gibt es irgendeine Spur, die unsere Bozner Questura bisher nicht entdeckt hat?«

»Es gibt einige Kollegen hier im Krankenhaus, die Hedwig Pammer … also Ihre Mutter gut kannten.«

»Kein Wunder. Sie war einige Jahre in der Klinik im Ultental.«

»Aber nicht fest angestellt.«

»Das hatte ich Ihnen bereits erklärt. Der dortige Chefarzt hat sie fast jedes Jahr in sein Krankenhaus geholt. Aber nur als Urlaubsvertretung.«

»Sie reden von Dr. Kurz, nicht wahr? Ich habe ihn einige Male in der Klinik getroffen und heute persönlich kennengelernt. Ich erinnere mich, dass Sie ihn bei unserem ersten Gespräch als Wüstling und Grobian bezeichnet haben.«

»Das sind nicht meine Worte. Mama hat den Kerl so genannt.«

»Der Mord an Ihrer Mutter müsste jetzt ungefähr ein Jahr her sein.«

»Ungefähr ist gut«, sagte sie kratzbürstig. »Morgen ist der zweite September. Genau vor einem Jahr haben sie Mamas Leiche gefunden. Um Punkt vierzehn Uhr.« Ihre Stimme klang jetzt zynisch und verbittert.

»Ich halte mich hier in der Klinik auf, um das Umfeld besser kennenzulernen, in dem Ihre Mutter gearbeitet hat. Auch wenn sie nur als Urlaubsvertretung hier war. Die meiste Zeit hat sie als freiberufliche Hebamme gearbeitet. Dazu habe ich eine Bitte an Sie. Ich benötige eine detaillierte Aufstellung der Geburten, bei denen Ihre Mutter beteiligt war. In einer Firma hieße so etwas eine Kundenliste.«

Er hörte ihr Schnaufen am Telefon. »Kundenliste … Mein Gefühl sagt mir, dass der Grund für Mamas Tod im Ultental zu suchen ist.«

»Sie meinen in der Klinik Santa Gertrude.«

»Sind Sie schwer von Begriff? Natürlich meine ich das. Ich sagte Ihnen doch schon, dass meine Mutter von eigentümlichen Vorgängen sprach, die im Krankenhaus vor sich gehen sollen. Und Mamas Meinung über den Dr. Kurz kennen Sie ja.«

Tanner fragte sich, warum Gerlinde ihn angerufen hatte, sagte aber nichts, sondern bedankte sich artig für das Gespräch.

»Halt!«, rief sie. »Nicht auflegen. Es gibt noch einen Grund, warum ich Sie angerufen habe. Ich habe in den Unterlagen meiner Mutter einen Schlüssel gefunden.«

»Jetzt? Ein Jahr nach ihrem Tod.«

»So etwas kann sich ein Mann nicht vorstellen. Meine Mutter lebte außerhalb Bozens in einer kleinen Wohnung, die jetzt mir gehört. Das Zimmer ist noch genauso wie damals, als Mama dort gelebt hat. Verstehen Sie? Nicht aus nostalgischen Gründen, sondern einfach, weil ich bisher nicht die Zeit hatte, aufzuräumen.«

»Sie haben einen Schlüssel gefunden. Wo gehört der hin?«

»Ich habe mich erkundigt. Es ist ein Schließfachschlüssel.«

»Gepäcksaufbewahrung am Bahnhof?«

»Keine Ahnung. Neben der Nummer trägt der Schlüssel die Aufschrift BNL.«

»BNL? Sagt Ihnen das was?«

»Sie sind doch der Detektiv. Dafür bezahle ich Sie«, sagte sie fauchend. »Ich treffe mich morgen früh mit Ihrer Paula in der Apotheke. Dort können Sie sich den Schlüssel abholen.«

»Halt! Und geben Sie ihr eine Vollmacht, lautend auf meinen Namen.«

Es kam keine Antwort mehr. Sie hatte aufgelegt.

Bevor er das Krankenzimmer verließ, betrachtete er sich noch einmal kritisch im Spiegel. *Wenn du dich mit einer Dame triffst, musst du einen Schlips umbinden.* An diese Worte seiner Mutter erinnerte er sich, als ihm einfiel, dass er keine Krawatte ins Krankenhaus mitgenommen hatte. Wer ging auch mit so einem Ding um den Hals zur Darmspiegelung? Was tun? Ein offener Hemdkragen zum Sakko wirkte schlampig. So konnte er sich bei Schwester Ursula nicht blicken lassen. Als sich Tanner vom Spiegel wegdrehte, fiel ihm die Lösung des Problems ein: Ein Krawattenschal. Sein Großvater, damals schon ein alter Mann, hatte ihm einmal seinen Waffenrock gezeigt, den er in seinem Dragonerregiment getragen hatte. Und passend dazu ein Tuch, das der Großvater Plastron nannte und das man sich in äußerst komplizierter Manier um den Hals schlingen musste. Nach dem sechsten Versuch hing das Ding immer noch schief auf Tanners Brust. Er zupfte es zurecht und verließ das Zimmer.

Auf dem Weg zum Treppenhaus begegnete ihm die Essensausgabe in Gestalt eines jungen Mädchens, das mit einem Servierwagen von Zimmer zu Zimmer unterwegs war.

»Ich bin von Nummer 212«, sagte Tanner mit flötender Stimme. »Leider muss ich zu einer langwierigen ärztlichen Untersuchung, so dass ich auf das Essen verzichten muss.«

Das Mädchen blickte auf einen Zettel, der an dem Servierwagen befestigt war und nickte. »Zimmer 212 heute kein Essen. Geht in Ordnung.«

In der großen Halle war immer noch Hochbetrieb. Elektriker verlegten Leitungen, die sich kreuz und quer über den Boden schlängelten, und montierten Scheinwerfer im Halbkreis um die Rednertribüne. Marietta Kurz, die Gattin des Chefarztes, rannte mit wehenden Haaren herum, erteilte Befehle und sprach laut mit ihrem Handy. Als Dr. Kurz aus dem Lift trat, zog sich Tanner in die Dämmerung einer Mauernische zurück. Einem Mann, der sich so unflätig über seinen Stuhlgang erkundigt hatte, wollte er nicht noch einmal begegnen.

Auf dem Weg zur Treppe fiel ihm das blank geputzte Metallschild auf, das neben einer gepolsterten Tür hing: *Chefarzt Dr. med. Bruno Kurz, Anstaltsleitung.* Wenn sich der Chefarzt gerade in der Halle herumtrieb, konnte er sich nicht in seinem Büro aufhalten

Tanner hätte nicht sagen können, warum er plötzlich den Drang verspürte, das Büro des Chefarztes zu betreten. Als er die Tür öffnete, schlug ihm eine Geruchsmischung aus Alkoholdunst und Maiglöckchen-Parfum entgegen. Irgendwo in der Dämmerung des Raumes tickte eine Uhr. Er betätigte den Lichtschalter, und mit einem mehrfachen Klacken flutete indirektes Neonlicht in jeden Winkel des Zimmers. Er startete seinen Rundgang beim Schreibtisch, öffnete alle Schubladen und blätterte sich durch einige Unterlagen, fand aber nichts Aussagekräftiges. In dem Schrank hinter Kurz' Schreibtisch entdeckte er eine Tasche mit einem kompletten Set an Golfschlägern. Neben dem Fenster stand ein dunkelbraunes Sideboard mit mehreren Schubladen. An einer Blumenvase lehnte eine Fotografie, auf der drei Männer nebeneinanderstanden, die lachend in die Kamera blickten, als ob sie gerade einen guten Witz gehört hätten. Den Mann in der Mitte kannte Tanner gut: Dr. Bruno Kurz. Die anderen beiden, die um einige Jahre jünger waren, hatte er noch nie gesehen. Kurz entschlossen, faltete er die Fotografie zusammen und steckte sie ein.

Durch das Fenster sah er Richtung Westen einigen Wolken nach, deren Ränder von der letzten Abendsonne golden aufleuchteten, als ihm einfiel, dass Schwester Ursula in der Nähe des Pförtnerhauses auf ihn wartete.

Gehen Sie im Keller an der Wäscherei und dem Raum mit Mülltonnen vorbei. Kaum hatte Tanner die ausgedehnten Kellerräume betreten, als die Leuchtstoffröhren an der Decke erloschen und er im Dunkeln stand. Es dauerte einige lange Minuten, bis er einen Lichtschalter fand und feststellte, dass er in ein richtiges Labyrinth geraten war. Zuerst signalisierte ihm ein übler Geruch die Nähe der Mülltonnen, dann kam er an der Wäscherei vorbei. Hier war er richtig. Vorsichtig lugte er um die Ecke und horchte in die Dunkelheit. Einige Augenblicke später erreichte er die Tür, deren elektronisches Zahlenschloss er mit der Nummer 4711 besiegen konnte. Der Weg zu Schwester Ursula war frei.

ZEHN

Im Freien angekommen, atmete er tief ein und genoss die frische Luft. Einen Moment dachte er an die armen Teufel, die mit einem Rollator durch die Gänge des Krankenhauses schlurften, während er gesund und privilegiert wie ein Freigänger das Krankenhaus verlassen konnte. Bevor er der Zufahrt folgte, die sich den Park zum Pförtnerhaus hinunterschlängelte, blickte er über die Berge des Stilfserjochs, deren Gipfel teilweise im Nebel verschwanden. Eine gesegnete Landschaft, dachte er, auf dieser Seite wie auf den gegenüberliegenden Bergwiesen, auf denen in der Dämmerung manchmal kleine weiße Flecken auf einen der alten Bauernhöfe hinwiesen. Ein Raubvogel zog seine Kreise. Aus den Bäumen im Park des Krankenhauses drang Vogelgezwitscher zu ihm herüber.

Der gespielt jugendliche Schwung, mit dem sich Tanner in Ursulas kleinen Renault schwang, löste spontan einen stechenden Schmerz in einem der Rückenwirbel aus. »Sie sehen gut aus«, sagte Tanner und reichte ihr die Hand.

Sie lachte glucksend. »Ich weiß.« Auch ihre Stimme klang weich und anders, als er sie von ihren Gesprächen im Krankenhaus in Erinnerung hatte. Ursula trug Jeans und eine enge, weiße Bluse, deren oberste zwei Knöpfe offen standen.

»Sie wirken völlig unmedizinisch.«

Sie schaukelte kokett mit den Schultern und startete den Motor. »Gefalle ich Ihnen? Wenn ja, habe ich mein erstes Ziel erreicht.«

»Wo ein erstes Ziel, ist auch ein zweites.«

»Wie meinen Sie das?«

»Sie sagten, dass Sie mich sprechen möchten.«

Sie lächelte über das Lenkrad hinweg. »Darüber reden wir zwischen Vorspeise und Hauptgang.«

»Wohin fahren wir eigentlich?«

»Nicht direkt in das erstbeste Lokal, in dem wir möglicherweise Leute aus dem Krankenhaus treffen.« Sie zeigte mit dem Zeigefinger auf die Windschutzscheibe. »Ich kenne ein gutes Gasthaus hoch oben in den Bergen, die sich zum Hasenöhrl hinaufziehen.«

»Wie heißt das Lokal? Vielleicht war ich schon einmal dort.«

»Gasthaus St. Moritz. Ein gemütliches, uriges Restaurant. Tolles Essen und ausgezeichnete Weine. Das Restaurant liegt in 1500 Metern Höhe über dem Zoggler Stausee.«

»Oberhalb vom Zoggler Stausee«, sagte er. »Die Gegend kenne ich. Dort habe ich mich vor einiger Zeit wegen einer Mordermittlung herumgetrieben.«

Das wird ein angenehmer Abend, dachte Tanner, als er in der Weinkarte blätterte. Und nicht nur wegen seiner attraktiven Begleiterin. Der Kellner stand neben dem Tisch und sah sie, einen Block und den Kugelschreiber gezückt, erwartungsvoll an.

Sie legte kurz ihre Hand auf Tanners Arm. »Wenn es Ihre männliche Ehre nicht zu sehr verletzt, würde ich einen Rotwein aus meiner Heimatgemeinde vorschlagen.« Sie sah ihn fragend an und wartete, bis er zugestimmt hatte.

»Bringen Sie uns einen Blauburgunder Trattmann Mazon 2016«, sagte sie und sah zu dem Kellner hoch, der bestätigend nickte.

»Sie werden zufrieden sein. Der Wein kommt aus Girlan, da, wo ich zu Hause bin.«

Die Lampe über dem Tisch spendete warmes Licht. Die massiven Deckenbalken und die Wandtäfelung machten den Eindruck, als ob sie Hunderte Jahre alt waren. Ein Gefühl der Sicherheit bemächtigte sich Tanner. Egal, welche wirtschaftlichen Finanzkrisen oder politischen Skandale die Außenwelt auch beschäftigten, hier drinnen herrschte die unverrückbare Ruhe und Sicherheit immerwährender Tradition.

»Sind Sie in Girlan zu Hause?«

»Ich bin dort geboren und zur Schule gegangen. Mein Vater war Kellermeister bei einem der Winzer an der Weinstraße. Was sind Sie für ein Sternbild?«, fragte sie übergangslos.

Tanner war Waage. »Sternbild? Weiß ich nicht«, sagte er und hätte nicht sagen können, warum er log. Wieso fragen Frauen immer nach dem Sternbild?

»Aber Ihr Geburtsdatum wissen Sie, oder?«

Die Frau ist hartnäckig. »Mitte Oktober«, sagte er und beugte sich vor. »Bedeutet das was Schlechtes?«

»Mittelprächtig. Sie sind Waage.«

»Mit welchen Konsequenzen?«

»Ausgeglichen, harmoniebedürftig und langweilig.«

»Wir fragen uns gegenseitig aus, merken Sie das?«

»So beginnt doch immer ein Kennenlernen. Woher kommen Sie?«

»Ich bin in Kaltern aufgewachsen, habe dann dreißig Jahre in Turin gelebt und gearbeitet und wohne jetzt wieder im Überetsch. Genauer gesagt, im Unterland.«

»Pasta meets Schlutzer«, sagte Ursula, wischte mit der Zungenspitze über ihre Lippen und bestellte eine kleine Portion Spaghetti mit Speck als Vorspeise. Tanner entschied sich für die mit Spinat gefüllten Tirtlan. Er mochte die ausgebackenen, fettigen Teigtaschen. Hoher Brennwert und Sättigungsgrad. Als Hauptgang wählte sie Schweinefilet in Grappa-Rahm, Tanner das gesurte Schweinerne mit Sauerkraut. Das harmonierte gut mit dem Rotwein.

»Und Sie? Wo sind Sie jetzt zu Hause?«

»In Gratsch. Meine Straße ist nach dem König Laurin benannt. Sie wissen schon … der mit seinem Rosengarten.«

»Gratsch? Nie gehört.«

»Das liegt nördlich von Meran. Ein ruhiger Ort. Nur die Nachbarn sind manchmal laut.«

»Geboren in der Gemeinde Eppan. Und wer hat Sie von dort hierher entführt?«

»Mein Mann.«

»Sie sind verheiratet?«

»Ich war es … einige Jahre lang. Jakob war mittel gebildet, mittel intelligent und mittel langweilig. Dann kam ich dahinter, dass er ein Briccone war, wie man in Italien sagt, der mich auf seinen zahlreichen Dienstreisen ständig betrogen hat. Er war so wie Sie …«

Empört zeigte Tanner mit dem Daumen auf sich. »So wie ich?«

»Ja, er war auch eine Waage.«

»Dann bin ich beruhigt«, sagte Tanner. »Wie viel Zeit ist seitdem vergangen?«

»Was meinen Sie mit *seitdem*?«

»Seit Ihrer Scheidung? Wie lange ist das her?«

»Drei Jahre … ungefähr.«

»Und gibt es einen neuen Mann …?« Tanner stockte. Plötzlich wusste er nicht, wie er den Satz zu Ende bringen sollte.«

Sie lachte und verschluckte sich beinahe. »Ein neuer Mann … ja, den gibt es. Er heißt Peter und arbeitet in Mailand. Drei bis vier Stunden Autofahrt. Wir sehen uns nur an den Wochenenden.«

In der Zwischenzeit hatte der Kellner die Flasche geöffnet, und Ursula probierte den Wein. Sie stießen an und Tanner nahm einen großen Schluck.

»Zufrieden?« Sie sah ihn über den Tisch hinweg an und ihre Blicke trafen sich.

»Ein harmonischer Pinot Noir.« Tanner hob das Weinglas gegen die Lampe und dann an die Nase. »Rubinrot und leicht granatfarben. Intensiver und komplexer Duft nach Waldbeeren, Sauerkirschen sowie zarten blumigen Noten.« Er nahm einen großen Schluck und nickte ihr zu. »Im Mund Töne von reifem Obst mit voller Frucht – ein vollmundiger Wein mit guter Struktur und langem Abgang.«

»Sind Sie Sommelier oder Detektiv?«

»Ich habe vor wenigen Tagen ein Weinseminar besucht, bei dem ich all diese Vokabeln gelernt habe.«

Beeindruckt zog sie die Mundwinkel nach unten. Sie deutete auf das Weinetikett. »Mazon ist eine Fraktion von

Neumarkt und liegt östlich des Etschufers. Mein Vater kam immer ins Schwärmen, wenn er von den Trauben sprach, die von den Hügeln um Mazon mit ihrer idealen Südwestausrichtung kommen. Den Blauburgunder nannte er den elegantesten aller Rotweine.«

Tanner nahm noch einen Schluck. »Ihr Vater war ein kluger Mann.«

»Ich habe eine Frage an Sie«, sagte Tanner. »Es ist schon längere Zeit her, aber es gab mal eine Hebamme, die hier im Krankenhaus St. Gertraud gearbeitet hat.«

Sie stellte das Weinglas abrupt auf den Tisch »Jetzt kommt die Geschichte von der toten Hedwig Pammer.«

Tanner runzelte die Stirn. »Woher wissen Sie das?«

»Weil das genau das Thema ist, weshalb auch ich Sie sprechen wollte.«

»Sind Sie Hellseherin?«

»Ich wollte Sie warnen.«

»Vor wem?«

»Herr Tanner, Sie haben die Frage nach Hedwig schon vielen Leute in der Klinik gestellt. So etwas spricht sich herum. Normalerweise erkundigt sich ein Patient in unserem Krankenhaus nicht nach ermordeten Angestellten.«

Tanner war verwirrt und wusste nicht, was er antworten sollte. Mit dem Suppenlöffel malte er geschwungene Linien auf das Tischtuch.

»Wovor warnen Sie mich? In der Klinik St. Gertrud gibt es doch keine Gefahren.« Er griff nach der Flasche und füllte beide Gläser wieder nach. »Oder doch?«

»Dr. Bruno Kurz.«

»Der Herr Chefarzt? Ist er es, vor dem Sie mich warnen?«

Sie nahm einen Schluck Wein, stellte das Glas ab und nickte ihm zu.

»Er ist gefährlich.«

»Vor einer Stunde war er zur Visite bei mir im Zimmer. Er wirkte unhöflich und eher lästig. Aber nicht gefährlich.«

Draußen fuhr ein Lastwagen vorbei. Aus dem Hintergrund des Raumes drang ein leises Rauschen an sein Ohr, ohne dass er feststellen konnte, was die Ursache des Geräusches war. Er hatte das erste Glas viel zu schnell getrunken und spürte, wie der Alkohol durch seine Adern pulsierte. Die Gedanken an seine beiden Fälle verloren an Bedeutung, und alles wurde plötzlich ein bisschen einfacher. Außerdem war eine hübsche Frau in der Nähe. Er sah ihr zu, wie sie mit ihrer schmalen Hand am Stiel des Weinglases spielte und ihm zulächelte.

»Sie sind also wegen Dr. Kurz beunruhigt. Ich bin Ihnen sehr dankbar für diese Warnung. Verraten Sie mir bitte, wie ich zu der Ehre komme, mich ins Vertrauen zu ziehen?«

»Ich weiß, welchem Beruf Sie nachgehen.« Sie lehnte sich lächelnd zurück. »Und ich kenne Paula gut.«

Tanner traute seinen Ohren nicht. Verdammt. Sie hatte ihn durchschaut. Sein hochgesteckter Undercover-Einsatz war aufgeflogen.

»Keine Angst, außer mir weiß keiner Bescheid. Und auf mich können Sie sich verlassen. Ich bin diskret wie ein Beichtvater.«

Tanner entfuhr ein tiefer Seufzer. »Natürlich weiß ich, dass Paula das Krankenhaus mit Medikamenten beliefert. Sie hat mir aber ausdrücklich verboten, mit irgendjemandem in der Klinik darüber zu sprechen. Unter Androhung von Konsequenzen, sagte sie. Woher wissen Sie, dass Paula und ich ...«

Sie lächelte. »Ich habe Sie zusammen in Bozen gesehen. In der Nähe von Paulas Apotheke.«

»Aber ich könnte ja auch ein wildfremder Kunde sein, den sie zufällig getroffen hat.«

»Nein«, sagte sie und ihr Lächeln verstärkte sich. »Das kann nicht sein. Sie haben sie geküsst. Und wie! Ich kenne Paula schon einige Jahre. Und ich weiß, sie küsst keine wildfremden Kunden.«

»Behandeln Sie das bitte vertraulich.«

»Unter Androhung von Konsequenzen, ich weiß.« Sie lachte. »Keine Angst. Wie ich schon sagte ... Ich bin diskret.«

Ihre Bestellung wurde serviert, und sie stießen noch einmal mit den Weingläsern an. Tanner wünschte ihr guten Appetit und griff nach dem Besteck. Kurz bevor er mit dem Essen startete, war sein Hunger stets am größten.

Während des Essens redeten sie um den heißen Brei herum, unterhielten sich über den Südtiroler Wein, über Musik und die Geschichte Bozens. Tanner erfuhr, dass Ursulas geschiedener Mann noch einmal geheiratet hatte und jetzt in Rom lebte. Er hatte das Gefühl, dass ihn die Frau ständig beobachtete. Dabei wirkte sie nervös und unruhig. Ihr Gesicht war gerötet.

»Kannten Sie Hedwig Pammer gut?«

»Nicht gut. Aber ich habe mich gern mit ihr unterhalten. Hedwig war eine kluge Frau. Sie war jedes Jahr zur Aushilfe bei uns in der FUG.«

»FUG?«

»In unserer Abteilung für Frauenheilkunde und Geburtshilfe. Ich mache die Dienstpläne für das Krankenhauspersonal. Also bin ich ständig mit allen in Kontakt. Aber nein, besonders gut kannte ich sie nicht.«

»Mit allen in Kontakt sein … wie geht das?«

»Wie meinen Sie das?«

»Gibt es in jedem Stockwerk einen Glaskasten mit Aushang, auf dem Sie Ihre Dienstpläne kommunizieren, oder haben Sie eine WhatsApp-Gruppe eingerichtet?«

»Schwarze Bretter haben wir schon lange nicht mehr. Wir arbeiten mit einem Klinik-internen Intranet.«

»Der Mörder der Hebamme läuft immer noch frei herum«, sagte Tanner. »Darüber haben Sie sich doch sicher Gedanken gemacht.«

»Sie war tüchtig in ihrem Beruf. Und sie hatte das, was man als menschliche Wärme bezeichnet.«

»Könnte der Mörder aus dem Krankenhaus kommen?«

»Ich denke, ein Mörder kann von überallher kommen. Hedwigs Leiche wurde nicht hier in der Klinik gefunden. Ich erinnere mich, dass die Polizia di Stato am Anfang viele Spuren verfolgt hat. Auch hier bei uns haben sich Leute von der Questura lange Zeit aufgehalten und den gesamten Betrieb im Krankenhaus gestört.«

»Aber ohne Ergebnis«, sagte Tanner.

»Aber ohne Ergebnis.«

»Ich weiß nicht, warum, aber vorhin kam mir der Gedanke, dass Sie Dr. Kurz verdächtigen.«

Ursula sah ihn einige Sekunden an, sprach aber kein Wort. Also hatte er richtig getippt.

»Ich weiß es nicht. Und ich möchte nicht, dass Sie jemandem erzählen, dass ich unseren Chefarzt für einen Mörder halte.«

Es war dämmerig im Raum, doch wenn sie sich vorbeugte, fiel das warme Licht der Lampe, die über dem Tisch hing, auf ihr Gesicht und ihr tiefes Dekolleté. Ihre Brüste berührten für kurze Zeit den Rand des Tisches. Dann lehnte sie sich zurück, und er konnte noch immer ihre großen, dunklen Augen sehen, die ihn stumm ansahen. Ihre Ohrringe klimperten manchmal leise. Sie sah verführerisch aus.

»Ich weiß es nicht«, wiederholte sie.

»Immerhin halten Sie ihn für gefährlich.«

»Er trinkt. Dann wird er rabiat und unberechenbar.«

»Beschreiben Sie mir Frau Pammer. War sie eine attraktive Frau?«

»Hedwig war Anfang fünfzig. Schlank und hatte eine gute Figur. Und sie war einige Jahre jünger als der Kurz.«

»War was zwischen den beiden?«

»Sie meinen, ob sie ein Verhältnis hatten? Unser Chefarzt probiert es bei allen. Insbesondere wenn er eine Flasche Wein intus hat.«

»Sie haben meine Frage nicht beantwortet.«

»Sex?« Sie hob die Schultern. »Ich glaube es nicht. Hedwig war nicht nur klug, sie war auch eine selbstbewusste Person, und ich kann mir nicht vorstellen, dass sie für eine flüchtige Bettgeschichte zu haben war. Selbst wenn der Herr Chefarzt persönlich gerufen hat.«

Er beobachtete Ursula, die ihm mit glänzenden Augen gegenübersaß, verscheuchte ein paar Gedanken, die der Political Correctness widersprachen, und rief sich zur Ordnung. Dann griff er in die Innentasche und schob die Fotografie mit den drei gut gelaunten Männern in das helle Licht der Deckenlampe.

»Über den mittleren haben wir gerade gesprochen. Kennen Sie die beiden anderen Männer?«

»Wo haben Sie das Foto her?«, fragte sie überrascht.

»Ist mir zugeflogen.«

»Manche Frauen, so erzählt man, fliegen auf Männer. Von Fotografien habe ich das noch nicht gehört.«

Tanner versuchte, sich nicht verwirren zu lassen.

»Wie gesagt, den in der Mitte kenne ich … das ist der Dr. Kurz. Wer ist der gut genährte Endvierziger neben ihm?« Er deutete auf den dicklichen Mann mit weichen Gesichtszügen und runden Wangen, die unter den Brillengläsern hervorquollen. Auf seiner Glatze spiegelte sich die Sonne.

»Auch ein Arzt. Matteiner hieß er, glaube ich. Ich hatte einige Male mit ihm zu tun. Er war einige Zeit als Anästhesist bei uns an der Klinik.«

»Einige Zeit?«

»Nicht lange.«

»War er mit Dr. Kurz befreundet?« Er deutete auf die Fotografie. »So wie die beiden sich anlachen, könnte man auf diesen Gedanken kommen.«

Ursula hob die Schultern. »Wenn ich mich richtig erinnere, war der Matteiner ein eigentümlicher Mensch. Verschlossen und eher in sich gekehrt.«

»Auf dem Foto hier wirkt er gar nicht zugeknöpft.«

»Ich habe ihn anders in Erinnerung.«

»Er arbeitet nicht mehr an der Klinik Sankt Gertraud?«

»Ich meine mich zu erinnern, dass er sich an eine Kurklinik versetzen ließ.«

»An welche?«

»Keine Ahnung. Das ist lange her.«

»Und wer ist der etwas zu klein geratene Dunkelhaarige links von Dr. Kurz?« Tanner zeigte auf den in der Mitte stehenden Mann, der mindestens einen Kopf kleiner war als der Chefarzt. Selbst auf der etwas verschwommenen Fotografie konnte man erkennen, dass er einen gut sitzenden Anzug aus teurem Tuch trug. Eine Locke seines glänzenden und wahrscheinlich gegelten Haares fiel ihm in die Stirn.

»Das ist der Tappeiner, unser kaufmännischer Geschäftsführer. Stefano Tappeiner. So richtig kennt den keiner von uns.«

»Wieso das? Normalerweise hat der Finanzchef überall seine Finger drin. Also müsste er doch bei allen bekannt sein.«

»Er ist bei allen unbeliebt. Und er führt das Geschäft aus dem Hintergrund. Tappeiner steuert das Krankenhaus wie einen Industriebetrieb. Obwohl ohne ihn nichts läuft, lässt er sich kaum blicken. Er ist die graue Eminenz, und ich glaube sogar, dass er nicht einmal ein Büro hier in der Klinik hat.« Sie lächelte. »Tappeiner arbeitet aus dem Homeoffice heraus.«

»Homeoffice? Wo ist er zu Hause?«

»Dort, wo alle wichtigen Leute herkommen, in Gratsch bei Meran.« Ursulas Lächeln verstärkte sich. »Er ist fast ein Nachbar von mir. Tappeiner wohnt nicht weit weg von mir, nur im Gegensatz zu meiner bescheidenen Hütte residiert er in einer luxuriösen Villa oben in den Bergen. Mit einem herrlichen Blick bis zum Schloss Tirol.«

Noch einmal deutete Tanner auf den Chefarzt. »Er steigt allen Frauen nach, sagten Sie. Was sagt seine Frau dazu?«

»Was Marietta dazu sagt? Vielleicht ist es ihr egal. Keine Ahnung. Jedenfalls ist sie selbst alles andere als eine treue Seele.«

»Haben die beiden Kinder?«

»Ich glaube, eine Tochter. Die studiert wohl irgendwo im Ausland. Jedenfalls habe ich sie noch nie zu Gesicht bekommen.«

»Marietta Kurz hat also einen Geliebten.«

»Vielleicht nicht nur einen. Früher wurde hinter vorgehaltener Hand getuschelt, heute redet die gesamte Klinik offen darüber, dass Sie ein Verhältnis hat. »

»Wer ist der Glückliche?«

Ursula lehnte sich zurück, so dass ihre Ohrringe leise klimperten. »Man merkt, dass Sie ein Detektiv sind. Ihre Fragen werden immer konkreter.«

»Ich bin kein Farzlschmecker. Die Wahrheit ist aber immer konkret. Also, mit wem schläft die Dame?«

»Belinda erzählt jedem, dass Marietta und unser Finanzchef was miteinander haben.«

»Belinda? Ist das die Bedienung in der Cafeteria Gertrud?«

»Genau die. Ein Waschweib. Sieht und hört alles. Und erzählt alles weiter.«

Tanner nickte. »Die Dame wollte mir einen Weißwein aus den Ländern der EU servieren. Ich bin spontan auf Bier umgestiegen. Sie erzählte aber etwas Interessantes. Hedwig

Pammer soll eine lebenslustige Frau gewesen sein. Nur kurz vor ihrem Tod soll sie ihre gute Laune verloren haben und sogar ein merkwürdiges Verhalten an den Tag gelegt haben. Sagt Belinda von der Cafeteria.«

»Glauben Sie der Frau kein Wort. Sie ist eine Tratsch.«

»Aber das könnte doch passen. Marietta und der Tappeiner. Sie hat vielleicht einen Hang zum oberen Management.«

»Immerhin kommt sie aus einem alten Adelsgeschlecht.«

»Ist sie ein Abkömmling eines Fürstengeschlechts?«

»So etwas Ähnliches. Sie soll mit einem blaublütigen Knacker verwandt sein, der vom alten Tiroler Adel abstammt und irgendwo am Fuß der Texelgruppe zu Hause ist.«

»Woher wissen Sie das alles?«

»Marietta hat es mir erzählt. Die sind aber nicht nur adelig, sondern auch reich. Ihren Verwandten soll eines der größten Weingüter im Meraner Land gehören, obwohl es fast 700 Meter hoch in den Vinschgauer Bergen liegt.«

»Tolle Wandergegend, würde meine Paula sagen. Was immer das bedeutet.«

»Was immer das bedeutet.« Ursula grinste. »Sie lieben guten Wein um vieles mehr als anstrengendes Bergwandern.«

Tanner zog eine Augenbraue hoch und sah sie streng an. »Sie würden sich mit Paula gut verstehen. Was wissen sie sonst noch über die adelige Verwandtschaft Mariettas?«

»Nicht viel. Das Weingut macht angeblich gute Geschäfte, von Europa bis Übersee. Das sind also keine verarmten Adeligen, wie so viele andere in Südtirol. Der Reichtum strahlt auf die gesamte Verwandtschaft und wohl auch auf Marietta Kurz aus. Teilhabe nennt man das.«

Sie hatten tatsächlich auch die zweite Flasche geleert, und der herrliche Blauburgunder hatte bei ihm zu einer wohltuenden Gelöstheit geführt, die seine Sorgen verdrängt und damit auch die Gedanken an die unangenehmen Dinge. An die ermordete Hebamme zum Beispiel. Doch dann erinnerte Tanner sich an Carlo Drackoner und dessen Auftrag, die Abrechnungen des Krankenhauses zu überprüfen.

»Ich habe noch eine Frage an Sie«, sagte er, um das Thema zu wechseln.

»Ich habe mich etwas mit den gesetzlichen Richtlinien beschäftigt, die in Südtiroler Krankenhäusern gelten. Ich rede von den Daten, die für jeden Patienten gesammelt werden.«

»Welche Daten meinen Sie? Die ärztlichen Befunde oder die durchgeführten Maßnahmen mit Dokumentation der Kosten für die Abrechnung mit den Krankenkassen?«

»Beides. Es muss doch jede Menge an Aufzeichnungen geben in so einer Klinik.«

»Jede Menge … so ist es auch. Zum Beispiel wird für jede Operation und Behandlung dokumentiert, welcher Arzt oder Helfer wann und wie lange am Patienten gearbeitet hat. Egal, ob OP oder irgendeine andere Behandlung. Für all das gibt es umfangreiche Protokolle.«

»Am Patienten arbeiten … das gefällt mir. Und genau diese Protokolle interessieren mich. Wo befinden sich diese?«

Einige Sekunden betrachtete Ursula ihn verwirrt, dann runzelte sie die Stirn. »Ihre Fragen werden in der Tat immer konkreter. Sie können ihren Beruf nicht leugnen. All diese Unterlagen befinden sich in den Archiven im Keller.« Sie lächelte. »Durch den Sie der Weg ins Freie geführt hat. Und auf dem Sie heute Abend wieder in die Klinik zurückkehren werden. Sie wissen schon: Die eiserne Tür mit dem Zahlenschloss und der Geheimnummer 4711. Ich gehe durch den Haupteingang ins Schwesternzimmer, und Sie schleichen sich über den Keller in Ihre Kemenate.«

Als sie nach dem Essen ins Freie gingen, hatte Tanner das Gefühl, dass Ursula etwas unsicher auf den Beinen war. Er jedoch fühlte sich stabil und gefestigt, nur der Mond, der bleich über den Bergen stand, machte ihm etwas Sorgen, denn er vollführte eigenartig schwankende Bewegungen, die offenbar bisher noch keinem Astronomen aufgefallen waren. Tanner atmete tief ein. Es war bereits elf Uhr vorbei.

»Fahren Sie vorsichtig«, sagte er, als sie im Auto saßen und sie den Motor startete.

Ursula steckte sich ein Pfefferminzbonbon in den Mund und sah zu ihm hinüber. »Keine Angst. Ich bin eine vorsichtige Autofahrerin. Auch mit Blauburgunder.«

Nach einer halben Stunde erreichten sie ohne Probleme das kastenförmige Krankenhaus, das wie ein riesiges Ungetüm in der Dunkelheit hockte. Geisterhaft still und dunkel. Nur im Obergeschoss, hoch über den Bäumen, waren zwei Räume hell erleuchtet.

Ursula parkte den Renault in der Nähe des Pförtnerhäuschens. Sie bedankte sich für die Einladung, dann beugte sie sich vor und küsste ihn auf beide Wangen. In der Dunkelheit konnte er erkennen, dass sie ihm noch einmal zunickte, dann ging sie den Weg zum Haupteingang hinauf, während

Tanner noch eine Weile in der Dunkelheit stehen blieb. Über ihm blinkten die Sterne.

Vorsichtig, um nicht zu stürzen oder gegen einen Baum zu prallen, schlich er durch den dunklen Park, bis zu dem Hintereingang, durch den er die Klinik betrat. Nachdem er die 4711er-Tür hinter sich gelassen hatte, durchquerte er zielsicher die unterirdischen Räume, vorbei an den Mülltonnen und der Wäscherei, als ihn plötzlich ein eigentümliches Gefühl beschlich. Das Gefühl, verfolgt zu werden. So etwas passierte ihm nicht zum ersten Mal. Eine einsame Kellerlampe warf seinen sinnlos verlängerten Schatten an die Wand. Irgendein zischendes Geräusch war zu hören, das aus der Dunkelheit an sein Ohr drang. Tanner blieb stehen und starrte in die Dunkelheit. Mach dich nicht verrückt. Stille. Da war niemand. Mit entschlossenen Schritten öffnete er die Tür, die ihn zum Treppenhaus führte.

Das Erste, was ihm in der schwach beleuchteten Eingangshalle auffiel, war das riesige Banner, das sich über die gesamte Lobby spannte.

EIN JAHRHUNDERT KLINIK DR. BRUNO KURZ.

Die große Halle war leer, nur eine einsame Putzfrau zog lustlos einen Staubsauger am Stromkabel hinter sich her.

Als er die Tür zu seinem Zimmer öffnete, schlug ihm ein eigenartiger Geruch entgegen. Während er mit Schwester Ursula Blauburgunder getrunken hatte, war jemand in seinem Zimmer gewesen. Er schaltete das Licht an und entdeckte den Teller auf dem Tisch an der Wand, auf dem sich die ihm bereits bekannte Riesentablette befand und daneben das Glas mit der bläulichen Flüssigkeit.

»Es gibt Nahrung für dich«, sagte Tanner zu dem Kaktus auf dem Fensterbrett, der nicht mehr ganz so frisch grün aussah. Dann warf er die Tablette ins Klo.

ELF

Zuerst fiel Tanner nach dem Aufwachen der leichte Geruch nach Desinfektionsmitteln auf. Verdammt. Wo befand er sich? Aus einem Nebenzimmer drangen leise Geräusche an sein Ohr, überlagert von Streichern und einem bassbetonten Zupfgeräusch. Langsam öffnete er die Augen und erblickte eine massive Holzstange, die genau über seinem Kopf hing. Wo war er? Alles weiß, die Wände, die Bettwäsche und die Möbel. Verwirrt schloss er die Augen wieder. Das Beste würde sein, zu warten, bis der Traum vorbei war. Dann würde er Paula fragen, was es zum Frühstück gab. Nach einigen langen Sekunden öffnete er blinzelnd die Augen und stellte fest, dass sich weder sein Zustand noch die weiße Umgebung geändert hatten. Schließlich griff er zum Äußersten und dachte nach. Zug um Zug kam die Erinnerung zurück und schließlich akzeptierte er, dass er sich in einem Krankenhaus befand. Langsam drehte er den Kopf, und sein Blick fiel auf den Kaktus am Fensterbrett. Der war braun.

In der großen Halle im Erdgeschoss des Krankenhauses befanden sich einige Menschen, die sich unter dem Banner mit der Aufschrift EIN JAHRHUNDERT KLINIK DR. BRUNO KURZ zusammengefunden hatten. Man fühlte sich wie in einer Vernissage eine Stunde vor der Eröffnung.

Ungeduldig und keinem bestimmten Plan folgend, gingen die Menschen vor dem leeren Rednerpult auf und ab, die meisten mit einem Glas in der Hand, aus dem sie ab und zu tranken. Einige hatten sich in kleinen Gruppen an den mit weißem Papier gedeckten Stehtischen zusammengefunden. Leichter Essensgeruch zog durch den Raum. In der Ecke beim Fenster saßen fünf gelangweilte Musiker und spielten das Streichquintett von Boccherini, das Tanner aus dem Film *Ladykillers* kannte. An der Wand hingen mehrere Exemplare des Tagungsprogramms. Neben einigen Musikstücken aus der Welt der Klassik bestand der Festakt offenbar nur aus der Rede des Chefarztes und Inhabers der Klinik Dr. Bruno Kurz, die um elf Uhr beginnen sollte.

Verhaltenes Lachen und leises Gesprächsgemurmel waren zu hören, aber abgesehen von der Musik war es erstaunlich ruhig. Einige der Herumstehenden steckten die Köpfe zusammen und unterhielten sich flüsternd. Es sah aus, als ob keiner hören sollte, was sie miteinander sprachen. Tanner erinnerte sich an manche Firmenfeiern bei Fiat, bei denen anders als hier stets gut gelauntes Gelächter und Ausgelassenheit dominiert hatten.

Eine Frau mit aufgedonnerter Frisur lief an ihm vorbei, und Tanner folgte ihr mit Blicken. Sie trug ein bizarres Glitzerkleid wie aus einem Fiebertraum Karl Lagerfelds und presste das Handy an ihr Ohr, während sie dem Ausgang zustrebte. Das war Marietta Kurz, die Frau des Chefs. Eindeutig. Er hatte sie sofort erkannt. Die Neugierde trieb ihn zu dem raumhohen Bogenfenster, das ihm nicht nur den Ausblick auf die asphaltierte Auffahrt zum Parkplatz gestattete, sondern auch auf Marietta Kurz. Sie war erregt, wie es ihm schien, und redete auf eine schlanke Frau ein, die einen auffallend roten Hosenanzug trug. Dann eilten beide über den gepflasterten Vorplatz, wo sie seinen Blicken entschwanden.

Tanner schlenderte durch die Halle und blieb an dem verwaisten Rednerpult stehen, wo er noch einmal das Tagungsprogramm überflog. In zwei Stunden würde die Feier mit der Rede des Chefarztes starten.

In dezentes Schwarz gekleidete Frauen servierten auf leisen Sohlen und mit aufreizendem Blickkontakt alkoholische Getränke. Mit koketten Trippeln näherte sich eines der Serviermädchen, blieb mit einem kleinen Knicks vor Tanner stehen und hob ihm das mit den gefüllten Gläsern randvolle Tablett vor das Gesicht. Ein kleiner Stein an ihrem gepiercten Nasenflügel glitzerte. »Ich sorge für Ihr Wohlbefinden«, sagte sie leise, dann begann sie, den Oberkörper vorgebeugt, nach einem nicht hörbaren Rhythmus mit den Hüften zu schwingen. Die Gläser waren mit den verschiedenfarbigen Flüssigkeiten gefüllt, und Tanner entschied sich für ein großes Glas Rotwein. Das Mädchen machte wieder einen Knicks und stöckelte davon. Er sah ihr kurz nach, dann nahm er einen großen Schluck Wein, der nach Holz schmeckte. Wahrscheinlich Rotwein aus den Ländern der EU. Er nahm noch einen Schluck, mehr aus Langeweile denn aus einem Durstgefühl, dann stellte er das Glas angewidert auf einem Mauergesims ab.

Zwei Meter entfernt hatten sich einige gut gelaunte Frauen an einem der Stehtische zusammengefunden. Gelangweilt beobachtete Tanner die Gruppe. Die Frauen tuschelten miteinander, und es sah aus, als ob sie sich Witze erzählten. Jedenfalls begannen alle wie auf ein geheimes Zeichen zu lachen.

Tanner lehnte sich zurück, bis sein Rücken die Wand berührte, und schloss ermattet die Augen. Die Menschen, die um ihn herumstanden, redeten monoton durcheinander, und ihre Stimmen verschmolzen zu einem eintönigen Singsang. Mit einem Mal kam es ihm so vor, als ob sie alle Schauspieler wären, die eine Rolle auswendig gelernt hatten, die sie ihm und der Klinikleitung überzeugend vorspielten. Tanner unterdrückte ein Gähnen und sah verstohlen auf die Uhr. Die Hitze war unerträglich. Er wandte sich dem Ausgang zu, wo er einen Moment vor der Tür stand, und die Stille genoss, während er die frische Luft einatmete. In der Nähe des Eingangs hatten sich drei Männer zusammengefunden, die eine lautstarke Unterhaltung begannen, während sie mit ihren Zigaretten graue Wolken in die Luft bliesen.

»Da stimmt was nicht«, sagte der eine. »Der Kurz ist ein eitler Knopf. Er würde nie freiwillig auf seinen großen Auftritt verzichten, vor allem nicht vor der Presse und in Anwesenheit des Fernsehens. Vielleicht hast du dich verhört.«

Tanner wollte dieses Gespräch nicht stören und hielt sich im Hintergrund.

»Ich habe es von meinem Blondschopf erfahren. Sie ist im Organisationskomitee und weiß es aus erster Quelle. Der Kurz hätte schon vor einer Viertelstunde hier sein sollen.«

»Warum sind die beiden nicht gemeinsam gekommen? Er und seine Frau.«

»Das weiß ich doch nicht. Mein Blondschopf …«

Der andere warf den Zigarettenstummel in weitem Bogen von sich und lachte. »Du gehst mir auf die Nerven mit deinem Blondschopf aus erster Quelle.«

»Wer ist die mit dem engen Hosenanzug? Ganz schön schnaidig.«

Der andere lachte. »Schnaidige Schneggen.«

»Die Frau vom Chef ist auch verschwunden«, sagte der

andere. »Sie ist in ihr Auto gestiegen. Gemeinsam mit der Feig im Hosenanzug. Ich hab's gesehen.«

»Sie ist wohl eine Freundin der Chefin. Ich bin ihr schon einmal begegnet.«

»Mein Blondschopf ... Hört zu ... Sie erzählt, dass die schöne Frau Kurz heute schon sehr früh in der Klinik war. Um Viertel vor sieben fuhr sie in ihrem Auto auf den Parkplatz ... alleine übrigens. Ihr Mann wollte später nachkommen und kurz vor elf Uhr hier in der Klinik eintreffen. Hier am Eingang will man ihn unter dem Jubel der Mitarbeiter empfangen. Um Punkt elf soll er dann, begleitet von den anwesenden Politikern, mit Pauken und Trompeten in die Halle einziehen. Dort wird er seine langweilige Rede abspulen und die Feier eröffnen. Dr. Bruno Kurz, der Gönner und Wohltäter.«

Tanner sah auf die Uhr. Es war dreizehn Minuten nach elf. Er wollte gerade in das Gebäude zurück, als Schwester Ursula auf ihn zusteuerte.

»Ich habe soeben die Botschaft vernommen, dass Dr. Kurz abgängig ist.«

»Abgängig? Wie meinen Sie das?«

Tanner erzählte, was er gerade über einen Blondschopf aus dem Organisationskomitee erfahren hatte. »Angeblich aus erster Quelle. Ein Mann da drüben hat es erzählt. Manche Leute sollen schon nervös sein.«

»Das könnte passen«, sagte sie und deutete mit dem Daumen über ihre Schulter. »Da drinnen herrscht Verwirrung und Unruhe.«

»Vielleicht hatte er auf der Herfahrt einen Autounfall«, sagte Tanner, glaubte aber selbst nicht daran.

Ein etwas zu klein geratener Dunkelhaariger eilte vorbei und presste das Handy an sein Ohr.

»Erkennen Sie ihn wieder?«, fragte Ursula. »Das war Stefano Tappeiner, unser Finanzchef. Der auf der Fotografie, die Ihnen zugeflogen ist. Hektisch wie immer.«

»Irgendetwas stimmt hier nicht«, sagte Tanner und sah über seine Schulter, um sicherzugehen, dass keiner zuhörte. »Der Kurz wohnt doch in Schlanders, sagten Sie mir, nicht wahr?«

»Genau. Ein Stück nördlich der Schlandersburg im Vinschgau. Wollen Sie da hinfahren?«

»Ich bin bereits unterwegs«, sagte Tanner und klimperte mit seinem Autoschlüssel.

»Aber warum? Der kommt doch sicherlich gleich angebraust mit seinem Porsche.«

»Oder auch nicht«, sagte Tanner und lief mit wehenden Haaren Richtung Parkplatz.

*

Zwei parallel verlaufende Routen, dachte Tanner, als er im Ultental an St. Pankraz vorbeiraste. Zuerst im Tal der Falschauer nach Osten, an Meran vorbei und im Vinschgauer Tal wieder zurück nach dem bergigen Westen. Über eine Stunde Autofahrt, obwohl die Klinik Sankt Gertraud nur fünfzehn Kilometer Luftlinie von Schlanders entfernt war. In der Nähe von Lana geriet er vor einer Baustelle in einen Stau, der ihn zehn Minuten Zeit kostete, bis die Ampel wieder Grün zeigte.

Obwohl er aufgeregt war, versuchte er, sich auf den Straßenverkehr zu konzentrieren. Verbissen trat er das Gaspedal bis zum Anschlag durch, während er an den Außenbezirken Merans vorbeifuhr. Ursulas Worte kamen ihm in den Sinn. *Wollen Sie da hinfahren? Der kommt doch sicherlich gleich angebraust mit seinem Porsche.* Wahrscheinlich hatte sie recht. Oder auch nicht. Nein. Normal war das nicht. Da soll der Kurz eine Rede zum hundertsten Geburtstag seiner eigenen Klinik halten, vor geladenen Gästen und startbereiten Fernsehkameras … und der Festredner erscheint nicht.

Wenige Minuten später bog die SS 38 nach Westen ab. Tanner fuhr an Naturns und Kastelbell vorbei, Orte, die er gut kannte und die er heute genauso wenig eines Blickes würdigte wie die Aussicht auf eisig glitzernde Gletscher und satte Almwiesen, die ihn auf der Fahrt durch den Vinschgau begleiteten. Gigantische Wolkenberge jagten über den Himmel, und kurze Zeit später klatschten schwere Tropfen auf die Autoscheibe. Kurz vor Schlanders überquerte er zum letzten Mal die Etsch und fuhr auf den Tappeinweg, der ihn in wilden Kurven den Berg hinaufführte. Er beugte sich nach vorn und wischte über die beschlagene Scheibe. Durch den Nebel tauchten die wuchtigen Türme der Schlandersburg vor ihm auf. Tanner schaltete die Lüftung ein und stellte die quietschenden Scheibenwischer auf Stufe zwei.

Die Villa lag inmitten eines großen, gepflegten Grundstücks und war von der Straße aus nicht zu sehen. Es war alles so, wie es Ursula beschrieben hatte. Tanner parkte den Wagen mitten auf der Auffahrt. Ein leicht gewundener Weg führte vom Eingangsportal zum Haus. Der feine Kies knirschte unter seinen Füßen. Das Tor der Doppelgarage war weit geöffnet und gab den Blick auf den silberfarbenen Porsche Panamera frei. Mindestens 120.000 Euro, schätzte Tanner. Ohne Winterreifen.

Er schritt die paar Stufen zur Haustür hinauf und läutete. Nichts rührte sich. Zu seiner Überraschung ließ sich die Tür leicht und lautlos öffnen. Na also, dachte er.

Immer wenn er, ohne eingeladen zu sein, eine fremde Wohnung betrat, beschlich ihn ein schlechtes Gewissen. Jedes Haus hatte seinen eigenen Geruch und einen eigenen Charakter. Hier hieß der Charakter Luxus. Einen Moment blieb er im Flur, der eigentlich eine Halle war, stehen und versuchte, den Menschen, die hier zu Hause waren, nachzuspüren. Langsam durchquerte er die Eingangshalle. Hier also wohnt Dr. Bruno Kurz. Gemeinsam mit seiner adeligen Marietta.

Er drehte sich einmal um die eigene Achse und sah die Post, die unter dem Briefschlitz auf dem Boden lag. Einige bunte Prospekte, die *Neue Südtiroler Tageszeitung* und zwei Briefe, die einen amtlichen Eindruck machten.

»Hallo«, rief er in die Stille der Halle. Keine Antwort. Beinahe stolperte er über einen hochflorigen Teppich, als ein leise summendes Geräusch an sein Ohr drang. Tanner erstarrte. War doch jemand im Haus? Die nächste Tür führte in die Küche, in der er ein leichtes Zittern hörte, das in ein leises Brummen überging. Da hatte sich gerade der Kühlschrank eingeschaltet.

In diesem Moment beschlich ihn ein eigenartiges Gefühl. Hier stimmte etwas nicht. Er blieb stehen, hielt den Atem an und lauschte. »Hallo«, rief er nochmals und stieß die Tür am Ende des Flures auf, die ins Wohnzimmer führte. Auf den ersten Blick sah alles sauber und aufgeräumt aus, doch dann fielen ihm die geöffneten Schubladen und die offensichtlich durcheinandergeratenen Utensilien auf dem Schreibtisch auf.

Hinter der Couch lagen einige Papiere und zwei Bücher. *Il Gattopardo* von Tomasi di Lampedusa und *Der Friedhof in Prag* von Umberto Eco. Beide Titel sagten Tanner nichts.

Die Leiche fand Tanner im Schlafzimmer. Wie der gekreuzigte Christus lag Dr. Bruno Kurz auf dem Bett, ein wenig gekrümmt und beide Arme von sich gestreckt. Der Anblick ließ Tanner vor Schreck erstarren. Das trübe Licht der Deckenlampe fiel auf die blassen Gesichtszüge, die beinahe entspannt wirkten. Es war weniger der typische Leichengestank, der ihm entgegenschlug, sondern eher der dumpfe Geruch eines schlecht gelüfteten Raumes, vermischt mit einigen Alkoholdünsten. Tanner riss seinen Blick von der Leiche los und zwang sich, woanders hinzusehen. Er wollte nicht, dass ihm schlecht wurde. Plötzlich ging ein Röcheln durch den Raum. Tanner wirbelte herum und starrte auf die vermeintliche Leiche, deren Kopf rot angelaufen war. Der Mann lebte. Tanner trat einen Schritt näher an das Bett heran. Eine dünne Blutspur sickerte aus dem Mund des Mannes und tropfte auf den Boden. Wieder leises Stöhnen. Die Lippen des Mannes bebten, die Augenlider flatterten unregelmäßig. Schleimiges Blut hing wie ein roter Faden aus dem Mundwinkel. Tanner ließ sich auf die Knie fallen, rutschte näher heran und flüsterte einige Worte. Keine Reaktion. Plötzlich sah es aus, als ob sich ein Arm bewegte, dann begannen die Beine zu zittern, und der Arm fiel schlaff zur Seite. Tanner prüfte den Puls. Das war's, dachte er.

Mit zitternden Knien nahm Tanner neben der Leiche auf einem Hocker Platz.

Seltsam gebogen lag der Tote vor ihm. Er zwang sich, die schreckliche Szenerie zu betrachten. Am Hals waren deutlich Würgemale erkennbar. Tanner holte seine Brille aus der Tasche und sah, dass die bläulichen Spuren der Strangulierung zum Hinterkopf hin anstiegen. Der Mann wurde von hinten erdrosselt. Mit einem Seil oder einem Tuch. Als er sich über den Körper beugte, entdeckte er, dass die Haare am Hinterkopf mit geronnenem Blut verklebt waren. Zuerst wurde er bewusstlos geschlagen und dann erdrosselt. Und der Mörder hatte die Gewaltanwendung zu früh beendet. Vielleicht hätte Kurz überlebt, wenn er rechtzeitig Hilfe bekommen hätte. Tanners Gedanken machten sich selbstständig. Er wusste nicht, ob er sich schuldig fühlen sollte.

Obwohl er schon viele Leichen gesehen hatte, überkam ihn das Gefühl, dass seine ganze Professionalität, die ihn normalerweise wie eine Rüstung schützte, von ihm abgefallen war. Ekelhaft und düster sah alles aus, in merkwürdigem Widerspruch zu dem Luxus, den der Raum und seine Möblierung ausstrahlten. Unwirklich und beklommen. Erst jetzt fiel ihm das schmale Stoffband auf, das um das Handgelenk des Toten geschlungen war. War das ein Schmuck für hartgesottene Männer?

Als er aufstand, wurde ihm schwarz vor Augen, und einen Moment verlor er das Gleichgewicht, so dass er sich gegen die Wand lehnen musste.

Was sollte er jetzt tun? Einen Moment spielte er mit dem Gedanken, die Flucht zu ergreifen, ohne die Polizei zu verständigen. Noch während er die Vor- und Nachteile überschlug, schob er diesen Gedanken zur Seite, holte sein Handy aus der Tasche und rief Maurizio an, der sofort ans Telefon ging.

»Dr. Kurz, der Klinikchef ist tot. Ermordet.«

Lautes Schnaufen am anderen Ende der Leitung. »Wo bist du gerade?«

»Im Haus des Toten. Ich habe die Leiche gefunden.«

»Scheiße! Wie lange ist die Leiche schon tot?«

»Eine Minute.«

»Wie ist der Mann zu Tode gekommen?«

»Stranguliert. Von hinten. Als ich hier ankam, lag er offenbar in einer Art Koma. Er lebte aber noch.«

»Als du hinkamst lebte er noch … Das ist Doppelscheiße!«

»Maurizio! Ich wollte von dir keine Einschätzung der Lage, sondern deine Meinung. Soll ich mich absetzen oder die Polizei rufen?«

»Ruf bei der Questura an. Hast du die Nummer?«

»Okay«, sagte Tanner.

»Wahrscheinlich kreuzt mein Nachfolger Nero De Santis bei dir auf. Er ist ein Arschloch, aber da musst du durch.«

»Da muss ich durch«, wiederholte Tanner. »Kannst du nicht herkommen?«

»Geht nicht. Ich bin bei meiner Tochter in Innsbruck. Halt mich auf dem Laufenden.«

Eine halbe Stunde später sah Tanner durch das Fenster im ersten Stock das flackernde Blaulicht des Polizeiwagens. Dann ging er die breite Stiege hinunter und trat vor das Haus, gerade als die ersten Polizisten auf ihn zukamen.

*

Tanner erwachte mit Kopfschmerzen, und ihm war kalt. Noch im Liegen begann ein Film in seinem Kopf zu laufen, der den rotblau angelaufenen Kopf des erdrosselten Dr. Kurz in allen Details zeigte. Deutlich sah er die flatternden Augenlider und hörte das entsetzliche Stöhnen des verkrümmt auf dem Bett liegenden, halbtoten Mannes. Angeekelt schloss Tanner die Augen. Doch der Film lief weiter und zeigte in einer Art dramatischen Höhepunkts die schmale Blutspur in Großaufnahme, die dem Mann aus dem Mund lief.

Verschlafen tappte Tanner nach seinem Handy, um auf die Uhr zu sehen, drehte dabei einige Male den Kopf hin und her und hatte plötzlich das Gefühl, dass ihn der Kragen seines Pyjamas strangulierte.

Ächzend erhob er sich und wankte ins Bad.

Krankenhaus auf Wiedersehen, dachte Tanner, obwohl seine Gedanken immer wieder zu der Leiche liefen. Dennoch verspürte er einen, wenn auch etwas gezwungenen Appetit. Eine Stunde und zwei hinuntergequälte Speckbrote später fuhr er die Weinstraße Richtung Bozen entlang. Nachdem er am Kalterer See vorbei war, fiel sein Blick auf das Gasthaus Ritterhof, und er erinnerte sich an einen weinseligen Abend, den er hier gemeinsam mit Paula erlebt hatte. Tanners Gedanken liefen auch zu seinem erschütternden Abenteuer im Raffetseder'schen Weinkeller, wo er in einen Maischebehälter gestürzt war und beinahe ertrunken wäre. Dabei wusste er bis heute nicht, ob es sich bei der Rotwein-Maische um Vernatsch oder Lagrein gehandelt hatte.

Tanner startete die Büroarbeit damit, das Notizbuch, die Bleistifte und die Radiergummis nach seinen ganz persönlichen Ordnungsgrundsätzen auszurichten. Nur eine pedantische Übersichtlichkeit des Schreibtisches garantiert die systematische Arbeitsweise des Detektivs. Nichts darf einfach so herumliegen. Jedes hat seinen Platz. Von Ausnahmen und Sonderfällen abgesehen.

Tanner war gerade dabei, den Rechner hochzufahren, als es an die Tür klopfte und Maurizio Chessler schwer atmend den Raum betrat.

»Warum wartest du nach dem Klopfen nicht, bis ich ›Herein‹ sage? Und wieso schnaufst du so?«

»Erstens habe ich Durst und kann deshalb nur eingeschränkt denken und zweitens, weil sich dein Büro im zweiten Stock befindet.«

Tanner deutete auf die Couch, die gegenüber dem Schreibtisch an der Wand stand.

»Setz dich. Möchtest du ein Glas Wasser?«

»Wasser?« Maurizio sah ihn bestürzt an. »Suchst du Streit mit mir?« Er deutete auf den Schreibtisch. »Dritte Lade von oben. Dort hortest du den *Vecchia Romagna Nera*. Ich kenne mich aus bei dir.«

»Was verschafft mir die Ehre?«

»Es gibt Neuigkeiten.« Maurizio deutete noch einmal zum Schreibtisch. »Wo bleibt der Brandy?«

»Brandy! Es ist noch früh am Tag«, sagte Tanner streng. Er holte die Flasche aus der Schublade, füllte ein Glas und reichte es Maurizio, der hastig trank.

»Wie war dein Gespräch mit Nero De Santis von der Questura, nachdem du die Leiche gefunden hattest?«

»Maurizio, ich habe lange geglaubt, dass du mit den Geschichten über deinen Nachfolger übertreibst. Nach dem gestrigen Gespräch mit dem Mann weiß ich aber: Du hast recht.«

»Was genau ist deine Botschaft?«

»De Santis ist ein Arschloch.«

»Sag ich doch.«

»Seine Leute haben mich eine Stunde lang verhört. Am meisten irritiert waren sie, weil ich mich am Tatort aufhielt und der Dr. Kurz wenige Minuten vorher noch gelebt hat.«

»Stimmt das mit dem Tatort? Ich meine, wurde der Mann tatsächlich in seiner Villa ermordet?«

»Ich war dabei, als die Ärztin die Leiche untersuchte.«

»Sprichst du von Dottoressa Zanchetti?« Interessiert hob Maurizio den Kopf und warf ihm einen Blick zu, den Tanner nicht einordnen konnte »Genau die meine ich.«

»Eine tolles Weib, nicht wahr?«

Tanner schenkte das Glas wieder voll, das Maurizio in Rekordzeit leer getrunken hatte. »Reiß dich zusammen. Dottoressa Zanchetti hat einen kompetenten Eindruck hinterlassen. Nicht nur auf mich. Schon nach der ersten Untersuchung der Leiche war sie der Meinung, dass der Kurz im Schlafzimmer seiner Villa ermordet wurde. Etwas weniger professionell haben die Leute von der Spurensicherung gearbeitet. Lange haben sie gebraucht und dabei schusselig herumhantiert, bis schließlich die Leiche zum Abtransport freigegeben wurde.«

»De Santis hat seine Leute nicht im Griff.«

»Warum bist du eigentlich zu mir gekommen?«

»Weil es Neuigkeiten gibt. Capo De Santis hat Marietta Kurz festgenommen. Sie ist im Untersuchungsgefängnis.«

Überrascht pfiff Tanner durch die Zähne.

»*Cui bono* soll er gerufen haben und hat die Gattin festnehmen lassen.« Maurizio stieß einen bitteren Lacher aus, der wie das Kläffen eines Hundes klang. »Das mit dem *Cui bono* muss Nero irgendwo aufgeschnappt haben. Normalerweise ist er mit seinem Latein schon am Ende, wenn etwas Intelligenz gefragt ist.«

»Ich war an diesem Vormittag in der Klinik, während alle auf Dr. Kurz gewartet haben. Er sollte mit seiner Festrede die Feierlichkeiten eröffnen, kam aber nicht. Die Stimmung war spannungsgeladen.«

Maurizio lachte. »Jetzt, nachdem De Santis mit seinem herben Charme das ganze Krankenhaus durcheinandergewirbelt hat, dürfte die Stimmung noch spannungsgeladener sein.«

»Hat er die Leute alle einem Verhör unterzogen?«

Wieder ein Lachen. »Gerd war dabei, als De Santis Marietta verhört hat.«

»Gerd?«

»Gerd Rieper, mein ehemaliger Mitarbeiter bei der Polizia di Stato. Einer derjenigen, die mich nach wie vor auf dem Laufenden halten, was bei den Bozner Carabinieri und in der Questura vor sich geht. Marietta, die junge Witwe, soll übrigens erstaunlich gefasst gewesen sein. Wenig Trauer, sagte Gerd.«

»Maurizio, die Frage ist doch, ob Marietta die ganze Zeit über in der Klinik war. Theoretisch könnte sie ins Auto gestiegen und zurück zur Villa gefahren sein. Verstehst du? Sie bringt ihren Mann um und fährt in die Klinik zurück.«

»So etwas Ähnliches vermutet auch De Santis.«

»Cui bono«, sagte Tanner. »Das einzige Problem bei dieser Mordtheorie ist die Entfernung zwischen der Krankenanstalt und dem Haus des Arztes. Selbst wenn man die ganze Strecke schneller fährt als erlaubt, braucht man eine Stunde, bis man die Villa erreicht. Außer …«

»Außer was?«

»Marietta könnte den Mord auch vorher begangen haben.«

»Vorher?«

»Gleich in der Früh. Vielleicht frühstückt sie in aller Ruhe gemeinsam mit ihrem Göttergatten und bringt ihn dann um.«

»Ich dachte, der Dr. Kurz lebte noch, als du ihn gefunden hast.«

»Das muss kein Widerspruch sein. Die hübsche Dottoressa Zanchetti wird mit der Obduktion Licht ins Dunkel bringen.«

»Die Frage ist doch: Hat Marietta ein Alibi oder hat sie keins?«

Tanner schüttelte den Kopf. »Es waren viele Leute in der Halle des Krankenhauses. Das wird nicht einfach, Mariettas Alibi zu überprüfen. Ich habe sie zum Beispiel beobachtet, als sie das Klinikgebäude verließ.«

»Wann kam sie zurück?«

»Keine Ahnung. Ich habe sie nicht beschattet. Hat dir dein Gerd erzählt, mit welcher Geschichte sie bei der Vernehmung aufgewartet hat?«

»Sie hat ein Alibi. Sagt sie. Das Alibi kommt von einer Freundin, die im Krankenhaus war, als alle auf den Festredner Dr. Kurz gewartet haben.«

»Wer ist diese Freundin?«

»Eine Freundin eben. Soll eine tolle Frau in einem hellroten Hosenanzug sein. Gerd hat richtig geschwärmt von ihr.«

»Roter Hosenanzug? Die Frau habe ich auch gesehen. Und wie sieht das Alibi aus?«

»Die Dame im Hosenanzug erzählt, dass sich Marietta nicht aus der Klinik entfernt haben soll.«

»Wundern würde mich gar nichts bei Frau Kurz«, sagte Tanner. »Offenbar lässt sie nichts anbrennen. Man erzählt in der Klinik, dass Marietta ein Verhältnis hat. Mindestens mit einem gewissen Stefano Tappeiner, dem Finanzchef des Krankenhauses, möglicherweise auch mit weiteren Herren.«

Maurizio hörte aufmerksam zu und zupfte wie gedankenverloren an seinem Doppelkinn, was er immer tat, wenn er sich konzentrierte. »Bist du eigentlich nach wie vor Gast in der Klinik?«

»In einem Krankenhaus ist man nicht Gast, sondern Patient. Und seit gestern bin ich es nicht mehr. Wie in einer Privatklinik üblich haben die mir eine gesalzene Rechnung präsentiert, die ich jetzt auswerten werde. Du weißt schon … ob mir die Burschen Behandlungen oder Leistungen verrechnet haben, die vom Krankenhaus nie erbracht wurden oder so ähnlich.«

»Ist das für deinen zweiten Auftrag … der mit dem Versicherungsbetrug?«

Tanner nickte. »Im Moment bin ich gut beschäftigt.«

»Zum Tod von dem Dr. Kurz … vielleicht war der Mörder ein gewöhnlicher Einbrecher? Einer, der zufällig vorbeikam. Kurz erwischt den Eindringling und der haut ihm eine über den Kopf und erwürgt ihn.«

»Die Schubladen wurden durchwühlt.«

»Das machen Einbrecher manchmal.«

»Weiß man schon etwas Näheres über die genaue Todesursache?«

Maurizio drehte das Schnapsglas und tat verwundert, dass es schon wieder leer war. Dann blickte er hinein, trank den zusammengelaufenen restlichen Tropfen und stellte das Glas missmutig auf Tanners Schreibtisch. »Bei der Todesursache gibt es noch keine Klarheit. Erdrosselt, erwürgt oder erstickt … Diese Fragen werden sich erst nach der Obduktion beantworten lassen.«

»Meiner Meinung nach erdrosselt«, sagte Tanner. »Außerdem hatte die Leiche eine Kopfwunde. Nicht tödlich, aber ausreichend, so dass Kurz das Bewusstsein verlor. Ich frage mich, wieviel Kraft ein Mensch haben muss, um jemanden auf diese Art zu erdrosseln.«

Erstaunt richtete Maurizio seine Schweinsäuglein auf Tanner. »Du willst wissen, ob es auch eine Frau gewesen sein könnte. Möglich ist alles. Wenn sie genügend Kraft hat.«

»Okay«, sagte Tanner. »Warten wir die Obduktion ab.« Er sah auf die Uhr. »Ich muss noch arbeiten.«

Mit kraftvollen Ruderschlägen befreite sich Maurizio aus den Untiefen der Couch und erhob sich stöhnend. »Ich habe einen Termin bei meinem Friseur.« Mit zitternder Hand fuhr er sich durch die schütteren weißen Haare, die seine Glatze bedeckten.

Er legte die mehrseitige Rechnung des Krankenhauses auf den Tisch und machte sich auf die Suche nach seiner Brille. Fluchend durchstreifte er das ganze Büro und sah in alle Schubladen seines Schreibtisches. Er fand sie nicht. Die Schrift auf den Rechnungsbelegen der Klinik blieb verschwommen. Noch immer hallten die ehrenrührigen Worte Schwester Ursulas in seinen Ohren: *Presbyopie ist keine Krankheit, sondern eine altersbedingte Fehlsichtigkeit. Auch Altersweitsichtigkeit genannt.* Er brauchte eine neue Brille.

Mit zusammengekniffenen Augen begann er am Bildschirm eine komplizierte Excel-Tabelle zu basteln. Tanner mochte Excel nicht, was möglicherweise darin begründet war, dass es ihm nie jemand erklärt hatte. Ziel der komplizierten Aufstellung war, die von ihm dokumentierten Behandlungen durch Ärzte oder Hilfspersonal den Beträgen gegenüberzustellen, die ihm von der Klinik verrechnet wurden. Da die Untersuchungen und Therapien zahlreich waren, wurde die Excel-Liste recht lang.

Nach einigem Suchen fand er Carlos Visitenkarte in seinem Notizbuch. *Dott. Carlo Drackoner, MBA, Assicurazione Sanitaria Fidatezza S. p. A.* Tanner mailte ihm die Excel-Tabelle zu und schrieb, dass er sich dazu telefonisch melden würde. Wenige Sekunden später klingelte Tanners Telefon.

»Das ist genau, was ich mir erwartet habe.« Carlo Drackoners Stimme klang freudig. Vor seinem geistigen Auge sah Tanner Carlos kantiges Gesicht mit der Adlernase vor sich. Er setzte sich wieder und angelte nach der Rechnung der Klinik.

»Der erste Eindruck entspricht genau meinen Annahmen«, sagte Drackoner. »Die Klinik erstellt gefälschte Abrechnungen und betrügt die Krankenkassen.«

»Es gibt nur ein Problem«, sagte Tanner. »Dr. Kurz werden Sie nicht mehr zur Verantwortung ziehen können.«

»Ich habe es heute früh in der *Dolomiten* gelesen. Er ist ermordet worden, nicht wahr? Für die Betrugsfälle spielt das keine Rolle. Stefano Tappeiner ist der kaufmännische Leiter des Krankenhauses Santa Gertrude, also kaufen wir uns den. In einer halben Stunde habe ich einen Termin bei unserem Rechtsanwalt. Wahrscheinlich werden wir Tappeiner und das ganze Krankenhaus verklagen.«

Tanners Blick fiel auf die Kontonummer der Klinik, die im Kleingedruckten am Ende des Rechnungsbeleges angegeben war.

»Irgendwer hat mir erzählt, dass es dem Krankenhaus Sankt Gertraud nicht gut gehen soll. Finanziell, meine ich.«

»Davon weiß ich nichts«, sagte Carlo in einem Ton, so dass Tanner nicht unterscheiden konnte, ob er tatsächlich nichts wusste, oder nicht darüber reden wollte.

»Als Bank ist auf der Rechnung des Krankenhauses ein Institut mit dem Namen BNL angegeben. Was ist das für eine Bank?«

»BNL … Banca Nazionale del Lavoro, eine der größten Privatbanken in Bozen. Am Waltherplatz.«

»Kennen Sie einen von dieser Bank persönlich?«

»Wollen Sie dahin?«

»Habe ich vor«, sagte Tanner. »Schließlich ist es die Hausbank der Klinik St. Gertraud. Mich interessiert die finanzielle Situation des Krankenhauses.«

»Dottor Podestà. Er ist irgendein Vizechef der Bank. Und mein Nachbar. Wenn Sie zu dem gehen, richten Sie ihm schöne Grüße aus.«

Tanner bedankte sich und schrieb lächelnd den Namen in sein Notizbuch. Signor Podestà war offenbar immer noch ein Anhänger der wundersamen akademischen Mehrung, die in Südtirol als *Brennerdoktor* bezeichnet wurde, der seit Jahren zu Südtirol gehört wie das Törggelen und das Goaslschnöllen.

ZWÖLF

Tanner nahm einen großen Schluck aus dem Weinglas, dann blinzelte er wieder in die Sonne. Paula würde ihm Faulheit vorwerfen, wenn sie ihn so sehen könnte. Faul sein hat damit zu tun, wie man mit der Zeit umging. Faul sein war zu einem seiner liebsten Hobbys geworden. Früher, als er noch in stressigen 80-Stunden-Wochen bei Fiat in Turin arbeitete, war alles anders gewesen: Kein Urlaub und stets das Telefon in Reichweite, um für jeden Kunden erreichbar zu sein. Denn der Kunde war König. Mit entspannt weggestreckten Beinen saß er jetzt schon eine halbe Stunde vor dem Café Citta und beobachtete das emsige Treiben am Waltherplatz, der voll war mit Menschen, die ihre Einkäufe erledigten oder zu irgendwelchen Besprechungen unterwegs waren. Im Gegensatz dazu bewegten sich die zahlreichen Touristen mit deutlich geringerer Geschwindigkeit. Mit und ohne Rucksack schlenderten sie ziellos um den Platz herum und streckten ihre Handys hoch in die Luft, ständig bereit, auf den Auslöser zu drücken.

Nur dasitzen und andere beobachten, sagte sich Tanner. Das war jene Art kreativer Faulheit, die er schätzte, eher Müßiggang als Arbeitsscheue und etwas durchaus Positives und das genaue Gegenteil von Langeweile.

Tanner marschierte die Pfarrgasse entlang, wo ihm an einem Kiosk die Schlagzeile der *Neuen Südtiroler Tageszeitung* ins Auge fiel: MORD IM ULTENTAL: POLIZEI TAPPT IM DUNKELN. Als er bei der St.-Anna-Apotheke in die enge Mustergasse einbog, fiel ihm das weiße Gesicht des Mädchens auf, das in einem der Hauseingänge stand und zu ihm herübersah. Ein trauriges, ernstes Gesicht. Mit vorsichtigen Schritten trat es aus der Hauseinfahrt in die Dämmerung der schmalen Gasse. Aus der Entfernung ähnelte das hagere Gesicht einem Totenkopf, nur mit kurzen, blonden Haaren, die im Licht der grellen Lichtreklame eines Fast-Food-Restaurants aufblitzten. Eine dünne Gestalt, die einen kurzen Moment wie erstarrt stehen blieb, als sei sie wie von einem Zauber in der Bewegung eingefroren worden. Das Mädchen trug enge Jeans und einen dicken Pullover und ihre Blicke trafen sich, als sich Tanner näherte. Er beschleunigte seine Schritte, worauf das Mädchen mit der Hand eine kreisende Bewegung machte, was wie ein scheuer Gruß aussah, dann ging ein Ruck durch seinen Körper, es wirbelte herum und sprintete leichtfüßig davon. Tanner blieb stehen und schüttelte den Kopf, als könne er nicht glauben, was er soeben gesehen hatte.

Ergriffen stand er eine Minute später vor der glanzvollen Fassade des Geldinstituts. Banken residieren stets in majestätischen, seit Generationen festgefügten Gebäuden, die allein aufgrund ihrer Ehrwürdigkeit das Vertrauen der Anleger erringen.

Banca Nazionale del Lavoro las er auf dem Marmorblock, darunter war ein fünf Zentimeter dicker Klingelknopf, den Tanner gerade drücken wollte, als sich das zentnerschwere Eisentor mit dezentem Summen millimeterweise öffnete.

Die Eingangshalle war eindrucksvoll, aber nicht einladend. Schmuckloser Marmor am Boden und an den Wänden, glänzende Kühle allerorts. Wohin man sah, Luxus und Prunk. Es war, wie wenn man von der guten Stube Bozens in eine völlig andere Welt eingetaucht wäre, eine Welt aus Stahl, Marmor und Glas, manchmal überwuchert von exotischen Pflanzen. Alles vom Teuersten.

Auf einem der übereinander angeordneten Metallschilder fand er den Hinweis, dass sich die Kundenbereiche im ersten Stock befanden. Die streng frisierte, dunkelhaarige Dame, die hinter einer Glasscheibe saß und ihn bei jedem Schritt beobachtete, war schlicht und teuer gekleidet und passte in ihrer vornehme Kühle zum Design der Privatbank.

»Ich möchte zu Herrn Podestà.«

Die Strengfrisierte warf ihm einen Blick zu, der nach ›Das kann jeder sagen‹ aussah. »Sie meinen sicher Dottor Podestà. Haben Sie einen Termin bei ihm?«

»Es geht um finanzielle Unregelmäßigkeiten bei einem Ihrer Kunden«, sagte Tanner und wippte auf den Absätzen auf und nieder.

Die Frau wählte eine Nummer, presste den Hörer ans Ohr, dann zeigte sie mit dem ausgestreckten Arm zum Lift. »Oberste Etage, Tür Nummer zehn.«

Die Sekretärin, die im Raum zehn auf ihn wartete, lächelte ihn freundlich an. »Sie sind der Herr, der zu Dottor Podestà möchte«, sagte sie. »Er wartet schon auf Sie.«

Der Mann stand wartend am Fenster und drehte Tanner den Rücken zu, einen Ellbogen auf das Fensterbrett gestützt, die andere Hand in der Hosentasche vergraben. Eine einstudierte Pose. Wie ein Gutsherr. Nur die Reitpeitsche fehlte. Langsam drehte er sich um.

»Was kann ich für Sie tun?«

Tanner sagte nichts.

»Wenn es um einen unserer Kunden geht … Ich nehme an, Sie können sich ausweisen.«

Mit einem Seufzer nestelte Tanner seine Legitimation als Berufsdetektiv aus der Geldtasche. Podestà, der jetzt mit dem Rücken zum Fenster stand, blätterte mit beiden Händen den Ausweis aufmerksam durch, während mehrmals sein Blick zu Tanner wechselte, wie um das Foto mit der Realität zu vergleichen. Die Fotografie in dem Detektivausweis stammte aus einer Zeit, als Tanner mindestens 30 Kilo Übergewicht hatte. Er hasste dieses Bild.

»Ich weiß zwar noch nicht, was Sie von mir wollen, erwarten Sie aber keine Gefälligkeit, nur deshalb, weil Sie im Besitz eines Detektivausweises sind, der außerhalb Ihrer Wohnung nichts wert ist.« Er deutete auf zwei filigrane Stühle, die in geringem Abstand an der Wand standen. »Nehmen Sie Platz.«

Sie saßen sich frontal gegenüber. Ohne Tisch als Barriere dazwischen. Psychologische Konfrontation. So etwas liebte Tanner. Er blickte den Bankmenschen unwirsch an und begann als Erster mit dem Spiel des Beine-Übereinander-Schlagens, gefolgt vom Arme-vor-der-Brust-Verschränken.

»Ich komme aus zwei Gründen«, sagte Tanner und wechselte die Beinhaltung nach rechts. »Erstens wegen der Privatklinik Sankt Gertraud im Ultental, dessen Inhaber ermordet wurde, und zweitens wegen dieses Safe-Schlüssels.«

Auf der flachen Hand hielt ihm Tanner den Schlüssel hin. Der Bankdirektor betrachtete ihn von allen Seiten, als ob er noch nie einen Schlüssel gesehen hätte. »Der gehört zu einem unserer Schließfächer.« Podestà runzelte die Stirn und sah Tanner über die Brille hinweg an. »Ist das Ihr Schlüssel?«

»Das Schließfach gehört einer Frau mit dem Namen Hedwig Pammer. Sie ist tot. Seit genau einem Jahr. Ermordet. Meine Auftraggeberin heißt Gerlinde Carluccia. Sie ist die Tochter der Toten. Und die Alleinerbin.« Tanner zog ein zusammengefaltetes Blatt aus der Innentasche seiner Jacke. »Das hier ist ihre Vollmacht wegen des Schließfachs.«

»Mord am Klinikchef und Mord an dieser Dame ... Was haben Sie für einen morbiden Beruf!«

»Die beiden Morde gehören zusammen. Und in beiden Fällen arbeite ich eng mit der Polizei zusammen.«

»Das mag sein. Das Problem sind nur unsere gesetzlichen Bestimmungen.«

»Wie lauten jene?«

»Selbst die Erben erhalten normalerweise keinen Zugang zu dem Safe eines Verblichenen. Es sei denn, sie haben eine Vollmacht des Verstorbenen.«

»Und wenn nicht?«

»Dann wird das Schließfach unter notarieller Aufsicht geöffnet.«

Das wurde schwieriger, als er gedacht hatte. Ganz langsam blies Tanner die Luft aus und richtete sich auf. »Hören Sie ...« Obwohl niemand mithörten konnte, dämpfte er seine Stimme. »Meine Großmutter, Gott hab sie selig, war Italienerin. Und einen ihrer berühmtesten Sprüche habe ich mir bis heute gemerkt: *Al riguardo dobbiamo mantenere il senso delle proporzioni.* Das leuchtet doch ein, Herr Bankdirektor? Mitunter muss man eben die Kirche im Dorf lassen. Selbst kluge Anwälte weisen darauf hin, dass das italienische Gesetz manches erlaubt, was nicht grundsätzlich verboten ist. Das nennen sie die italienische Lösung. Verstehen Sie?«

»Italienische Lösung«, brummte Podestà und ging zu seinem Schreibtisch.

»Die Frau, der dieser Schlüssel gehört … wie hieß die noch einmal?«

Tanner nannte den Namen, und der Banker tippte ihn in seinen Computer.

»Hedwig Pammer … nicht viel los auf ihrem Konto. Tote Hose. Schon seit Monaten.«

»Sie ist schon ein Jahr tot«, sagte Tanner.

Podestà hob den Kopf und nickte. »Okay. Ich verstoße bestimmt gegen zehn unserer Sicherheitsgebote. Ich begleite Sie in den Tresorbereich hinunter, in dem sich unsere Schließfächer befinden. Zuerst aber zu Dr. Kurz. Er ist Kunde bei uns.«

»War er ein guter Kunde?«

»Keine Schulden und stets solvent. Mit einem Wort: seit Langem ein guter Kunde unserer Bank. Ich bin über den Mord an ihm informiert. Aus den Medien.« Ein süffisanter Zug erschien um seinen Mund, als er mit dem ausgestreckten Arm auf Tanner zeigte. »Auf diesem Stuhl saß gestern Marietta Kurz. Mit Krokodilstränen im Gesicht. Kurze Zeit später wurde sie von der Polizei festgenommen.«

»War ihre Trauer echt?«

»Lieber Herr Detektiv, ich bin Bankdirektor und kein Psychologe.« Podestà lächelte überheblich und fügte nach einer kurzen Pause hinzu: »Das Wort *Trauer* stammt vom mittelhochdeutschen *Trure* und bedeutet: Jemandem *keine Träne* nachweinen.«

»Wie gut, dass Sie mich sprachlich aufklären. Verraten Sie mir jetzt noch, um welches Firmenkonstrukt es sich bei der Klinik Sankt Gertraud handelt. Ich habe gehört, der Firma soll es nicht allzu gut gehen. Finanziell, meine ich.«

Der Bankbeamte schüttelte den Kopf, wodurch sein graumeliertes Haar in Unordnung geriet. »Das Gegenteil ist der Fall. Das Unternehmen blüht und gedeiht.«

»Was wollte die trauernde Witwe?«

»Was sie wirklich vorhatte, kann ich nicht sagen. Wenn Sie meine persönliche Meinung hören wollen ... sie wollte keine Zeit verlieren.«

»Womit?«

»Zu Ihrer Frage von vorhin nach dem Firmenkonstrukt ... die Rechtsform der Klinik ist eine *Società per azioni*. Eine Aktiengesellschaft also. Bei dem Besuch der Witwe ging es offenbar um die Frage, wie Eigentumsanteile der Firma übertragen werden können.«

»Der Firma geht es also gut, sagen Sie.«

Podestà nickte. »Die attraktive Marietta Kurz sitzt zwar hinter Gittern, wird aber demnächst noch attraktiver. Sie erbt 51 Prozent des Unternehmens.«

»Von Ihrem verstorbenen Mann?«

»Genau.«

»Und wer sind die anderen Gesellschafter? Wem gehören die restlichen 49 Prozent?«

»Einem Herrn mit dem Namen Stefano Tappeiner.«

*

»Drücken Sie auf den unteren Schalter«, sagte Podestà und deutete auf die dicke Stahltür. »Im Nebenraum finden Sie Ihr Schließfach. Das heißt, das Schließfach dieser Dame, die seit einem Jahr tot ist.«

Tanner blieb allein zurück. Mit dem Finger berührte er den Schalter, ein leises Brummen ertönte, und die schwere Tür kippte zur Seite. Zum wiederholten Mal drehte er sich um, doch außer ihm war keiner in dem Tresorraum. Dann stand er vor dem Schließfach mit der richtigen Nummer. Er schob den Schlüssel ins Schloss. In dem Fach lagen ein Briefkuvert und zwei schmale, etwa fünf Zentimeter dicke Pakete, die in Zeitungspapier eingewickelt waren.

Er öffnete die Pakete. Beide bestanden aus Zweihundert-Euro-Scheinen. Tanner setzte sich an einen kleinen Tisch, der gegenüber an der Wand stand, zählte die Geldscheine und stapelte sie säuberlich aufeinander. Nachdem er sich zweimal verzählt hatte, begnügte er sich mit einer groben Schätzung, die er aus der Höhe der Geldpakete ableitete. Je Stapel ungefähr 100.000 Euro. Alles zusammen zehn Zentimeter Geld. 200.000 Euro. Soviel Bares hatte er noch nie auf einem Haufen gesehen. Soweit Tanner es beurteilen konnte, waren das echte Eurobanknoten und kein Falschgeld. Tanner überlegte, was er mit dem Geld anfangen sollte. Der erste Gedanke war, das Banknotenbündel im Schließfach zu belassen und den Schlüssel an Gerlinde zurückzugeben. Als er sich jedoch an die italienische Lösung und das Pflichtbewusstsein des Bankdirektors erinnerte, verwarf er die Idee. Wer weiß, welche Probleme der Mensch Gerlinde noch bereiten würde, damit sie an ihr Geld kam. Sicher ist sicher, dachte Tanner und stopfte die Geldpakete in die Innentaschen seines Sakkos.

Dann öffnete er das Kuvert, das nicht zugeklebt war. Darin befand sich ein zusammengefaltetes Blatt. Er klappte es auf. Der Text war auf einem Computer geschrieben und ausgedruckt.

Seien Sie vorsichtig. Man verfolgt mich.
Und ich glaube, sie haben es auch auf Sie abgesehen.
Ich melde mich. Aber nicht am Telefon.
Dr. Erich Matteiner.

*

Tanner lehnte sich auf dem Autositz zurück, streckte die Beine aus. Obwohl er entspannt hinter dem Steuer saß, drückte der Sicherheitsgurt die beiden Zweihundert-Euro-Bündel, die er in der Jacke trug, gegen seine Brust. Er hatte die Nummer seiner Auftraggeberin im Handy gespeichert. Sie ging sofort ans Telefon.

»Ihre Mutter war eine reiche Frau, wussten Sie das?«

Gerlinde Carluccia grüßte kurz angebunden und sagte: »Ich bin gerade in Triest. Kurzurlaub. Gibt es etwas Neues?«

»Ich komme soeben aus dem Tresorgewölbe der BNL-Bank. Im Schließfach Ihrer Mutter befanden sich 200.000 Euro in kleinen Scheinen.«

»Wo ist das Geld jetzt?«

»Ich habe es bei mir. Sie hätten möglicherweise Schwierigkeiten bekommen, ohne Notar und ohne Finanzamt das Schließfach zu öffnen.«

»Das heißt, ich muss Ihnen dankbar sein.«

»Dank brauche ich keinen«, sagte Tanner. »Es reicht, wenn Sie die Honorarnote bezahlen, die ich Ihnen irgendwann zusenden werde.«

»Von Honorar kann keine Rede sein. Geld aus einem Schließfach holen, kann jedes Kind. Sie haben den Auftrag, den Mörder meiner Mutter zu finden. Schon vergessen?«

»Und diesen Auftrag nehme ich sehr ernst, Frau Carlucci.«

»Was war noch in dem Safe?«

»Ein Brief.«

»Was steht drin?«

Das Kuvert aus dem Schließfach lag neben ihm auf dem Beifahrersitz. Tanner entfaltete das Papier und legte es vor sich auf das Lenkrad. »Der Brief, den Ihre Mutter erhalten hat, trägt kein Datum.«

»Ich will wissen, was drin steht. Von wem ist der Brief?«

»Von einem gewissen Matteiner. Dr. Matteiner. Kennen Sie den?«

»Vielleicht habe ich den Namen schon mal gehört. Ich erinnere mich nicht.«

»Aber ich erinnere mich. Matteiner war in derselben Klinik angestellt, an der auch Ihre Mutter als Hebamme gearbeitet hat. Einige Zeit zumindest. Es ist also sehr wahrscheinlich, dass sich die beiden gekannt haben.«

»Ist das Geld von diesem … Matteiner?«

»Darauf gibt es keinen Hinweis. Das Geld war in Zeitungspapier eingewickelt. Ohne Absender.«

»Sagen Sie mir jetzt endlich, was in dem Brief steht.«

Tanner las ihr den Text vor.

»Er ist hinter Ihnen her«, wiederholte sie. »Mit diesem

Text kann ich nichts anfangen. Offenbar wurde meine Mutter damals bedroht. Und dieser Mann wollte sie warnen. Was denken Sie?«

Tanner schwieg.

»Wie geht's jetzt weiter?«

»Ich bringe Ihnen das Geld und den Brief. Gleichzeitig möchte ich gern noch mal über Ihre Mutter reden.«

»Mit mir? Warum?«

»Weil ich das Gefühl habe, dass ich zu wenig über Ihre Mutter weiß.«

»Wozu ist das notwendig?«

»Um mehr über den Mörder zu erfahren.«

»Das könnte doch jeder gewesen sein. Ich bin überzeugt davon, dass jeder normale Mensch zum Mörder werden kann.«

»Ich gebe Ihnen recht. Praktisch jeder Mensch ist fähig, einen Mord zu begehen. Ob er es tatsächlich tut, hängt davon ab, wie stark er sich unter Kontrolle hat und ob er mit seinen Gefühlen umgehen kann. Also versuche ich, mich in die Gedanken des Mörders hineinzuversetzen.«

»Die Polizei hat das sicher versucht. Ein ganzes Jahr lang. Ohne Ergebnis.«

»Da wir den Mörder nicht kennen, müssen wir das Gedankenspiel beim Mordopfer beginnen. Bei Ihrer Mutter also. Und dazu brauche ich Ihre Mithilfe. Deshalb sollten wir uns treffen.«

»Wenn Sie meinen. Wann?«

»Wie lange sind Sie noch in Triest?«

»Übermorgen bin ich wieder zurück. Dann können wir uns treffen. Passen Sie gut auf mein Geld auf.«

»Das ist in meinem Wandtresor sicher aufgehoben.«

»Wie gut, dass ich Vertrauen zu Ihnen habe.«

Sie verabschiedeten sich. Tanner nahm sein Notizbuch zur Hand und ging in Gedanken noch einmal das Gespräch mit dem Bankmenschen durch. Marietta Kurz erbt 51 Prozent des Unternehmens. Wie viele Millionen ist ein gut gehendes, profitables Krankenhaus wert? Unternehmenswert heißt so etwas. Bei einer Industriefirma hätte sich Tanner eine Abschätzung zugetraut. Doch von Krankenhäusern verstand er nichts. Seine Gedanken liefen zur Witwe Marietta. Hatte sie tatsächlich ein Verhältnis mit dem Finanzchef Tappeiner? Sie besitzt 51 Prozent, er hat 49. Wo Geld ist, kommt noch mehr dazu. Tanner erinnerte sich an einen Spruch seiner Großmutter: *Geld ist magnetisch.*

Er nahm sein Telefon zur Hand und wählte die Nummer von Schwester Ursula.

»Der Herr Detektiv«, sagte sie, als er sich vorgestellt hatte. »Was kann ich für Sie tun?«

»Erinnern Sie sich an die Fotografie, die ich Ihnen während unseres harmonischen Abendessens in 1500 Metern Seehöhe gezeigt habe? Ich meine das Bild mit den drei lachenden Herren, von denen einer vor Kurzem ermordet wurde.«

»War unser Abendessen tatsächlich harmonisch?«

Tanner überlegte, ob das eine Fangfrage war, kam aber zu keinem Ergebnis. »Außerordentlich harmonisch«, sagte er schließlich.

»Was ist nun mit der Fotografie?«

»In der Mitte steht der Dr. Kurz und neben ihm Stefano Tappeiner, der Finanzchef. Ich meine den Glatzköpfigen auf der anderen Seite. Matteiner haben Sie ihn genannt. Habe ich das richtig in Erinnerung?«

»Ihr Langzeitgedächtnis täuscht Sie nicht. Dr. Erich Matteiner heißt der Mann. Er ist aber nicht mehr bei uns im Krankenhaus.«

»Er soll an eine Kurklinik gewechselt haben, sagten Sie.«

»Stimmt. Warum interessieren Sie sich für den Mann? Nur wegen dieser Fotografie?«

»Können Sie herausfinden, an welchem Krankenhaus er arbeitet?«

»Das dauert nur eine Minute und ein Telefonat mit Urban.«

»Ist das ein Verehrer von Ihnen?«

Ursula lachte. »So sehr liegen Sie nicht daneben. Einige Zeit lang hat er sich furchtbar bemüht, mich in sein Bett zu bekommen.«

Tanner wollte schon fragen, ob Urban sein Ziel erreicht hatte, ließ es aber.

Wieder hörte er ihr Lachen. »Wollen Sie nicht wissen, ob es Urban geschafft hat?«

»Lieber nicht.«

»Urban arbeitet beim Südtiroler Sanitätsbetrieb oder offiziell *Sanitaria dell'Alto Adige*. Dort kennt man alle Mediziner, die in Südtirol arbeiten. Und selbst wenn der Matteiner nicht mehr in Südtirol arbeitet … mein Urban findet heraus, wo.«

»Das klingt gut. Es gibt noch einen Punkt, über den ich mit Ihnen reden möchte. Haben Sie irgendwann Zeit?«

»Nicht irgendwann. Mein Dienst ist in einer halben Stunde zu Ende.«

»Sie sind doch in Gratsch zu Hause, nicht wahr? Ich bin gerade in Meran und könnte Sie kurz besuchen.«

»Jetzt sofort?«

»Wichtige Dinge soll man nicht aufschieben. Bei dieser Gelegenheit könnte ich mir auch das Haus des Finanzchefs ansehen.«

»Das Haus vom Tappeiner? Was interessiert Sie an dem?«

»Keine Ahnung. Er ist fast ein Nachbar von Ihnen, sagten Sie.«

»Das war etwas übertrieben. Stefano Tappeiner wohnt nicht, er residiert, und zwar oben an der Grenze des Naturparks Texelgruppe. Ich war einmal bei ihm zu Hause. Von seiner Villa aus genießt er einen phantastischen Blick bis zum Schloss Tirol. Unverbaubar nennen das die Immobilienmakler. Warum wollen Sie sein Haus sehen?«

»Ich bin dabei, mir ein Bild von dem Herrn zu machen, dem die Hälfte der Klinik gehört.«

»Aus dem gleichen Grund wollen Sie auch mich besuchen, oder? Um sich ein Bild von mir zu machen.«

»Ich habe ein paar interessante Dinge herausgefunden. Über die wollte ich mit Ihnen reden.«

Sie lachte. »Was sagt eigentlich Ihre Paula dazu, wenn wir uns treffen?«

»Ich erzähle ihr die Wahrheit.«

»Und was ist die Wahrheit?«

»Dass es sich bei unserem Stelldichein um ein rein geschäftliches Treffen handelt. Business Meetings hieß so etwas in meinem früheren Leben bei Fiat.«

»Business Meetings? Und Paula glaubt das?«

»Ich glaube nicht, dass sie das glaubt. Und Ihr Peter … hat der was dagegen, wenn ich bei Ihnen vor der Tür stehe?«

»Solange Sie *vor* der Tür stehen, ist es ihm egal.« Sie lachte. »Peter kommt erst übermorgen. Er arbeitet in Mailand. Schon vergessen? Die Luft ist rein. Also kommen Sie.«

»Ihre Straße ist nach dem König Laurin benannt. Dem Zwergenkönig. Habe ich mir gemerkt.«

»Ihr Langzeitgedächtnis ist in der Tat fabelhaft.«

»Welche Hausnummer?«

»Ich wohne in einem ebenerdigen Haus mit der Nummer 77. Ganz einfach zu finden.«

*

Laurinstraße Nr. 77 in Gratsch. Sein Navigationssystem streikte plötzlich, empfahl ihm ein mehrfaches »Bitte wenden« in einem Tunnel, dann fiel es gänzlich aus. Kein Problem für einen Detektiv, dachte Tanner und beschloss, auf die klassischen, analogen Informationssysteme zurückzugreifen. Er verließ die SS 38 und hielt in einer Parkbucht am Ufer der Etsch, wo er lange in seinem Autoatlas blätterte. Gratsch, den Ort, in dem Schwester Ursula wohnte, fand er auf Anhieb. Als ernsthaftes Problem stellte sich nur der wirre Verlauf der Laurinstraße heraus, genauer gesagt, die mindestens zehn Straßenzüge, die kreuz und quer über die Berghänge im Norden Merans führten und alle den Namen Laurinstraße trugen. Bei einer schiefen Almhütte fuhr er an dem verwitterten Schild VICOLO CIECO vorbei, ab dem die Laurinstraße immer schmaler wurde, und parkte schließlich an einem einsamen Umkehrplatz, an dem sich zwei Gebäude befanden.

Ursulas Haus mit der Nummer 77 war in der Tat ebenerdig. Nach den Fenstern im Erdgeschoss begann das mit rostroten Ziegeln gedeckte Walmdach.

Tanner schloss die Wagentür und verglich Ursulas Haus mit dem benachbarten Gebäude, das die Nummer 78 trug.

»Was schnüffeln Sie herum?«

Tanner drehte um. Die Frau, die ihn von hinten angeschrien hatte, war eine dunkelhaarige, jüngere Person, die einen Spaten in der Hand hielt. Wie eine Waffe.

»Was ist los?«, fragte Tanner und wich einen Schritt zurück. »Warum schreien Sie mich an?«

»Was tun Sie da? Warum streunen Sie hier herum?«

»Was denken Sie, warum ich hier aus dem Auto gestiegen bin? Was könnte ich sein? Ein Erntehelfer für Ihren Garten? Oder ein Vagabund auf der Suche nach einem Einbruch?«

»Ein Einbrecher … vielleicht.« Die Frau hatte sich etwas beruhigt und stützte sich mit beiden Händen auf den Spaten ab. Tanner entzog ihr den Blick und wandte sich Ursulas Haus zu, in dem einige Lichter angingen. Er war gerade dabei, den Vorgarten zu durchqueren, als Ursula vor die Haustür trat. Sie trug ein bodenlanges Kleid und schlang die Arme um sich, so als ob sie fror.

»Was war das für ein Lärm?«

Tanner drehte sich um. Die Frau, die ihn angeschrien hatte, war in der Zwischenzeit verschwunden. »Ihre Nachbarin … ich bin ihr wohl verdächtig vorgekommen.«

»Kommen Sie rein.« Ursula trat einen Schritt zurück und ließ ihn eintreten.

Schlank und kurvig geformt sah sie aus. Beeindruckt verfolgte er mit seinen Blicken, wie sie sich rhythmisch vor ihm ins Wohnzimmer schwang. So ganz anders als im Krankenhaus in ihrer gestärkten Schwesterntracht. Hier ging sie so, als sei sie es gewohnt, dass man ihr beim Gehen zusah.

»Ein gemütliches Haus«, sagte Tanner. Das Wohnzimmer war nicht groß, aber zweckmäßig eingerichtet. Durch das große Fenster konnte man in der Ferne Berghänge und einen Teil eines dunklen Waldes sehen und weiter links die hellen Lichtpunkte einiger Häuser.

»Nehmen Sie Platz.« Ursula deutete auf die Couch. Sie stand am Fenster und schob den Vorhang etwas zur Seite.

»Was haben Sie mit Regina angestellt?«

»Wer ist Regina?«

»Regina Brugger, meine Nachbarin. Warum war sie so aufgeregt?«

»Sie hat mich offenbar verdächtigt, einen Einbruch zu planen. Ist die Frau immer so exaltiert?«

Ursula stand immer noch am Fenster und deutete mit dem Finger zum Nachbarhaus hinüber. »Marian und Regina ... ich bin so gut wie befreundet mit ihnen. Sie sind freundliche und hilfsbereite Nachbarn.« Sie schob den Vorhang zurück und sah ihn an. »Ihr Verhalten war sicher nicht unhöflich gemeint. Sehen Sie es von der positiven Seite. Wir wohnen hier am Land und geben Acht aufeinander. Als Detektiv müssten Sie wissen, dass aufmerksame Nachbarn sich beim Schutz vor Kriminalität gegenseitig helfen können.«

Ich als Detektiv müsste das wissen, dachte er. Und eine Krankenschwester weist mich darauf hin, was ich wissen müsste.

»Was möchten Sie trinken?«

»Vielleicht ein Glas erfrischendes Wasser«, sagte er lauernd.

»Ich verstehe.« Sie verschwand in einem der Nebenräume und kam mit einer angebrochenen Rotweinflasche zurück.

»Lassen Sie mich raten«, sagte Tanner. »Der Wein kommt aus Girlan, Ihrer Heimatgemeinde.«

»Erraten.« Sie hielt ihm die Flasche hin. GIRLAN LAGREIN DOC 2018, las er. Ursula lächelte ihn an. »Er wird Ihnen schmecken. Tanninbetont, würzig und kräftig.«

Ursula saß ihm gegenüber, tief in ihren Polstersessel vergraben und mit etwas verdrehtem Oberkörper gegen einige rote Polster gelehnt. Sie stellte ihr Glas weg und sah ihn erwartungsvoll an.

»Das mit den Nachbarn haben wir geklärt. Sie wollten mit mir über interessante Dinge reden, die Sie herausgefunden haben. Ich habe leider nicht viel Zeit.« Sie sah auf die Uhr. »In einer Stunde muss ich in Meran sein.«

»Es geht noch mal um den Tod der Hebamme, die in der Klinik St. Gertraud gearbeitet hat.«

Ursula richtete ihren Oberkörper auf. »Aber seitdem ist ein Jahr vergangen. Wen interessiert das heute noch?«

»Die Angehörigen des Opfers zum Beispiel. Schließlich läuft der Mörder immer noch frei herum. Das lässt mir keine Ruhe. Und noch etwas geht mir nicht aus dem Kopf, Ihr Rat, mich vor Dr. Kurz in Acht zu nehmen. Warum haben Sie mich vor ihm gewarnt? Das habe ich Sie damals schon gefragt. Und wissen Sie noch, was Sie mir geantwortet haben?«

Sie nickte. »Ich kann mich an meine Antwort gut erinnern. Weil Dr. Bruno Kurz gefährlich ist. Das waren meine Worte.«

»Darüber denke ich nach«, sagte Tanner. »Wem ist der Chefarzt gefährlich geworden? So gefährlich, dass er Dr. Kurz zum Schweigen gebracht hat. Auf diese Frage möchte ich gern eine Antwort.«

Verstreut lagen einige Modezeitschriften auf dem Couchtisch. Im Schrank sah er einen Stapel CDs und daneben einen halben Meter Bücher, vorwiegend Romane und Sachbücher mit blassblauen Buchrücken.

»Da kann ich Ihnen leider nicht helfen.« Sie machte eine kurze Pause. »Besonders beliebt war er bei keinem. Aber das rechtfertigt noch keinen Mord. Ich habe natürlich auch darüber nachgedacht … kam aber zu keinem Ergebnis.«

»Marietta?«

Ursula sah ihn mit großen Augen an. »Sie sitzt. In Untersuchungshaft, meine ich.«

»Frauen können Frauen besser einschätzen. Halten Sie Marietta Kurz für einen Mord fähig?«

Sie zuckte mit den Schultern. »Man kann in einen Menschen nicht hineinsehen.«

»Ein bisschen haben Sie wohl in Marietta hineingesehen. Jedenfalls erzählten Sie mir, dass sie ihren Bruno betrügt. Und wahrscheinlich nicht nur mit einem. Der derzeitige Favorit soll Stefano Tappeiner sein. Habe ich das korrekt wiedergegeben?«

Sie lächelte. »Einigermaßen.«

»Welche Neuigkeit haben Sie von Ihrem Urban erfahren? Von Ihrem Freund beim Südtiroler Sanitätsbetrieb.«

Ursula kniff die Augen zu Schlitzen zusammen und deutete einen Handkantenschlag gegen seinen Kopf an. »Das ist weder mein Urban, noch ist er mein Freund.«

»Dr. Erich Matteiner ... Konnten Sie herausfinden, an welchem Krankenhaus er arbeitet?«

»Urban ist gerade auf Urlaub. Und das Mädchen, zu dem ich verbunden wurde, war doof. Oder hat sich dumm gestellt.«

Zwischen einem schwarzen, gusseisernen Ofen und dem Bücherregal hing eine Sammlung gerahmter Bilder, alle mit mystischen Diagrammen, farbigen Kreisen und Vielecken. Irgendwas Indisches, so kam ihm das vor.

Ursula hatte seinen Blick zu den Bildern verfolgt. »Alles Symbole unserer Seele auf dem Weg zur Individuation.«

Tanner sah sie an. »Individuation«, wiederholte er, stand auf und stellte sich vor die Bilder an der Wand.

»C. G. Jung«, hörte er ihre Stimme hinter sich. »Und Mandalas. Der Prozess vom archetypisch kollektiven Unterbewusstsein zum eigenen Ich. In der Stellage daneben finden Sie viele Bücher darüber.«

Tanner drehte sich um. »Was sagt Ihnen Ihr Unterbewusstsein? Hat Marietta ihren Mann umgebracht?«

»Mit dem Unterbewusstsein kann man nicht kommunizieren ... sagt jedenfalls der Verstand. Wissenschaftler lehnen die Existenz des Unterbewusstseins überhaupt ab.«

»Und wie denken Sie darüber?«

Ursula deutete auf die bunten Schaubilder an der Wand. »Das ist mein Ansatz. Ich bin keine Wissenschaftlerin. Die

Mandalas kommunizieren mit ihrer Symbolik direkt mit meinem Unterbewusstsein. Ob Marietta eine Mörderin ist, kann ich aber daraus nicht ablesen. Gott sei Dank nicht.«

»Ich habe noch eine Frage zu Hedwig Pammer. Können Sie abschätzen, wie hoch das Einkommen einer Hebamme ist?«

»Das hängt von der Berufserfahrung ab und davon, ob jemand im öffentlichen Dienst arbeitet oder in einer privaten Praxis. Hedwig war Mitte fünfzig und ihr Monatsgehalt lag zwischen 2000 und 3000 Euro. Wahrscheinlich irgendwo in der Mitte.«

In aller Eile stellte Tanner einige Berechnungen an. Mehr zu sich selbst sagte er: »Davon kann man gut leben.«

Ursula räusperte sich. »Leben kann man davon. Aber gut? Na ja …«

»Ohne Knete keine Fete, sagte mein Onkel immer.« Tanner lächelte sie an. »Er lebt in Deutschland.« Er überlegte, ob er Ursula von den 200.000 Euro im Schließfach erzählen sollte, entschied sich aber dagegen.

»Sie haben recht«, sagte er. »Mit dem Einkommen kommt man nicht weit.«

Mühsam rappelte er sich aus der Couch hoch und sah auf die Uhr. »Sie müssen nach Meran, und ich habe auch noch eine Fahrt vor mir. Danke für das Gespräch und danke für den hervorragenden Lagrein.«

Sie begleitete ihn zur Tür.

»Fahren Sie jetzt noch weiter in die Berge hinauf, um sich die Villa vom Tappeiner anzusehen?«

Sie wartete, und als er nickte, zeigte sie mit dem ausgestreckten Arm Richtung Norden. »Fahren Sie die Straße zurück und dann rechts den Berg hinauf. Bei dem Schild NATURPARK TEXELGRUPPE biegen Sie links ab. Nicht zu verfehlen.«

Bevor er ins Auto stieg, blieb er kurz vor dem Haus der Nachbarin stehen, das einen stillen Eindruck machte. Nur einer der Fenstervorhänge bewegte sich leicht. Vielleicht vom Wind.

Tanner schob die CD einer seiner Lieblingsopern von Vincenzo Bellini in das Autoradio, wartete gespannt auf die Stelle, wo der Chor von der geweihten Frucht sang, die Norma im heiligen Hain pflücken sollte, dann startete er den Motor und fuhr los. Wider Erwarten fand er den Weg zur Villa Tappeiners ohne Schwierigkeiten. Als er einer Baumallee folgte, die in leichten Kurven bergauf führte, begann es zu regnen. Kurze Zeit später erreichte er eine etwas von der Straße zurückgesetzte Villa. Hier war er richtig.

Tanner spähte durch die verschwommene Windschutzscheibe auf Tappeiners Haus, ein altes, aber gut erhaltenes Gebäude mit einem großen Erker an der Front, drei dekorativen Dachgauben und einem wuchtigen, die gesamte Vorderfront umspannenden Balkon.

Man gönnt sich ja sonst nichts, dachte er. In diesem Moment tönte die verzweifelte Tenorstimme des unglücklichen Konsuls Sever aus dem Autoradio: *Einst liebt' ich Norma, doch bald zerrissen der Liebe Bande. Den Abgrund seh' ich zu meinen Füßen, und muss hinab mich stürzen.*

DREIZEHN

Als er an der Haltestelle Algund der Vinschgerbahn vorbeifuhr, überkam ihn ein unbändiges Hungergefühl. Außerdem spürte er eine schwere Müdigkeit in seinen Gliedern. Er erinnerte sich an einen Artikel in den *Dolomiten*, in dem ein Wissenschaftler behauptete, einen wirkungsmächtigen Zusammenhang zwischen Mattigkeit und Magenknurren entdeckt zu haben. Der Gelehrte habe festgestellt, dass der Kalorienbedarf übermüdeter Menschen höher sei. Oder war es umgekehrt, dass sich hungrige Menschen rasch müde fühlen? Egal. Tanner beschloss, beide störenden Empfindungen mit einem Streich zu bekämpfen. Statt der Staatsstraße weiter Richtung Süden zu folgen, überquerte er die Etsch und fuhr bei Forst auf die parallel zum Fluss verlaufende Nörderstraße. Tanner hatte ein neues Ziel: das Restaurant Café Gerta in Marling.

Als Vorspeise wählte er *Heu und Stroh in Pilzsauce* und danach das *Carpaccio vom Angusrind an Salatbeet mit Parmesanspänen*. Das Salatbeet, so beschloss er nach kurzem Nachdenken, würde er Paula verraten, wenn sie ihn mit einer dringlichen Anfrage über seinen heutigen Kalorienkonsum konfrontierte. Die Wirtin versuchte, ihn zu einer halben Flasche Blauburgunder Meczan 2018 vom Weingut Hofstätter aus dem Unterland zu überreden. Tanner sträubte sich nicht. Das Gasthaus war gut besucht, und im Schankraum drängten sich einige gut gelaunte Stammgäste um die kleine Theke. Tanner lehnte sich in den komfortablen Lederstuhl zurück und genoss das Essen und die verführerischen Noten von Waldbeeren und Kirschen des Blauburgunders.

Sein Mobiltelefon klingelte. In wilder Eile durchsuchte er seine diversen Taschen, bis er das Handy endlich hinter dem Taschentuch fand. Hektisch drückte er auf das Gerät ein, ohne dass es ihm gelang, das zwischenzeitlich durchdringend laut gewordene Klingeln abzustellen. Das gesamte Gasthaus bestand nur noch aus bösen Blicken, die ihn verfolgten, als er mit einem lauten »Hallo!« und immer noch auf das Handy drückend, aus dem Raum floh.

»Hallo! Hier ist Maurizio. Was ist los, Tiberio? Du klingst gehetzt.«

»Ich bin nicht gehetzt. Ich bin geflüchtet. Was gibt's?«

»Ich habe gesehen, dass du mich angerufen hast. Das ist mein Rückruf. Extrem verlässlich, wie ich nun mal bin.«

Es hatte wieder zu regnen begonnen, und Tanner suchte Schutz unter dem kleinen Vordach. »Danke. Du schuldest mir noch eine Rückmeldung. Als wir vor einiger Zeit im Laubencafé in Kaltern saßen, wo du den Ordner aus eurem Archiv angeschleppt hast ... *Hebammenmörder* stand vorne auf dem Aktenordner ... erinnerst du dich?«

»Natürlich erinnere ich mich. Ich bin ja nicht blöd.«

»Damals hast du versprochen, noch weitere Fahndungsunterlagen zu besorgen. Du sagtest, dass über diesen Fall noch wesentlich mehr Akten in eurem Archiv lagern müssten.«

»Ich komme an die Unterlagen nicht mehr ran.«

»Maurizio! Du warst kein kleiner Carabiniero, sondern

der Capo. Das müsste dir doch heute noch alle Türen öffnen.«

»Erstens bin ich ein gewöhnlicher Rentenempfänger geworden. Und zweitens heißt mein Nachfolger Nero De Santis, und der ist ein kleinliches Arschloch, der alles tut, um mir noch meine Pensionszeit zu vermiesen. Zwei Gründe, die mir die Tür zu den Büros der Questura versperren. Und erst recht zum Archiv.«

»Also gibt es keine neuen Informationen?«

»Eine Mappe mit Unterlagen konnte ich unter meinen Pullover stecken.« Maurizio lachte leise. »Die liegt gerade vor mir. Deshalb rufe ich dich auch zurück. Extrem verlässlich, wie ich nun mal bin.«

»Du wiederholst dich. Welche interessanten Neuigkeiten hast du nun zu bieten?«

»Leider nur wenig. Aber in den Akten bin ich auf den Namen eines meiner Beamten gestoßen, der sich intensiv in den Fall des Hebammenmordes eingegraben hat. Der Bursche könnte dir vielleicht weiterhelfen.«

»Nicht *mir* … könnte *uns* weiterhelfen. Schließlich geht es um einen Fall, den du und deine Leute damals nicht aufklären konntet. Erinnerst du dich? Einen solch brutalen Mord nicht aufgeklärt zu haben erfüllt dich mit Hilflosigkeit und dem Gefühl, versagt zu haben. Das waren deine Worte. Außerdem hast du versprochen, mich tatkräftig zu unterstützen.«

Maurizio schnaufte. »Du legst deinen Finger nicht nur auf meine Wunde, du wühlst darin herum.«

»Wie heißt der Mann nun?«

»Alois Staudinger.«

»Was war der genau?«

»Alois war Vice Ispettore und während der Mordermittlungen einige Zeit mir zugeteilt gewesen. Vice Ispettore Staudinger. Polizeihauptmeister also. Zu mehr hat er es nicht gebracht. Und ich könnte dir auch sagen, warum er nicht weiter befördert wurde.«

»Und wo finde ich diesen Vice Ispettore?«

»Meiner Erinnerung nach wurde er schon vor einiger Zeit pensioniert. Lange vor mir jedenfalls.«

»Wo ich den Herrn finde, möchte ich wissen.«

»Du wiederholst penetrant deine Fragen. In der Via Cimitero in Kaltern.«

»In der Friedhofstraße? Ist er dort begraben?«

»Lass die Scherze. Alois Staudinger hat dort ein kleines Haus. Fünfzig Meter vom Eingang zum Gottesacker entfernt. Besuch ihn. Er wird sich freuen.«

»Er wird sich freuen«, wiederholte Tanner. »Hoffentlich kann er mir helfen. Hast du seine Telefonnummer?«

Maurizio diktierte ihm die Nummer, die Tanner mit dem Kugelschreiber auf seine Handfläche schrieb.

»Steht sonst noch etwas Interessantes in der Akte, die du unter deinem Pullover in Sicherheit gebracht hast?«

»Ein Name taucht da öfter auf, an den ich mich aber nur noch vage erinnern kann.«

»Welcher Name?«

»Hast du etwas zum Schreiben bei der Hand?«

Tanner sah auf seine Handfläche. »Leg los.«

»Da ist von einem gewissen Matteiner die Rede. Dr. Erich Matteiner. Offenbar auch ein Arzt.«

*

Obwohl er das Magenknurren erfolgreich bekämpft hatte, spürte er nach wie vor Reste der Mattigkeit in sich, als er sich auf den Fahrersitz fallen ließ. Stöhnend streckte er den Hals, bis er sein Gesicht im Rückspiegel betrachten konnte. Blass sah er aus. Mit Arbeit überlastet und zu wenig Schlaf. Möglicherweise auch zu viel Blauburgunder. Letzteres hatte Paula vor einigen Tagen als Verdachtsmoment in den Raum gestellt. Tanner mochte diese Art Verdachtsmomente nicht.

Die Regenwolken hatten sich verzogen, die Sonne schien frühherbstlich warm, und in Tanners Fiat herrschte eine Hitze wie in einem Backofen. Irgendwann sollte er sich ein Auto mit Klimaanlage anschaffen. Paula hatte schon mehrmals gedroht, in seine Kiste nicht mehr einzusteigen. Kurz vor Kaltern führte die Weinstraße an einigen Kellereien vorbei, und er erinnerte sich, dass während der letzten Wochen der Weinvorrat in seinem Haus beängstigend rasch zu Ende gegangen war und dringend ergänzt werden musste.

Am Ende des schmalen Gunganoweges, der an beiden Seiten von einer mannshohen Mauer umschlossen war, lag der in einem ehemaligen Jagdschloss untergebrachte *Drescherkeller*, nur einen Steinwurf vom Kalterer Marktplatz entfernt. Wie oft hatte er hier mit und ohne Paula die hauseigenen Weine genossen samt den wenig kalorienarmen Marenden mit Speck und Kaminwurz'n.

Nicht ganz legal parkte er den Fiat am Ende des Gunganoweges, wo er von einem Bediensteten mit blauer Schürze nicht nur den Kofferraum, sondern auch die hintere Sitzbank mit schweren Weinkartons befüllen ließ, bis der Fiat merklich in die Knie ging.

Es gab viel Grün in der Friedhofstraße, die in einer rechtwinkeligen Kurve um den Gottesacker herumführte. Kurz bevor der schmale Weg in die Trutschgasse einbog, sah er Staudingers Haus auf der rechten Seite, ein einstöckiges Gebäude, das wohl aus den Achtzigern stammte und wie der Vorgarten einen ungepflegten Eindruck machte. Auf einem blauen Schild neben der Haustür stand der Name *A. Staudinger.* Einige Augenblicke lang blieb Tanner stehen und überlegte, ob er sich in so einem Haus wohlfühlen würde, kam aber zu keinem Ergebnis, da sich in diesem Moment die Haustür öffnete.

»Wenn Sie der Detektiv sind, heiße ich Sie willkommen.«

Staudinger trug eine ausgebeulte Jogginghose und ein ärmelloses Netzhemd, unter dem sich ein erschreckend vorgewölbter Bauch abzeichnete. Die Hausschuhe, die er an den Füßen trug, waren schon lange aus der Fasson geraten, die Fersenteile heruntergetreten, so dass die ehemals stolzen Filzhausschuhe zu Pantoffeln verkommen waren.

In dem Haus gab es keinen Flur und so standen sie nebeneinander im gut geheizten Wohnzimmer.

»Setzen Sie sich irgendwohin«, sagte Staudinger und drehte sich dabei um die Achse, wobei er das Gleichgewicht verlor und sich erschrocken an der Tischkante festhielt. Tanner roch, dass der Mann schon einiges getrunken haben musste. Könnte Rotwein gewesen sein.

»Maurizio, mein früherer Chef, hat mich angerufen. Daher weiß ich, was Sie von mir wollen. Und ich lese Zeitung.« Er deutete auf die *Neue Südtiroler Tageszeitung*, die auf dem Tisch lag. Die Schlagzeile, die auf den Mord an Dr. Bruno Kurz hinwies, war nicht zu übersehen.

»Sie trinken sicher mit mir ein Glas Rotwein.« Er deutete auf ein Regal an der Wand, auf dem eine bereits geöffnete Flasche und zwei Gläser standen. Mit etwas zittriger Hand füllte er ein Glas bis zum Rand und reichte es Tanner. Dann ließ er sich in den Sessel fallen.

Ein ekelhafter Geruch nach altem Schweiß lag in der Luft. Mit Hilfe eines unauffälligen Nasen-Screenings konnte Tanner in kurzer Zeit Staudinger als Quelle des üblen Duftes orten. In regelmäßigen Zeitabständen kam eine intensive Transpirationswolke zu Tanner herüber. So etwa stellte er sich den Geruch im Inneren eines Müllabfuhrwagens vor.

Tanner zeigte zum Fenster. »Darf ich etwas frische Luft hereinlassen?«

»Sicher.« Staudinger nickte. »Aber nur kurz. Es ist kalt draußen.«

Es entstand eine kurze Pause, und sie prosteten sich zu. Etwas zusammengesunken saß ihm Staudinger gegenüber, als ob er auf den Beginn eines Theaterstücks wartete.

»Dr. Kurz ist die eine Sache«, sagte Tanner. »Eigentlich wollte ich mit Ihnen über einen anderen Doktor reden, der immer wieder in den alten Ermittlungsakten auftaucht. Matteiner heißt der Mann. Dr. Erich Matteiner. Können Sie sich an den Namen erinnern?«

Staudinger sah zur Zimmerdecke, als ob dort die Antwort stünde. Dann schloss er kurz die Augen und schüttelte stöhnend den Kopf. »In der letzten Zeit vergesse ich viel. Alles geht den Bach hinunter, verstehen Sie? Die Wirtschaft, die Natur, und manchmal denke ich, die ganze Welt ist aus den

Fugen geraten. Alles geht den Bach hinunter, meine Gesundheit und mein Erspartes.«

Der Mann machte einen unglücklichen Eindruck, und Tanner fühlte sich spontan verpflichtet, ihm eine aufmunternde Bemerkung zukommen zu lassen. Mit einer ausholenden Handbewegung durch den Raum sagte er: »Übertreiben Sie nicht. Sehen Sie sich um hier. Sie haben ein schönes Haus und als ehemaliger Staatsdiener eine sichere Pension. Also genießen Sie das Leben.«

»Das Leben genießen … so etwas sagt sich leicht. Dazu fehlt mir das Geld. Und auch meine Frau.«

Tanner hob den Kopf. Das Gespräch lief in eine Richtung, die ihm nicht gefiel.

»Ist Ihre Frau gestorben?«

»Sie ist mir davongelaufen.« Er stieß einen bitteren Lacher aus. »Mit ihrem Therapeuten. Zweimal in der Woche rannte sie hin zu dem. Natürlich kein Freudianer, wie sie immer wieder betonte, sondern ein C.-G.-Jung-Anhänger. Was immer das bedeutet. Individuation hieß das Zauberwort, das sie mir hundertmal am Tag vorbetete. Zuerst musste sie ihre Träume aufschreiben, dann hat er ihr den Weg zu einem individuellen Ich-Bewusstsein gewiesen und ihr eingeblasen, dass sie etwas ganz Einzigartiges ist. Selbstwerdung und Reifung ist mein Weg, erzählte sie mir ständig. Ein paar Wochen danach hat sie mit dem Psycho ein Verhältnis angefangen. Schließlich ist sie ganz aus meinem Leben verschwunden.«

Tanner wusste nicht, wie er sich verhalten sollte. »Das ist ein harter Schicksalsschlag«, sagte er schließlich, weil ihm nichts Besseres einfiel. »Nehmen Sie sich dennoch meinen

Rat von vorhin zu Herzen. Sie haben Jahre erfolgreich in der Questura gearbeitet. Darauf können Sie stolz sein.«

»Na ja«, sagte Staudinger. Seine Augen waren glanzlos und wie gedankenverloren auf einen imaginären Punkt irgendwo an der Wand gerichtet. »Ich habe in der Tat lange daran geglaubt, dass ich einiges in meinem Leben erreicht habe. Bis ich draufgekommen bin, dass alles nicht echt war. Verstehen Sie? Wie in einem Film. Man sitzt im Kino und merkt plötzlich, dass die Handlung eine ganz andere Richtung einschlägt. Genau das ist mir passiert, und darauf war ich natürlich nicht vorbereitet. Vielleicht war mir die ganzen Jahre über vieles auch nur verborgen geblieben, verhüllt wie in einem Nebel. Dann verschwand meine Frau, und plötzlich wurde mir vieles klar. Ich glaube, im Leben muss immer etwas Besonderes passieren, dass man mit dem Denken anfängt. Und Denken führt zum Verstehen.« In seinem Gesicht zeigte sich ein breites Grinsen. »Wahrscheinlich ist das nur bei uns Männern so. Frauen sind bei solchen Dingen besser. Und konsequenter. Wir Männer sind große Zauderer. Die Frauen handeln.«

Durch das Fenster hinter ihm drang gedämpft der Lärm des Straßenverkehrs. Das Fenster auf der gegenüberliegenden Wand lenkte Tanners Blick auf einen verkrüppelten Baum, der seine im Wind zitternden Äste wie die schwarzen Arme einer riesigen Krake in die Luft streckte. Neben dem Baum erhob sich hellgrau die nahe Fassade eines gegenüberstehenden Wohnblocks wie ein aufgespanntes, riesiges Leintuch, und sein Blick fiel auf ein Fenster im Erdgeschoss, das nur wenige Meter entfernt war. Fasziniert beobachtete er eine hübsche Frau mit hochgesteckten dunklen Haaren, die mit entspannten Gesichtszügen direkt am Fenster gymnastische Übungen vollführte. Er folgte ihren anmutigen Bewegungen, wie sie im Takt einer unhörbaren Musik die Arme um ihren Körper kreisen ließ. Übungen dieser Art hatte er sein ganzes Leben noch nie gemacht. Tanners Blick kehrte ins Zimmer und zu dem unglücklichen Pensionisten zurück. Ein verstohlener Blick auf die Uhr zeigte ihm, dass er schon eine halbe Stunde hier war.

»Blicken Sie positiv in die Zukunft«, sagte er ungeduldig.

Staudinger schüttelte den Kopf. »Ich habe keine Angst vor der Zukunft. Eher vor der Vergangenheit.«

»Angst vor der Vergangenheit ... wie soll das funktionieren?«

»Ich fürchte mich, dass mich meine Biografie einholt ... Manchmal denke ich, dass ich die Vergangenheit töten oder ausmerzen muss, damit meine Zukunft davon nicht infiziert wird. Damit die Zukunft so wird, wie ich mir das ausmale.«

Der Mann war nicht zu stoppen, und das Gespräch glitt immer mehr auf ein Nebengleis ab. Tanner beugte sich zu ihm vor und räusperte sich geräuschvoll. »Ich würde gerne zurück zu unserem Fall kommen.«

»Zu unserem Fall ... wie das klingt. Wie hieß der Mann noch mal, über den Sie mit mir reden wollen?«

»Dr. Matteiner. Fällt Ihnen dazu etwas ein? Der Name taucht öfter in den alten Polizeiakten auf. Daran müssten Sie sich doch erinnern können.«

»Müsste ich?«

Stöhnend erhob sich Staudinger, ruderte mit den Armen, um das verloren gegangene Gleichgewicht wiederzufinden, und ging zu einem Wandverbau aus dunkelbraunem Holz, der sich neben dem Fernseher befand. Aus einer der Schubladen holte er ein in glänzendes Schwarz gebundenes Büchlein und hob es, während er vor Tanner stand, wie eine Reliquie in die Höhe. »Mein Notizbuch aus der damaligen Zeit.« Er setzte sich wieder und blätterte hektisch einige Seiten vor und zurück.

»Mich interessiert vor allem, an welchem Krankenhaus der Arzt angestellt war«, sagte Tanner. »Matteiner war zuerst in der Klinik St. Gertraud beschäftigt, die er dann verlassen hat. Aber wohin?«

»Hier!«, rief Staudinger plötzlich aus. »Ich hab's gefunden.« Er begann laut vorzulesen, den Wahrheitsgehalt seiner Aufzeichnungen zusätzlich betonend, indem er mit seinem ausgestreckten Zeigefinger die Zeilen im Buch entlangfuhr. »Dr. Matteiner arbeitete nicht in einem normalen Krankenhaus, sondern in einer Kurklinik.« Er sah Tanner über die Brille hinweg an. »Jetzt erinnere ich mich wieder. Wellness und Reha Center Bruneck. Ein Krankenhaus und Rehazentrum im Pustertal.«

»Warum steht das alles in Ihrem Notizbuch?«

»Vielleicht weil ich es hineingeschrieben habe.«

»Ich meine, welche Rolle hat dieser Arzt gespielt? Haben Sie ihn wegen des Hebammen-Mordes verdächtigt?«

»Ihre Fragen sind verdammt konkret.«

»Also … eine konkrete Antwort, bitte. Was war er für ein Arzt?«

»Ein guter. Glaube ich.«

»Hatte er nicht was mit Narkose zu tun?«

Mit dem Zeigefinger tippte Staudinger auf das Buch.

»Davon steht hier nichts. Soweit ich mich erinnere, war er in der Tat so etwas wie ein Narkosearzt.« Er nahm sein Glas in die Hand und trank es in zwei großen Zügen leer, zwischen denen er sich eine Pause gönnte, um zu rülpsen.

»Haben Sie ihn damals verhört?«

Staudinger blätterte um. »Verdammt«, rief er. »Hier fehlen ein paar Seiten.«

Tanner ließ sich zurückfallen und stöhnte laut auf. Langsam begann er zu akzeptieren, dass von dem Mann nichts zu holen war.

»Einen Moment!« Staudinger verschwand in der Küche und kam mit einer neuen Flasche Rotwein. »Gut geölt redet es sich leichter«, nuschelte er und schenkte beide Gläser voll.

»Ich habe Ihre letzte Frage vergessen«, sagte er und hob sein Glas Tanner entgegen.

»Wellness und Reha Center Bruneck … haben Sie dort Gespräche geführt?«

»Mehrere Male. Besonders haften geblieben ist mir die Unterhaltung mit einer Ärztin in der Kurklinik.«

»Hat die Ärztin vielleicht einen Namen?«

»Dazu brauche ich kein Notizbuch. Ich habe alle wichtigen Details im Kopf. Die Frau hieß Dr. med. Hera Rosenfeld. Haare schwarz wie Ebenholz.«

Während sich Tanner den Namen notierte, hörte er Staudingers Lachen, das schließlich in ein schleimiges Husten überging.

»Tolles Weib. Sah gut aus.« Mit seinen Händen beschrieb er die ausladenden Kurven der Frau. Als er Tanners strengen Blick sah, riss er sich am Riemen und bemühte sich um einen ernsthaften Gesichtsausdruck. »Jedenfalls kann ich mich gut an die Frau erinnern.« Er tippte gegen die Stirn. »Fotografisches Gedächtnis.«

*

Bin mit Ines im Kino. Der kleine Zettel lag genau in der Mitte des Küchentisches. Und darunter stand: *Vielleicht kommen wir später!* Mit Rufzeichen!

Tanner mochte diese Art Rufzeichen nicht. Und wer war Ines? Der Durst trieb ihn in die Küche, und nachdem er gierig zwei Gläser Wasser getrunken hatte, starrte er einige Sekunden ziellos in den Kühlschrank. Horror vacui. Dann eben kein Essen.

Nach einigem Suchen fand er den *Grappa d'Oro* von der Gutsbrennerei Walcher aus Eppan, machte es sich in seinem Lehnsessel bequem und blätterte so lange in seinem Notizbuch, bis ihm die Augen zufielen. Plötzlich schreckte er aus dem Halbschlaf hoch. Wie lange hatte er geschlafen?

Das Gespräch mit dem pensionierten Vice Ispettore Staudinger hatte ihn nicht wesentlich weitergebracht. Bedauerlich, der Mann, zuerst unehrenhaft in Pension geschickt, und jetzt verfällt er langsam, aber systematisch dem Alkohol. Und er selbst? Trank auch er zu viel? Aufmerksam betrachtete er seine Hände. Kein Zittern. Nein. Keine Abhängigkeit. Er trank nicht, weil er den Alkohol brauchte, sondern weil er ihm schmeckte. Mit dieser Feststellung schob er das Thema zur Seite.

Noch einmal dachte er über das Gespräch mit dem pensionierten Polizisten nach. Ratlosigkeit überfiel ihn, und in seinem Kopf drehten sich die wenigen Dinge im Kreis, die er bisher herausgefunden hatte. Ein toter Chefarzt, in dessen Krankenhaus finanzielle Unregelmäßigkeiten vor sich gingen, und eine tote Hebamme, die in einem Banksafe ein kleines Vermögen gehortet hat, von dem selbst ihre eigene Tochter nichts wusste. Zum hundertsten Mal starrt er die Fotografie an, auf der die beiden Mediziner Kurz und Matteiner sowie der Finanzchef nebeneinanderstehen. Der eine legt sogar den Arm um die Schultern des anderen. Man kennt sich gut. Man lacht gut gelaunt in die Kamera. Sie waren Kollegen gewesen, doch dann hatte sich Matteiner in eine andere Stadt versetzen lassen. Warum wohl? Und warum wurden Kurz und die Hebamme getötet? Im Abstand eines Jahres. War es Rache? Oder waren es andere persönliche Querelen? Ging es um Geld? Tanners Gedanken liefen zu den beiden Geldpaketen im Schließfach. Wie kommt eine Hebamme zu 200.000 Euro? Hat sie jemanden erpresst? Den Dr. Kurz vielleicht? Tanner schloss die Augen, öffnete sie aber wieder, als er die große Gefahr erkannte, wieder einzuschlafen. Er sah aus dem Fenster. Es hatte wieder zu regnen begonnen. Denk logisch. Und welche Rolle spielt der Matteiner? Er und Dr. Kurz … beide waren Ärzte. Es musste noch eine weitere Verbindung geben, keine enge vielleicht, eine, die einem kaum ins Auge fiel. Er beschloss, mehr über Matteiner in Erfahrung zu bringen. Tanner blätterte in seinem Notizbuch, bis er auf den Namen der Ärztin in der Klinik Bruneck stieß: Dr. med. Hera Rosenfeld. *Haare schwarz wie Ebenholz*, hatte Staudinger gesagt. Das war es wert, nachgeprüft zu werden.

Die nächste halbe Stunde saß Tanner konzentriert am Küchentisch, über sein Notizbuch gebeugt. Er sah auf das leere

Glas, das vor ihm stand. Sollte er sich noch einen Grappa holen? Nur zwei Zentimeter … Er hatte diese wichtige Frage kaum bis zum Ende durchdacht, als Paula ins Zimmer trat. Sie küsste ihn auf die Wange und ließ sich ihm gegenüber auf den Stuhl fallen.

»Wer ist eigentlich Ines?«, fragte Tanner.

»Ich war mit ihr im Kino. Eine neue Nachbarin. Vorige Woche eingezogen. Wir sind dabei, uns anzufreunden. Hübsche Frau übrigens. Sie wird dir gefallen.«

»Was habt ihr im Kino gesehen?«

»Ziemlich beste Freunde.«

»Und? Wie war's?«

»Der Film erzählt die Freundschaft zweier Männer. Der eine ist nach einem Unfall beim Drachenfliegen querschnittsgelähmt, der andere ist sein Pfleger, der ihm neuen Lebensmut gibt. Ein sehr berührender Film.«

Tanner mochte berührende Filme nicht. Er sah zu Paula, die am Küchenkasten lehnte, und hatte den Eindruck, dass sie ihn leise lächelnd beobachtete, konnte aber aus ihrem Gesicht nicht ablesen, was sie dachte.

»Wie geht es deinen Kriminalfällen?«, fragte sie.

»Ich habe Wein gekauft.«

»Du trinkst zu viel.«

»Der Drescherkeller hatte ein unwiderstehliches Sonderangebot.«

»Deine Fahne ist auch unwiderstehlich. Eine Mischung aus Rotwein und Grappa.«

Gut gerochen, dachte er. »Ich musste mit einem wichtigen Zeugen Alkohol trinken«, sagte er. »Das ließ sich aus ermittlungstechnischen Gründen nicht umgehen.«

VIERZEHN

Das Frühstück stand unter keinem guten Stern.

»Du siehst nicht gut aus«, sagte Paula zur Begrüßung, als er aus dem Badezimmer in die Küche trat. »Muss ich mir Sorgen um dich machen? Jedenfalls gefällst du mir nicht.«

»Aber ich habe dir bis jetzt immer ganz gut gefallen.«

»Du riechst auch nach dem Zähneputzen nach Alkohol, hast ein graues, müdes Gesicht, rot umränderte Augen und Tränensäcke.«

»Ich arbeite zu viel.«

»Gestern Abend warst du voll. Grappa und Rotwein.«

»Die Reihenfolge war anders herum«, sagte Tanner, merkte jedoch an ihrem Gesichtsausdruck, dass sein Humor nicht gut ankam.

»Jedenfalls hat dein Urteilsvermögen nur noch ansatzweise funktioniert.«

Er wäre am liebsten aufgesprungen, um dieser hochnotpeinlichen Befragung zu entgehen. Doch Paula stand unmittelbar vor ihm. Wie eine Firewall.

»Ich bin kein Alkoholiker!« Er kniff die Augen zusammen und fühlte, wie seine Kopfhaut zu jucken begann. »Und was soll ich deiner Meinung nach tun?« Im nächsten Moment wurde ihm bewusst, dass er damit einen kapitalen Fehler begangen hatte.

»Du fragst noch, was du tun sollst … schau einfach der Wahrheit ins Gesicht. Fahr die Antennen aus und horch in dich hinein!« Ihre Stimme war mit jedem Wort lauter geworden.

»Ich höre nichts. Vielleicht ist mein Körper ein Autist.«

»Quatsch. Du hast dich gerade im Krankenhaus durchchecken lassen. Da gibt es genügend Ansatzpunkte für ein gesünderes Leben. Bewegung heißt das Zauberwort. Bergwandern. Das ist die Lösung.«

Zaudernd sah Tanner zu Paula hinauf, die aufrecht wie der Zeigefinger Gottes vor ihm stand. Diskussionen muss man immer auf gleicher Augenhöhe führen. Also stand er auf und sah ihr in die Augen. »Vielleicht gibt es eine andere Lösung«, sagte er. »Einen Plan B vielleicht.«

»Übermorgen ist Samstag. Da schleppe ich dich auf den nächstgelegenen Berg. Wenigstens vier Stunden und mindestens tausend Meter Höhendifferenz. Ich möchte dich schwitzen sehen. An jeder Stelle deines Körpers.« Paula ging mit raschen Schritten um ihn herum. Wie um ein Denkmal, dachte er. Sie stand jetzt direkt vor ihm und starrte ihn an. Was sollte er tun?

»Okay. Das mit der Bergwanderung am Samstag geht in Ordnung.«

»Versprochen?« Sie zog die Augenbrauen in die Höhe.

»Ehrenwort«, sagte er.

»Und keine Ausflüchte. Der Wetterbericht ist übrigens hervorragend.«

*

Bei Brixen verließ er die A 22 und fuhr auf die Pustertaler Straße, auf der er wenige Minuten später in einen Stau geriet. *Im Stau stehen bedeutet immer, über sich nachdenken.*

Wer hatte das gesagt? Wahrscheinlich ein geistreicher Autofahrer. Im Verkehrsstau steckend wird uns schmerzlich bewusst, was wir Menschen für nichtige Würstchen sind. Eine bewegungslose Autokolonne macht alle gleich: Professoren und Hilfsarbeiter, Studentinnen oder schläfrige Greise. Im Stau verlieren wir alle den sozialen Status. Selbst unsere Eitelkeit und das Schicksal der Sterblichkeit wird uns nirgendwo so deutlich bewusst wie inmitten einer Blechlawine, die die Briten *traffic jam* nennen, unbeweglich und zu einer Stoßstange-an-Stoßstange-Reglosigkeit verurteilt.

Während sich die Autokolonne Zentimeter für Zentimeter weiterschob, telefonierte er kurz mit seiner Auftraggeberin Gerlinde Carluccia. Wie immer gerieten sie bereits nach wenigen Sätzen aneinander. Keine neuen Erkenntnisse also.

Bei Obervintl überquerte er die schäumend dahinfließende Rienz, als er sich an die Bank erinnerte, die am Ufer des Flusses stand und auf der er lustige Stunden mit Marianne verbracht hatte. Marianne war verheiratet gewesen, und so war die verschwiegene Abgeschiedenheit der Bank sehr willkommen gewesen. Jetzt im Herbst musste die Bank von der Straße aus zu sehen sein, doch so sehr er sich auch bemühte, es war nichts zu sehen. Stattdessen stand dort ein protziger Neubau mit der Aufschrift PIZZERIA MAFIA. Direkt am Fluss. Alles geht den Bach runter. Tanner seufzte. Wieder war ein Teil seiner Vergangenheit zerstört worden.

Das *Wellness und Reha Center Bruneck* war ein modernes Sichtbeton-Gebäude am nördlichen Rand der Stadt, einen Steinwurf von der Stelle entfernt, wo der Wildbach Ahr in die Rienz mündet. Schilder lenkten Tanner zu einer gewundenen Einfahrt und weiter in eine Tiefgarage, die mehr wie ein stinkendes Loch wirkte. Ein beißender Geruch nach Öl und Autoabgasen lag in der Luft. Weit und breit war kein Mensch zu sehen. Tanner schloss den Wagen ab und machte sich auf die Suche nach dem Ausgang, wich schwarzen, benzinverseuchten Pfützen aus, auf denen regenbogenfarbige Muster schillerten. Die Betonwände waren schwarz verrußt, die niedrige Decke zeigte großflächige, feuchte Flecken. Hier ließen sich die Entwicklungsphasen der Menschheit gut ablesen: Steinzeit, Bronzezeit, Betonzeit. Beton sah fast wie Stein aus. Nur deutlich weniger haltbar.

Frau Rosenfeld hat ihr Büro im dritten Stock. Dieser Auskunft eines freundlichen Pförtners folgend wandte er sich dem Stiegenhaus zu. *Treppensteigen spart das Fitnessstudio*, bläute ihm Paula jedes Mal ein. *Außerdem verbrennt man dabei doppelt so viele Kalorien wie beim Joggen*. Während er nach oben schnaufte, erinnerte er sich an ihre letzte Drohung: *Am Wochenende schleppe ich dich auf den nächstgelegenen Berg. Wenigstens vier Stunden und mindestens tausend Meter Höhendifferenz.*

Langsam schritt er den Gang entlang und musterte die Aufschriften an den Türen. *Dr. med. Hera Rosenfeld*, las er auf einem der Schilder. Er klopfte und öffnete die Tür.

Haare schwarz, ausladende Kurven, tolle Frau. Alois Staudinger hatte die Frau, die an ihrem Schreibtisch saß und mit fragendem Blick den Kopf hob, treffsicher beschrieben. Nur eines hatte er in seiner Beschreibung vergessen: Die Frau hatte einen großen Mund und extrem vorstehende Zähne.

»Mein Name ist Dr. Rosenfeld«, sagte sie. »Was kann ich für Sie tun?«

»Ich komme wegen eines Arztes, der bis vor zwei Jahren in Ihren Diensten stand. Sie sind doch die Chefin hier, nicht wahr?«

»Ich bin die provisorische ärztliche Leiterin der Klinik. Und wer sind Sie?« Ihre spitzen Zähne funkelten angriffslustig.

Tanner überreichte ihr seinen Ausweis, erklärte ausführlich, warum er gekommen war, und vergaß auch den Standardhinweis nicht, dass er mit der Polizei in Bozen eng zusammenarbeitete.

Die Ärztin hielt sich an einer überdimensionalen Teetasse fest, als ob sie ihre kalten Finger wärmen müsste.

»Was wollen Sie wissen über den Kollegen Matteiner. Ein netter Kollege. Und ein guter Arzt.«

»Welche Art von Arzt?«

»Facharzt für Anästhesie.«

»Das ist doch das, was man landläufig einen Narkotiseur nennt, oder?«

»Narkotiseur ist gut«, sagte sie und bleckte ihre Zähne.

»Anästhesie … so einer arbeitet doch im Operationssaal. Oder?«

»Landläufig«, sagte sie. »Der Anästhesist wacht über Schlaf und Schmerz. Der Narkotiseur, wie Sie ihn nennen, kontrolliert und sichert die Vitalfunktionen, nicht nur während der OP, sondern auch danach bis zur Entlassung des Patienten.«

»Sie bezeichnen sich als Wellness-Oase. Wozu brauchen Sie eigentlich einen Anästhesisten?«

»Manche unserer Patienten haben kleine Schönheitsfehler, die wir in unserem Hause mit einer kosmetischen Operation korrigieren. Ästhetische Chirurgie nennen wir das.«

Mitten im Gespräch klingelte das Telefon auf ihrem Schreibtisch. Sie warf ihm einen entschuldigenden Blick zu und hob ab. »Rosenfeld.«

Tanner konnte hören, dass sich am anderen Ende eine männliche Stimme gemeldet hatte.

»Geht jetzt nicht!« Ihre Stimme hatte einen Befehlston angenommen. »Ich habe gerade Besuch. Ja … ich melde mich. Nein. Ganz bestimmt.« Sie verdrehte die Augen und legte auf.

Tanner startete einen neuen Versuch, das Gespräch in Gang zu setzen. »Wie gesagt … ich arbeite an dem Mordfall Dr. Kurz. Sie haben davon gehört?«

»Natürlich. Furchtbare Sache.«

»Kannten Sie ihn? Persönlich, meine ich.«

»Einmal gesehen. Auf irgendeiner Tagung. Er hinterließ bei mir keine bleibende Erinnerung. Zumindest keine positive.«

»Auf der Suche nach der Person, die Dr. Kurz ermordet hat, bin ich auf Ihren Narkotiseur gestoßen.«

In ihrer Stimme schwang eine Spur Belustigung mit. »Ist Ihrer Meinung nach Dr. Matteiner des Mordes verdächtig?«

»In dieser frühen Phase einer Mordermittlung kann man niemanden ausschließen.«

»Bei Erich Matteiner können Sie eine Ausnahme machen.« Ihr Lächeln verstärkte sich. »Erich kann den Kurz nicht getötet haben.«

»Warum sind Sie da so sicher?«

»Weil er seit zwei Jahren tot ist. Erich Matteiner wurde ermordet.«

*

Tanner musste mehrmals schlucken, ehe er die Überraschung verdaut hatte.

»Damit habe ich nicht gerechnet.« Er war verwirrt. Und jetzt klang auch noch seine Stimme belegt.

»Wo ist der Mord passiert?«

Ohne hinzusehen, zeigte Dr. Rosenfeld mit den Daumen über ihre Schulter zum Fenster. »Da draußen. Ziemlich genau vor zwei Jahren. Erich hat sich kurz vorher aus der Ultentaler Klinik zu uns versetzen lassen.«

»Wie lange war er hier bei Ihnen? Als der Mord passierte, meine ich.«

»Wenige Monate nur. Wir erstellen für jeden neuen Mitarbeiter, egal, ob Arzt oder Pfleger, ein individuelles Einarbeitungsprogramm. Er hatte seines gerade durchlaufen, als der Mord passierte. Cos'è la vita.« Ihr Lächeln war verschwunden, und sie war blass geworden.

»Cos'è la vita«, wiederholte Tanner tonlos. »Der Mörder wurde nie gefasst.«

Sie nickte. »Und wissen Sie, was der Polizist, der damals die Untersuchungen leitete, ständig zu mir sagte? *Wir werden den Mörder schnappen.*« Sie lachte kurz auf. »Das Einzige, was die Polizei schnappte, war Luft.«

»Wo genau ist der Mord passiert?«

»Ich war damals noch nicht Vizechefin, arbeitete aber bereits fast zwanzig Jahre hier an der Klinik.« Sie lächelte.

»Ich gehöre bereits zum Inventar. An den Tod Erich Matteiners erinnere ich mich, als ob es gestern gewesen wäre.«

Sie stand auf, stellte sich ans Fenster und winkte ihm, näher zu kommen. »Hinter dieser Mauer befindet sich der Parkplatz für das Personal. Es war spät nachts. Unser Hausmeister hat ihn gefunden. Die Leiche lag in einer abgelegenen Ecke des Parkplatzes. Es gab zwar Laternen, die bei Dunkelheit den Weg zum Ausgang beleuchteten, doch an diesem Tag brannte kein Licht. Irgendjemand hatte alle Lampen zerschlagen.«

»Es ist nachts passiert, sagten Sie? War Matteiner immer so lange in der Klinik beschäftigt?«

»Er hatte Nachtdienst an diesem Tag.«

»Waren Sie in dieser Nacht ebenfalls in der Klinik?«

»Nein. Ich habe erst am nächsten Tag von dem furchtbaren Tod Erichs erfahren.«

»Hatte Matteiner Feinde?«

»Wie gesagt, er war ein begabter Arzt und, soweit ich es beurteilen kann, bei den meisten beliebt.«

»Bei den meisten? Wer hat ihn nicht gemocht?«

Sie schüttelte den Kopf. »Keine Ahnung. Das war nur so eine Redewendung. Ich erinnere mich, dass irgendein dummer Polizist Corinna verdächtigt hat.«

»Dr. Matteiner war verheiratet?«

»War er. Corinna Matteiner. Ich war bei Erichs Leichenfeier. Als der Sarg ins Grab hinuntergelassen wurde, ist die Witwe fast zusammengebrochen und musste von zwei Männern gestützt werden. Nein. Corinna hat ihren Mann nicht umgebracht.«

»Sind Sie sicher?«

»Ich kenne Corinna. Das heißt, ich habe sie einige Male getroffen und mit ihr gesprochen.«

»Einige Male gesprochen … da lernt man einen Menschen nicht sehr gut kennen.«

»Ich kann das weder erklären noch beweisen. Aber ich bin davon überzeugt … Corinna Matteiner hat ihren Mann nicht umgebracht. Warum sollte sie auch?«

»Vielleicht war da ein anderer Mann?«

Sie schüttelte den Kopf, dann strich sie sich die Haare, die ihr ins Gesicht gefallen waren, hinters Ohr. »Sie war ihrem Mann treu. Und sie hat sich rührend um den Sohn gekümmert, der damals in einem schwierigen Alter war. Die Trauer am Friedhof war echt.«

»Wissen Sie, wo Frau Matteiner zu Hause ist?«

»Sie lief mir zufällig in Bruneck über den Weg, und wir haben eine Tasse Tee miteinander getrunken. Sie ist nach Elvas gezogen. Das muss eine Fraktion von Brixen sein. Ein kleines Nest … jeder kennt jeden. So jedenfalls hat sie es geschildert.«

»Haben Sie ihre Telefonnummer?«

Dr. Rosenfeld hob den Zeigefinger, holte ihr Handy aus einer der Schubladen und setzte die Brille auf. »Ecco!«, sagte sie nach einigem Suchen stolz und hielt ihm das Telefon vor das Gesicht. »Telefon und da ist auch ihre Adresse: Guggenhausweg 34.«

Tanner zückte sein Notizbuch und notierte sich die Angaben.

»Bedenken Sie, die Adresse ist schon einige Zeit alt. Vielleicht ist sie seitdem woanders hingezogen.«

»Sie hat einen Sohn, sagten Sie?«

»Martin.«

»Martin Matteiner … Wie alt?«

»Was Sie alles wissen wollen … ein Spätpubertierender. Corinna hat mir von ihrem Filius erzählt, als wir in Bruneck beim Tee saßen. Ein Junge in anstrengendem Alter eben. Er war wohl dabei, irgendeine Schule abzuschließen. Wollte studieren … glaube ich.«

Sie musterte ihn irritiert, als ob ihr gerade etwas eingefallen wäre. »Erich Matteiner und Bruno Kurz … sehen Sie denn einen Zusammenhang zwischen den beiden Morden? Ich meine, seit Erichs Tod sind zwei Jahre vergangen. Ich weiß auch nicht, ob er den Kurz noch einmal getroffen hat, nachdem er dessen Krankenhaus verlassen hatte.«

»Hat Matteiner etwas über seinen ehemaligen Chef erzählt? Ich meine, wenn ein neuer Mitarbeiter kommt, ist es doch natürlich, dass er von seiner früheren Arbeitsstelle redet. Zumal es sich ebenfalls um ein Krankenhaus handelte.«

Sie dachte einige Augenblicke nach. Dann hob sie den Kopf und zeigte wieder ihre langen Zähne. »Er hat nicht viel über die Klinik St. Gertraud berichtet. Und noch weniger über den Kurz. Aber was er sagte, war nicht sehr schmeichelhaft.«

»Also hat er sich negativ über seinen früheren Chef ausgelassen.«

»Sie übertreiben. So war es nicht.«

»Wie war es denn?«

»Diskreter. Nur Andeutungen. So als ob er ihn irgendeines Vergehens bezichtigte.«

»Welches Vergehen?«

»Keine Ahnung. Irgendetwas muss passiert sein. Jedenfalls hat er mir den Eindruck vermittelt, dass er den Kurz … na ja … dass er ihn nicht mochte.«

Tanner legte die Fotografie mit den drei gut gelaunten Männern auf den Tisch und schob sie zu ihr hinüber. »Das Bild stammt offenbar aus der Zeit, als Matteiner bei Kurz angestellt war. Hier sieht es nicht so aus, als ob sich die beiden sehr unsympathisch gewesen wären.«

Die Ärztin nickte und zog die Mundwinkel etwas nach unten. »Die beiden Doktores sehen hier tatsächlich wie zwei gute Freunde aus.« Sie zuckte mit den Schultern. »Man kann in einen Menschen nicht hineinsehen.« Noch einmal sah sie auf das Foto. »Wer ist der dritte auf dem Bild?«

»Ein gewisser Stefano Tappeiner.«

»Auch ein Arzt?«

»Kein Mediziner. Er ist der Finanzchef der Klinik. Sozusagen der kaufmännische Kollege von Dr. Kurz. Man kann in einen Menschen nicht hineinsehen, sagten Sie. Außer bei einer Autopsie. Erzählen Sie mir was über Matteiners Todesursache. Sie als Ärztin müssten mir das kompetent erklären können.«

»Sie als Ärztin …« Sie verdrehte die Augen. »Ich habe den Leichnam weder gesehen noch untersucht. Alles was ich weiß, habe ich aus dritter Hand. Oder aus der Zeitung.«

»Wie lange war er tot?«

»Als man ihn fand? Keine Ahnung. Hören Sie, ich bin vom Hauptberuf Internistin mit Spezialisierung auf Physikalische Therapie und Balneologie.«

»Aha«, erwiderte Tanner.

»Das Einzige, was ich vom Hörensagen weiß, ist, dass Matteiner eine Kopfwunde hatte. Die soll aber nicht die Todesursache gewesen sein.«

»Sondern?«

»Erwürgt. Medizinisch ausgedrückt: Gewalteinwirkung mit Kompression der zervikalen Blutgefäße, die in späterer Folge lebensgefährliche Schädigungen verursacht haben und zum Tod führten. Soweit ich vom Hausmeister weiß, hatte Erich ein Tuch um den Hals. Oder ein dünnes Seil. Genau weiß ich das nicht mehr.«

»Wurde er ausgeraubt?«

»Keine Ahnung. Hören Sie, warum fragen Sie mich all diese Dinge? Sie arbeiten doch angeblich mit der Polizei zusammen. Besorgen Sie sich die alten Akten von der Questura. Da steht alles drin.«

Wie recht die Frau hat, dachte Tanner. In den alten Polizeiakten müsste in der Tat viel Wissenswertes zu finden sein. Das Problem war nur, dass man dem Pensionisten Maurizio die Tür zu den Büros der Questura versperrt hatte.

Frau Dr. Rosenfeld sah auf die Uhr. »Was möchten Sie sonst noch wissen? Ich muss wieder an die Arbeit.«

»Eine Frage habe ich noch: Kennen Sie eine gewisse Hedwig Pammer? Sie war Hebamme und hat zumindest zeitweise in der Klinik bei Dr. Kurz gearbeitet.«

Sie schüttelte den Kopf. »Wir sind eine Fitness- und Wellness-Oase. In unserer Klinik bekommt keiner ein Baby. Normalerweise jedenfalls.«

Tanner bedankte sich für das Gespräch und stand auf.

»Sie arbeiten mit der Polizei zusammen, sagten Sie vorhin. Doch weder Sie noch die Leute von der Questura haben irgendeine konkrete Spur. Oder täusche ich mich da?«

»Sie täuschen sich nicht.« Tanner griff nach der Fotografie und wedelte damit in der Luft herum, bevor er sie wieder in seine Tasche schob. »Viele Fragen sind tatsächlich offen.«

*

Er überholte gerade einen Reisebus, als sein Telefon klingelte. Telefonieren während des Fahrens kostet 700 Euro, hatte er im Radio gehört. Also blinkte er und fuhr auf den Pannenstreifen.

Zu Beginn war es ein etwas verwirrender Wortwechsel, in dem eine Frauenstimme androhte, ihn mit einem Baron zu verbinden, was aber offenbar nicht funktionierte. Zumindest nicht auf Anhieb. Nach Tanners fünftem »Hallo!« meldete sich eine sonore Männerstimme: »Hallo, mit wem spreche ich?«

»Hier ist Tanner. Mit wem spreche ich?«

»Filippo von Murach. Guten Tag, Herr Tanner.«

Ich dachte, Adelstitel sind schon längst verboten, wollte Tanner schon sagen, schluckte es aber hinunter. Der Name *Murach* kam ihm zwar bekannt vor, aber er hatte keine Ahnung, mit wem er sprach.

»Mit wem genau habe ich die Ehre?« Tanner versuchte, sich gewählt auszudrücken. Immerhin redete er mit einem Adeligen.

»Kennen Sie den Begriff Kundenbindung, Herr Tanner?«

Wenn einer verklausuliert und umständlich mit ihm sprach, wurde Tanner nervös.

»Kundenbindung heißt, dass nicht das Produkt, sondern der Kunde zurückkommt. Ich weiß das. Vielleicht könnten wir jetzt das Präludium abkürzen.«

»Seien Sie nicht so ungeduldig. Leider muss ich feststellen, dass Sie sich weder an mich noch an den Auftrag erinnern, den Sie übrigens zu unserer vollen Zufriedenheit ausgeführt haben.

Langsam dämmerte ihm, mit wem er verbunden war.

»Heißt Ihr Kellermeister Henrico Kogler? Und Sie haben einen Freund namens Arnoldo Sartini vom gleichnamigen Weingut.«

»Das ist zutreffend. Henrico ist mein Kellermeister. Und zu meiner Person: Ich bin Baron Filippo von Murach. Vom gleichnamigen Weingut, wie Sie sich ausdrücken würden. Wie gesagt, Henrico und ich waren damals mit Ihrer investigativen Arbeit sehr zufrieden. Sie erinnern sich wahrscheinlich: die Sache mit der Weinpanscherei.«

Der Begriff *Panscherei* erinnerte Tanner spontan an den Sturz in den Maischebehälter. Eine höchst unangenehme Erinnerung.

»Was kann ich für Sie tun, Herr Baron?«

»Murach reicht. Den Baron habe ich meinen Vorfahren zu verdanken. Zu Ihrer Frage: Ich bitte Sie, mich zu besuchen.«

»Lassen Sie mich wissen, worum es sich handelt.«

»In dem Fall der Weinpanscherei habe ich Sie als zuverlässigen Detektiv kennengelernt. Ich möchte Ihnen einen Auftrag erteilen.«

»Ich liebe Aufträge«, sagte Tanner.

Ein heiseres Lachen ertönte aus dem Telefon. »Das ist wie bei meinem Weingeschäft.«

»Wie eilig ist das mit dem Auftrag und dem Besuch bei Ihnen?«

»Kommen Sie bitte morgen zu mir. Es ist von äußerster Wichtigkeit.«

In Tanners Ohren begann es zu summen. »Morgen ist Samstag«, stotterte er.

»Es ist von äußerster Dringlichkeit.« Murach wiederholte den Hinweis, wobei er jede Silbe der fünf Worte betonte.

Das mit der Bergwanderung am Samstag geht in Ordnung. Ehrenwort. Siedend heiß fielen Tanner die Versprechen wieder ein, die er Paula während des Frühstücks gegeben hatte. Wenn er dieses Ehrenwort brach … Tanner mochte darüber nicht nachdenken.

»Haben Sie Probleme mit dem morgigen Termin?«

»Na ja … ich habe eine wichtige private Verpflichtung … eine Bergwanderung, die ich jemandem für morgen versprochen habe. Da komme ich nicht mehr raus, verstehen Sie?«

Wieder war das heisere Lachen zu hören. »Verbinden Sie das Ergötzliche mit dem Zweckmäßigen. Das Schloss Murach liegt 600 Meter oberhalb Partschins. Von dort geht eine der schönsten Wanderungen hinauf in den Naturpark Texelgruppe.«

»Partschins … liegt das im Vinschgau?«

»Nur geografisch. Politisch gehören wir zum Burggrafenamt. Sie wandern am Partschinser Waal entlang, bestaunen unseren Wasserfall und haben von dort mehrere Möglichkeiten, zu Fuß zum Schloss Murach zu kommen, den Rablander Waalweg entlang oder, wenn Sie ganz fit sind, von Giggelberg kommend über den Katharinaberg. Ist nur unwesentlich anstrengender.«

»Nur unwesentlich anstrengender«, wiederholte Tanner.

»Gerade so viel, dass man hinterher noch zwei Gläser Wein genießen kann.«

»Das klingt gut.«

»Also dann bis morgen.«

»Halt«, rief Tanner ins Telefon. »Worum geht es bei dem Auftrag, den Sie mir morgen geben wollen?«

»Machen wir morgen. Das ist kein Thema fürs Telefon. Aber glauben Sie mir: Es ist wichtig.«

»Nur einen kleinen Hinweis hätte ich gern.«

»Es geht um den Mord an Dr. Kurz. Es eilt. Wir haben nicht mehr viel Zeit.«

Es wurde schon dunkel, als er die A22 verließ und im Schritttempo den Ort Kardaun durchquerte, als ihm das Blumengeschäft *Monika Fiori* auffiel. Die Erinnerung an den harschen Schlagabtausch mit Paula über seinen angeblich monströsen Alkoholkonsum löste schlechtes Gewissen bei ihm aus. Schlechtes Gewissen ist die Diskrepanz zwischen Sollen und Sein, dachte Tanner und kaufte einen Strauß Rosen. Außerdem kann schlechtes Gewissen zu Depressionen führen.

Mit ausgestrecktem Arm betrat er zwanzig Minuten später Paulas Küche und hielt ihr den Blumenstrauß entgegen.

»Für dich«, sagte er unnötigerweise.

»Wenn der Mann einer Frau Blumen schenkt, hat er was ausgefressen«, sagte sie und wandte sich wieder dem Herd zu.

»Ich bin die Unschuld in Person.« In Gedanken versunken sah er, wie sie mit einem Geschirrtuch in der Hand die Kochtöpfe am Herd hin und her schob, während sie ihm den Rücken zuwandte. Plötzlich wirbelte sie herum und bedrohte ihn mit dem Kochlöffel wie mit einem Florett.

»Tiberio Tanner!«, zischte sie.

Ganzer Name! Wenn sie mich mit Vor- und Zunamen anspricht, ist die Bedrohung nahe.

»Was ist los?«

»Ich habe dir ausdrücklich verboten, jemandem in der Ultentaler Klinik zu erzählen, dass wir uns kennen und ich das Krankenhaus mit Medikamenten beliefere.«

»Ich bin die Unschuld in Person.«

Paula nickte grimmig. »Ich glaube dir kein Wort … und woher weiß Schwester Ursula, dass du und ich …«

»Halt!« Er hob die Hand. »Das hat sie nicht von mir.«

»Als ich gestern mit der Wochenlieferung in Sankt Gertraud war, hat sie mich darauf angesprochen. Das kann sie nur von dir haben. Du gefährdest meine Apothekengeschäfte.«

»Schwester Ursula hat uns zusammen in Bozen gesehen. In der Nähe von deiner Apotheke. Du hast mich geküsst, sagte sie.«

»Es war anders rum. Nicht ich habe dich geküsst … du hast mich geküsst.«

»Ich habe mich mit ihr lange unterhalten. Sie hält dicht. Jedenfalls hat sie mir das versprochen.«

»Du hast dich lange mit ihr unterhalten? Was heißt das?«

»Wie du weißt, habe ich mich undercover in der Klinik aufgehalten. In so einer Situation ist man auf alle Arten von Informationsquellen angewiesen.«

»Und sie ist wohl eine sehr attraktive Informationsquelle deiner Meinung nach, nicht wahr?«

»Ich habe wertvolle Auskünfte von Ursula erhalten.«

»Schwester Ursula, heißt das!«

»Übrigens will sie uns zu sich nach Hause einladen. Zum Abendessen. Gemeinsam mit Peter.«

Paula zog die Augenbrauen in die Höhe. »Peter?«

»Ihr Mann. Ich habe aber nicht verstanden, ob sie verheiratet sind.«

Paula wandte sich wieder den Kochtöpfen zu, die auf dem Herd standen.

»Ist das Essen bald fertig?«

»Es gibt leichte Südtiroler Kost, viel Gemüse, nur kurz gegart, mit reichlich Vitaminen, Mineral- und Ballaststoffen. Das Beste, was du für deine Gesundheit und dein Gewicht tun kannst.«

»Ich wollte nur wissen, ob das Essen bald fertig ist. Das war eine Frage, die man mit Ja oder Nein beantworten kann.«

»Kann, aber nicht muss. Eine Frau schon gar nicht. Ja oder Nein kommt für mich nicht infrage. Ich beantworte deine Fragen umfassend.«

»Dann beantworte umfassend die Frage, wo meine Lieblingsjacke ist. Ich habe sie schon überall gesucht.«

Diesmal bestand die Antwort nur aus einem kurzen Blick, der ihn über ihre Schulter hinweg erreichte. Schlagartig war ihm klar, dass dieser Blick nichts Gutes ahnen ließ. Mit in die Hüften gestemmten Armen pflanzte er sich neben Paula auf.

»Du übst dich in Drohgebärden, mein Schatz?«, sagte sie.

»Ich habe meine Lieblings-Hausjacke vorgestern zum letzten Mal in meinen Armen gehalten. Seitdem ist sie verschollen!«

»Zerfranst, hunderte Löcher und ausgeleiert. Die Jacke hing dir auf einer Seite schon bis zu den Knien. Ich habe sie weggeworfen.«

»Das geht nicht!«, rief Tanner in Panik. »Meine Jacke ist so, wie ich bin und rede: formlos. Ich bin mit ihr groß geworden, und sie hat mich im Leben begleitet; in guten wie in schlechten Tagen!«

»Das klingt nach Ehe.«

»Liegt sie draußen in der Kälte?« Tanner zeigte zum Fenster. »Ich habe das Gefühl, ich habe soeben eine Niederlage erlitten.« Mit hängendem Kopf schlich er in die Dunkelheit und näherte sich der Mülltonne vor dem Haus. Dort fand er sie. Zusammengeknüllt und versteckt unter einigen stinkenden Müllsäcken. Seine Lieblingsjacke. Vorsichtig zog er sie aus der Tonne und hob sie triumphierend hoch. Wie sagte die *Stimme von oben* am Ende von Goethes Faust? »Ist gerettet!«

Mit triumphierender Geste kehrte er ins Haus zurück, wo er seine Jacke Paula-sicher versteckte.

»Tut mir leid«, sagte sie beim Abendessen. »Ich meine, das mit der Jacke. Was macht dein Fall?«

»Es ist alles furchtbar«, stöhnte Tanner. »Drei Morde im Zeitraum von drei Jahren. Ein ermordeter Anästhesist in Bruneck, eine tote Hebamme und nun der Chefarzt Kurz.«

»Du hast mal erwähnt, dass der Dr. Kurz in der Klinik nicht sehr beliebt war.«

»Unter anderem deine Apothekerkollegin aus Bruneck sagte es. Wüstling und Grobian nannte sie ihn. Ihre Mutter, die Hebamme, soll mit dem Kurz ständig im Clinch gelegen haben. Und sie war nicht die Einzige.«

»Also gab es mehrere Menschen, die den Kurz nicht mochten ... ihn vielleicht sogar hassten.«

»Ich erinnere mich an meine Zeit bei Fiat. Da gab es einen der Geschäftsführer, den wir alle den Pavian nannten. Nach seinem Charakter.«

»Du tust den Pavianen unrecht. Sie stinken möglicherweise, aber ihr Charakter ist okay. Habe ich gelesen.«

»Dr. Erven Glein hieß er. Keiner hat ihn gemocht, und fast alle in der Abteilung hatten Streit mit ihm. Ein Pavian eben.«

»Hast du nie daran gedacht, ihn umzulegen?«

»Hundert Mal.«

»Warum hast du es nicht getan?«

»Weil ich normal bin.«

»Und woran merke ich das?«

»Es ist bei dir nicht einfach, den roten Faden nicht zu verlieren. Die meisten Menschen werden irgendwann von ernsthaften Mordphantasien befallen, gegen den Chef zum Beispiel, wie bei mir. Mein Gehirn macht mich empathisch. Mörder hingegen sind empathielos. Deshalb gehören sie therapiert.«

»Helfen dir diese Überlegungen weiter? In deinen Fällen, meine ich.«

»Wenn ich das wüsste. Drei Morde und ich finde nicht einmal einen Hinweis, ob sie zusammenhängen. Und wenn ja, wie.«

»Es haben doch alle drei in der Klinik St. Gertraud gearbeitet. Der eine als Boss, die Frau als Hebamme und einer
als Narkosearzt. Ist das nicht Zusammenhang genug?«

»Mit meinen Gedanken war ich schon hundertmal an diesem Punkt. Ich habe mit Maurizio darüber gesprochen. Die
Polizei weiß kein bisschen mehr. Die haben sich nicht einmal mit der Frage beschäftigt, ob es weitere Berührungs-
punkte gibt bei den einzelnen Mordfällen. Nichts. Nicht
einmal einen Hinweis, ob ein oder mehrere Mörder dahinterstecken. Oder ob es ein Mann oder eine Frau ist.«

»Glaubst du tatsächlich, dass der Mörder eine Frau sein
könnte? Der Kurz wurde doch erwürgt. Da braucht man viel
Kraft, um einem Mann den Hals umzudrehen.«

»Kurz wurde erwürgt. Erdrosselt. Maurizio hat mir das
aus rechtsmedizinischer Sicht zu erklären versucht. Erwür-
gen geht mit der Kraft der Hände. Meist ist eine Frau dazu
nicht in der Lage. Außerdem müssten hier typische Würge-
mals am Hals zu finden sein. Der Kurz wurde wohl erdrosselt. und hier gibt es Techniken, die von der Kraft her auch
einer Frau zuzutrauen wären.«

Paula lächelte. »Dann solltest du alle Fakten noch einmal
durchforsten und dir vorstellen, dass der Mörder eine Frau
ist. Und dann suche nach Widersprüchen.«

»Welche Widersprüche?«

»Alles, was nicht zu einem Mann passt. Äußerungen,
Meinungen, ein auffälliges Verhalten … was weiß ich.
Männer kommen vom Mars und Frauen von der Venus.
Also betrachte alles durch die weibliche Brille.«

»Apropos Brille … ich habe einen Termin beim Augenarzt. Wegen meiner neuen Brille.«

»Gratuliere. Auf die Dauer ist es nicht gut, kurzsichtig durch die Welt zu laufen.«

»Ich bin nicht kurzsichtig. Das Ganze wächst mir nur über den Kopf.«

»Du bist überfordert. Das kann ich gut verstehen.«

»Die Suche nach einem Mörder läuft stets auf die gleiche Aufgabe hinaus, nämlich den richtigen Pfad vom Startpunkt zum Ziel zu finden. In diesem Fall liegt das Problem nur darin, dass es mehrere Startpunkte gibt und dass die Wege zur Lösung verschlungen sind. Es ist alles zu unübersichtlich. Zu diffus.«

»Unterhalte dich mal mit Schluzzer.«

»Dein Cousin? Den hast du mir früher schon mal als Mitarbeiter angepriesen.«

»Er arbeitet derzeit in Innsbruck, will aber nach Bozen zurück.«

»Schluzzer ist doof.«

»Du übertreibst. Du musst ihn nur richtig einarbeiten. Ich wette, dann wäre er eine tatkräftige Unterstützung für dich.« Sie lehnte sich zurück und klopfte mit der flachen Hand auf seine Brust. »Tiberio … das wäre doch was … dein Detektivbüro als Zweimannunternehmen.«

»Schluzzer ist doof.«

»Ich lade ihn mal ein. Wenn er hier in der Gegend ist. Von Zeit zu Zeit besucht er mich in der Apotheke.«

»Schluzzer ist doof. Ich erinnere mich gut. Der Mann ist ein Anarchist.«

»Hör auf, meinen Großcousin zu beleidigen. Der Mann ist weder dumm noch ein Anarchist. Schluzzer ist ein ganz normaler Mainstream-Zeitgenosse. Für den bedeutet Anarchie schon, wenn er ein Stück Käse im Kühlschrank mal ins Gemüsefach legt.«

»Was ist eigentlich ein Großcousin?«, fragte Tanner.

»Ein Cousin zweiten Grades.«

Tanner wollte gerade fragen, was ein Cousin zweiten Grades eigentlich ist, als Paula ihre Rede vehement fortsetzte: »Noch etwas fällt mir ein, das dir hilft, mit zu viel Arbeit fertig zu werden. Weniger Alkohol und mehr Bewegung.«

Tanner schnaufte. »Das Thema Rotwein haben wir schon beim Frühstück ausdiskutiert. Und die Bergwanderung wird morgen stattfinden. Bei jedem Wetter. Das habe ich dir versprochen.«

»Auf welchen Berg gehen wir morgen? Ich hatte in der Apotheke keine Zeit, darüber nachzudenken.«

»Aber ich!« Stolz klopfte er sich auf die Brust. »Schon seit der Früh zerbreche ich mir darüber den Kopf.«

»Und? Mit welchem Ergebnis?«

»Ich habe lange recherchiert. Und nun kann ich dir eine traumhafte Wanderung vorschlagen. Hör zu …«

Einen Augenblick überlegte er, ihr jetzt zu beichten, dass die Wanderung nicht nur der Erholung dienen, sondern beim Weingut Murach enden würde, wo ihn ein potenzieller Kunde und ein neuer Auftrag erwarteten.

Morgen während der Wanderung würde er Paula die Wahrheit gestehen. Morgen ist auch noch ein Tag.

FÜNFZEHN

Paula hatte den Strauß Rosen, den ihr Tanner gestern überreicht hatte, auf den Tisch gestellt. Er nahm dies als versöhnliches Zeichen. Einer harmonischen Wanderung stand nichts mehr im Weg. Das Einzige, das die Harmonie stören könnte, war die Tatsache, dass er die gemeinsame Bergtour in gewissem Sinne missbrauchte, um einen neuen Auftrag für sein Detektivbüro an Land zu ziehen. Für dieses Geständnis musste er einen günstigen Zeitpunkt abwarten.

Nach einem schnellen Frühstück war er im Keller einige Zeit damit beschäftigt, den schweren Rucksack aus grüner steifer Zeltplane zu suchen, den ihm sein Vater vererbt hatte. Dann holte er seine alte Wanderhose aus der Truhe. Eine dezent karierte Knickerbocker.

»Um Gottes willen«, stöhnte Paula, als er bergmäßig adjustiert die Küche betrat. »Du kommst daher wie Luis Trenker. Warum ziehst du nicht deine Jeans an?«

»Aus Ehrfurcht«, sagte Tanner, und es klang wie eine bedeutungsvolle Botschaft. »Unsere Südtiroler Berge haben es verdient, sie in traditioneller Kleidung zu besteigen.«

Paula zeigte auf seinen Bauch. »Sitzt ganz schön knapp, deine traditionelle Kleidung. Und der Rucksack … stammt der aus der Habsburger Zeit?«

»Du beleidigst meine Vorfahren. Diesen Rucksack hat mein Großvater in der Isonzoschlacht gegen die Österreicher getragen.« Mit dem Finger fuhr er eine der Außentaschen entlang. »Hier müsste irgendwo sogar noch ein

Schussloch sichtbar sein, das angeblich von Feindeshand stammt.«

»Wohin fahren wir?« Kurz nachdem sie den Parkplatz beim Gscheibten Turm in Bozen verlassen hatten, stellte Paula die Frage, vor der sich Tanner seit Stunden fürchtete.

»Hör mal zu«, sagte er.

Paula sah skeptisch zu ihm herüber. »Wenn du einen Satz mit *Hör mal zu* beginnst, klingt das sehr nach einer Beichte.«

Tanner erzählte ihr von dem Anruf des Barons, der ihm einen Auftrag geben wolle, und dass es um den Mord an Dr. Kurz gehe und dass man nicht viel Zeit habe.

»Und wegen eines Auftrages für dich schleppst du mich kreuz und quer durch den Naturpark Texelgruppe.«

»Das mit dem Schleppen habe ich anders in Erinnerung, mein Schatz. Du warst es, die mir eine bergsteigerische Fitnesskur verordnet hat.«

»Aber nicht, um dir einen Auftrag zuzuschanzen. Du missbrauchst mich. Das ist Betrug an der Partnerin.«

»Weder Betrug noch Missbrauch. Der leiblichen Fitness ist es nämlich egal, ob man am Ende einer genüsslichen Wanderung einen Auftrag bekommt oder nicht.«

Bei dem letzten Punkt blieb Paula nichts anderes übrig, als ihm zuzustimmen, weshalb sie eine unverzügliche Waffenruhe vereinbarten und beschlossen, die Wanderung zu genießen.

»Wer ist dieser Baron? Und wie heißt der noch mal?«

»Filippo von Murach. Du kennst die Geschichte … ich habe mich mit seinem Kellermeister getroffen und bin daraufhin zu nachtschlafender Zeit in den Weinkeller eines Konkurrenten eingebrochen. Die Sache mit der Weinpanscherei.«

»Die Sache mit der Maische«, verbesserte Paula.

Bei Töll verließen sie die SS 38 und näherten sich Partschins von Süden her, wo Tanner seinen Wagen am Parkplatz des Schreibmaschinenmuseums abstellte.

Das Wetter war angenehm, und Tanner schritt kräftig den Berghang hinauf, wobei er Paula weit hinter sich ließ.

Nach einer halben Stunde vernahmen sie das Plätschern des Waals aus der Tiefe des Waldes, der, so wusste Paula, noch heute die umliegenden Obstwiesen mit Wasser versorgte. Von Zeit zu Zeit machten sie Halt und erfreuten sich an den traumhaften Ausblicken auf den Vinschgau im Westen und die Sarntaler Alpen im Osten.

»Deine körperliche Verfassung ist erstaunlich gut«, sagte Paula anerkennend. »Trotzdem würde ich das Anfangstempo etwas drosseln.«

»Drosseln ist was für Schwächlinge. Volle Kraft voraus«, rief er und sprang über einen kleinen Graben.

»Wie du meinst«, sagte Paula. »Geh nur voraus. Oben treffen wir uns wieder.« Es klang wie eine Drohung.

Der Aufstieg war nicht so schwierig, wie er es sich ausgemalt hatte, wahrscheinlich weil er tatsächlich besser trainiert war, als er dachte. In diesem Augenblick schien er mindestens fünfzehn Jahre jünger geworden zu sein.

Ungefähr eine halbe Stunde später begann er zu schwitzen. Ein vollkommen normaler Vorgang sagte er sich und kletterte den steilen Hang hinauf, als er mit einem Schuh zwischen zwei Steinen feststeckte, die er in der Eile nicht bemerkt hatte. Er fiel der Länge nach hin, atemberaubend schnell, so dass er keine Chance mehr hatte, den Sturz mit seinen Händen abzufangen. Während er verzweifelt seine Brille vor sich im Gras suchte, hörte er Paula hinter sich kichern. Frauen lachen stets zum falschen Zeitpunkt.

Eine Stunde später brachte ihn Seitenstechen und ein eigenartiger Schmerz in der Brust zum Stehen. Er krümmte sich leicht nach vorn, bis die Beschwerden vorbei waren. Aufrecht stehend wartete er, bis Paula aufgeschlossen hatte.

»Wie fühlst du dich?« Sie sah ihn lächelnd an. »Wie ein Junger oder wie ein Alter?«

»In der Mitte drin«, sagte er und wischte sich mit dem Taschentuch über die Stirn.

»Alt, aber gut«, erwiderte sie.

Vehement schüttelte er den Kopf. »Im Gegenteil. Gut aber nicht alt.«

Der Wanderweg verlief einige Zeit parallel zur Fahrstraße, führte auf schmalen Brücken über Abgründe hinweg und zwischen felsigen Engstellen hindurch. Tückische Geröllfelder und tiefe Wasserrinnen erschwerten den Aufstieg. Paula, die jetzt einige Meter vor ihm ging, überwand wie eine schlanke Gazelle die Hindernisse, während er schwitzend den steilen Weg hinaufkeuchte.

»Wie weit ist es noch bis zu deinem Baron?«

Tanner sah auf die Karte, dann zeigte er mit dem ausgestreckten Arm zum Gipfel des Roteck hinauf. »In die Richtung müssen wir.«

»Du klingst nicht überzeugend. Da vorn ist ein Haus. Frag dort nach dem Weg«, sagte Paula.

»Der Murach hat mir die Route nicht genau beschrieben. Aber mein Orientierungssinn sagt mir, dass wir auf dem richtigen Weg sind.«

»Warum weigern sich Männer immer, nach dem Weg zu fragen? Hat das was mit der archaischen Ehre des maskulinen Fährtensuchers zu tun?«

»Darauf antworte ich nicht«, sagte Tanner und blickte sorgenvoll zum Himmel. Noch schien die Sonne, aber von Westen näherte sich eine bedrohlich dunkle Wolkenfront. »Das sind Gewitterwolken«, sagte er.

Schritt für Schritt, keuchend und schwitzend trotteten sie den steiler werdenden Pfad nach oben. Eine der schönsten Wanderungen im Naturpark Texelgruppe hatte es Murach genannt. Vom Schwitzen hatte er nichts gesagt.

Der Hang, den sie sich schräg hinaufkämpften, war nass, und bei jedem Schritt versanken sie in der feuchten Erde, die sich an den Sohlen der Schuhe festsetzte. In lang gezogenen Serpentinen führte der Weg nach oben. Nach jeder Kurve musste Tanner schnaufend rasten, die Hände auf die Knie gestützt. Die noch vor kurzer Zeit verspürte Verjüngung war restlos dahingeschmolzen.

Nach einer weiteren halben Stunde erreichten sie einen asphaltierten Weg, der in leichten Serpentinen bergauf führte. Noch einmal warf er einen Blick auf die Karte, dann setzte er seinen Weg fort. SCHLOSS MURACH. Das Schild stand auf einem hölzernen Pfosten und kurz danach zweigte der Weg nach rechts ab und führte durch ein Waldstück und weiter über einen sanften Wiesenhang, wo sie zum ersten Mal einen Blick auf den pompösen Ansitz derer von Murach werfen konnten.

»Schmattige Leut«, sagte Paula und schnalzte beeindruckt mit der Zunge.

Tanner sah auf die Uhr. Er hatte drei anstrengende Wanderstunden hinter sich gebracht.

Der Ansitz war ein pompöser Gebäudekomplex, dessen Fassade ein glatt verputztes Erdgeschoss zeigte, auf dem wuchtige Mauern mit verwinkelten Lisenen, Gesimsen und Türmchen ruhten. Die dem Tal zugewandten Wohngebäude umschlossen den Innenhof wie eine wuchtige Mauer. Ein frei stehender Turm mit einem kegelförmigen Dach aus bunt glasierten Ziegeln ragte wie ein Wahrzeichen in die Höhe.

Gerade als sie das Atrium betraten, ging ein Wolkenbruch nieder. Hand in Hand flüchteten sie unter ein kleines Vordach, das nur notdürftig Schutz vor den Wassermassen bot.

Nach wenigen Augenblicken ging über ihnen ein Fenster auf, und die Stimme einer Frau forderte sie zum Eintreten auf. »Die Tür hinter ihnen ist offen. Kommen Sie rein.«

Zuerst war nur das Klappern hoher Absätze auf der Stiege zu hören, dann erschien die Frau, blieb vor Tanner stehen und deutete einen Knicks an.

»Der Herr Baron hat Sie schon erwartet.«

Die Frau trug ein schlichtes graues Kleid mit einer weißen Schürze und hatte die Haare mit einem Kopftuch nach hinten gebunden. »Herr von Murach bittet Sie, in die Bibliothek zu kommen.«

Das Zimmer, in das die Frau sie führte, war ein Mittelding zwischen Bibliothek und Wohnraum. Das erfreuliche Aroma guten Essens, vermischt mit dem Duft ledergebundener Bücher, lag im Raum.

»Niemand da«, sagte Paula und sah sich um. Wuchtige Holzregale, vollgestopft mit Büchern, säumten zwei der Mauern. Die massive Täfelung der übrigen Wände machte den Eindruck, als ob sie bereits vor Jahrhunderten dunkelbraun gebeizt worden war. In dem großen, geschwärzten Kamin am Ende des Raumes brannte ein Holzfeuer, zahlreiche Hirschgeweihe in allen Größen zierten die Wände, und dazwischen hingen noch einige Bilder von alten Menschen, die ernst und ehrwürdig dreinblickten. Wahrscheinlich die Ahnengalerie. Dominiert wurde der Raum von dem großen, mit weißem Damast gedeckten Tisch, auf dem ein kaltes Buffet aufgebaut war. Tanners professioneller Blick erspähte Fisch im Speckmantel, Triangles vom Käse, Tirtlen und Bruschetta mit Südtiroler Speck.

Tanner klatschte in die Hände. »Hier sind wir richtig.«

»Benimm dich«, sagte Paula.

Auf einer Anrichte stand ein farbig glasierter Teller, den Tanner in die Hand nahm, um die Unterseite zu untersuchen.

»Benimm dich«, sagte Paula.

»Ich bin Detektiv. Ich recherchiere, also bin ich.«

Vom Kaminsims ergoss sich eine üppig grüne Kaskade aus exotischen Pflanzen, die zwischen zwei Stehlampen angeordnet waren. Tanner konnte nicht erkennen, woher die leise Musik kam, die den großen Raum erfüllte. Ein lyrischer Tenor startete mit der Arie aus einer ihm unbekannten Oper.

»José Carreras in seiner Glanzzeit«, sagte Paula, während sie eines der Bücher aus dem Regal zog. »Irgendwas aus der *Madame Butterfly*.«

Tanner wollte gerade etwas erwidern, als ein groß gewachsener, älterer Herr den Raum betrat, der sich bücken musste, während er unter dem niedrigen Türbalken durchging. Mit schweren Schritten und aufrecht wie ein Soldat durchquerte er den Raum.

»Herr Tiberio Tanner, wie ich vermute?«

Auftraggeber findet Klient. Mit ähnlichen Worten hat man Livingstone in Afrika entdeckt, dachte Tanner. Eine würdige Situation.

Baron von Murach war ein schwerfälliger Mensch, bei dem man sich nicht vorstellen konnte, dass er mit leisen Sohlen durch einen Raum schlich. Nachdem er Tanner willkommen geheißen hatte, näherte er sich mit einer unterwürfigen Geste Paula und entschuldigte sich, sie nicht zuerst begrüßt zu haben. Murachs Knickerbockerhose aus mausgrauem Tweed war etwas moderner geschnitten als Tanners Wanderhose. Über dem weißen Leinenhemd trug er eine golden schimmernde Weste mit einer schweren Uhrkette.

»Nehmen Sie Platz«, sagte er und deutete auf die Couchgarnitur vor dem Kamin.

Auf dem Weg dahin warf Tanner nochmals einen interessierten Seitenblick auf das kalte Buffet, was Murach nicht entgangen sein dürfte, denn er blieb auf Höhe der Käsedreiecke stehen und sagte: »Wir dachten, dass Sie nach der Wanderung hier herauf nicht nur müde, sondern auch hungrig sind. Ecco! Meine Haushälterin nennt es übrigens Südtiroler Kleinkram.«

Der Begriff *Südtiroler Kleinkram* rief bei Tanner einen leichten Anflug von Gänsehaut hervor. Aber die Sachen mit dem Speck und die fettglänzenden Teigtaschen sahen aus der Entfernung verführerisch aus.

»Zum Imbiss biete ich Ihnen das Beste aus unserer Kellerei. Nicht weit von hier wachsen Südtirols edelste Reben, knapp unter 800 Meter Meereshöhe. Natürlich auf den hauseigenen Weinbergen.« Er deutete mit dem Arm zur Tür. »Rico stöbert gerade durch meinen Privatkeller. Seien wir gespannt, welche Rarität er dort auftreibt.«

»Darf ich fragen, wer Rico ist?«

»Henrico. Er ist mein Kellermeister. Sie entsinnen sich sicher an das konspirative Meeting mit Henrico Kogler im Gasthaus Ötzi«, sagte Murach.

»Konspiratives Treffen mit dem Auftraggeber auf 2000 Meter Seehöhe. Wer könnte das vergessen. An dem Gespräch hat noch jemand teilgenommen. Außer Kogler meine ich.«

»Das war Arnoldo Sartini. Er hat ein Weingut in der Nähe von Naturns. Nicht so groß und bedeutend wie meines natürlich.«

»Nicht so bedeutend, natürlich«, wiederholte Paula, was zur Folge hatte, dass Murach sie eine Zeit lang stirnrunzelnd anstarrte.

»Ich erinnere mich an den Namen. Raffetseder hieß der Winzer, um den es ging«, sagte Tanner. »Was ist aus dem Fall geworden?«

»Er hat seinen Kunden keinen reinen Wein eingeschenkt. Weinpanscherei sowie banden- und gewerbsmäßiger Betrug. Dank Ihrer kompetenten Recherche konnten wir Raffetseder überführen.«

»Haben Sie die Staatsanwaltschaft eingeschaltet?«

»So etwas lösen wir in Südtirol ohne Polizei. Nachhaltig und intelligenter.«

Paula hielt ihre Hand in die Höhe. Wie eine artige Schülerin während der Schulstunde. »Eine Frage: Hat dieser Raffetseder nicht gefährlich offene Maischebehälter in seinem Weinkeller?«

Murach hob den Kopf. »Ich verstehe nicht …«

»Nicht so wichtig«, unterbrach Tanner. »Meine Paula ist manchmal eine Scherzboldin.«

Das Unwetter war schlimmer geworden. Ein gewaltiger Sturm pfiff und heulte ums Haus, und der Regen peitschte an die Fenster. Das Klappern der Fensterläden wurde immer lauter und selbst das Kaminfeuer flackerte bedenklich.

Mit besorgtem Blick sah Paula zum Fenster. »Gibt es oft solche Unwetter hier oben?«

»In dieser Heftigkeit alle zehn Jahre mal.«

Ein Mann betrat den Raum, an den sich Tanner gut erinnern konnte. »Man sieht sich im Leben stets zweimal«, sagte er. »Grüß Gott, Herr Kogler.«

»Mein Kellermeister hat hoffentlich wertvolles Gut in seiner Einkaufstasche«, sagte Murach.

Kogler grinste und schlug Tanner kumpelhaft auf die Schulter. »Schön, Sie wiederzusehen, Herr Detektiv.«

Murach winkte ungeduldig. »Was hast du uns mitgebracht, Henrico?«

Kogler griff in die Leinentasche und stellte zwei staubbedeckte Flaschen auf den Beistelltisch. Dann wischte er bei einer Flasche den Staub vom Etikett. »Der Weinberg, von dem dieser Tropfen stammt, befindet sich in der Nähe der

Spitalkirche zum Heiligen Geist. Deshalb haben wir den Wein *Santo Spirito* getauft.«

»Eine echte Rarität«, sagte Murach, und seine Hände zitterten, als er nach der anderen Flasche griff und mit seinen Fingern liebevoll über das Etikett strich, um den Staub zu entfernen.

»Die Rebstöcke dort oben hat mein Vater gepflanzt, noch während des Krieges. Also vor 80 Jahren. Der Santo-Spirito-Weinberg, wie wir ihn nennen, ist nach Süden ausgerichtet und extrem steil. Dennoch hatte sich mein Vater für die Pergelerziehung entschieden, obwohl er die Stützgerüste den Hang hinauf stufenartig anordnen musste, was deutlich zeit- und kostenintensiver ist. Aber Zeit und Kosten haben über Jahre hinweg keine Rolle gespielt in diesem Hause.«

Murach dehnte die Worte und beendete den Satz mit einem eigenartigen Singsang, was im Gegensatz zu seiner sonstigen Schlichtheit stand, die er ständig betonte. Aber vielleicht war die Schlichtheit auch nur gespielt.

Kogler hatte in der Zwischenzeit die beiden Flaschen geöffnet und den Wein einer professionellen Prüfung unterzogen. Dann füllte er die Gläser und sagte: »Es handelt sich um einen reinsortigen Weißburgunder, dessen Trauben von den wahrscheinlich ältesten Weißburgunder Rebstöcken Südtirols stammen. Der steile Südhang und der geringe Ertrag der alten Reben garantiert beste Traubenqualität.«

Murach versenkte seine Nase in das Glas, und man sah, dass seine wenigen silbrigen Haare sorgsam auf dem Kopf sortiert waren und wie festgeklebt wirkten. Tanner überlegte, wie dies wohl technisch funktionierte.

Der Baron hob sein Glas. »Genießen wir das Ergebnis.« Er blinzelte zuerst Paula und dann Tanner zu. »Und danach hätte ich gern Ihre Meinung … mit Ihrer detektivischen Expertise sozusagen.«

»Das würde mich auch interessieren«, sagte Kogler mit einer Spur Überheblichkeit in der Stimme. »Ich erinnere mich, dass Sie vor Ihrem nächtlichen, nicht ganz legalen Einsatz in den Raffetsederschen Kellereien ein Weinseminar besucht haben. Beweisen Sie uns jetzt Ihre Expertise.«

»Riecht der Wein nach altem Keller oder feuchter Pappe«, sagte Tanner, »dann hat er den sogenannten Korkschmecker, wie wir Fachleute sagen. Das ist eine typische Verschluss-Sache. Im Übrigen gehe ich beim Probieren apollinisch-dionysisch vor.«

Tanner nickte Kogler zu, dann schritt er zur Tat. Er hob das Glas, schwenkte es langsam und erwähnte wie beiläufig den dezenten grünen Schimmer, der im Glas durch das kräftige Strohgelb des Weins hindurch leuchtete. Danach schwenkte er das Glas sanft zweimal, befragte zuerst seine Nase, dann ließ er den Wein am Gaumen zirkulieren, bis sich das Aroma entfaltete. Alles mit geschlossenen Augen.

»Was ist nun Ihre Meinung?«, fragte Murach und beugte sich vor.

»Es hat geklappt.« Tanner ließ sich im Sessel zurückfallen. »Ich konnte die in der Nase wahrgenommenen Nuancen in Geschmackseindrücke umwandeln.«

Kogler stöhnte auf. »So ein Brimborium habe ich noch nicht erlebt.«

»Unterbrechen Sie mich nicht.« Abwehrend hob Tanner

die Hand. »Während das Duftspiel von Aprikose, Brennnessel und Passionsfrucht bestimmt wird, zeigt Ihr Weißburgunder am Gaumen eine buttrig weiche Struktur. Die elegante Säure leitet schließlich fulminant in ein mineralisches und aromatisches Finale über.«

»Mein Gott«, sagte Murach beeindruckt. »Keiner hat es je prägnanter und klarer ausgedrückt. Henrico, von Herrn Tanner kannst du noch etwas lernen.«

»Wie Sie meinen, Chef.«

Murach nickte Tanner freundlich zu. »Ich schlage vor, wir reden jetzt endlich übers Geschäft. Danach ist immer noch Zeit, dass Sie Henrico auf eine kurze Kellerführung mitnimmt. Als Weinfachmann werden Sie sicher auf unseren Weinkeller gespannt sein.«

»Ich kann die Spannung kaum noch aushalten. Kommen wir also zur Sache. Es geht um einen Auftrag, den Sie mir geben wollen, sagten Sie am Telefon.«

Von draußen hörte man ein Läuten. Tanner konnte nicht unterscheiden, ob es das Telefon oder die Glocke an der Haustür war. Eine weibliche Stimme war zu hören, und wenige Augenblicke später kam eine Frau aufgeregt ins Zimmer. Sie war schlank und attraktiv und trug einen eng anliegenden, knallroten Hosenanzug. Tanner erkannte sowohl das auffällige Kleidungsstück als auch die Frau wieder, die während der Vorbereitungen zur Hundertjahrfeier im Foyer der Klinik hektisch herumgelaufen war. Wie in einem Video erschien die Szene vor seinem geistigen Auge. Zuerst in ein aufgeregtes Gespräch mit Marietta Kurz vertieft, waren die beiden Frauen danach aus der Halle gelaufen. Tanner hatte die zwei Frauen mit Blicken verfolgt, wie sie über den gepflasterten Vorplatz eilten und dann seinen Blicken entschwunden waren.

»Was ist los, Susanne? Ist dir der Leibhaftige begegnet?«

»Die Polizei hat angerufen.«

Man sah, wie Murach blass wurde. »Was ist passiert?«

»Schlechte Nachricht. Vom Katharinaberg herunter ist eine Mure abgegangen … Schlamm und Geröll bis kurz vors Haus. Unsere Zufahrt ist verschüttet. Da kommt keiner durch.«

»Auch zu Fuß nicht?«, fragte Paula.

»Keine Chance.« Sie zeigte zum Fenster. »An der felsigen Schlucht da vorne verläuft der Wanderweg parallel zur Straße. Beide Wege sind nicht passierbar. Weder zu Fuß noch mit dem Wagen.«

»Gibt es eine andere Möglichkeit, hier wegzukommen?«

»Leider nicht.« Kogler schüttelte den Kopf. »Mit dem Hubschrauber vielleicht.«

»Wir sind vorerst von der Außenwelt abgeschnitten«, ergänzte Murach, der einen entspannten Eindruck machte. Er hob die knöcherne Hand und wandte sich Paula zu. »Keine Angst. So etwas passiert fast jedes Jahr hier in der Gegend. Genießen Sie das Abendessen mit uns. Susanne wird für Sie das Gästezimmer im Obergeschoss vorbereiten.« Er zeigte auf die Frau mit dem Hosenanzug. »Was meinen die Fachleute, wie lange es diesmal dauern wird?«

»Die Gemeinde sagt, dass der Weg in der Nacht wieder frei sein wird.«

»Wir sind unhöflich«, sagte Kogler und erhob sich. Er trat hinter die Frau im Hosenanzug und legte ihr die Hände auf die Schultern. »Ich darf Ihnen noch meine Frau Susanne vorstellen.«

»Susanne ist unsere Hausdame«, sagte Murach.

Mit einem gemurmelten »Susanne Kogler« reichte die Frau Paula etwas nachlässig die Hand, dann wechselte sie zu Tanner, den sie einige Augenblicke mit hochgezogenen Brauen anstarrte, bevor sie ihm ebenfalls die Hand hinstreckte.

»Ich kümmere mich um das Gästezimmer«, sagte sie und eilte davon.

»Und wir kommen endlich zur Sache.« Murach richtete sich in seinem Lehnstuhl auf, als ob er neue Energien gewonnen hätte.

»Ich schätze es, wenn wir jetzt zur Sache kommen«, sagte Tanner und rückte mit seinem Sessel etwas näher an Murach heran. »Welchen Auftrag wollten Sie mir erteilen?«

Paula beschloss, die beiden Männer allein zu lassen. Einen Augenblick sah sie aus dem Fenster, gegen das immer noch der Regen klatschte, schnappte sich ein Buch aus dem Regal und verließ das Zimmer. Murach sah ihr nach, bis sie die Tür geschlossen hatte.

»Wir waren beim Thema Auftrag stehengeblieben«, sagte Tanner. »Sie erwähnten, es geht um den Mord an Dr. Kurz.«

»In der Tat. Ich möchte, dass Sie die Unschuld von Marietta Kurz beweisen.«

»Sie sitzt«, sagte Tanner und korrigierte sich sogleich: »Ich meine, sie wurde in U-Haft genommen.«

»Sie sitzt, wie Sie sich ausdrücken, nur deshalb, weil der Commissario Capo in der Questura Bozen ein Toagoff ist.«

»Meinen Sie Nero De Santis?«

»Ja. Kennen Sie ihn?«

»Ich hatte schon die Ehre. Der Commissario ist offenbar der Auffassung, dass Marietta ihren Ehemann ermordet hat. Darf ich fragen, warum Sie anderer Meinung sind?«

»Weil Marietta Kurz meine Nichte ist.«

*

»Ich kann gut verstehen, dass Sie Ihre Verwandtschaft für unschuldig halten …«

»Darum geht es nicht. Marietta ist keine Mörderin.«

»Die Staatsanwaltschaft verlangt Beweise.«

»Dann erbringen Sie diese. Es ist Tradition bei uns, dass die Familie zusammenhält. Und Marietta ist eine enge Verwandte. Sie sitzt unschuldig im Gefängnis. Finden Sie den Mörder ihres Mannes. Wer hat Bruno Kurz ermordet? Diese Frage bitte ich Sie zu beantworten.«

Tanner hob den Kopf und sah Murach an. »Okay«, sagte er dann. »Ich nehme den Auftrag an.«

Murach lehnte sich zurück und schloss die Augen. »Während des Abendessens werde ich Ihnen einiges über unsere Familie und deren Geschichte erzählen.

Wissen Sie, Herr Tanner, ich bin ein reicher Mann, das kann ich in der Tat von mir behaupten. Doch ich weiß, dass Geld allein niemanden berechtigt, sich seinen Mitmenschen überlegen zu fühlen oder sie gar im Stich zu lassen. Und dies gilt erst recht für die eigene Verwandtschaft und die Familie. Die wahre Überlegenheit ist die der Empathie und die Solidarität, verstehen Sie? Auf das Herz kommt es an. Genau deshalb ist es mein Wunsch, dass Sie meiner Nichte Marietta helfen.«

Murach beugte sich vor und griff nach Tanners Arm und drückte ihn. »Ich rechne fest mit Ihrer tatkräftigen Unterstützung.«

*

In der oberen Etage sah es völlig anders aus als in den unteren Räumen. Die Teppiche waren abgestoßen und hatten Flecken. In dem kleinen Schlafzimmer blätterte die Farbe von den Wänden, und es roch muffig. Der Reichtum des Murach'schen Adels hat offensichtlich nur für das Erdgeschoss gereicht, dachte Paula, als sie die knarrende, alte Treppe nach oben ging. Dort lief ihr Susanne Kogler über den Weg, eine zusammengefaltete Decke über dem Arm. Sie hatte sich umgezogen und trug statt des Hosenanzugs einen bodenlangen weiten Rock aus einem weich fallenden Stoff und eine weiße Seidenbluse mit Perlmuttknöpfen und einem hochgeschlossenen Hemdkragen. Durch die offene Tür sah Paula in ein typisches Gästezimmer mit einem Doppelbett, einem schmalen Schrank und zwei Nachttischchen.

Susanne Kogler war stehen geblieben und sah Paula lächelnd an. »Was denken Sie über den Herrn Baron?« Ohne Paulas Antwort abzuwarten, setzte sie ihre Rede fort: »Er ist zu allen liebenswürdig und zuvorkommend, aber nicht aus einer Verpflichtung heraus, sondern weil er von guter Erziehung geprägt ist. Familientradition, verstehen Sie?«

Paula nickte. Sie verstand kein Wort.

»Unser Baron ist ein wahrer Grandseigneur, durchdrungen von der Erhabenheit des altösterreichischen Adels, stolz, aber nicht hochnäsig.«

Um Gottes willen, was war das für eine eigenartige Frau? Und warum stimmt sie dieses Loblied auf den Hausherrn an?

»Kann ich Ihnen helfen?«, fragte Paula. »Wir sind schließlich der Grund, dass Sie das Gästezimmer herrichten müssen.«

»Sie brauchen sich nicht schuldig zu fühlen. Nicht Sie sind der Grund, sondern das Unwetter.«

»Sie sind die Hausdame, sagte der Baron. Was macht eigentlich eine Hausdame?«

»Alles.« Sie lächelte. »Ich kümmere mich um das Haus und den Hausherrn. Der Ansitz hat 33 Zimmer und inklusive der Gärtner arbeiten hier zwölf Personen. Ohne die Angestellten in der Weinkellerei. Das sind nochmals an die 30 Personen. Um die kümmert sich aber Henrico … mein Mann.« Mit dem Arm zeichnete sie einen Kreis in die Luft. »Dieser Ansitz hier stammt aus dem frühen 17. Jahrhundert. Da gibt es keine Wand und kein Zimmer, das nicht ständig geputzt oder renoviert werden muss.«

Susanne Kogler hatte eine eigentümliche Art zu reden. Manchmal sprach sie so schnell, dass man ihren Worten kaum folgen konnte, dann legte sie wie ein Schauspieler, der seinen Text vergessen hatte, unvermutet längere Pausen ein.

Mit dem Fuß stieß sie eine Tür auf und deutete Paula, hineinzugehen. »Das ist Ihr Gästezimmer. Es ist nicht der schönste Raum in dem riesigen Gebäude, aber hier funktioniert jedenfalls die Heizung. Die Nächte sind empfindlich kalt bei uns in den Bergen. Besonders nach so einem Unwetter.«

Paula betrat den kleinen Raum und drückte mit beiden Händen auf die Matratze, um ihre Weichheit zu prüfen.

»Das Bett ist bequem«, stellte sie fest, um etwas Positives zu sagen.

»Ihr Mann ist Detektiv, nicht wahr?«

Paula drehte sich um und sah, dass Susanne Kogler auf dem Fensterbrett saß. Sie hatte einen Fuß hochgestellt, so dass der Rock an ihrem angewinkelten Bein bis zu den Oberschenkeln hochgerutscht war. Eine provozierende Pose.

»Ich gehe wieder nach unten«, sagte Paula und machte kehrt.

»Halt.« Es klang wie ein lauter Befehl. Einen Moment überlegte Paula, ob sie dem Ruf folgen sollte.

»Ist noch was?«, fragte sie und drehte sich zu der Frau um, die immer noch am Fensterbrett saß.

»Richten Sie Ihrem Detektiv etwas aus.« Susanne zog die Augenbrauen in die Höhe und machte eine ihrer längeren Pausen. »Sagen Sie ihm, dass Marietta unschuldig ist.«

»Unschuldig?«

»Ich weiß, wer Bruno Kurz ermordet hat.«

Paula stützte sich am Türstock ab und wechselte das Standbein. »Verraten Sie es mir.«

»Rebecca.«

»Rebecca? Wer ist das?«

»Wie sie mit Familiennamen heißt, weiß ich nicht. Aber das kann man herausfinden.« Ein Lächeln umspielte ihre Lippen. »Jeder gute Detektiv kann das.«

»Und warum hat diese Rebecca den Arzt umgebracht?«

Susanne setzte das angewinkelte Bein wieder auf den Bo-

den. »Das ist eine längere Geschichte. Sie wirft Bruno …
ich meine, Dr. Kurz … schlimme Sachen vor.«

»Schlimme Sachen? Welche?«

»Bruno ist tot, und deshalb kann ich über den Vorfall reden, der schon einige Jahre her ist. Ein unangenehmer Vorfall, sowohl für Bruno als auch für Rebecca, die damals
noch keine 18 Jahre alt war. Der gute Bruno, der jeder Frau
nachgestiegen ist, hat das Mädchen irgendwo kennengelernt, und es kam, wie es kommen musste. Einige Wochen
später war Rebecca schwanger. Statt sich an den Herrn
Chefarzt zu wenden, hat sie das Kind wegmachen lassen,
bei einer Engelmacherin in Bozen, und bei der Abtreibung
ging etwas schief. Sie wäre fast gestorben. Erst jetzt ging
das dumme Mädchen wieder zum Kurz und hat ihn mit der
Wahrheit konfrontiert.«

»Und weiter?«, fragte Paula, nachdem Susanne wieder
eine längere Gesprächspause eingelegt hatte.

»Nichts weiter. Rebecca lebt irgendwo in einem Dorf
nördlich von Bozen. Und jetzt hat sie den Kurz umgebracht.«

»Woher kommt die Sicherheit, mit der Sie das behaupten?«

»Das sage ich Ihnen nicht. Aber es ist die Wahrheit. Ich
habe es aus einer verlässlichen Quelle.«

»Verlässliche Quelle … damit kommen Sie nicht weit,
wenn sich die Polizei bei Ihnen meldet. Sie kennen den Familiennamen des Mädchens nicht, und Sie haben keinerlei
Beweise. Ich fürchte, diese Argumente sind in dieser Form
nicht viel wert.«

»Hören Sie, unser Baron hat Sie nicht hergebeten, um
Zweifel an unseren Aussagen zu verstreuen. Sie sollen

Herrn von Murach helfen, den Mörder von Mariettas Mann zu finden. Nur deshalb habe ich Ihnen die Geschichte erzählt.«

Aus irgendeinem Grund war die Stimmung beim Abendessen alles andere als fröhlich. *Unsere große Halle* hatte Murach diesen Raum mit den Abmessungen eines kleinen Turnsaals genannt, der durch die beiden raumhohen Fenster den Blick auf eine nebelverhangene Landschaft freigab. Die übrigen Wände waren aus dunkelroten Ziegeln, die mit dem blassen Blau der Vorhänge kontrastierten.

Dominiert wurde der Raum von dem großen Esstisch, der sich genau in der Mitte befand und für fünf Personen gedeckt war. Vor dem Fenster stand eine massive, braune Kommode mit einem Dutzend Fotografien und unterschiedlich großen Tonfiguren, die aus der Ferne wie Gartenzwerge aussahen. Goldgeschwungene Bilderrahmen mit dunkel gehaltenen Gemälden hingen an den Wänden, die gebirgige Landschaftsmotive zeigten, Berge im Schnee und im Tannengrün, Berge von grauen Wolken umhüllt und ein riesiges Ölgemälde neben der Tür, auf dem ein Hirsch mit stolz nach oben gerecktem Geweih ins Tal röhrte. An den Wänden prangten eine Vielzahl unterschiedlich großer Hirschgeweihe samt Köpfen, die stumm auf die fünf Personen herabsahen.

Keiner sagte ein Wort. Tanner sah lächelnd in die Runde und dann auf Murach, der aufrecht wie ein Soldat an der Stirnseite der Tafel thronte und hocherhoben seinen Kopf langsam hin und her schwenkte, stets bereit, eine Rede *an meine Völker* zu starten.

Tanners Blick fiel auf Susanne und Henrico Kogler, die selbstbewusst ihre Plätze nebeneinander eingenommen hatten. Sie gehörten zwar nicht zum Murach'schen Adel, waren aber wohl seit vielen Jahren in der Familie integriert. Susanne Kogler ist schon angetrunken, dachte Tanner. Obwohl erst bei der Vorspeise angelangt, hatte sie bereits hastig drei Gläser Rotwein geleert. Ansonsten gab sie sich unbeteiligt. Bis ihr die Gabel aus der Hand rutschte und mit lautem Knall auf den Parkettboden fiel, worauf alle in Susannes Richtung sahen. Das Serviermädchen hatte das Missgeschick beobachtet und legte diskret eine neue Gabel auf den Tisch. Tanner betrachtete Henrico, der mit dem Rücken zum offenen Kamin saß und dem offensichtlich heiß geworden war. Er hatte sein Jackett ausgezogen und schief über die Stuhllehne gehängt, seine Haare waren zerrupft, und mit seinen nach unten hängenden Mundwinkeln sah er reichlich schlecht gelaunt aus.

Paula beugte sich zu Tanner hinüber und flüsterte ihm ins Ohr: »Der Rotwein schmeckt eigenartig. Ist das vielleicht der, bei dem du in der Maische gelegen bist?«

Mit größter Mühe gelang es ihm, die Bemerkung zu ignorieren.

Stille trat ein. Kein Mensch redete, und Tanner überlegte, wer nach der peinlichen Pause als Erster das Wort ergreifen würde. Es war der Baron.

»Herr Tanner hat vorhin von mir den Auftrag erhalten, unsere Marietta, die zurzeit Höllenqualen im Kerker ausstehen muss, zu entlasten. Ich habe wenig Vertrauen zu den Herren der Questura, und so wird sich Herr Tanner bemühen, das Scheusal zu finden, der Bruno ermordet hat. Dann wird wieder Ruhe in unsere Familie einkehren.«

»Dazu habe ich eine Frage an Sie.« Tanner blickte die ihm gegenübersitzende Susanne Kogler an, die jedoch so tat, als fühlte sie sich nicht angesprochen.

»Die Frage gilt Ihnen, Frau Kogler.«

Sie wandte ihm unsicher den Kopf zu und verzog skeptisch den Mund.

»An dem Tag, an dem die Hundertjahrfeier stattfinden sollte, war ich im Foyer der Klinik Sankt Gertraud und wurde Zeuge, wie Sie Marietta Kurz tatkräftig unterstützt haben. Wenn ich mich nicht irre, trugen Sie damals denselben roten Hosenanzug, den Sie auch vorhin anhatten und der Ihnen, gestatten Sie mir die Bemerkung, außerordentlich gut steht.«

»Sie sind ein Schmeichler. Aber es stimmt, ich war dort, gemeinsam mit Marietta und hundert anderen Menschen. Die Fernsehkameras waren startbereit.«

Tanner nickte. »Nur der Festredner war verschollen.«

»Was soll das?« Henrico Kogler schnaufte ärgerlich. »Worauf wollen Sie hinaus? Verdächtigen Sie meine Frau?«

»Lass ihn«, sagte Susanne. »Welche Frage haben Sie nun an mich, Herr Tanner?«

»Es war reiner Zufall, dass es mir auffiel. Ich war inmitten einer größeren Gruppe, als mein Blick auf Sie fiel. Sie standen neben Marietta Kurz und redeten aufgeregt auf sie ein.«

»Ich rege mich nie auf. Warum erzählen Sie uns diese alte Geschichte? Und wenn, war es wahrscheinlich die Aufregung, weil Bruno nicht kam, um seine Rede zu halten. »

Wie erleichtert hob Tanner beide Hände. »Das ist sicher die Erklärung. Aber warum haben Sie und Marietta nur wenige Augenblicke später überstürzt die Halle verlassen? Ich erinnere mich, dass Sie beide die asphaltierte Auffahrt entlanggelaufen sind, die zum Parkplatz führt. Warum zum Parkplatz? Sind Sie etwa weggefahren?«

»Das würde doch keinen Sinn ergeben.« Susanne trank ihr Glas leer. »Marietta war für die gesamte Organisation der Jubiläumsfeier verantwortlich. Ohne sie lief gar nichts. Marietta hatte zum hundertsten Mal versucht, Bruno anzurufen. In der Halle der Klinik war immer schon der Handyempfang schlecht. Deshalb sind wir vor das Gebäude gegangen.«

Tanner nickte. »In der Tat ist mir wenige Minuten später Frau Kurz aufgefallen, wie sie im Foyer mit den Journalisten gesprochen hat.«

»Na, sehen Sie«, sagte Susanne.

»Nur Sie habe ich nicht mehr gesehen.«

Einige Augenblicke trat Stille am Tisch ein. Dann sah man, wie Susanne ihre kleinen Fäuste ballte und zu ihrem Mann sah. »Hast du das gehört? Ich werde des Mordes verdächtigt. Muss ich mir das gefallen lassen?«

»Niemand verdächtigt Sie«, sagte Tanner. »Ich habe den Auftrag von Herrn Murach, den Mörder von Bruno Kurz zu suchen. So eine Recherche beginnt immer mit Fragen, die manchmal unangenehm klingen, aber dennoch wichtig sind.« Tanner beugte sich weit über den Tisch, so dass es wie eine Verneigung vor Susanne aussah.

»Dann ist es ja gut«, sagte sie und schnäuzte sich die Nase.

Wieder kehrte Stille ein.

Paula zeigte auf die Kommode, auf der ein Dutzend gerahmter Porträtfotografien nebeneinander aufgereiht waren, auf denen ältere Menschen mit hochgeschlossenen Krägen und ernstem Blick in die Kamera starren. »Ist das Ihre Ahnengalerie?«

Ohne sich umzudrehen, nickte Murach. »Meine Familie.«

»Sie wollten über die Geschichte Ihrer Familie sprechen«, sagte Paula. »Und über Ihren imposanten Ansitz.«

Mit fest geschlossenen Augen thronte Murach in seinem Polstersessel. Tanner vermutete schon, dass der Baron eingeschlafen war, als er, ohne die Augen zu öffnen, leise zu erzählen begann.

»In Südtirol gibt es heute noch fast tausend Schlösser und Burgen, und ich kann mich rühmen, einen der prachtvollen und herrschaftlichsten Ansitze zu bewohnen. Das Schloss war schon immer im Privatbesitz derer von Murach.«

Unterstützt durch die rhythmische Bewegung seiner Hand betete er wie auswendig gelernt einige Angaben zur Geschichte herunter. »Urkundlich erstmals 1612 erwähnt, residierte damals Johann Nepomuk von Murach, einer meiner Urahnen, hier in diesen Mauern, ein in den Reichsadelsstand erhobener Landespfleger der hiesigen Gerichtsherrschaft. Ein mächtiger Mann.« Murach unterstützte die Aussage durch kräftiges Schütteln seines hocherhobenen Zeigefingers. »Das Gebäude umfasst 2000 Quadratmeter Fläche, dazu kommt ein halbes Hektar Garten. Die Räumlichkeiten im Westflügel, die augenblicklich von der Familie privat bewohnt werden, belaufen sich nur auf 200 Quadratmeter, unsere große Halle und die Gänge nicht mitgerechnet.«

Murach nahm einen großen Schluck aus seinem Weinglas, dann machte er es sich in seinem Sessel gemütlich, schlug die Beine übereinander und setzte mit ruhiger Stimme seine Erzählung fort: »Wer aus einer alten Adelsfamilie kommt, hat ein spezielles Verhältnis zur Gegenwart. Ich habe lange überlegt, ob ich mein Schloss in ein Museum umwandeln soll, wie es viele andere Familien taten. Doch tagaus und tagein Touristen durch unsere Privaträume trampeln lassen, war nicht mein Ding. Können Sie das verstehen, Herr Tanner? Das eigene Schicksal wird an dem bemessen, was ich meinen Kindern und Kindeskindern hinterlasse. Aus diesem Grund habe ich – damals noch mit meinem Vater – das Weingut gegründet und zum Erfolg geführt. Die ersten Jahre waren die härtesten, vor allem weil wir von Anfang an den Ehrgeiz hatten, Spitzenweine herzustellen. Die Leute in der Nachbarschaft, in Meran und Bozen rümpften die Nasen über uns, weil wir in diesem herrschaftlichen Anwesen wohnen. Da war viel Neid im Spiel. Doch Begriffe wie Urlaub oder Wochenende kannten wir nicht, zumindest nicht während der ersten Zeit. Mein letzter Urlaub liegt zwölf Jahre zurück. Ich habe schon meine Kindheit in den Weinbergen verbracht und den gesamten Prozess kennengelernt, von der Lese bis zur Flaschenabfüllung. Während meine Schulkollegen im Gasthaus saßen, habe ich geschuftet, und selbst der Vater konnte meinen Eifer nicht bremsen. Und wir hatten viel Schulden in der damaligen Zeit. Um einen Spitzenbetrieb aufzubauen, muss man viel investieren. Ich fand Banken mit Weitblick, die meine Pläne unterstützten. Heute habe ich mein Ziel erreicht, ich bin dort angelangt, wohin ich vor 25 Jahren wollte. Leider ist vor zwei Jahren meine Frau gestorben, die mir eine große Stütze war. Nach wie vor bin ich in der Früh als Erster auf den Beinen. Mein Credo heißt: Qualität. Die Konkurrenz ist stärker geworden in Südtirol. Es gibt eine Reihe neuer Privatwinzer, junge, progressive Kellermeistern, die mit neuen Techniken und Prozessen experimentieren. Und wir sind gut mit dabei.« Murach klopfte Kogler auf die Schulter. »Dafür sorgt unser Henrico.«

»Biologisch dynamische Weine, kann man in den Anzeigen lesen«, sagte Paula. »Machen Sie so etwas in Ihrem Weinkeller?«

»Pah!«, rief er. »Meine Kunden haben es verdient, mit wenig oder besser gar keiner Chemie in Berührung zu kommen, wenn sie unsere Weine genießen. Da muss ich nicht auch noch auf der Bio-Welle mitschwimmen.«

Murachs Augenlider flatterten, und es sah aus, als ob er Schwierigkeiten hätte, die Augen zu öffnen. Schließlich sah er Tanner forsch an. »Aus Ihrem ersten Auftrag und den Erfahrungen mit dem Weingut des Herrn Raffetseder wissen Sie, wie rasch man einem Betrüger aufsitzen kann. Den alten Raffetseder gibt es nicht mehr, und sein Sohn, so habe ich erfahren, versucht gerade einen Neustart. Ich wünsche ihm alles Gute dazu.«

Murach nickte allen am Tisch freundlich zu. »Ich bin müde«, sagte er.

Schon die längste Zeit fiel Tanner auf, dass Paula die ihr gegenübersitzende Susanne Kogler nicht aus den Augen ließ. Ständig beobachtete sie die Frau, nur ab und zu wanderte ein Seitenblick auch zu Tanner. Was lief hier ab? Eine Minute später wusste er es, als er sah, dass Paula tief Luft holte, sich zuerst bei Murach für die Unterbrechung entschuldigte und dann zu Susanne sagte: »Bevor wir auseinandergehen, habe ich noch eine Frage, meine Liebe. Sie haben vorhin so treffend eine Mordhypothese vertreten, die mit einem Mädchen namens Rebecca in Verbindung steht. Sollten Sie mit Ihrem Verdacht richtig liegen, ist es wichtig, dass Sie Ihre Karten offen auf den Tisch legen. Sagen Sie uns doch etwas genauer, was Sie über diese Rebecca wissen.«

Noch bevor Susanne den Mund öffnen konnte, griff Henrico ein und sah zu seiner Frau hinüber. »Hast du wieder deinen Mund nicht halten können, du verdammte Tratschdu!«

Sie stieß einen beleidigten Schrei aus, sprang von ihrem Stuhl auf und hastete zur Tür. Tanner konnte sehen, wie Tränen über ihre Wangen liefen.

»Lieber Henrico«, sagte Murach ruhig. »Sie sollten mehr auf der Seite Ihrer Frau sein. Insbesondere, wenn wir Gäste haben.«

Murach wünschte allen eine gute Nacht und erhob sich mit zitternden Knien. Kogler fasste nach seinem Arm und stützte ihn.

SECHZEHN

Als Tanner erwachte, hielt ihn jemand an den Beinen umklammert. Verzweifelt versuchte er, sich aus dem eisernen Griff zu befreien. Einige Zeit schlug er hektisch nach allen Richtungen, bis er sah, dass sich seine Füße im Dickicht der Bettdecke verfangen hatten. Als er mühsam die Beine frei gestrampelt hatte und etwas zur Ruhe gekommen war, bemerkte er, dass ihn Paula beobachtete.

»Wenn man keine Feinde hat, macht man sich welche«, sagte sie.

»Susanne hat Migräne und lässt sich entschuldigen.« Mit diesen Worten begrüßte sie Murach zum Frühstück, das in der Bibliothek angerichtet war. Während des Essens hatte der Baron mehrmals angeboten, sie mit dem Wagen ins Tal bringen zu lassen. Tanner lehnte das als ehrenrührig ab. »Ein zünftiger Bergfex lässt sich nicht mit dem Auto ins Tal fahren«, sagte Tanner, was bei Paula einen leichten Lachanfall auslöste.

Eine halbe Stunde vom Ansitz entfernt erreichten sie die Stelle, an der, ausgelöst durch die heftigen Gewitter am Vortag, eine Mure das gesamte Tal verwüstet, zwanzig Meter der Straße weggespült hatte und erst am Gegenhang zum Stillstand gekommen war. Wo früher die Fahrbahn verlief, breitete sich ein kraterförmiger Graben aus, der mit Wasser und Geröll gefüllt war.

Der weitere Weg ins Tal wurde durch keine weiteren Hindernisse erschwert und so kamen sie gut voran.

»Was hältst du von Susanne?«, fragte Paula.

»Schöne Augen.«

»Sie hat dir schöne Augen gemacht?«

»Nein. Sie hat schöne Augen. Meiner Meinung nach sieht sie zwar gut aus, ist aber ein intellektuelles Leichtgewicht.«

»Von all den Informationen, die du erhalten hast … was hat dich am meisten überrascht?«

»Zwei Dinge«, sagte Tanner. »Dass Marietta Kurz mit dem Baron verwandt ist. Und dass sich die Frau mit dem roten Hosenanzug, die mir in der Klinik aufgefallen ist, als Ehefrau des Kellermeisters entpuppt.«

»Könnte sich Susanne mit Marietta Kurz zusammengetan haben?«

»Nicht ausgeschlossen. Die beiden Frauen sind offenbar eng befreundet. Da hält man zusammen. Und spendiert sich gegenseitig ein Alibi.«

»Was hältst du von der Geschichte mit dieser ominösen Rebecca?«

»Ich werde versuchen, sie zu finden«, sagte Tanner. »Wenn sie überhaupt existiert. Ich habe den Baron gefragt. Er sagte, er kennt keine Rebecca.«

»Glaubst du ihm?«

»Kein Wort.«

»Du hast dich vor Kurzem beschwert, dass du mit deiner Arbeit nicht mehr zurechtkommst. Und jetzt hast du noch einen weiteren Auftrag am Hals.«

»Das stimmt. Aber bitte bring jetzt nicht wieder deinen Cousin Schluzzer ins Spiel.«

Es war kurz vor elf Uhr, als sie über die Bergflanke des Nörderbergs wanderten, von wo der Blick über die steilen Hänge hinunter bis zum Zwiebelturm der spätgotischen Pfarrkirche Partschins reichte. Die Sonne stand gelblich rot schon weit über dem Horizont, die meisten Regenpfützen, die das Unwetter hinterlassen hatte, waren bereits wieder getrocknet. Leichter Tau lag auf den Wiesen und die Reste des Nebels, der noch vor einer Stunde den Blick ins Tal verwehrt hatte, waren verschwunden. Auf dem blassblauen Himmel waren nur wenige Wolken zu sehen. Es würde ein schöner Tag werden.

»Was steht bei dir heute auf dem Programm?«, fragte Paula, als sie an ihrem Wagen angekommen waren.

»Ich will Marietta Kurz aufsuchen.«

»Sie ist in U-Haft. Kommst du da rein?«

»Maurizio muss das für mich arrangieren.«

*

Von allen fünf Stadtvierteln Bozens mochte Tanner Gries-Quirein am liebsten, vor allem, weil sich der Name Gries vom Begriff Weinkeller ableitete. Der Stadtteil erstreckte sich am rechten Ufer der Talfer, die Tanner auf der Lungo Talvera San Quirino entlangschlenderte. Er mochte diesen Weg, der den Fluss entlang bis zur Altstadt führte. Die Uferpromenade wurde von ausgedehnten Grünflächen und schmucken Häusern gesäumt. Kurz vor der Drususbrücke fanden die romantischen Ausblicke ein jähes Ende, als auf der anderen Seite des Flusses die vergammelten, rotbraunen Mauern des Bozner Gefängnisses in sein Blickfeld kamen.

Schon aus der Entfernung konnte man erkennen, dass der Putz großflächig von der Fassade abbröckelte.

Die Dantestraße, in der sich der Eingang zum Gefängnis befand, war um diese Uhrzeit zu einem unübersichtlichen Parkplatz Hunderter Autos verkommen, die in endlosen Reihen hintereinanderstanden. An einem der Häuser war ein Plakat befestigt, auf dem PLAKATIEREN VERBOTEN stand. Und zum Beweis, dass es ernst gemeint war, stand darunter. IL SINDACO – DER BÜRGERMEISTER.

»Das wird nicht einfach sein«, hatte Maurizio am Telefon geschnauft, als er Tanners Wunsch vernahm, Marietta Kurz einen Besuch im Gefängnis abzustatten. »Es war in der Tat nicht einfach«, sagte Maurizio bei seinem Rückruf. »Du kannst um drei Uhr bei der Frau vorsprechen. Aber stell dich darauf ein, dass ihr Anwalt anwesend sein wird.«

Ob Marietta wohl mit ihrem Anwalt kommt, fragte sich Tanner, als er das lang gestreckte Gebäude der Strafanstalt betrat. Sie tat es. Nach zwei Sicherheitskontrollen und einer gründlichen Leibesvisitation führte man ihn in das Besucherzimmer, in dem neben Marietta ein junger Mann saß, der Tanner einen skeptischen Blick zuwarf. »Ich bin Dr. Abraham Nickel. Der Anwalt«, brummte er.

»Wie schön«, sagte Tanner und bedankte sich bei Marietta Kurz, dass sie eingewilligt hatte, ihn zu empfangen. Etwas zusammengesunken saß sie da, den Stuhl vom Tisch weggerückt, die Hände flach auf den Knien. Sie trug ein schmuckloses Kleid aus einem dunkelgrauen, derben Stoff, das wie ein formloser Sack an ihr herunterhing. Tanner erinnerte sich an das hochmodische, bizarre Glitzerkleid, das Frau Kurz anlässlich der Jubiläumsfeier in der Klinik Santa Gertrude getragen hatte. Welch ein Unterschied zu heute.

Der Anwalt war mit einem exakt gebügelten Anzug bekleidet, der selbst in der Dämmerung, die in dem Besucherzimmer herrschte, noch glänzte. Das Hellste an ihm war sein unverschämt weißes Hemd. Mit der Brille und den dunklen, gescheitelten Haaren, die wie pomadisiert wirkten, sah der Typ wie Clark Kent aus, der Reporter beim *Daily Planet*, kurz bevor er sich wieder in *Superman* verwandelt. Zwischen den Augenbrauen waren zwei tiefe Falten eingegraben. Er strahlte Stärke und ständige Einsatzbereitschaft aus. Von Kopf bis Fuß eine gediegene, elegante Erscheinung. *Geschniegelt und gebügelt*, hätte Tanners Mutter gesagt. Aber der Anwalt war aggressiv wie ein bösartiger Hund, der schon die Zähne bleckte, bevor man ihn ansah, geschweige denn berührte.

»Natürlich habe ich Alarm geschrien, als mich meine Mandantin wissen ließ, dass Sie kommen wollen«, sagte Clark Kent aufgeregt und fummelte an seinem Krawattenknoten herum. »Die Situation für meine Mandantin hier im Bozner Gefängnis ist ohnehin inakzeptabel. Nicht nur, dass die gesamte Anstalt überbelegt ist, die Zellen sind zu klein, sie triefen vor Feuchtigkeit, und man kann den Schimmel von den Wänden kratzen.«

Sollte ihm Tanner verraten, dass der Neubau eines Gefängnisses im Süden der Stadt bereits geplant war?

»Umso mehr bedanke ich mich, dass ich dieses Gespräch mit Frau Kurz führen darf«, sagte Tanner und nahm zwischen Marietta und ihrem Anwalt Platz.

»Verlieren wir keine Zeit.« Marietta verschränkte die Arme vor der Brust. »Was wollen Sie?«

»Zuerst möchte ich Ihnen mein Beileid zum Tod Ihres Gatten aussprechen. Zum Zweiten soll ich Ihnen die besten Grüße von Ihrem Onkel ausrichten.«

»Welchem Onkel? Ich habe deren drei oder vier.«

»Onkel Filippo. Ich habe ihn besucht. Oben in den Bergen. Bei dieser Gelegenheit konnte ich auch mit Ihrer Freundin Susanne sprechen. Sie lässt Sie ebenfalls grüßen.«

»Wozu sollte das Gespräch gut sein?«

»Ich bin noch nicht fertig, Frau Kurz. Zum Dritten gratuliere ich zu dem Reichtum, der Ihnen durch den Tod Ihres Mannes zugeflossen ist. Die Klinik Sankt Gertraud ist nicht nur medizinisch, sondern auch betriebswirtschaftlich eine gut gehende Firma. Und Sie erben 51 Prozent dieses florierenden Unternehmens.«

»Woher haben Sie diese Information?« Der Anwalt rief es so laut, dass der draußen wartende Aufpasser die Tür aufriss und irritiert hereinsah.

»Nach italienischem Recht müssen sämtliche Informationen zur Marktkapitalisierung der Öffentlichkeit zugänglich gemacht werden.« Das war zwar gelogen, stellte aber den Anwalt für den Moment zufrieden.

»Ich möchte wissen, warum Sie bei Murach waren?«

»Wir sind schon seit längerer Zeit Geschäftspartner«, sagte Tanner überzeugend. »Diesmal ging es ausschließlich um Sie.« Tanner machte einen Seitenblick zu dem Anwalt, der sich bemühte, unbeteiligt dreinzuschauen. »Der Baron hat mich zu sich gebeten und mir den Auftrag gegeben, Sie möglichst rasch aus dem Gefängnis rauszuholen.«

Clark Kent stöhnte auf und spielte den Entsetzten.

»Darum brauchen Sie sich als Privatdetektiv nicht zu kümmern. Das berührt ausschließlich anwaltliche Belange. Nicht Ihr Bier.« Dann rückte er seine Brille auf der Nase zurecht und sagte zu Marietta: »Ich habe vor zwei Stunden eine Petition, angereichert durch neue Fakten, an die Staatsanwaltschaft übergeben. Ich erwarte kurzfristig Ihre Freilassung aus der Untersuchungshaft.«

»Vertreten Sie eigentlich das Recht oder Frau Kurz?«

Einen Moment wirkte der Anwalt irritiert. »Ich bin Rechtsvertreter.«

Tanner konnte nicht widerstehen. »Ich kenne nur Staubsaugervertreter.« Er holte sein Notizbuch aus der Innentasche seiner Jacke, blätterte ein paar Seiten vor und zurück. »Sie müssen wissen, Frau Kurz, ich war an dem bewussten Vormittag in der Klinik, als das Drama um Ihren Mann bekannt geworden war.«

Würde sie jetzt fragen, ob er es war, der ihren Ehemann tot aufgefunden hatte? Nein. Marietta zog nur die Augenbrauen in die Höhe. »Warum waren Sie dort? Ich erinnere mich nicht, einen Detektiv zur Hundertjahrfeier eingeladen zu haben.«

»Ich war als Patient in der Klinik. Nur eine kleine Unpässlichkeit. Nichts Ernstes. Also stand ich dort im Foyer und bewunderte Ihr Talent, mit dem Sie sich um die Organisation der Jubiläumsfeier gekümmert haben. Selbst als Unbeteiligter konnte man erkennen, wie wirksam Sie von Ihrer Freundin Susanne unterstützt wurden. Sie war wohl eine echte Hilfe.«

Marietta betrachtete eingehend ihre Finger, die nervös

mit einem Kugelschreiber herumspielten, sagte aber kein Wort. Sie ahnt, was jetzt kommt, dachte Tanner. Auch Clark Kent wurde unruhig. Er beugte sich vor, legte seine Ellbogen auf den Tisch und klappte die Hände übereinander.

»In diesem Moment muss irgendetwas passiert sein, sagte ich mir, so als ob Sie und Susanne, die neben Ihnen stand, eine plötzliche Aufregung gepackt hätte.«

Der Anwalt beugte sich noch ein Stück weiter vor.

»Wundert Sie das? Eine Stunde später sollte Bruno seine Rede halten. Die Scheinwerferprobe war vorbei, zwei der Journalisten waren bereits besoffen, und wir waren alle nervös.«

»Das kann ich gut verstehen. Doch warum sind Sie in diesem Moment aus dem Foyer der Klinik ins Freie gelaufen?«

»Haben Sie mich verfolgt?«

»Aber nein. Ich war ein bedauernswerter Kassenpatient, der sich in das Foyer des Krankenhauses verirrt hatte. Warum sollte ich Sie verfolgen? Verwundert hat mich nur, warum Sie und Ihre Freundin Richtung Parkplatz gelaufen sind.«

»Genug!«, rief der Anwalt. »Meine Mandantin wird dazu keine Aussage machen. Merken Sie sich: Frau Kurz kann zum Tod ihres beklagenswerten Gatten nichts sagen. Und prägen Sie sich Folgendes gut ein: Meine Mandantin hat nichts gesehen, nichts gehört, und sie weiß nichts. Ihr Kreuzverhör ist unverschämt. Als Nächstes kommt möglicherweise die Frage nach dem Alibi.«

»Hervorragende Idee.« Tanner sah die Frau an. »Haben Sie eins?«

Clark Kent schüttelte den Kopf. »Darauf werden wir nicht antworten.«

»Eine Frage drängt sich mir noch auf, Frau Kurz. Wie gut kennen Sie Stefano Tappeiner? In der Klinik wurde mir das Gerücht zugetragen, dass Sie dem Finanzchef des Krankenhauses nahestehen sollen. Wie nahe? Das ist meine Frage.«

»Halt!« Der Anwalt hob die Hand, was an die präzise einstudierte Bewegung eines Polizisten erinnerte, der an der Kreuzung einen vorwitzigen Autofahrer stoppt.

»Sie haben mich nicht verstanden oder nicht aufgepasst. Meine Mandantin hat nichts gesehen, nichts gehört, und sie weiß nichts. Und Fragen aus dem Persönlichkeits- und Intimbereich können Sie sich sparen.«

Da ist nichts zu holen, dachte Tanner und klappte sein Notizbuch zu.

»Eine Frage habe ich noch. Diesmal fern vom Intimbereich. Kennen Sie eine Frau mit dem Namen Rebecca?«

Marietta Kurz schüttelte den Kopf. »Nie gehört.«

Lächelnd sah Clark Kent zu seiner Mandantin hinüber. Sein Gesichtsausdruck strahlte in der Gewissheit, das Gespräch in die aus seiner Sicht richtigen Bahnen gelenkt zu haben.

»Ende der Sitzung«, sagte er und erhob sich.

Tanner verließ das Gebäude und blieb noch einen Moment auf dem Gehsteig stehen, um sich einige Bemerkungen zu dem Gespräch mit Marietta in sein Notizbuch zu schreiben. Zum wiederholten Mal fiel ihm auf, wie verschwommen und unscharf die Schrift war. Lernfähig, wie er war, hielt Tanner das Büchlein weit von sich weg, um sein Geschriebenes besser lesen zu können. Doch die Schrift wurde nicht scharf. Seine Arme waren um einen halben Meter zu kurz.

So geht es nicht weiter, sagte er sich und zückte sein Telefon. Dr. Scaramellino, dachte er. Augenarzt und erfahrener Oculista. Der hatte ihm schon seine erste Brille verschrieben. Tanner rechnete nach, wie viele Jahre seitdem vergangen waren, kam aber zu keinem Ergebnis. Selbst an den Grund, warum ihm der Augenarzt seit damals in positiver Erinnerung geblieben war, konnte er sich nicht mehr erinnern. Nur die Adresse wusste er noch: Postgasse 33. Der Weg dahin führte ihn an der Dominikanerkirche vorbei, die er kurz entschlossen betrat, wobei nicht die gotische Architektur der imposanten Hallenkirche oder das ehemalige Kloster sein Ziel war, sondern die angrenzende Johanneskapelle. Jedes Mal, wenn er die kleine Kirche betrat, fühlte er sich in die Zeit des frühen 14. Jahrhunderts zurückversetzt. Auf Zehenspitzen, um die Stille in der langen und schmalen Kapelle nicht zu stören, betrat er den dämmrigen, von filigranen Kreuzrippengewölben überspannten Raum, der nur durch das hohe Spitzbogenfenster im Süden etwas Licht erhielt. Lange saß er in der unbequemen und zu engen Kirchenbank, beeindruckt von den Wandmalereien, die sich vom Boden bis zur Decke erstreckten, und betrachtete die bunten, wallenden Gewänder der beiden Heiligen, die zu beiden Seiten der Südwand abgebildet waren. Aus einem der Büchlein, die in der Kapelle zum Verkauf auslagen, erfuhr er, dass es sich bei den beiden Herren um Johannes den Täufer und Johannes den Evangelisten handelte.

Im Wartezimmer des Augenarztes saß eine junge Frau mit ihrem etwa siebenjährigen Buben, der eifrig mit Playmobil-Figuren spielte, bis sich die Tür öffnete und ein junges Mädchen einen Namen rief, worauf Mutter und Kind aus dem Raum liefen. Tanners Blick fiel auf den in der Mitte des Zimmers platzierten Zeitschriftentisch und die Schlagzeile eines Südtiroler Boulevardblattes: DER TOD DES CHEFARZTES. Der kurze Textteil darunter gab weder besondere Details noch Einzelheiten preis, dafür abenteuerliche Vermutungen und Verschwörungstheorien. Er überflog den reißerischen Artikel und betrachtete die beiden kleinformatigen Porträtbilder, die Dr. Bruno Kurz und Stefano Tappeiner darstellten. *Der Chefarzt und der kaufmännische Leiter der Klinik Santa Gertrude* lautete der erklärende Text unter den Fotografien. Das Bild des ermordeten Dr. Kurz war so verschwommen, dass Tanner ihn darauf nicht erkannt hätte. Möglicherweise war das Bild auch scharf, und die Unschärfe kam von seinen Augen. Das passt, dachte er, das Foto des Ermordeten war genauso verschwommen wie der ganze Fall. Einige Augenblicke betrachtete er das männlich geschnittene Profil und das leicht aufgedunsene Gesicht des daneben abgebildeten Tappeiner, das er bereits von dem Dreier-Foto kannte. Einen Moment zerbrach sich Tanner den Kopf, wo und wann ihm Tappeiner das erste Mal persönlich begegnet war. Dann erinnerte er sich wieder an die Verwirrung und die Unruhe im Foyer der Klinik, als alle Anwesenden ungeduldig auf das Erscheinen des Chefarztes warteten. Genau in diesem Moment war Tappeiner quer durch die Eingangshalle gelaufen, ein etwas zu klein geratener Dunkelhaariger. Tanner versuchte, sich die Szene ins Gedächtnis zu rufen. Einen hektischen Eindruck hatte der Mann gemacht. Erregt und mit dem Handy am Ohr rannte er an Tanner vorbei. Wohin lief er? Aus dem Gebäude? Warum wohl? Wusste er, dass mit Kurz etwas nicht stimmte? *Mit dem Mann muss ich heute noch reden.*

Hatte er den letzten Satz laut ausgesprochen oder nur gedacht?

»Was heißt das? Und mit welchem Mann müssen Sie reden?« Die Sprechstundenhilfe hatte den Kopf durch den offenen Türspalt gesteckt und lächelte ihn an. »Mit Dr. Scaramellino können Sie gleich reden. Heute noch. Auf geht's!«

Mit den Worten »Ich brauche eine neue Brille« betrat Tanner den Behandlungsraum des Augenarztes.

»Das mag ich«, sagte der Arzt, »… wenn der Patient bereits mit der fertigen Diagnose zu mir kommt. Nehmen Sie hier Platz.«

Der Arzt bat ihn, ein Buch in die Hand zu nehmen, dann drückte er ihm ein eigenartiges Gestell aus Eisendraht auf die Nase und begann, unsystematisch, wie es Tanner erschien, kleine Glaslinsen rein- und rauszuschieben, wobei er jedes Mal »Besser oder schlechter?« fragte.

»Die Schrift ist zu klein«, sagte Tanner.

»Besser oder schlechter?«, fragte der Arzt.

Das eiserne Gestell schmerzte auf der Nase, und es kam ihm vor, als ob die Schrift in dem Buch immer kleiner wurde.

»Wollen Sie eine erste Diagnose hören?«

»Muss das sein?«

»Lupenreine Alterssichtigkeit.«

»Das kann bei mir nicht vom Alter kommen, Herr Doktor.«

»Die einzige Methode, der Alterssichtigkeit zu entgehen, ist jung zu sterben …« Er deutete auf einen anderen Behandlungsstuhl. »Setzen Sie sich hier hin.«

Lasst alle Hoffnung fahren. Tanner zwängte das Kinn in eine Schale, während der Arzt ihm eine Flüssigkeit in die Augen träufelte.

»Zuerst sehen wir uns den Augenhintergrund an«, sagte der Arzt. »Das ist Atropin. Danach dürfen Sie nicht mit dem Auto fahren.«

»Ich muss aber mit dem Auto fahren.«

»Danach dürfen Sie nicht mit dem Auto fahren«, wiederholte der Arzt. Mit einem kleinen Scheinwerfer leuchtete er in Tanners linkes Auge, wiederholte es mit dem anderen Auge und fing dann zu brummen an.

»Sehen Sie etwas?«, fragte Tanner.

»Trinken Sie regelmäßig Alkohol?«

»Ich mag Ihre Fragen nicht.«

Tanner war froh, als die Untersuchung abgeschlossen war und ihm Dr. Scaramellino ein Rezept aushändigte. »Im Haus gegenüber ist ein Optiker, den ich Ihnen empfehlen kann.«

Eine halbe Stunde später war Tanner im Besitz einer neuen Brille, modisch gediegen, mit leicht geschwungenen Bügeln und einem dezenten Goldrand.

Auf der Fußgängerbrücke bei den Sportplätzen geriet er in eine Gruppe Touristen, die Richtung Altstadt unterwegs war. Ein kühler Wind blies seine Haare durcheinander. Tanner hoffte, dass die Wirkung der Augentropfen nachgelassen hatte, bis er bei seinem Auto war. Zwei Querstraßen weiter holte er sein Handy aus der Hosentasche und wählte die Nummer der Klinik Sankt Gertraud, die er abgespeichert hatte.

»Bitte verbinden Sie mich mit Herrn Stefano Tappeiner«, sagte er zu dem jungen Mann in der Telefonzentrale.

»Das brauche ich gar nicht erst versuchen.« Die Antwort kam postwendend. »Ich weiß, dass er nicht im Hause ist. Versuchen Sie es eventuell unter seiner privaten Nummer.«

»Okay«, sagte Tanner und ersuchte den jungen Mann, ihn mit Schwester Ursula zu verbinden.

»Sie haben heute kein Glück. Die hat heute Nachmittag frei.«

Noch immer sah er unscharf. Während er zu seinem Auto ging, klimperte er mit den Augen, um den Blick zu schärfen. Ein Detektiv ohne Weitblick, dachte er. So muss sich ein alter Mann fühlen, dachte er, wenn die Sehkraft langsam nachlässt und die ganze Welt einen verschwommenen Eindruck macht.

Zwanzig Minuten später kehrte der Durchblick langsam zurück, und Tanner traute sich, in seinen Wagen zu steigen. Wenn er einige Male heftig blinzelte und dann die Augen entspannte, war die Sehschärfe fast normal. Für einige Augenblicke jedenfalls.

Wie gut, dass ihm Ursula beschrieben hatte, wo Tappeiner zu Hause war. *Fast ein Nachbar von mir, in einer luxuriösen Villa am oberen Rand des Naturparks. Mit einem herrlichen Blick bis zum Schloss Tirol.*

Nachdem er einige Sekunden die luxuriöse Villa begutachtet hatte, betrat Tanner den gepflegten Vorgarten und klingelte an der Tür. Nach dem vierten Läuten erschien Stefano Tappeiner an der Tür. Er war tatsächlich nicht besonders groß und hatte einen mächtigen Schädel.

»Was wollen Sie?«, bellte er.

»Ich möchte Sie gern sprechen. Es geht um den Tod Ihres Kompagnons in der Klinik Sankt Gertraud.«

»Wer sind Sie?«

Tanner trat einen Schritt vor, nannte seinen Namen und hielt dem Mann seinen Ausweis hin, den Tappeiner nur kurz ansah.

»Na und? Was geht Sie der Tod von Bruno Kurz an?« Der Ton des Mannes war an der Grenze zur Unverschämtheit. Tanner spürte Wut in sich hochsteigen. Das war des Los eines Privatdetektivs. Anders als ein Carabiniero oder Angehöriger der Polizia di Stato konnte er nicht mit einer Hausdurchsuchung drohen oder damit, denjenigen in die Questura vorzuladen. Er konnte nur um ein Gespräch bitten.

»Wer ist Ihr Auftraggeber?«

»Baron von Murach, wie Sie wissen, ein enger Verwandter von Marietta Kurz. Sie kennen die Dame, sagte man mir. Sehr gut sogar.«

»Sagte man Ihnen … Und weiter?«

»Wie wär's, wenn Sie die Tür noch ein Stückchen öffnen würden und mich hereinbitten?«

»Wie wär's, wenn Sie einen Versuch unternehmen, mein Haus zu betreten und ich werfe Sie die Stiege hinunter?«

Der Mann war mutig. Immerhin war er einen Kopf kleiner. Irgendein österreichischer Psychologe hatte den Begriff *Napoleon-Komplex* geprägt. Kleiner Mann, großes Ego. Tanner sah das leicht aufgedunsene Gesicht mit dem scharf geschnittenen Profil. Tappeiner trug ein hellblaues, weit offenes Hemd, und aus der Brust quollen die Haare, die schon etwas grau waren.

»Herr Tappeiner, ich habe den Auftrag, Marietta Kurz aus dem Gefängnis zu holen. Das ist doch auch in Ihrem Interesse.«

»Warum soll das in meinem Interesse sein?« Eine Locke seines gegelten Haares fiel ihm in die Stirn und zitterte leicht über der Augenbraue.

»Ihnen gehören 49 Prozent des Unternehmens, Marietta hält die restlichen 51. Das sind doch hoffnungsfrohe Perspektiven.«

Blitzschnell zog Tanner seinen Kopf zurück, als ihm Tappeiner die Tür vor der Nase zuknallte.

Dann eben nicht.

Als Tanner an der *Dorfmühle* vorbeifuhr, erinnerte er sich an einen feuchtfröhlichen Abend, den er gemeinsam mit Paula und Maurizio in dem urigen Törggelekeller in Dorf Tirol verbracht hatte. Und noch etwas fiel ihm ein. Maurizio hatte demnächst seinen 65. Geburtstag. Was schenkt man einem Mann in diesem Alter? Tanner hatte keine Idee und beschloss, Paula zu fragen.

An der nächsten Kreuzung wollte er schon links abbiegen, als ihm das Schild LAURINSTRASSE auffiel. Hier irgendwo wohnte Schwester Ursula. Ob sie zu Hause war?

»Ach, Sie sind es«, sagte sie, als sie ihm schließlich öffnete. Ursula trug ein Nachthemd, über das sie einen gesteppten Schlafrock geworfen hatte.

»Störe ich?«

»Ein bisschen.« Ihre Stimme klang belegt und etwas tiefer als sonst. »Kommen Sie rein«, sagte sie schließlich und trat einen Schritt zurück.

Im Flur öffnete sie die Küchentür und deutete auf eine weiß lackierte Eckbank. »Nehmen Sie Platz.«

Die Küche dominierte ein wuchtiger Herd mit messingfarbenen Griffen. Auf dem Tisch vor der Eckbank standen zwei halb volle Weingläser und ein Teller mit einem zur Hälfte aufgegessenen Fleischgericht, das wie ein Fleischragout aussah.

»Störe ich Sie auch bestimmt nicht?«

Sie zog den Schlafrock enger zusammen, als fröstelte sie. »Mein Partner ist auf Dienstreise. Er ist immer auf Dienstreise.« Sie warf einen Blick auf den Kalender an der Wand. »Heute treibt er sich irgendwo im Sarntal herum. Oder er sitzt in Mailand in seinem Büro. Genau weiß man das bei ihm nie.«

Die Küche war überhitzt und blitzte vor Sauberkeit. Von einem undichten Wasserhahn fielen in leisem Rhythmus Tropfen in das Abwaschbecken.

»Und Sie? Wie geht es Ihnen? Sie sehen müde aus.«

»Ich komme gerade von Tappeiner da oben.« Er zeigte zum Fenster.

»Dann verstehe ich Ihre Niedergeschlagenheit.« Sie biss sich auf die Unterlippe, was Tanner als Nachdenken deutete. »Was sind Sie eigentlich für ein Mensch?«, sagte sie dann. »Ihre Paula kenne ich schon lange, seit unsere Klinik mit ihrer Apotheke zusammenarbeitet. Aber Sie kenne ich kaum, abgesehen von unserem gemeinsamen Abendessen.«

Tanner legte die Fotografie mit den zwei Ärzten und Stefano Tappeiner auf den Tisch. »Erinnern Sie sich an das Bild?«

»Natürlich. Was ist damit?«

»Zwei sind tot. Einer lebt.«

»Verstehe ich nicht. Wer ist der zweite Tote?«

»Erich Matteiner. Warum haben Sie mir nicht gesagt, dass er schon vor langer Zeit ermordet wurde?«

»Schon vor langer Zeit?«

»Genau gesagt seit zwei Jahren und ein paar Tagen.«

»Davon hatte ich keine Ahnung. Hören Sie, ich wusste nicht einmal, wo der Matteiner beschäftigt war, seit er aus unserer Klinik wegging.«

»Matteiner war mit einer gewissen Corinna verheiratet. Haben Sie die mal getroffen?«

Sie schüttelte den Kopf. »So eng war der Kontakt mit ihm nicht. Er war für einige Zeit mein Kollege. Und damit basta.« Sie tippte auf die Fotografie. »Zwei sind tot. Tappeiner lebt. Waren Sie deshalb bei ihm?«

»Ich wollte mit Tappeiner reden, weil Sie mich neugierig auf ihn gemacht haben.«

»Ich?« Sie drückte den Daumen auf ihre Brust.

»Natürlich. Sie haben mich vor dem Dr. Kurz gewarnt und ihn als gefährlich bezeichnet. Wenige Stunden danach liegt er tot in seinem Schlafzimmer. Sie reden von der Möglichkeit, dass er vor einem Jahr die Hebamme getötet haben könnte. Also fragte ich mich, was Tappeiner darüber zu sagen hat. Immerhin war er ein enger Geschäftspartner und

Kompagnon des Dr. Kurz. Verstehen Sie? Sie haben Tappeiner als graue Eminenz geschildert. Und Sie haben mir verraten, dass er ein Verhältnis mit Marietta Kurz hat. Gute Gründe, um den Herrn aufzusuchen.«

»Das mit dem Verhältnis habe ich nie behauptet. Und … was hat er gesagt?«

»Nichts. Ich wollte ihn gerade fragen, ob er mit Marietta Kurz schläft, da hat er das Gespräch abgebrochen.«

Ursula grinste. »Hat er Sie rausgeworfen?«

»Ging nicht. Er hat mich nicht einmal reingelassen.«

Sie erhob sich und sah auf die Uhr. »Kann ich sonst noch etwas für Sie tun?«

»Halten Sie es für möglich, dass Marietta ihren Mann umgebracht hat?«

Sie überlegte einige Augenblicke. »Früher hätte ich das klar verneint.«

»Und heute?«

»Heute halte ich nichts mehr für unmöglich.«

Irgendwo im Haus hörte man eine Toilettenspülung rauschen.

»Ich habe neulich den Namen Rebecca gehört«, sagte Tanner. »Kennen Sie jemanden, der so heißt?«

Sie schüttelte den Kopf.

»Ich suche ein Geschenk«, sagte er. Sie hatte ihn bis zur Tür begleitet, als er sich noch einmal zu ihr umdrehte. »Ein Freund von mir. Er wird 65. Was schenkt man einem Mann in diesem Alter? Sie sind doch oft in Meran. Kennen Sie ein Geschäft, wo ich fündig werden könnte?«

Sie lachte. »Ich bin oft in Meran. Aber ich kaufe so gut wie nie Geschenke für fünfundsechzigjährige Männer.«

Es musste geregnet haben, während sich Tanner bei Ursula aufgehalten hatte. Die Wolken hatten sich verzogen, der nasse Asphalt glänzte in der Sonne, und von den Ästen fielen schwere Tropfen.

Sie waren dabei, sich zu verabschieden, als ein Toyota Landcruiser auf der schmalen Straße näher kam und eine Wasserfontäne hinter sich herzog.

»Das sind meine Nachbarn«, sagte Ursula und ging die paar Schritte zu der Frau, die als Erste aus dem Wagen stieg.

»Kommen Sie.« Ursula winkte Tanner, näher zu kommen. Auf der Fahrerseite stieg ein Mann aus dem Wagen. »Ursula, du hast schon wieder Besuch«, sagte er lachend und gab ihr die Hand. Er war groß, schlank, mit ausgeprägten Geheimratsecken und auf die bereits weit fortgeschrittene Stirnglatze hatte er eine Sonnenbrille geschoben. Tanner schätzte den Mann auf Ende dreißig oder Anfang vierzig.

»Das sind Regina und Marian Brugger, meine Nachbarn«, stellte Ursula die beiden vor.

Vor den beiden Häusern drehte sich wirbelnd der Wind. Die Frau, die auf Tanner zukam, presste die flache Hand auf die Brust, um zu vermeiden, dass ihr Halstuch vom Wind erfasst wurde. In dieser Haltung sah sie wie eine Angeklagte aus, die dabei war, ihre Unschuld auszudrücken.

»Als wir uns vor einigen Tagen hier begegnet sind, war ich sehr unhöflich zu Ihnen. Ich wusste nicht, wer Sie sind, und habe Sie für einen Bösewicht gehalten.«

»Sie waren sehr streng mit mir.«

»Ich weiß die Worte nicht mehr, die ich Ihnen an den Kopf geworfen habe, möchte mich aber dafür entschuldigen.«

Lachend breitete sie die Arme aus, so als ob sie die ganze Welt umarmen wollte.

»Mein Name ist Marian Brugger«, sagte der Mann und streckte Tanner die Hand hin. »Aufmerksame Nachbarn sind der wirksamste Einbruchschutz. Wir hier im Ort nehmen Nachbarschaftshilfe ernst.«

Brugger nickte Tanner zu und ging zum Fiat zurück. Er holte zwei vollbepackte Einkaufstaschen heraus und trug sie ins Haus.

»Bleib noch, Regina«, sagte Ursula zu ihrer Nachbarin, die dabei war, sich ebenfalls zu verabschieden. »Der junge Mann hier sucht nach einem Geschenk für einen älteren Herrn.« Lächelnd deutete Ursula auf Tanner. »Wie alt ist Ihr Freund?«

»Er wird fünfundsechzig.«

»Habt ihr etwas Passendes in eurem Geschäft?«

Regina Brugger kramte in ihrer Handtasche, zog eine Visitenkarte heraus und hielt sie ihm hin.

ANTIQUARIATO & TRÖDEL, R. & M. Brugger,
Meinhardstraße 22, 39012 Meran

»Unser Geschäft ist direkt neben dem Cityhotel. Leicht zu finden«, sagte sie, dann blieb sie plötzlich wie angewurzelt stehen, legte den Kopf in den Nacken und starrte in den Himmel. Das Verhalten der Frau war irritierend. Sie hielt die Hand über die Augen, mit der anderen deutete sie in den Himmel. Verwirrt hob auch Tanner den Kopf. Da war nichts. Er konnte nicht einmal erkennen, ob Frau Brugger auf einen Vogel deutete oder auf das Flugzeug, das, von der

Abendsonne beschienen, hoch am Himmel mit leisem Brummen über sie hinwegflog.

Tanner stellte fest, dass auch Ursula reglos im Vorgarten ihres Hauses stand und in den Himmel starrte.

»Ursula!« Die Stimme Frau Bruggers klang aufgeregt. »So geht es heute schon den ganzen Tag zu.«

»Ich sehe es«, rief Ursula zurück.

Langsam trat Tanner näher heran. »Was sehen Sie?«

Ursula zeigte auf das Flugzeug. »Chemtrails. Schauen Sie rauf! Die versprühen giftige Chemikalien.«

»Das sind harmlose Kondensstreifen«, sagte Tanner.

»Kondensstreifen … um Gottes willen.« Ursulas überraschter Gesichtsausdruck glitt langsam in ein Lächeln über. Noch nie hatte Tanner ein Lächeln gesehen, das so viel Überlegenheit und Sicherheit ausdrückte, über das absolute Weltwissen zu verfügen, das außer ihr niemand hat.

»Giftige Chemikalien«, sagte er. »Wozu sollte das gut sein?«

»Sie haben von der Welt wenig Ahnung, stimmt's?« Regina Brugger hielt den Kopf etwas schief. Auch sie zeigte nun dieses geheimnisvolle, wissende Lächeln. »Dunkle Mächte verfolgen das Ziel, die Menschheit zu unterjochen. Verstehen Sie?«

Noch ehe Tanner Nein sagen konnte, setzte sie ihre Aussage mit dem Aufzählen weiterer Argumente fort: »Geoengineering in der Stratosphäre, Aluminiumoxide und Bariumsalz und vieles mehr. Darum geht es.«

»Wie schön«, sagte Tanner und lief zu seinem Auto.

*

»Wo bist du?« Tanner rief es laut, während er sich die Schuhe auszog

»Hier bin ich.« Leise und weit entfernt drang Paulas Stimme an sein Ohr.

»Information nicht ausreichend«, murmelte er ärgerlich und durchsuchte das ganze Erdgeschoss, bis er Paula schließlich in der Küche fand. Sie saß am Notebook und bearbeitete ihre Post.

»Es ist furchtbar«, stöhnte sie. »Die Mails werden jeden Tag mehr.«

»Du könntest einer Bewegung beitreten, die sich gerade in Italien etabliert. Sie nennt sich *Slow Mail*.«

»Slow Mail? Mein Internet ist langsam genug.«

»Das Motto dieser Gruppe bedeutet: Lies deine E-Mails nur noch zweimal am Tag. Hol dir Lebenszeit zurück und lerne wieder zu träumen. Und Freitag ist E-Mail-frei.«

»So etwas kann ich mir nicht leisten. Schließlich leite ich eine Apotheke. Auch am Freitag.«

Sie warf einen kritischen Blick auf ihn. »Du hast eine neue Brille.«

»Nicht nur die Brille ist neu«, sagte er. »Sondern auch der Durchblick.«

»Jetzt fehlt dir nur noch der Weitblick.«

»Gefällt dir mein Gestell? Das von der Brille meine ich.«

»Du hättest dich von mir beraten lassen sollen.«

»Habe ich selbst ausgesucht. Nach meinem Geschmack.«

«Das hast du jetzt davon.«

Paula klappte ihr Notebook zu. »Wie war dein heutiger Tag?«

»Ich war bei Tappeiner und bei Schwester Ursula«, sagte Tanner.

»Tappeiner ist von der Klinik im Ultental. Das gehört zu deinem Terrain und ist in Ordnung. Dass du dich hinter meinem Rücken mit dieser Ursula triffst, ist nicht in Ordnung. Schwester Ursula ist nicht dein Revier.«

»Von ihr habe ich viel über den Dr. Kurz erfahren. Außerdem kannte sie den Matteiner persönlich.«

»Aber diese Ursula …«

Tanner hob die Hand, weil in diesem Moment sein Telefon klingelte. Hektisch suchte er in seinen Jackentaschen nach dem Handy, dessen Klingelton mit jedem Mal lauter wurde. Beim fünften Läuten sagte Paula: »Du solltest rangehen. Oder bist du der Bewegung *Slow Handy* beigetreten?«

Tanner entdeckte das Telefon in seiner Hosentasche.

»Es gibt Neuigkeiten« Maurizios aufgeregte Stimme.

»Nämlich?«

»Die haben Marietta Kurz aus der U-Haft entlassen.«

Tanner wusste nicht, was er sagen sollte.

»Bist du noch am Apparat? Du wolltest doch die Frau im Gefängnis besuchen.«

»Hab ich auch. Wie du angekündigt hast, kam Marietta mit ihrem Anwalt.«

»Und?«

»Nichts und. Die Frau sagt, sie weiß nichts, und der Anwalt ist ein Dottloff. Dabei kann ich beschwören, dass Marietta gemeinsam mit ihrer Freundin aus dem Krankenhaus gerannt ist. Und wenig später war ihr Mann tot.«

»Heißt die Freundin vielleicht Susanne Kogler?«

»In der Tat. Woher weißt du das?«

»Von Gerd.«

»Gerd?«

»Gerd Rieper. Mein ehemaliger Mitarbeiter. Er ist der Einzige und Letzte, der mir erzählt, was in der Questura vor sich geht, seit mein Nachfolger Nero De Santis das Ruder übernommen hat. Er nennt ihn De Santis, den Sauriffl.«

Tanner lachte. »Diese Susanne … ich habe sie gestern getroffen. Die Frau hat sich sehr bemüht, für ihre Freundin Marietta ein Alibi auf Maß zu schneidern.«

»Und was denkst du sonst über sie?«

»Sie ist eine außergewöhnliche Frau … vom Design her.«

»Halt dich fest«, sagte Maurizio. »Gerd hat ein wenig recherchiert … und was glaubst du, hat er über diese Susanne herausgefunden? Die Dame wurde vor einiger Zeit wegen Prostitution verurteilt.«

»A Schloaf!«, rief Tanner überrascht aus.

»Sie wurde damals gegen Kaution auf freien Fuß gesetzt. Einer ihrer reichen Freier hat wohl viel Geld als Sicherheit auf den Tisch gelegt.«

»Und was sagt uns das?«

»Gerd war bei der Vernehmung Mariettas dabei. Er erzählt, dass sich Nero De Santis vom Charme der Frau becircen ließ. Ein Sauriffl eben.«

»Ich habe noch eine Frage, Maurizio. Vor Kurzem war ich in Bruneck. Genauer gesagt, in der dortigen Kurklinik.«

»Du kommst viel herum in unserem schönen Südtirol. Und?«

»Ich weiß jetzt, warum ein Mann mit dem Namen Dr. Matteiner so oft in euren Polizeiunterlagen erwähnt wird.«

»Das habe ich dir doch erzählt.«

»Aber du hast mir nicht erzählt, dass Matteiner ermordet wurde.«

Er hörte, wie Maurizio die Luft ausstieß. »Wann soll das gewesen sein?«

»Genau zwei Jahre ist es her.«

»Dann habe ich mich entweder nicht daran erinnert, oder ich war damals mit dem Fall nicht befasst. Oder nur am Rande befasst. Vor zwei Jahren, sagst du? Zu dieser Zeit war Bruneck noch tiefste Provinz. Von Bozen aus betrachtet.«

»Tiefste Provinz. Maurizio, Bruneck ist eine große Stadt im Pustertal. Südtiroler Kernland und keine Provinz.«

»Darum sagte ich: *Von Bozen aus betrachtet.* Damals gab es noch keine Vernetzung der Polizeidienststellen. Zumindest nicht überall und schon gar nicht in der Provinz. Vergiss nicht, dass wir in Italien anders organisiert sind als Frankreich oder Spanien. Föderalismus gibt es bei uns nicht. Wir leisten uns eine Vielfalt an Polizeidienststellen, die sich in ihren Zuständigkeiten überschneiden. Verstehst du? Damals gab es keine allwissende Zentrale. Damals wusste keiner, was der andere machte.«

»Jeder macht, was er will. Das ist die wahre Selbstbestimmung.«

»Erst nach und nach kam auch in der Provinz die papierlose Zeit.«

»Papierlose Zeit?«

»In der man begonnen hat, die Ermittlungsakten auf den vernetzten Computern für alle zugänglich zu machen. Neue Fälle wurden sofort erfasst, aber die alten Akten waren vor zwei Jahren noch nicht zur Gänze digitalisiert.«

»Jedenfalls ist der Matteiner seit zwei Jahren tot. Ich habe den Tatort gesehen und weiß aus kompetenter Quelle, wie die Leiche aussah.«

»Warst du bei Alois Staudinger? Der müsste doch den Fall Matteiner gekannt haben.«

»Dein Alois ist eine alte Saufnase geworden. Weiß nichts und kann sich an nichts erinnern.«

»Das mit dem Alkohol hat sich damals schon angekündigt.«

»Weißt du, was die Obduktion von dem Dr. Kurz ergeben hat?«

»Hat mir Gerd am Telefon vorgelesen.«

»Hast du dir das vielleicht auch gemerkt? Rudimentär wenigstens.«

»Nicht nur rudimentär. Der Chefarzt wurde stranguliert. Die Fachleute der Questura sprachen von einer werkzeugunterstützten Strangulation durch Zuziehen einer Schlinge.«

»Werkzeugunterstützt?«

»Die Ärzte haben Drosselmarken und eine Kehlkopffraktur festgestellt. Also, sagen sie, hat eine Kompression des Halses stattgefunden, die durch ein Strangwerkzeug verursacht wurde. Die Theorie ist, dass der Mörder Kurz zuerst niederschlägt und dem Bewusstlosen ein Seil oder was auch immer um den Hals schlingt. Dann drückt er einen Stock hinein und dreht ihm die Luft weg.«

»Kennst du übrigens eine Frau oder ein Mädchen mit dem Namen Rebecca?«

Nach einigem Nachdenken antwortete Maurizio: »Nie gehört. Wo hast du den Namen her?«

»Von Susanne Kogler, der ehemaligen Prostituierten.«

»Prostituierte sagen nie die Wahrheit. Merk dir das.«

»Vielleicht kannst du den Namen durch euer System laufen lassen. Rebecca ist ja kein typisch italienischer Name. So viel Frauen oder Mädchen wird es nicht geben, die so heißen.«

Er hörte Maurizio schnaufen. »Meine Antwort ist stets die gleiche: Ich bin Pensionist, und als solcher tue ich, was ich kann. «

Sie verabschiedeten sich und als Tanner das Handy auf den Tisch legte, fiel ihm auf, dass ihn Paula lächelnd ansah.

»Hast du mich schon die ganze Zeit beobachtet, während ich mit Maurizio sprach?«

»Ich weiß, dass dein Freund demnächst Geburtstag hat. Warum hast du ihn am Telefon nicht gefragt, was er sich wünscht.«

»Ich habe eine bessere Idee. Als ich bei Ursula war, habe ich ihre Nachbarn kennengelernt. Herrn und Frau Brugger. Sie hat mir dieses Geschäft empfohlen.«

Tanner fand die Visitenkarte in der Brusttasche seines Hemds und hielt sie Paula hin.

»*Antiquariato und Trödel* in der Meinhardstraße … den Laden kenne ich.« Ihre Stimme nahm einen butterweichen Klang an. »Die haben auch wunderschönen alten Schmuck. Geh nur da hin!«

»Ich suche ein Geschenk für Maurizio. Der mag alten Schmuck nicht.«

»Du hast mich falsch verstanden«, seufzte sie.

Während Paula ihre Aufmerksamkeit wieder dem Bildschirm und ihren E-Mails zuwandte, trottete Tanner nachdenklich ins Wohnzimmer. Der Satz von der *werkzeug-*

unterstützten Strangulation durch Zuziehen einer Schlinge ging ihm nicht aus dem Kopf. *Die Theorie ist, dass der Mörder Kurz zuerst niederschlägt und dem Bewusstlosen ein Seil oder was auch immer um den Hals schlingt. Dann drückt er einen Stock hinein und dreht ihm die Luft weg.*

Das mit dem Luft-Wegdrehen war ihm nicht klar. Also beschloss Tanner, dies genauer zu erforschen. Und er wusste auch schon wie. Mit einer dicken Schnur und einem Hammer bewaffnet, betrat er das Wohnzimmer. Sein Ziel war die marmorne Büste, die zwischen einigen Fotografien auf dem Klavier stand. Paula war stolz auf die Steinplastik mit der eingeritzten Signatur und Datierung auf der Vorderseite des schweren Sockels: *Amedeo Modigliani, Frauenkopf, 1912.* Die Büste war bei Ebay angeboten worden, und Paula hatte sofort zugegriffen. »Hinter den durchgeistigten Gesichtszügen kann man die vollkommene Kontemplation der Frau erahnen.« Tanner verstand nicht genau, was Paula damit sagen wollte, aber er mochte die Büste der Frau, die ein wenig der Pianistin Hélène Grimaud ähnlich sah.

Er entschuldigte sich bei der marmornen Dame, während er ihr von hinten die Schnur um den schlanken Hals schlang und zwei Mal verknotete. Jetzt kam das mit dem Luft weg-drehen. In Ermangelung eines Holzstockes schob er den hölzernen Hammerstiel in die Schlinge und drehte sie langsam zu. Ihm war mulmig zumute, während sich die Schnur immer fester um den Hals spannte. Es geht um wertvolle Erkenntnis bei einer Mordermittlung, sagte er sich und drehte mit großer Kraft den Hammerstiel noch einmal herum. Es war kein lauter Ton. Eher ein leiser Knacks, mit dem die Frauenbüste in zwei scharf abgegrenzte Teile zerbrach.

Das kann kein Marmor gewesen sein, dachte Tanner. Das war Gips.

Paula hatte den Knacks gehört und stieß einen verzweifelten Schrei aus, als sie den in zwei Teile zertrümmerten Modigliani sah.

»Keine Aufregung«, sagte Tanner. »Das kann man kleben.«

SIEBZEHN

Wie immer stellte er sein Auto am Parkplatz des Hotels *Therme Meran* ab, was nicht ganz legal, aber preiswert war. Tanner hatte die Luxusherberge noch nie betreten, die sich nicht als Stadthotel, sondern als Wohlfühloase und als Platz für Genießer zwischen Bergen und Palmen bezeichnet. Tanner verließ die Thermen und schlug den Weg über die Promenade ein, die am Ufer des Passerflusses entlangführte, den er auf der Theaterbrücke überquerte. Im Stadttheater spielten sie den *Diener zweier Herren* von Goldoni. Vor Jahren hatte Tanner das Stück gemeinsam mit Paula in Bozen gesehen und er erinnerte sich an die Hauptperson namens Florindo, der beschuldigt wird, einen Mord begangen zu haben. Der Fall wird in dem Stück erst aufgeklärt, als sich ein Detektiv in meisterhafter Verkleidung einmischt und schließlich den Mörder enttarnt. War nicht sogar Sherlock Holmes ein Meister der Verkleidung und der Schauspielerei gewesen? Vielleicht sollte auch er seine Ermittlungsmethoden durch Perücken oder andere Maskeraden erweitern.

Er schlenderte die Freiheitsstraße entlang, die ihn kerzengerade ins Stadtzentrum führte, vorbei an Cafés, Supermärkten, Parkanlagen und Menschen, die emsig ihrem Tagwerk nachgingen. Wie überall in der Stadt hatten sich in den letzten Jahren auch hier die Niederlassungen der großen Handelsketten angesiedelt und die Betreiber der kleinen Läden rücksichtslos verdrängt. Dennoch mochte er die Freiheitsstraße, die von alten Platanen mit eindrucksvoll dicken Stämmen gesäumt wurde. Später wandelte sich die Straße von der schmalen Allee zu einem Boulevard, von wo aus er wenige Minuten später die Meinhardstraße erreichte. Etwas länger dauerte es, bis er das Schild mit der Aufschrift ANTIQUARIATO & TRÖDEL gefunden hatte.

Mit Interesse studierte Tanner die drei weiblichen Schaufensterpuppen, die in graziöser Pose nebeneinander im Schaufenster standen. Sie trugen weder antiquarische Sachen noch Trödel am Leib, sondern ganz im Gegenteil hochmodische, glitzernde Jacken und Capes und dazu kostspielig aussehende Accessoires in Form von Schals, Taschen und funkelndem Schmuck. Eine der Puppen hielt ein Pappschild mit der Aufschrift *Hoher Glamourfaktor* in der Hand. Nur Preise waren keine zu sehen. So etwas machte Tanner stets unruhig. Dass zwei der Puppen keine Schuhe trugen, störte ihn nicht, ausgesprochen unästhetisch aber war, dass sie statt Zehen gespaltene Klauen hatten, was ihren Beinen das Aussehen von Paarhufern verlieh.

Die Türklingel spielte eine unmelodische Sequenz, als Tanner in die Dämmerung des Ladens eintrat, der klein war, aber, so schien es ihm, mit erlesenem Geschmack ausgestattet.

Es roch nach Räucherstäbchen und irgendeinem Parfum. In der Decke waren Lautsprecher eingebaut, aus denen leise Musik rieselte, die er nicht in eine bestimmte Kategorie einordnen konnte. Immerhin vermochte er leise Trommeln und säuselnde Klangschalen zu unterscheiden, die in unregelmäßigen Abständen von lange nachhallenden Gongschlägen unterbrochen wurden.

Gleich neben dem Eingang erregte ein Glasschrank seine

Aufmerksamkeit. Er bückte sich und begutachtete eine mit glitzernden Kleinodien gefüllte Vitrine. Mineralien in allen Formen und Farben, roh, geschliffen und poliert. Besonders ins Auge fiel ihm ein aus glitzerndem Gold gefertigtes Diadem. Im Unterschied zum Schaufenster hingen hier kleine Preisschilder an den Schmuckstücken, die zur Folge hatten, dass sich Tanner ernüchtert abwandte.

»Schön, dass Sie gekommen sind.« Die freundliche Stimme gehörte Regina Brugger, die mit ausgebreiteten Armen auf ihn zueilte. Sie trug ein eng anliegendes, hellblaues Strickkleid, das an der Taille von einem goldenen Gürtel zusammengerafft wurde, was ihre gut proportionierte Figur betonte. Ihr dunkles Haar trug sie heute halblang und zu seitlichen Schnecken hochgesteckt, wodurch sie der Prinzessin Leia aus den Star Wars Filmen verblüffend ähnlich sah.

»Gerade habe ich zu Marian … meinem Mann gesagt: Ich bin gespannt, ob Herr Tanner kommt.« Sie drückte seinen Unterarm. »Und schon sind Sie da.« Sie drehte sich um und rief mit lauter Stimme nach ihrem Mann. Im dämmrigen Hintergrund des Ladens schien eine Tür offen zu stehen, und in dem Zimmer brannte Licht. Wenige Augenblicke später tauchte aus der Tür ein groß gewachsener, schlanker Mann auf, den Tanner als Marian Brugger erkannte, der heute außerordentlich elegant gekleidet war.

»Wir haben etwas für Ihren Freund«, sagte er und schüttelte seinen erhobenen Zeigefinger. »Kommen Sie mit in den hinteren Raum.«

Der Mann führte Tanner den Flur entlang, der immer schmaler und dunkler wurde. »Es ist ein bisschen eng hier«, sagte Brunner lachend. »Wir machen gerade Generalinventur. Alles muss raus.« Tanner trat ein und war verblüfft, dass der hintere Raum in einem völlig anderen Zustand war als der vordere Teil des Ladens. Auf kleinstem Raum war hier alles untergebracht, was die Bezeichnung Trödel und Antiquariat zurecht verdiente. Alte Möbel standen übereinandergestapelt, hölzerne Schränke drängten sich in der Mitte des Raumes, und die Regale an den Wänden waren bis zur Decke mit Krimskrams gefüllt: Verstaubte Statuen und irdene Vasen, Schatullen und Bücher mit gebogenen Einbänden quollen über- und nebeneinander. Ein Hirschgeweih thronte neben zwei ausgestopften Krähen, die auf einem gesprungenen Nachttopf saßen.

»Ecco«, sagte Brugger und griff zielsicher in eines der Regale. »Trinkt Ihr Freund gern Grappa?«

»Na ja«, sagte Tanner und dachte an Maurizios Trinkgewohnheiten. »Alkohol löst zwar keine Probleme, aber das tut Milch ja auch nicht.«

»Glauben Sie mir …« Diesmal legte der Mann seine Hand auf Tanners Arm. »Das ist das sinnreichste Geschenk, das Sie einem Mann in diesem Alter machen können.«

Lächelnd hielt er Tanner eines der Gläser hin und drehte den Stiel zwischen den Fingern. »Hundert Jahre alt, handgefertigt, mit dezentem Goldrand und Kristallschliff.«

»Was kosten die Gläser?«

»Fünfzig Euro.«

Als Tanner nicht reagierte, schob er nach: »Pro Stück.«

»Ein guter Kauf«, sagte Regina Brugger, die im Hintergrund gewartet hatte. »Soll ich Ihnen die Gläser als Geschenk einpacken?«

Tanner nickte, bezahlte und nahm zwei Minuten später das hübsch verpackte Paket in Empfang.

»Ich habe das rosarote Geschenkpapier mit den geflügelten Einhörnern genommen«, sagte sie.

»Das wird meinem Freund bestimmt gefallen.«

»Was macht eigentlich ein Detektiv den ganzen Tag?« Sie hatte den Kopf schief gelegt, und als Tanner sie überrascht ansah, ergänzte sie: »Dass Sie einer sind, hat mir Ursula erzählt. Nur was so einer tut, weiß ich nicht.«

»Stellen Sie sich vor, Ihr Mann hat den Verdacht, dass Sie ihn mit einem Freund betrügen. Ihm fehlen aber die Beweise. Dann könnte er zu mir kommen, und ohne dass Sie es merken, würde ich Ihnen so lange folgen, bis es mir gelingt, Ihre Untreue fotografisch zu dokumentieren. Das Beweisfoto gebe ich Ihrem Mann und tausche es gegen ein geringes Erfolgshonorar.«

»Das ist aber ein langweiliger Job«, sagte sie.

Tanner nickte. »Damit muss ich leben.«

Tanner hätte die dreißig Kilometer von Meran nach Bozen unter einer halben Stunde geschafft, was für ihn und seinen alten Fiat ein neuer Rekord gewesen wäre, wenn nicht kurz nach Marling sein Telefon geläutet hätte. Tanner ließ es läuten. Vernunft geht nur über Armut, sagte er sich, seit die Strafe für Handy am Steuer drastisch erhöht worden war. Bei der nächsten Ausfahrt – er befand sich irgendwo zwischen den Orten Tscherms und Lana – verließ er die SS 38 und fand sich in der *Zona Industriale Artigianale* wieder, wo er sich noch nie aufgehalten hatte. Neben einem buntfarbigen Schild mit der Aufschrift *Biokistl – wir liefern fri-*

sches Obst und Fingerfood direkt in Ihr Büro blieb er stehen und sah auf das Display seines Telefons. Eine unbekannte Festnetznummer. Er rief zurück und hörte eine bekannte Frauenstimme: »Hier ist Carluccia.«

Gerlinde Carluccia. Die Tochter der ermordeten Hebamme, Paulas Freundin und Tanners Auftraggeberin. Spontan stieg schlechtes Gewissen in ihm hoch. Er hätte sie schon längst über seine Ermittlungsfortschritte informieren müssen. Hatte er aber nicht getan. Schließlich gab es auch keine Fortschritte zu vermelden.

»Guten Tag, Frau Carluccia. Ich hatte vor, Sie heute noch anzurufen.«

Kurze Pause. »Als Lügner sind Sie unbegabt. Ich hoffe, Ihre detektivischen Expertisen sind stärker entwickelt.«

Ihre Stimme war zwar leise, hatte aber eine ausgeprägte Schärfe. Auf Angriff gepolt.

»Ich warte noch auf die Liste, um die ich Sie gebeten hatte. Sie erinnern sich an unser letztes Gespräch, bei dem ich Sie um eine Aufstellung bat, bei welchen Geburten Ihre Mutter beteiligt war. Eine Kundenliste habe ich das damals genannt.«

»Ich erinnere mich gut an das Telefonat. Ich habe mich auf die Suche gemacht, und die alten Unterlagen meiner Mutter liegen jetzt alle in meiner Wohnung. Darunter sind auch Mamas Tagebücher.«

»Und? Was steht drin?«

»Ich bin noch nicht dazugekommen, das ganze alte Zeug durchzusehen.«

Tanner schöpfte Mut. Das Imperium schlägt zurück. »Und mich überhäufen Sie mit Vorwürfen.« Tanner betonte jede Silbe des kurzen Satzes. »Ich ermittle in Ihrem Auftrag und bin dabei auf Ihre Informationen angewiesen, verstehen Sie? Ihr Nichtstun erschwert meine Recherchen.«

»Ich war ja auch nicht vollständig untätig.« Ihre Stimme war noch ein wenig leiser geworden. »Sie hatten mich auch nach Freunden oder Kollegen meiner Mutter gefragt. Hier bin ich fündig geworden.«

Tanner ließ einen hoffnungsfrohen Seufzer los. Er hörte, wie die Frau mit Papier raschelte.

»Da gab es eine pensionierte Kollegin«, sagte sie. »Ingeborg Kohrherr heißt die Frau. Sie war auch Hebamme von Beruf. Mama nannte sie Inge.«

»Habe ich notiert. Wo wohnt die Dame?«

»Da gibt es leider ein Problem.«

»Mit Ihnen zu plaudern, ist wirklich spannend.«

»Frau Kohrherr war schwer an Krebs krank, als ich sie besucht habe. Aber das Gespräch mit Inge war aufschlussreich. Aus meiner Sicht. Sie konnte sich gut an die Zeit erinnern, als sie einige Tage mit Mama gemeinsam in der Klinik im Ultental gearbeitet hat.«

»Wann war das?«

»Ziemlich genau vor zwei Jahren. Wir haben gemeinsam in den Kalender geguckt. Es muss Anfang September gewesen sein.«

»Und was war das Aufschlussreiche daran? Oder kommt noch was?«

»Hören Sie zu. Es musste etwas Einschneidendes passiert sein, sagte Inge. Sie konnte sich genau erinnern, wie Mama durcheinander war. Mein Gefühl sagte mir immer schon, dass der Grund für Mamas Tod im Ultental zu suchen ist.

Und nach meinem Besuch bei Inge Kohrherr gilt das erst recht.«

»Ihre Mutter war durcheinander ... was könnte das bedeuten?«

»Durcheinander eben ... bestürzt, fassungslos ... ich weiß nicht, wie ich es sonst ausdrücken soll.«

»Diese Ingeborg Kohrherr ist eine wertvolle Zeugin«, sagte Tanner.

»Da gibt es leider ein Problem.«

»Sagten Sie schon. Welches?«

»Inge ist gestern gestorben. Krebs.«

»Wenn ein Zeuge tot ist, wende dich den lebenden zu«, sagte Tanner, wahrscheinlich eine Spur zu pathetisch. »Frau Carluccia, bei unserem ersten Gespräch haben Sie mir erzählt, dass Ihre Eltern geschieden waren und Ihr Vater seit Kurzem pensioniert ist. Ich habe mir auch notiert, dass Ihr Vater mit seiner zweiten Frau in Bozen lebt. Kennen Sie seine Adresse?«

»Via Garibaldi 280.«

»Haben Sie Kontakt zu Ihrem Vater und Ihrer Stiefmutter?«

»Stiefmutter ... wie das klingt. Nein. Kein Kontakt. Sie ist a Trompl und mein Vater ein Klemmsekl. Wollen Sie denen einen Besuch abstatten?«

»Vielleicht«, sagte Tanner.

»Das können Sie sich sparen. Als meine Mutter starb, waren meine Eltern schon lange geschieden.«

»Lassen Sie uns noch einmal die Zeit abschätzen, um ungefähr zu bestimmen, welches Ereignis wann stattgefunden hat. Die Freundin Ihrer Mutter ... ich meine diese Ingeborg … sie sagte, dass etwas passiert sein muss. Irgendein Ereignis, das Ihre Mutter betrifft und nach dem sie durcheinander war. Bestürzt und fassungslos haben Sie es genannt. Wir wissen nicht, was passiert ist, aber es ist geschehen, als Ihre Mutter in der Klinik im Ultental beschäftigt war. Damals waren Ihre Eltern noch verheiratet, oder?«

»Ja.« Die Antwort kam nach einer kurzen Denkpause. »Aber die Ehe war damals bereits ziemlich kaputt. Zerrüttet sagt man wohl dazu. Mein Vater war ein ziemliches Ekel. Und er war meiner Mutter keine große Hilfe.«

Tanner bedankte sich für das Gespräch, als sie plötzlich »Halt!« rief.

»Ich habe noch eine Bitte. Wenn Sie zu ihm gehen … ich rede von meinem Vater … erzählen Sie nichts von dem Geld in Mamas Schließfach. Das braucht er nicht zu wissen. Außerdem befürchte ich, dass er auf dumme Gedanken kommt und das Geld haben will – oder einen Teil davon.«

Wenige Minuten später setzte Tanner seine Fahrt Richtung Bozen fort. Via Garibaldi. Keine tolle Wohngegend, dachte er. Nach kurzer Überlegung beschloss er, den Wagen im Parkhaus Bozen Mitte abzustellen.

*

Neben dem Ausgang des Parkhauses Bozen Mitte stand ein weißbärtiger Mann mit Gitarre und sang eine langsame, traurig klingende Ballade. Tanner warf einen Euro in den umgedrehten Hut und nickte dem Mann zu. Von der Garage aus wandte er sich nach links und ging ein Stück am Eisack entlang, der bei der Loretobrücke einen Linksknick Rich-

tung Südwesten vollführte, bevor er sich mit dem Talferbach vereinigte.

Knapp neben ihm gingen zwei Mädchen vorüber, und Tanner ließ sich einige Schritte zurückfallen, um die Lage zu be-
gutachten. Die links gehende junge Frau war zwar etwas über-
gewichtig, der Schlitz in ihrem kurzen Rock zeigte jedoch bei
jedem Schritt, dass sie auffallend hübsche Beine hatte. Das
andere Mädchen trug enge Jeans und ein weich fließendes
Shirt dazu. Aus der hinteren Jeanstasche lugte ein Stück ihres
Handys. Tanner beobachtete, wie sie mit geübtem Griff alle
paar Sekunden das Telefon aus ihrer Hecktasche fischte und
konzentriert auf das Handy starrte, ohne die Geschwindigkeit
zu reduzieren. Und ohne auf den Verkehr zu achten. Alle zehn
Sekunden aufs Handy geschaut, dachte er, und schon fühlte
er, wie sich sein mathematischer Instinkt verselbstständigte.
Das macht 6000 Handy-Blicke pro Tag. Armes Mädchen.

Ein paar Hundert Meter weiter überquerte Tanner die
Piazza Giuseppe Verdi und bog rechts in die Garibaldi-
Straße ein, die beidseitig von Wohnblöcken gesäumt wurde.
Wenig Grün, einige Bäume, die alles andere als gesund aussahen, und kaum Leute auf den Gehsteigen. Dafür viel Ben-
zingestank und Verkehr. Keine attraktive Wohngegend.
Beim Vorübergehen fiel ihm die Aufschrift *Zwanglos-Bier-
Wein* ins Auge, die an der gläsernen Eingangstür zu einem
Lokal stand, das sich *Bar Biti* nannte. Mit einem Mal überkam ihn das Gefühl, dass etwas Deprimierendes in der Luft
lag wie eine Niedergeschlagenheit über der ganzen Stadt,
die eine magische und beinahe einschläfernde Wirkung auf
ihn ausübte. In endlosen Schlangen dröhnten die Autos
durch die Straßenschlucht, und das immerwährende Ge-

hupe vermischte sich mit den Geräuschen der Züge, die mit Quietschen und Pfeifen im nahen Bahnhof rangiert wurden oder vorbeifuhren.

Plötzlich entdeckte er in einem der Hauseingänge das blonde Mädchen, das ihm schon einmal auf der Straße begegnet war. Die gleiche dünne Gestalt, die kurzen blonden Haare und das gleiche hagere Gesicht, das aus der Ferne einem Totenkopf ähnelte. Es sah aus, als ob sie ihm winkte. Eine kurze, unbestimmte Handbewegung nur. Dann war das Mädchen verschwunden.

*

Die Nummer 280 entpuppte sich als Wohnblock mit schmutziger, abgeblätterter Fassade und mehr Satellitenschüsseln als Fenster. Alle zwanzig Meter eine Haustür, neben der jeweils die Namen der Wohnparteien mit den zugehörigen Klingelknöpfen angeordnet waren.

Das Ehepaar wohnte im vierten Stock. Von irgendwoher war plätschernde Klaviermusik zu hören. FRANZ & INES PAMMER stand auf einem sehr provisorisch wirkenden Zettel, der mit einem Reißnagel an der Tür befestigt war.

»Ich kaufe nichts«, sagte die Frau lächelnd und selbstbewusst, die ihm öffnete.

»Ich verkaufe Ihnen ganz bestimmt nichts«, sagte Tanner und lächelte zurück.

»Oder sind Sie dieser Detektiv, der angerufen hat?«

»Der bin ich.«

Sie trat einen Schritt zurück. »Mein Mann kommt in ein paar Minuten. Treten Sie näher.«

Ines Pammer war eine freundliche weißhaarige Frau, die Tanner mit blitzenden Augen ansah. Irgendwo zwischen 55 und 60 Jahre, schätzte er.

Kaum hatte er auf der Fernsehcouch Platz genommen, wurde ihm bewusst, dass die Wohnung ein einziger Zoo war. Auf zwei niedrigen Tischen und einem Schränkchen standen einige Drahtkäfige mit ständig piepsenden, trillernden oder singenden Vögeln, einer stummen Schildkröte sowie einem wie geistesgestört im Laufrad dahinwetzenden Hamster. Im Laufe des Gesprächs liefen ihm fünf Katzen und drei Hunde in unterschiedlichen Größen und Rassen über den Weg.

»Wir haben leider keinen Garten«, sagte Frau Pammer und deutete auf eine der Katzen, die mit hocherhobenem Schwanz über den Teppich stolzierte. »Möchten Sie ein Bier?«

Nachdem sie in der Küche verschwunden war, zischte Tanner einem vorbeitrippelnden, halb nackt geschorenen Pudel einige Beleidigungen zu, die jedem Menschen die Zornesröte ins Gesicht getrieben hätten. Doch der Schwanzstummel des Hundes wedelte gut gelaunt und hektisch, wie ein auf Prestissimo eingestelltes Metronom.

»Mein Mann ist gerade beim Einkaufen«, sagte sie und stellte das Glas neben den Hamster auf das Tischchen. »Wissen Sie, mich geht die ganze Geschichte eigentlich nichts an. Ich bin ja nur die angeheiratete Ehefrau vom Franz. Natürlich hat uns das sehr betroffen gemacht, das mit seiner ersten Frau Hedwig, aber seitdem ist schon ein ganzes Jahr vergangen, und wir haben uns gefragt, warum Sie sich erst jetzt bei uns gemeldet haben.«

Tanner wollte gerade mit einer Rechtfertigungsarie starten, als Herr Pammer den Raum betrat.

»Wir haben telefoniert«, sagte er und hielt Tanner die Hand hin, der sich fragte, ob die Bemerkung des Mannes als Frage oder als Feststellung gemeint war.

»Inzwischen ist ein weiterer Mord geschehen«, sagte Tanner. »Sie haben sicher davon gelesen.«

Pammer nickte. »Dieser Arzt, dem die Klinik gehört hat. Sind Sie deshalb gekommen?«

»Ich habe zwei Fragen an Sie«, sagte Tanner.

Das Wohnzimmer hatte einen eigenartigen, trapezförmigen Grundriss. Durch das kleine, gekippte Fenster dröhnte der Lärm der Autos herauf, als befände man sich mittendrin. Die Frau schloss das Fenster. Einige Sekunden herrschte Stille im Zimmer, bis auf den nun einigermaßen gedämpften Straßenlärm. Und die immer noch laut trillernden Vögel.

Auf dem Couchtisch lagen eine Ausgabe der *Neuen Südtiroler Tageszeitung* und daneben ein Kriminalroman. In der Ecke neben der Tür zu einem Nachbarzimmer standen ein Fernseher und daneben eine wuchtige Stereoanlage. Auf einem der niedrigen Tische lagen verstreut einige CDs, im Schrank sah Tanner einen halben Meter Bücher, vorwiegend Romane und Lexika.

»Also«, sagte sie. »Wo sind Ihre zwei Fragen?«

Pammer saß tief in den Kissen des Sofas versunken. Tanner warf ihm einen kurzen Blick zu, um ihm zu signalisieren, dass die Fragen vorwiegend ihm galten.

»Ihre Frau hat damals einige Zeit in der Klinik St. Gertraud gearbeitet. Man hat mir erzählt, dass ihr die Arbeit

Spaß gemacht hat. Anfangs jedenfalls. Können Sie sich daran erinnern?«

»Dazu kann ich nichts sagen. Damals haben wir nicht mehr unter einem gemeinsamen Dach gelebt.« Pammer wandte sich seiner Frau zu. »Und wir haben uns schon gekannt.«

»Sie hatten keinen Kontakt mehr zu Ihrer Ex-Frau?«

»Sagte ich doch gerade. Unsere Beziehung war keine mehr. In so einem Zustand gibt es kaum noch Kontakt.«

»Irgendetwas muss damals passiert sein, das Ihre Ex beunruhigt hat. Oder verwirrt.«

Pammer hob langsam die Schultern in die Höhe. »Mag sein. Ich war keine … wie sagt man? Damals war ich keine Vertrauensperson mehr für Hedwig. Vielleicht kann sich Gerlinde an mehr Details erinnern.« Er beugte sich vor. »Gerlinde ist meine Tochter.«

»Mit der habe ich bereits gesprochen. Sie konnte mir auch nicht mehr sagen.« Tanner überlegte, ob er die 200.000 Euro in Hedwigs Schließfach der BNL-Bank erwähnen sollte, entschied sich aber dagegen, auch um Gerlinde Carluccias Bitte zu folgen. Er griff in seine Tasche, entfaltete den Brief, den er ebenfalls in dem Bankschließfach gefunden hatte, und schob ihn Pammer hin. Der sah Tanner fragend an, dann setzte er seine Brille auf und las laut vor: »Seien Sie vorsichtig. Man verfolgt mich. Und ich glaube, sie haben es auch auf Sie abgesehen. Ich melde mich. Aber nicht am Telefon. Dr. Erich Matteiner.«

»Kennen Sie einen Dr. Matteiner?«

Pammer schüttelte den Kopf. »Nie gehört. Was ist das für ein eigenartiger Brief? *Seien Sie vorsichtig …* Wer ist dieser Matteiner? Und an wen ist die Botschaft gerichtet?«

»Der Brief trägt kein Datum. Aber er wurde offenbar damals Ihrer Ex-Frau zugespielt.«

»Zugespielt … was heißt das?«

»Wissen wir nicht. Jedenfalls war der Zettel an Hedwig gerichtet.«

»Dazu kann ich nichts beitragen.«

»Noch eine Frage, Herr Pammer. War Ihre geschiedene Frau mit Reichtümern gesegnet?«

Er lachte und zog mit seinem Arm einen Kreis durch die Luft. »Sehen Sie sich um. Bei mir gab es weder damals noch heute irgendwas zu holen, und ich glaube auch nicht, dass Hedwig mit ihrem Hebammenberuf Reichtümer angehäuft hat. Warum fragen Sie mich das?«

Tanner machte eine abschätzige Handbewegung. »Nicht wichtig.«

Für einen Augenblick kehrte Stille ein. Tanner sah sich im Wohnzimmer um. »Leben Sie schon lange hier in der Garibaldi-Straße? Die Wohnung liegt sehr zentral.«

»Sehr zentral!« Pammer wiederholte es laut und begann wieder zu lachen. »Entweder Sie verscheißern uns, oder Sie haben keine Ahnung von der Wohnungsnot in dieser Stadt. *Trotz Arbeit keine feste Bleibe.*« Pammer sprach die Worte langsam und pointiert aus. »Das Motto haben Sie sicher schon gehört. Es trifft auf ganz Südtirol zu, aber in besonderem Maß auf Bozen.« Er deutete auf seine Frau. »Ines ist arbeitslos, und ich verdiene gerade so viel, dass wir nicht hungern. Das ist eine untervermietete Sozialwohnung … verstehen Sie das Problem? Der eigentliche Besitzer dieser

Wohnung dürfte uns hier gar nicht beherbergen. Sozialwohnungen können nämlich nur an Verwandte vermietet werden. Und der Mietzins dürfte 75 Prozent des Landesdurchschnittes nicht übersteigen. Wir zahlen aber 200 Prozent. Und das mitten im Bahnhofsviertel. Unser Vermieter ist eben ein Gauner. Das Angebot regelt jeden Preis.«

Pammer war ans Fenster gelaufen und zeigte hinaus. »Schauen Sie sich das an! Die Balkone sind nicht nutzbar. Da unten ist eine der meist befahrenen Hauptverkehrsstraßen, und dahinter liegen die Gleisanlagen des Bahnhofs. Lärm und Gestank von allen Seiten. Seit Monaten ist da drüben eine Abrissbaustelle mit pünktlichem Krach ab sechs Uhr früh. Und noch etwas, falls es Sie interessiert: Es gibt hier in der Nähe kein Haus, das nicht von Migranten bewohnt wird. Natürlich werde ich Ihnen jetzt erzählen, dass ich nichts gegen Migranten habe. Ich liebe Migranten. Und ich liebe die Obdachlosen, die jeden Tag den Hintereingang zu unserem Haus belagern. Vor zwei Tagen haben sie mir alle Räder von meinem Wagen geklaut. Einfach abgeschraubt und das Auto mit Ziegelsteinen aufgebockt.«

Langsam erhob sich Tanner von der Couch, bedankte sich für das Gespräch und ging Richtung Ausgang.

Während er gedankenversunken zur Parkgarage marschierte, beschloss er, nicht zu Paula zu fahren, sondern in seinem Haus in Altenburg zu übernachten. Irgendwie war ihm danach.

In einem SPAR-Markt erstand er eine größere Portion Speck und ein halbes Brot, was er sich nur erlaubte, wenn Paula es nicht sah. Im Haus angekommen, sortierte er seine Post, fand zwischen den Werbeprospekten für ein völlig neues Waschmittel ein Faltblatt mit wohlklingenden, höchstwahrscheinlich aber gelogenen Ankündigungen der rechtspopulistischen *Lega*. Von der Marktgemeinde Kaltern war ein Schreiben gekommen, dass alle Haushaltskunden mit einem Einkommen kleiner 8.265 Euro Anrecht auf Ermäßigung der Strom- bzw. Gasgebühren haben. Dazu musste im Gemeindeamt die wirtschaftliche Bedürftigkeit nachgewiesen werden. Tanner zerriss das Formular und warf es in die Toilette.

Mit leicht nach vorne gebeugtem Oberkörper und geplagt von Schmerzen, die sich vom Nacken aus die Wirbelsäule nach unten zogen, schlurfte er ins Wohnzimmer. Waren das echte Rückenschmerzen oder bloß Muskelverspannungen? *Im Alter wird nichts besser*, hatte beim letzten Besuch sein Hausarzt zu ihm gesagt, worauf Tanner ihm die Freundschaft gekündigt hatte. Wahrscheinlich stand nur ein Wetterumschwung bevor, was sich mit leichten Kreuzschmerzen ankündigte. Kein Grund zur Unruhe.

ACHTZEHN

In der Nacht kam der Regen, und er hörte ihn an die Scheiben klatschen und das Krachen der Äste, die der Sturm hin und her warf. Das laute Grollen einer Gewitterfront zog über das Haus hinweg, und Tanner spürte förmlich, wie das gesamte Schlafzimmer unter dem Donnerschlag leicht erbebte. Jedes Gewitter erinnerte ihn daran, dass Altenburg die höchstgelegene Fraktion der Gemeinde Kaltern war und auf einem dem Mendelkamm vorgelagerten Plateau lag. Seine Gedanken liefen zum Religionsunterricht in der Schule zurück, in dem ein Gewitter nicht als meteorologisches Phänomen, sondern als gezielter Akt Gottes und Ausdruck seines Zorns erklärt wurde. *Gott, der Allmächtige schimpft*, hatte der Pfarrer gesagt. Tanners Vater, der Lehrer im Gymnasium war, sah das Ganze mehr von der physikalischen Seite. Nach jedem Blitz zählten sie gemeinsam 21, 22, 23, bis der Donner folgte und sein Vater mit erhobenem Zeigefinger feststellte, dass das Gewitter noch einen Kilometer entfernt war. Und wie das Amen im Gebet kam dann die Frage: *Und warum?* Die Antwort konnte Klein-Tiberio auswendig herunterleiern: *Weil der Schall 300 Meter pro Sekunde schnell ist.* Daraufhin hatte ihn sein Vater jedes Mal gelobt.

Schon von der Stiege ins Erdgeschoss aus sah er den Brief am Boden liegen, den jemand durch den Türschlitz geworfen haben musste.

*Sie sind in den Aufmerksamkeitsbereich des Mörders ein-
gedrungen.*

Ich meine es gut mit Ihnen.

Er ist gefährlich.

Und: Er verfolgt Sie.

Geben Sie acht auf sich.

Tanner holte sich die Zutaten für ein großes Speckbrot aus
dem Kühlschrank, setzte sich in die Küche und lehnte den
Brief an einen Blumenstock, der in der Mitte des Tisches
stand.

Jeder Buchstabe war sorgfältig geformt. Wie die Handschrift einer Schülerin. Wahrscheinlich hatte sich jemand
bemüht, seine Schrift zu verstellen. Auf dem Umschlag befand sich keine Briefmarke. Persönlich zugestellt. Ärgerlich
warf er den Zettel zur Seite. Mit einem anonymen Brief
kann man nichts anderes tun, als sich darüber zu ärgern.
Eigenartig gestelzt kam ihm der Text vor. *In den Aufmerksamkeitsbereich eingedrungen.* Wer sagt denn so etwas?
Und warum war der Schreiber nicht konkreter geworden,
wenn er schon etwas wusste? Angeblich.

Tanner warf dem Wisch einen ärgerlichen Blick zu und
schaltete seine Espressomaschine ein. Zu viel zu tun und
jetzt noch dieser anonyme Brief. Nach einer Kaffeepause
beschloss er, eine kurze Sorgenpause anzuhängen. Was
sollte er heute unternehmen? Er blätterte in seinem Notizbuch, bis er eine Idee hatte.

Es regnete immer noch leicht, als er vors Haus trat und die
paar Meter zu seinem Auto ging, das vor der Garage stand.

Unter dem vorspringenden Dach des nahen Altenburgerhofs standen zwei mürrisch dreinschauende Männer und rauchten. Eine Frau mit einem Einkaufskorb über dem Arm stemmte ihren Regenschirm gegen den Wind, und in ihrem Gesicht lag eine resignierende Verdrossenheit.

Es war überraschend wenig Verkehr, weder die Etsch entlang nach Norden, noch im Ultental, und eine gute Stunde später rollte er auf den Parkplatz der Klinik Sankt Gertraud. Tanner sah nicht nach links oder rechts, als er an dem grimmig aussehenden Türsteher vorbei durch das Hauptportal marschierte.

Selbstbewusst ging er quer durch die Empfangshalle, wie ein Mann, der nicht nachzudenken braucht, um zu wissen, wohin er gehen muss. Tüchtige Männer werden überall gebraucht. Schließlich betrat er das Krankenhaus nicht mehr als Patient. Kurz bevor er in der Nähe der Aufzüge das Foyer verließ, richtete er einen interessierten Blick auf sein Telefon und stellte befriedigt fest, dass der Handyempfang ausgezeichnet war.

Er fand Schwester Ursula im Schwesternzimmer. Sie saß vor einem Notebook und machte einen äußerst konzentrierten Eindruck, und ihre Lippen bewegten sich, als spräche sie ein stilles Gebet.

»Ich dachte immer, der Beruf einer Krankenschwester ist es, sorgsam mit Alten und Kranken umzugehen und nicht mit Laptops.«

Sie schwang sich auf ihrem Drehstuhl herum und zog ihren Rock nach unten. »Und ich dachte, ein Detektiv durchforstet die Welt, um Mörder zu fangen, und hält nicht ehrbare Pflegekräfte von der Arbeit ab.«

»Ich bin wegen einer Frage gekommen.«

Sie sah sich um, ob sie allein waren. »Die Luft ist rein. Fragen Sie.«

Tanner angelte sich einen Stuhl und setzte sich ihr gegenüber. »Ich habe einen anonymen Brief bekommen.«

Sie schlug die Beine übereinander und sah ihn dabei interessiert an, als ob sie auf eine Reaktion wartete. »Anonymer Brief?«

»Heute früh. Ohne einen Namen zu nennen, ist darin von einem Mann die Rede. Er soll gefährlich sein. Und angeblich verfolgt er mich.«

»Steht das in dem Brief? Warum erzählen Sie mir das?«

»Weil Sie mit den gleichen Worten über den Dr. Kurz gesprochen haben. Er ist gefährlich, sagten Sie zu mir.«

»Der Kurz ist tot.«

»*Der Mann verfolgt Sie*. Das steht in dem Brief.«

Ursulas Blick war besorgt auf ihn gerichtet. »Wer verfolgt Sie?«

»Keine Ahnung. Vielleicht stimmt es auch nicht.«

»Vielleicht sollten Sie Ihren anonymen Brief nicht so ernst nehmen. Eine Person, die ihren Namen nicht nennt, warnt Sie vor einem Mann, dessen Namen Sie nicht kennen. Das klingt sehr nach Krimi. Finden Sie nicht auch?«

»Der Krimi geht weiter.« Tanner erzählte ihr von der Botschaft, die er in Hedwig Pammers Schließfach gefunden hatte. »Offenbar wurde der Brief Hedwig Pammer zugespielt. Jedenfalls fand er sich in ihrem Banksafe. Die Nachricht trägt kein Datum, dafür aber die Unterschrift Dr. Matteiners.«

»Die Geschichte wird immer eigenartiger. Was steht in dem Brief?«

»Dass er sich verfolgt fühlt. Und er warnt die Hebamme, dass man es auch auf sie abgesehen haben könnte. Beide wurden umgebracht. Verstehen Sie, dass ich das anonyme Briefchen ernst nehme, das ich heute in meinem Haus fand?«

Sie sah ihn an, sagte aber kein Wort.

»Man verfolgt mich, hat der Matteiner geschrieben. Und kurz danach war er tot.«

Sie nickte. »Natürlich verstehe ich das. Haben Sie schon mit seiner Frau geredet? Sie hatten mir erzählt, dass Matteiner verheiratet war. Corinna hieß sie, glaube ich.«

»Sie haben ein gutes Namensgedächtnis. Sie heißt tatsächlich so. Ich habe mir vorgenommen, die Witwe demnächst aufzusuchen.« Tanner seufzte. »Der Tag hat nur 24 Stunden. Und ich habe auch ein Privatleben.«

»Apropos Privatleben.« Tanner fragte sich, was ihr verschmitztes Lächeln bedeuten sollte. »Was machen Sie morgen Abend? Ich würde Sie und Paula gern zum Essen einladen. Mein Peter ist morgen zu Hause.«

»Gern«, sagte Tanner. »Aber ich muss noch mit Paula reden, ob sie nicht einen anderen Termin verabredet hat.«

Ihr verschmitztes Lächeln verstärkte sich. »Habe ich schon gemacht. Ihre Paula hat Zeit. Sie will nur mit Ihnen reden, ob Sie nicht einen anderen Termin verabredet haben.«

Tanner hob beide Hände, als wolle er sich ergeben. »Sie spielen uns gegeneinander aus. Dafür habe ich noch etwas gut bei Ihnen. Aber danke für die Einladung. Wir kommen gerne.«

Ursula hob die Augenbrauen. »Was haben Sie gut bei mir?«

»Mich interessieren die Unterlagen, die in Ihrer Klinik über jeden Kranken angefertigt werden.«

»Unsere Patientenakte. Darüber haben Sie mich schon einmal ausgefragt. Was wollen Sie wissen?«

»Was steht da drinnen?«

»Alle Aufzeichnungen eines Arztes über seinen Patienten. Dazu gehören zum Beispiel die Diagnose, Therapiemaßnahmen sowie die Ergebnisse von Untersuchungen und Operationen. Alles, was es über einen Patienten zu sagen gibt.«

»Wo befinden sich diese Patientenakten?«

»Seit einem Jahr in unserem zentralen Rechner.«

«Und vorher?«

»Auf Papier.«

»Und wo wird das Papier aufbewahrt?«

»Das Zeug liegt vermutlich irgendwo in einem der Kellerräume.«

»Ich gäbe viel darum, einige dieser Unterlagen durchblättern zu können.«

»Sie sind gut verwahrt und gesichert. In unseren Katakomben.« Sie begann zu lächeln. »Ich weiß zwar nicht genau, was Sie in den alten Dokumenten suchen, aber ich könnte mich erkundigen, wo genau sie gelagert werden.«

»Ich kann mich an die eiserne Tür im Keller der Klinik erinnern«, sagte er und lächelte zurück. »Das Zahlenschloss hört auf die Nummer 4711. Daneben waren noch eine Reihe weiterer Türen.«

»Eine davon ist die Tür zum Archiv. Ich komme selten da hinunter.«

»Die Türen sind nummeriert. Ich brauche die richtige Nummer.«

»Vielleicht könnte ich das herausfinden.« Sie beugte sich vor und legte ihren Zeigefinger auf die Lippen. »Aber vergessen Sie nicht: Ich weiß von nichts.«

Tanner nickte. »Ich war in Bruneck«, sagte er. »Erich Matteiner hat dort zu arbeiten begonnen, nachdem er den Job an diesem Krankenhaus hingeschmissen hatte. Wellness und Reha Center Bruneck nennt sich die Klinik.«

»Hingeschmissen? Das ist doch wohl übertrieben, oder?«

»Jedenfalls hat Matteiner der Kollegin in Bruneck gegenüber keinen Zweifel daran gelassen, dass er den Kurz nicht leiden konnte. Und sie konnte sich gut an Matteiner erinnern. Irgendetwas muss hier im Krankenhaus passiert sein. Diesen Eindruck hat Matteiner bei seiner Kollegin hinterlassen. Und kurze Zeit später fand man seine Leiche. In einer abgelegenen Ecke des Parkplatzes.«

»Das ist alles zwei Jahre her«, sagte sie. »Das Leben geht weiter.«

»Das Leben geht weiter«, wiederholte er und sah auf die Uhr. »In einer Stunde wird Ihr früherer Chef in Meran begraben. Gehen Sie hin?«

Ursula schüttelte den Kopf. »Ich kann nicht weg. Bereitschaftsdienst.«

»Ich vertrete Sie«, sagte er und versuchte ein Lächeln. »Wie geht es übrigens hier in der Klinik weiter? Gibt es einen neuen Chefarzt?«

»Tappeiner hat einen eingestellt. Ein Dr. Pavarotti. Ein Italiener. Kommt aus Mailand. Er wurde uns gestern vorgestellt. Ein unsympathischer Mensch.«

Auf dem Weg zum Ausgang lief er Stefano Tappeiner über den Weg, der ihn anbellte: »Sie schon wieder! Was wollen Sie hier in unserer Klinik?«

Tanner verzichtete auf eine Antwort und stolzierte Richtung Parkplatz. Noch bevor er in seinen Fiat stieg, raste Tappeiner in einem schweren SUV an ihm vorbei. Wir sehen uns heute noch, dachte Tanner.

In Kuppelwies, am Ende des Zoggler Stausees, sah er von Weitem die kreisenden gelben Lichter eines Bergungsfahrzeuges, und kurz darauf stockte der Verkehr. Ein Kran war gerade dabei, einen Wagen aus dem Straßengraben zu hieven. Erst nach einer Viertelstunde konnte er die Fahrt fortsetzen.

Als er durch einen kleinen Seiteneingang in der St. Josef-Straße den Meraner Friedhof betrat, begann es zu regnen. Der Zug der Trauergäste hatte die Kapelle bereits verlassen und schlängelte sich wie ein schwarzer Tausendfüßler zwischen den Gräbern hindurch. Hinter den aufgespannten Schirmen konnte er von Zeit zu Zeit einen Blick auf den Sarg werfen, auf dem die weißen Blumengestecke im Takt der schrittweisen Fortbewegung hin und her wogten. Im Vorbeigehen erkannte er die trauernde Witwe und neben ihr den alten Baron Murach, der, mit dem Stock gehend, genauso schwankte wie der Sarg. Er sah Kogler mit seiner Frau Susanne, die Händchen haltend in der Mitte des Trauerzugs gingen. Tanner hielt sich im Hintergrund, als der Leichenzug ins Stocken kam und die Leute begannen, sich um das offene Grab herum aufzustellen, so dass die aufgespannten Schirme ein fast geschlossenes Dach bildeten.

Die kleine Musikkapelle spielte einen schnellen Trauermarsch, und dann hielt der Priester, ein steingrauer Mann, eine kurze Ansprache, in der er auf das schwere Los des schicksalhaft zu Tode gekommenen Herrn Doktor hinwies.

Tanner sah sich am Friedhof um, der die Hierarchie im Ort widerspiegelte. Außen an der Mauer reihten sich die großen Familiengräber der Honoratioren aneinander. Hier lagen die Stadtpolitiker, die Großbauern und die Gastwirte, weiter nach innen waren die Gräber der einfachen Bewohner, ausgestattet mit schlichten eisernen Kreuzen und einem kleinen Foto des Verstorbenen.

Der Pfarrer besprengte den Sarg mit Weihwasser, bevor er in die Tiefe abgesenkt wurde. Genau in diesem Moment musste Tanner an seinen eigenen Tod denken. Vor zwei Monaten war er bei einem Klassentreffen gewesen, auf dem sie feststellen mussten, dass bereits fünf aus ihrer Klasse, die gemeinsam mit ihm Matura gemacht hatten, gestorben waren. Irgendwann war er dran, sagte er sich. Früher oder später. Noch vor zehn Jahren hatte er so gut wie nie an den Tod gedacht. So ist es nun einmal. Wenn man jung ist, sterben nur die anderen. Seit er mit rasanter Geschwindigkeit auf die sechzig zuging, war alles anders. Manchmal hatte er Angst vor dem Sterben. Er vertrieb die Gedanken und sah zum Grab hinüber, wo die Zeremonie gerade zu Ende ging. Langsam löste sich die Trauergemeinde auf. Menschen umarmten sich, Frauen hoben ihre Schleier kurz an und küssten ihr Gegenüber auf beide Wangen. Ein Mann, den Tanner nicht kannte, bückte sich und drückte ein weinendes Kind an sich, dem Tränen über die Wangen liefen.

Tanner trat einen Schritt zur Seite und warf einen Blick

auf die Umstehenden, die ihre Mäntel richteten und das Wasser von den Schirmen schüttelten. Dann fiel sein Blick auf den blonden Haarschopf im Hintergrund, und er erkannte das hagere Gesicht des Mädchens, das ihm in der Zwischenzeit schon fast vertraut erschien. Er tat einen raschen Schritt über ein Grab hinweg, und in diesem Moment erschien es Tanner, als ob ihn das Mädchen registriert hätte und daraufhin mit raschen Schritten zwischen den Gräbern und Bäumen verschwand.

Während er langsam dem Ausgang des Friedhofs zustrebte, dachte er über das blonde Mädchen nach. Wer war das? Und warum benahm es sich so eigenartig? Erst jetzt entdeckte Tanner den Mann, der an der Friedhofsmauer stand und offenbar auf ihn gewartet hatte. Es war Stefano Tappeiner, der ihn mit den Worten »Ich mag Schnüffler nicht« anredete.

»Freizügigkeit in unserer Demokratie bedeutet das Recht zur freien Wahl des Aufenthaltsortes«, sagte Tanner und blieb genau vor Tappeiner stehen.

»Verschwinden Sie«, sagte Tappeiner. »Sie erfüllen den Straftatbestand der Nachstellung und Belästigung. Ein Jahr Haft würde ich sagen.«

Tanner trödelte noch ein wenig auf dem schmalen Weg herum, der den Gottesacker umgab, durchquerte ein kleines Wäldchen, das nördlich an den Friedhof anschloss, wobei er noch einmal nach dem ominösen blonden Mädchen Ausschau hielt. Als er zu seinem Wagen kam, läutete sein Handy. Es war Carlo Drackoner. Seinetwegen hatte er sich in die Klinik im Ultental einweisen lassen. Der Mann begrüßte ihn freundlich und wohlwollend. Tanner störte nur, dass sich der Anrufer lang und breit erkundigte, ob es Paula auch gut ginge. Wie es um Tanner stand, war dem Menschen offenbar egal.

»Alles unter Dach und Fach«, sagte Carlo. »Wir haben alle Beweise.« Tanner konnte förmlich hören, wie Carlo am anderen Ende der Leitung grinste. »Ihre Excel-Tabelle und die Abrechnung Ihres Klinikaufenthalts hat uns den letzten Nachweis geliefert. Gerichtsfest und unwiderleglich.«

Tanner schnaufte tief durch. »Urteilen Sie nicht nur nach der Honorarrechnung des Krankenhauses. Dahinter stecken Not und Pein, die ich auf mich nehmen musste. Um diese Rechnung zu generieren, habe ich mich in einen Undercover-Einsatz gestürzt, bin drei Stunden in diversen MRT-Röhren gesteckt, vollgestopft mit diversen Pillen, die einem Pferd alle Ehre gemacht hätten. Außerdem habe ich drei Liter Blut für das Kliniklabor gespendet.«

»Wir sind alle stolz auf Sie«, sagte Carlo. »Wichtig ist für uns, dass wir die Burschen jetzt überführt haben. Ihre Liste beweist, dass die Klinik viermal mehr Leistungen abgerechnet hat, als tatsächlich für Sie erbracht wurden. Gewerbsmäßiger und wiederholter Abrechnungsbetrug. Wir in der Versicherungskammer sind voll der Bewunderung, wie professionell Sie das Excel-Tool beherrschen.«

»Ich bin mit Excel groß geworden«, sagte Tanner bescheiden. »Wer aus der Klinik wird denn jetzt ins Gefängnis wandern?«

»Es zeichnet sich bereits ab, dass die gesamte Klinik Sankt Gertraud ihren ehemaligen Chefarzt Bruno Kurz belasten wird. Auf ihn wird man die Schuld schieben. Doch das ist zu kurz gegriffen. Ich bin sicher, dass einige Ärzte Dreck am Stecken haben, wie auch die Angestellten der Buchhaltung. Das ist jetzt Sache der Staatsanwaltschaft.«

»Welches Strafmaß?«

»Freiheitsstrafe bis zu zehn Jahren. Bei Ärzten droht zusätzlich die Entziehung der Approbation. Unsere Ärztekammer fackelt da nicht lange.«

NEUNZEHN

Regen prasselte auf das Autodach. Der Wetterbericht hatte recht behalten. Jedes Mal, wenn er durch Margreid fuhr, das sich an den gewaltigen Felsstock des Fennbergs schmiegte und dadurch die Gassen des Ortes enger werden ließ, nahm er den Fuß vom Gas. Erst recht bei regennasser Fahrbahn. Vorsichtig passierte er die schmale Dorfstraße mit den malerischen Winzerhöfen und Ansitzen zu beiden Seiten, einem anmutigen Gemisch aus Gotik, Barock und südländischer Renaissance.

Nach links und rechts schauend rollte Tanner in Schrittgeschwindigkeit durch das Dorf. Am Beginn der Pfarrgasse stieß er auf die *Vinothek Gertraudi*, die Maurizio als Treffpunkt vorgeschlagen hatte. Er parkte das Auto direkt vor dem behäbigen Holztor und während er den Wagen absperrte, las er die Schrift über dem Eingang: *Cantina Soc. Nalles-Magré/Niclara*.

Voller Erwartung saß Maurizio in der kleinen Gaststube am Fenster und grinste, als Tanner mit einer prall gefüllten Tasche den Raum betrat.

»Herzlich Glückwunsch zum Fünfundsechziger!« Tanner sagte es laut und in einem feierlich singenden Ton. Sie waren allein im Raum, und so umarmten einander die beiden Männer herzlich und hämmerten sich gegenseitig fest auf den Rücken.

Maurizio durchstöberte die Tasche, bewunderte die Gläser und die drei Flaschen Grappa.

»Die Grappa stammt vom Saltnerhof aus meinem Heimatdorf Kaltern.«

Maurizio rollte eines der Gläser zwischen Daumen und Zeigefinger. »Toller Kristallschliff«, sagte er. »Die waren nicht billig.«

»Ziemlich teuer sogar«, sagte Tanner bestätigend. »Handgefertigt und echter Goldrand.«

Maurizio bedankte sich gerührt für die Geschenke und streifte mit dem Handrücken über die Augen. Tanner verstaute die Flaschen und Gläser wieder in der Leinentasche, da in diesem Moment ein junger Mann den Raum betrat und diensteifrig zu ihrem Tisch eilte.

»Wir sollten mit der Essensbestellung nicht zu lange warten«, sagte Maurizio und warf mit hochgezogenen Augenbrauen einen kurzen Blick in die Karte. Tanner fiel auf, dass ihm der Hemdkragen in den Hals schnitt

»Es ist noch zu früh fürs Essen«, sagte Tanner.

Maurizio schüttelte den Kopf. »Mein Bauch lässt sich durch Uhrzeiten nicht manipulieren.« Er bestellte die Gerschtnsuppe und danach ein Bauerngröstl mit Krautsalat.

»Eine ausgezeichnete Wahl«, sagte der junge Mann, während er die Bestellung in ein kleines Gerät tippte.

Tanner nahm das Hähnchen in Weinsauce und als Vorspeise eine kleine Portion Rohnenknödel. »Ich darf nicht zu viel essen«, sagte er. »Wir sind heute zum Abendessen eingeladen.«

»Schaffst du locker. Beim Wein lass dich von mir beraten«, sagte Maurizio, der aussah, als ob er heute einen besonders engen Anzug angezogen hätte. Er lächelte Tanner zu und band sich die Serviette um den Hals. »Ich habe als

Treffpunkt Margreid und die *Vinothek Gertraudi* vorgeschlagen. Also habe ich mich gut darauf vorbereitet.« Er
winkte den jungen Mann näher heran. »Wir nehmen den
Chardonnay Kalk. Haben Sie noch eine Flasche vom
2018er?«

»Selbstverständlich … wird sofort erledigt.« Der Kellner
vollführte eine beeindruckende Kehrtwendung und verschwand.

»Da draußen, wo mein Auto steht …« Tanner deutete
zum Fenster. »*Cantina* steht über der Einfahrt. Und daneben *Nalles-Magré*.«

»Du warst zu lange in Turin«, sagte Maurizio und hieb
Tanner auf die Schulter. »Wir sitzen in den alten Räumen
des Weinguts Nals Margreid, eines der größten im Unterland. Irgendwann haben sich die Kellereien Nals und die
von Margreid-Entiklar zusammengetan. Fusioniert heißt das
im Management, wie du weißt. Kurz vor meiner Pensionierung war ich im neuen Headquarter in Nals. Dort steht
jetzt das aktuelle Kellereigebäude, gebaut aus viel Eichen-
holz, Glas und Sichtbeton und dazu eine trendige Vinothek
mit hochmoderner Ausstattung.« Maurizio lachte. »Hoch-
moderne Ausstattung ist nicht ganz mein Fall, verstehst
du … Ich bin lieber hier in den alten Räumen in Margreid
zu Gast.«

Durch die Vorhänge sah man auf die Straße, die glän-
zend nass war. Alle paar Minuten fuhr ein Lastwagen oder
ein Bus vorbei, die so stark brummten, dass die Fenster
klirrten.

In diesem Moment stellte eine junge Frau die Weinfla-
sche und das Essen auf den Tisch, wünschte guten Appetit

und kehrte in die Küche zurück. Maurizio starrte der Frau schamlos auf den Hintern, dann wandte er sich dem Wein zu.

»Wie gesagt ... ich habe mich auf diesen Moment vorbereitet.«

Die Gläser klirrten leise, als sie anstießen. Maurizio schwenkte sein Glas langsam und vorsichtig, steckte seine Nase hinein, und während er das Glas hob, murmelte er: »Brillantes Strohgelb mit goldenen Reflexen. In der Nase reife Äpfel mit Pfirsich mit animierenden exotischen Noten.« Dann trank er einen Schluck und nickte Tanner zu. »Am Gaumen eine ausgewogene Säure, straff und knackig. Das meine ich mit der Vorbereitung ... spürst du die Knackigkeit?«

»Ich spüre die Knackigkeit«, sagte Tanner.

Aus einem unsichtbaren Lautsprecher drang zu lauter Gesang. Irgendein schmalziger Schlager, gesungen von einem schmalzigen italienischen Schlagersänger.

Wann hatte er Maurizio zum ersten Mal getroffen? Das muss vor drei oder vier Jahren gewesen sein. Ein Mann aus Mailand hatte seine Ehefrau schwer verletzt und war daraufhin nach Bozen geflohen, wo es der Zufall wollte, dass sich Tanner gerade am Waltherplatz aufhielt, wo die Carabinieri den Täter festnahmen. Er musste als Zeuge mehrmals auf der Questura erscheinen, wo sie sich näher kennengelernt hatten. Obwohl Maurizio einige Jahre älter war, entstand daraus eine Freundschaft, die bis zum heutigen Tag anhielt.

Maurizio schmatzte, während er redete und das Bauerngröstl in sich hineinschaufelte. Einige Meter entfernt stand der Kellner und beobachtete fasziniert, wie rasch Maurizio den vor ihm stehenden Teller leerte.

An der holzgetäfelten Wand hing ein Ganzjahres-Kalender, den Tanner einige Augenblicke studierte. Alle Sonntage waren rot eingezeichnet. Heute war der fünfte September. Vor drei Tagen war Bruno Kurz ermordet worden. Wieder beschlich Tanner das Gefühl, dass das Datum *zweiter September* eine besondere Bewandtnis haben musste. Aber welche?

Er schob seinen Teller ein Stück zurück, nahm einen Kugelschreiber aus der Sakkotasche und zeichnete eine Skizze auf die Serviette.

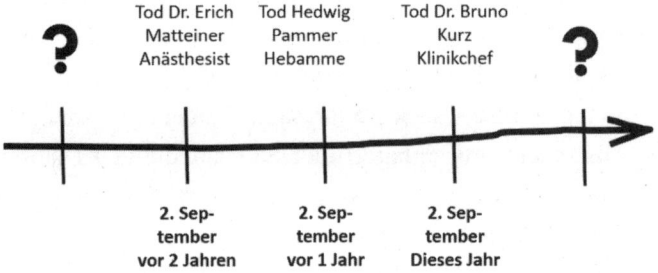

»Darüber denke ich schon seit einiger Zeit nach.« Er legte die Zeichnung neben Maurizios Gröstl auf den Tisch.

»Drei Personen sind in den Fall verwickelt. Ein Anästhesist, eine Hebamme und ein Chefarzt, vor dem einige Angst hatten.«

Wie ein Schimpanse zog Maurizio die Oberlippe hoch und entfernte mit dem Zeigefinger einen Speiserest zwischen den Schneidezähnen.

»Vielleicht ist das Ganze nur Zufall. Soweit ich die Sache überblicke, gibt es keinen Beweis, dass die drei Morde zusammenhängen.«

»Sie hängen zusammen, glaub mir. Wir müssen einen genauen Übersichtsplan erstellen … für jede der drei ermordeten Personen. Dreimal der zweite September. Manchmal denke ich, der Mörder will uns etwas mitteilen. Nur was?«

»Auf jeden Fall ist ein Muster erkennbar.«

»Ich frage mich, ob es außer dem exakten Jahresrhythmus noch weitere Muster gibt.«

»Die Morde geschahen immer am selben Tag.« Maurizio leerte sein Weinglas in einem Zug. »Warum war das so? Weil der gleiche Wochentag war? Eher nein. Oder Vollmond? Wie ein Werwolf, verstehst du, Tiberio? Der Mörder schlägt immer bei Vollmond zu. So etwas soll es schon gegeben haben.«

»Bleib auf dem Boden der Tatsachen, Maurizio.«

»Was bedeuten die zwei Fragezeichen auf deiner Skizze?«

»Das linke bezeichnet den Zeitpunkt noch ein Jahr davor. Dafür bist du verantwortlich. Vor drei Jahren warst du noch Commissario Capo in der Questura.«

»Du meinst die Frage, ob die Mordserie nicht schon vor drei Jahren begonnen hat? Deine Phantasie möchte ich haben.«

»Das hat nichts mit Phantasie zu tun. Auch vor drei Jahren gab es einen zweiten September. Wie hieß noch mal dein ehemaliger Mitarbeiter? Gerd Pieper … oder?«

»Commissario Gerd Rieper.«

»Ruf ihn an und lass ihn das nachprüfen. Zweiter September vor drei Jahren. Ist da was passiert? Und wenn ja, was?«

Maurizio brummelte ungehalten. Er zeigte auf die Zeichnung. »Und das zweite Fragezeichen? Glaubst du, dass nächstes Jahr …?«

Tanner schüttelte den Kopf. »So lange können wir nicht warten.« Einen Moment kehrte Stille ein. »Wir müssen systematischer arbeiten. Diese klägliche Skizze reicht nicht aus, um den Überblick zu behalten. Wir müssen mehr darüber wissen, welche Gemeinsamkeiten und Verbindungen es bei den drei ermordeten Personen gibt. Wir müssen die Lebensgewohnheiten und den Alltag der drei durchforsten. Verstehst du, Maurizio?«

Maurizio wischte sich mit der Serviette über den Mund und schob den Teller weg. »Natürlich verstehe ich. Ich bin ja nicht blöd. Die Zusammenhänge zwischen den drei Menschen sind auch ohne deine Recherche ziemlich offensichtlich.«

»Aber für die Questura nicht offensichtlich genug. Verzeih mir die Bemerkung.«

Maurizio wedelte mit der Hand. »Unterbrich meinen Gedankengang nicht. Der zuletzt ermordete Bruno war der Chef der beiden anderen. Sie waren Kollegen. Zumindest für eine bestimmte Zeit. Wahrscheinlich war er als Chef ein Arschloch. Deshalb hat der eine gekündigt und ist in ein anderes Krankenhaus weitergezogen.«

»Und was sagt uns das?« Tanner sah Maurizio fragend an. »Ich glaube, dass es noch andere Gemeinsamkeiten geben muss. Waren die drei nur Kollegen oder kannten sie sich näher? Auch privat, meine ich. Besuchten sie gemeinsam ein bestimmtes Lokal oder denselben Fitnessclub? Oder gab es irgendein Ereignis, das die Welt dieser drei Menschen durcheinandergewürfelt hat. *Irgendetwas muss passiert sein*. Diesen Satz habe ich ein paarmal gehört, zum Beispiel von der Ärztin, die mit Matteiner in der Kurklinik Bruneck zusammengearbeitet hat.«

»Und wie machst du jetzt weiter?«

Tanner sah auf sein leeres Weinglas. »Als Nächstes sollten wir noch eine Flasche von diesem hervorragenden Chardonnay probieren. Zur Inspiration, sozusagen.«

»Du glaubst gar nicht, wie sehr ich deiner Meinung bin.« Er hob die leere Flasche in die Höhe, was der im Hintergrund stehende Kellner mit einem Nicken zur Kenntnis nahm.

»Ich hab das kommen sehen«, sagte der junge Mann grinsend, als er wenige Augenblick später mit der Flasche zum Tisch kam. »Die Flasche stand schon vorbereitet in der Kühlung.«

»Mit dem Essen war ich übrigens sehr zufrieden«, sagte Maurizio. »Bauerngröstl ist meine Lieblingsspeise, aber dieses hier war seit Langem das Beste.«

»Du isst viel zu oft das Gleiche«, sagte Tanner, als der junge Mann wieder gegangen war. »Das Leben ist viel zu kurz, um es nur mit Bauerngröstl zu verbringen. Du solltest von Zeit zu Zeit etwas anderes bestellen. Etwas Neues.«

»Ich mag nichts Neues. Ich bin mit dem Alten zufrieden. Natürlich nur, wenn es gut ist.«

»Nimm Nietzsche ... der führte in seiner Philosophie die Figur des *Wanderers* ein, der für das Neue steht. Halte die Augen offen, sagt Nietzsche, suche die neuen Dinge und hänge nicht zu fest am Althergebrachten.«

»Nietzsche hat im Irrsinn geendet.« Maurizio schüttelte den Kopf. »So einem glaube ich nicht. Sag mir lieber, was du als Nächstes unternehmen wirst.«

»Erich Matteiner war mit einer gewissen Corinna verheiratet. Die Witwe wohnt in Elvas. Das muss in der Nähe von Brixen sein. Die werde ich demnächst besuchen.«

»Woher weißt du das mit der Witwe?«

»Von einer gut aussehenden Ärztin und ehemaligen Kollegin Matteiners. Corinna Matteiner soll am Grab zusammengebrochen sein, als der Sarg ihres Mannes ins Grab versenkt wurde.«

Maurizio nahm seine Nase aus dem Weinglas und blickte Tanner verträumt an. »Die zweite Flasche schmeckt fast besser als die vorige. Was sagst du dazu?«

»Mich verfolgt ein blondes Mädchen.«

»Die Zeiten müssten eigentlich lange vorbei sein, dass dir blonde Mädchen nachlaufen.«

»Sie ist bereits zweimal in meiner Nähe aufgetaucht. Übrigens auch gestern bei dem Begräbnis von Bruno Kurz.«

»Und?«

»Nichts und. Als ich mich dem Mädchen zugewandt habe, war sie verschwunden.«

»Waren viele Leute beim Begräbnis?«

»Marietta, die Witwe des Ermordeten, war der notleidende Mittelpunkt, gestützt von ihrer Freundin Susanne und dem Baron.«

»Welcher Baron?«

»Filippo von Murach. Reich, angesehen und verdächtig.«

»Ist das der Weinbaron? Den kannst du streichen. Ein reicher Baron beschmutzt seine Hände nicht mit einem Mord. Der würde maximal einen Auftragskiller suchen.«

»Auftragskiller? Was kostet so einer?«

»Was sie in Holland kosten, kann ich dir sagen. *Contract Killer* nennen sie die. Ein Mord auf Bestellung kostet zwischen 3000 und 5000 Euro.«

»Fast geschenkt. Übrigens … du bist mir noch eine Antwort schuldig. Ich habe dich gebeten, den Namen Rebecca durch euer System laufen zu lassen. Hast du daran gedacht?«

»Gerd Rieper … er hat das gemacht.« Maurizio holte einen ramponierten Zettel aus seiner Hosentasche, legte ihn auf den Tisch und strich ihn glatt.

»Es gibt zwei Schreibweisen, einmal mit zwei *c*, deutlich seltener mit zwei *k*. Gerd hat das genau recherchiert. Der Name Rebecca kommt aus der Bibel und ist hebräischer Herkunft. Bei der Bedeutung streiten sich die Fachleute. Entweder bedeutet es so viel wie kleine Kuh oder Fesselung.«

»Das mit der Kuh hilft uns nicht weiter«, sagte Tanner.

»Unterbrich mich nicht.« Maurizio sah ihn über die Brille hinweg an. »Nicht ungeduldig werden. Wenn Gerd etwas erledigt, dann akribisch und genau. Was die Beliebtheit betrifft, steht Rebecca in Italien an zwanzigster Stelle, je nachdem, welches Jahr man zugrunde legt. Also: In Italien gibt es rund eineinhalb Millionen Frauen und Mädchen mit dem Vornamen Rebecca. In der Autonomen Provinz Bozen Südtirol sind es noch 14000. Das Durchschnittsalter dieser Rebeccas beträgt in der Region zwischen Sterzing und Salurn ziemlich genau 42 Jahre. Lege ich für deinen Spezialfall eine Rebecca im Alter zwischen 17 und 57 Jahre zugrunde, verbleiben allein in Südtirol rund 9800 Frauen und Mädchen, die den Namen Rebecca tragen.« Maurizio holte tief Luft, nahm einen großen Schluck aus seinem Glas und sah Tanner an. »Noch Fragen?«

»Richte deinem ehemaligen Mitarbeiter meine besten Grüße aus.«

Sie stießen an und tranken ihre Gläser leer. »Da gibt es noch einen Punkt, über den ich mit dir reden möchte«, sagte Tanner. »Hör gut zu.«

*

Auf der Rückfahrt dachte Tanner noch einmal über die drei ermordeten Personen nach. Vielleicht konnte ihm Matteiners Witwe einen Tipp geben, der ihn bei den Ermittlungen weiterbrachte.

Er saß kaum zehn Minuten im Auto, als Paula ihn anrief. »Kommst du auch pünktlich?«, fragte sie. »Du hast hoffentlich nicht vergessen, dass wir bei Ursula eingeladen sind.«

»Ja, ja«, sagte er leise. »Ich bin schon unterwegs.«

»Deine Stimme klingt düster. Gibt es Neuigkeiten von Maurizio?«

»Neuigkeiten von Maurizio? Ich habe das Gefühl, er wird jede Woche einen Monat älter.«

»Ich meine Neuigkeiten zu deiner Causa.«

»Nicht Causa. Causae. Schließlich habe ich mehrere Fälle am Hals. Und sie werden immer eigenartiger.«

»Hast du herausgefunden, wer diesen merkwürdigen Brief bei dir eingeworfen hat?«

»Ich verdächtige das Mädchen.«

»Die Blonde?«

»Sie geht mir nicht aus dem Kopf. Besorgt und unglücklich sieht sie aus. Ich bin sicher, sie möchte mir etwas mitteilen, aber im letzten Moment verlässt sie der Mut.«

»Schwer zu verstehen«, sagte Paula. »Hast du mit Maurizio darüber gesprochen?«

»Habe ich versucht.«

»Freu dich wenigstens, Ursula wiederzusehen. Soweit ich dich kenne, gefällt sie dir.«

»Sie wird den ganzen Abend über ihre esoterischen Verschwörungstheorien reden. Wahrscheinlich werde ich mich ganz rasch volllaufen lassen.«

»Mir scheint, dass du jetzt schon genug Wein intus hast. Du und Maurizio in Margreid … ich wette, ihr habt nicht Cola getrunken. Und wegen der Abendeinladung brauchst du dich nicht aufzuregen. Schließlich hast *du* ihre Einladung angenommen. Ich gehe nur hin, weil Ursula für mein Apothekengeschäft wichtig ist. Das esoterische Dummzeug blende ich weg.«

»Hoffentlich lädt sie ihre Nachbarn nicht mit dazu. Herrn und Frau Brugger.«

»Die vom Nebenhaus?«

»Ja.« Er sah auf die Uhr. »Ich bin in zwanzig Minuten bei dir in der Apotheke. Dann fahren wir gemeinsam zu Ursula nach Gratsch.«

»Ursula Klammer.« Paula las den Namen, der auf dem Türschild stand, laut vor. »Und darunter steht *Peter Sartori*. Sein Name steht unter ihrem und ist in kleinerer Schrift geschrieben. Bei diesem Paar ist die Welt noch in Ordnung.«

»Sei nicht sexistisch«, sagte Tanner und drückte auf die Türklingel.

Ursula begrüßte sie und bat sie herein. Sie trug eine weiße Leinenbluse, die wie ein Herrenhemd aussah, und eine enge Hose. Eine sehr enge Hose, wie Tanner beobachten konnte, als sie sich vor ihm den Flur entlangschwang.

»Wir setzen uns auf die Terrasse«, sagte Ursula. »Es ist warm genug. Peter kommt übrigens auch gleich.«

Das Haus war größer, als es von außen aussah. Der hintere Teil des Gebäudes, den Tanner bisher nicht kennengelernt hatte, war verwinkelt und ging über eine hölzerne Veranda nahtlos in den Garten über.

»Nehmen Sie sich eines.« Ursula deutete auf das Tablett, auf dem Gläser mit quietschfarbenen Getränken und bunten Schirmchen standen. Er nahm sich eines und ließ seinen Blick durch den Garten schweifen, der aussah, als ob ihm schon lange niemand mehr Beachtung geschenkt hätte. Mitten in dem Grundstück war ein kleiner Teich, der zur Hälfte zugewachsen war. Ein überhängender, halb verdorrter Strauch wucherte über den schmalen Weg, der kreisförmig um den Garten herumführte. Während das Gebäude zur Straße hin frisch gestrichen war, machte die Rückseite einen heruntergekommenen Eindruck. Das Eisengeländer der Veranda war verrostet. Tanners Blick wanderte die Hauswand nach oben. Hinter einem Fenster im ersten Stock erschien ein männliches Gesicht, drückte die Nase an die Scheibe und verschwand sofort, als Tanner den Kopf hob und hinaufsah.

»Wo ist eigentlich Ihr Peter?«, fragte Tanner.

»Da ist er schon.« Ursula wies zur Tür, durch die ein Mann auf die Veranda trat, der an allen Stellen seines Körpers gut gepolstert war. Ruhig lächelnd murmelte er »Peter Sartori«, während er zuerst Paula, dann Tanner die Hand gab.

»Ich hab noch kurz bei Marian und Regina angerufen. Sie hat wieder mal Schwierigkeiten mit ihrer Frisur. In einer Minute sind die beiden da.«

Tanner wechselte einen vielsagenden Blick mit Paula. Also hatte Ursula doch die Nachbarn eingeladen.

Eine halbe Stunde später saßen sie zu sechst im Kreis auf der Veranda, und jeder balancierte einen kleinen Teller auf den Knien. Tanner fühlte sich nicht wohl dabei, zumal er nicht wusste, wo er sein Weinglas abstellen sollte. Seit das Ehepaar Brugger mit in der Runde saß, war es viel lauter geworden auf der schmalen Terrasse. Vor allem Marian Brugger wirkte bei allem, was er tat und sagte, affektiert und eine Spur zu laut. Wenn er einen Satz begann, spreizte er seine Hände zur Seite, als müsste er sich irgendwo festhalten. Seine Stimme war eine Spur zu schrill und die Sätze etwas zu gekünstelt. Schon nach dem zweiten Glas Wein hatte er dreimal betont, dass er Theaterwissenschaften studiert hatte mit dem Ziel, die gesamte Bühnenlandschaft Südtirols umzukrempeln. Leider habe er in einem postgradualen Studium zusätzlich noch den MBA-Titel erworben, wodurch er von allen als überqualifiziert abgestempelt wurde. Er wurde nicht müde, darauf hinzuweisen, dass das Leben höchst ungerecht sei und sich offenbar die ganze Welt gegen ihn verschworen habe.

»Gibt es Neuigkeiten bei Ihrem Fall?« Die Frage kam, leise geflüstert, von Ursula.

Tanner schüttelte den Kopf. »Nichts Wesentliches. Mehrere Verdächtige, aber keine Beweise.«

»Apropos Beweise«, sagte Ursula. »Ich habe nicht vergessen, dass ich Ihnen noch einen Hinweis schuldig bin. Morgen ist der Hausmeister unserer Klinik vom Urlaub zurück. Er kennt die Tür zum Kellerarchiv. Sobald ich genau weiß, wo sich die Unterlagen befinden, melde ich mich bei Ihnen.«

Zum ersten Mal an diesem Abend fühlte Tanner eine schwer zu bekämpfende Müdigkeit in sich aufsteigen. Außerdem waren die kleinen Party-Häppchen, die Ursula bergeweise aus der Küche holte, matschig und schmeckten grauenvoll.

»Und wie kommt man mit dem Studium der Theaterwissenschaften und einem MBA zu so einem erfolgreichen Antiquitätenladen, wie Sie ihn in Meran aufgebaut haben?«

Paula versucht, das Gespräch in Gang zu halten, dachte Tanner und musste innerlich lächeln. Einige Augenblicke schwebte Paulas Frage über allen Anwesenden, bis sich Regina Brugger ihrer annahm: »Mein Mann ...« Sie deutete vage mit der Hand auf Marian. »... das Schicksal hat es wirklich nicht gut gemeint mit ihm. Wir haben zuerst ein Consultingbüro gegründet mit dem Ziel, Bühnenunternehmen zu beraten, wie sie ihre Abläufe optimieren und ihre Kosten senken können.« Sie lachte laut auf, und Tanner fragte sich, warum sie das tat. »Marian war sozusagen ein Optimierer, verstehen Sie? Er hat wirklich hart gearbeitet, manchmal zehn Stunden am Tag. Unser Geschäftsmodell war einige Zeit lang erfolgreich, aber nicht nachhaltig genug. Dann wurde uns das Geschäftslokal in der Meinhardstraße in Meran angeboten.«

Sie deutete auf Tanner. »Na, Sie waren ja schon bei uns. Wie kamen übrigens die Grappagläser bei Ihrem Freund an?«

»Es war ein glücklicher Zufall, dass Sie die Gläser in Ihrem Geschäft hatten. Er war außer sich vor Freude.«

»Ich möchte Sie nicht korrigieren«, sagte Regina Brugger, die neben ihm saß. »Aber dass wir genau zu diesem

Zeitpunkt das richtige Geschenk für Ihren Freund vorrätig hatten … das war kein Zufall.«

O Gott, dachte Tanner und trank sein Weinglas leer. Jetzt kommt die Esoterik ins Spiel.

»Wir sind Konspirationisten im positiven Sinn.« Marian Bruggers Stimme klang schrill über die Terrasse, während er die Hände zur Seite spreizte. »Und wir wissen, dass unsere narrativen Ideen nicht immer *politically correct* sind, jedoch immer häufiger zu jenem Alltagsdiskurs zählen, in dem der Glaube an Zufälle keinen Raum mehr findet.«

Können Sie den Satz wiederholen?, wollte Tanner schon antworten, tat es aber nicht.

Stattdessen beschloss er, dagegenzuhalten. »Warum glauben Sie nicht an Zufälle? Das ganze Leben besteht doch aus Zufällen, die kleinen im Alltag, die großen im Lauf der Geschichte.«

Regina schüttelte vehement den Kopf. »Für uns existieren Zufälle nicht. Stattdessen dominiert die Kausalität, verstehen Sie? Ursache und Wirkung … ohne die beiden geht es nicht. Und sie sind untrennbar. Ein Zufall wäre nur dann gegeben, wenn es für irgendein Geschehen keine bestimmte Ursache gäbe.«

»Als wir neulich vor Ihrem Haus standen, haben Sie in den Himmel gezeigt und über Chemtrails gesprochen. Das sind alles harmlose Kondensstreifen und deren Form ist abhängig von der Flughöhe, den Wetterbedingungen, der Feuchtigkeit und noch einigen anderen Faktoren. Alles Zufallsfaktoren übrigens.«

»Kein Zufall«, sagte Marian Brugger, und Tanner konnte wieder jenes Lächeln beobachten, das nur jemand zeigt, wenn er ein Wissen zu haben glaubt, über das sonst niemand verfügt. Dann wurde Marians Stimme wieder schrill und laut. »Finstere Mächte sind am Werk, die vorhaben, die Menschheit zu vergiften. Die weltweite Massenvernichtung hat bereits begonnen. Unser Wetter wird ferngesteuert und als Waffe gegen die Menschheit eingesetzt.«

Kein Gegenargument möglich. Tanner zuckte mit den Schultern. Irgendwo hatte er gelesen, dass man drei Möglichkeiten unterscheiden kann, wie Menschen reden, entweder sachlich, emotional oder meinungsbezogen. Welcher Typ war nun Herr Brugger? Eher dumm-emotional. Tanner gähnte verstohlen. Die Müdigkeit ergriff wieder stärker Besitz von ihm. Schon seit Minuten fühlte er sich in einem verschwörerischen Dunstkreis gefangen. Aber er hatte Paula versprochen, das *esoterische Dummzeug* nicht flegelhaft zu kommentieren. *Ursula ist für mein Apothekengeschäft wichtig.* Also war er froh, dass Ursulas Partner Peter einen Themenwechsel einleitete. »Der Mord an dem Ultentaler Chefarzt hat uns alle erschüttert. Gibt es bereits neue Erkenntnisse?«

»Nichts Konkretes.«

»Sie haben einen interessanten Job«, sagte Peter. »Leider sind unsere Behörden deutlich weniger engagiert. Es verwundert mich nicht, dass die Polizei immer noch im Dunkeln tappt.«

»Die Polizei sucht intensiv nach dem Mörder des Chefarztes«, sagte Tanner. »Und soweit ich weiß, gibt es bereits Verdächtige.«

»Die Frau von dem Dr. Kurz … diese Marietta … ist doch in Haft«, sagte Peter.

Paula schüttelte den Kopf. »Sie ist wieder in Freiheit.«

»Woher wissen Sie das?«

Tanner hob die Schultern. »Stand gestern in der Zeitung.«

Ursulas Partner sah Tanner nicht an, während er mit ihm redete. Er schaute stets ein wenig zur Seite, so wie ein höflicher Mensch es tat, wenn einem schlecht wurde und man brechen musste.

»Sie hat wohl ein eindeutiges Alibi.« Diesmal gab sich Tanner weniger Mühe, sein Gähnen zu unterdrücken. »Ich muss morgen früh aufstehen«, sagte er laut und blickte unauffällig nach allen Seiten, ob alle seine Worte vernommen hatten. Dann erhob er sich langsam.

ZWANZIG

Es war halb neun Uhr, und Tanner blieb nach dem Läuten des Weckers noch einige Minuten bewegungslos im Bett liegen. Noch ein bis zwei Stunden Schlaf, dachte er, und er wäre für den Tag gerüstet. Das *jahreszeitliche Gleichnis des Lebens* kam ihm in den Sinn, von dem er vor ein paar Tagen in einer Zeitung gelesen hatte. Nach dieser Analogie entsprach der Frühling dem Lebensabschnitt der Kindheit und Jugend, der Sommer stand für die Kraft der frühen Männlichkeit, für Karriere und Partnersuche, der Herbst entsprach dem beginnenden Kräfteverlust des Alters und schließlich der Winter der noch verbleibenden Zeit im Altersheim. Tanner lag ruhig auf dem Rücken und horchte in sich hinein. Er fühlte sich wie Anfang November.

Als er gebückt vor seinem leeren Kühlschrank stand, geschahen zwei Dinge gleichzeitig: Erstens spürte er einen stechenden Rückenschmerz, der ihn in letzter Zeit schon einige Male heimgesucht hatte, und zweitens hörte er sein Handy läuten. Als er das Mobiltelefon nach hektischem Gelaufe durch die ganze Wohnung schließlich im Badezimmer gefunden hatte, vernahm er Paulas Stimme: »Ich bediene bereits seit einer Stunde meine Kunden in der Apotheke. Bist du jetzt erst aufgewacht?«

»Diese Frage beantworte ich ohne meinen Anwalt nicht.«

«Was machst du heute? Als Detektiv brauchst du klare und detaillierte Aktionspläne!«

»Ich fahre ins Eisacktal.«

»Sightseeing oder beruflich?«

»Die Frage ist geschmacklos. Ich treffe mich mit einer Witwe.«

»Tiberio, der Witwentröster.«

»Erich Matteiners Witwe. Ich hoffe, sie kann mir etwas Spannendes berichten. Warum hast du mich eigentlich angerufen?«

»Gerlinde hat sich bei mir gemeldet und will mir etwas vorbeibringen. Etwas, das du dir genau ansehen sollst. Sagt sie.«

»Welche Gerlinde?«

»Gerlinde Carluccia, deine Auftraggeberin. Schon vergessen?«

»Und was will sie mir vorbeibringen?«

»Hat sie nicht verraten. Sie wird dich anrufen. Es könnte wichtig sein. Sagte sie.«

Die nächste Viertelstunde saß er konzentriert am Küchentisch, über ein Blatt Papier gebeugt und übertrug die Dreijahres-Terminachse von der Serviette fein säuberlich auf ein Blatt Papier. Dann verließ er das Haus.

Im Auto legte er eine Scarlatti-CD mit seiner d-Moll-Sonate ein. *Pastorale, Werkverzeichnis K9*, las er auf der CD-Hülle. *Pianist: Glenn Gould.* Tanner mochte Glenn Gould, von dem er eine ganze Sammlung an CDs zu Hause hatte. Er liebte die Mischung aus Prägnanz und Extravaganz, die auf jeder CD genauso deutlich zu hören war wie das versunkene Mitsingen und Summen des Pianisten, manchmal auch dessen leises Sesselknarren.

Tanner hatte drei Leidenschaften: Paula, Südtiroler Wein und klassische Pianomusik, vorrangig gespielt von Glenn

Gould. Welche der drei gerade Vorrang hatte, wechselte von Zeit zu Zeit. Einmal hatte er Paula mitgeteilt, dass sie gerade auf die Nummer zwei gerutscht war. Das war Tanner nicht gut bekommen.

Als er auf der Virglbrücke den Eisack überquert hatte und auf die Brennerautobahn einbog, fühlte er gute Laune in sich hochsteigen. Sein Auto war problemlos angesprungen, und es versprach, ein sonniger Tag zu werden. Schwungvoll, soweit es sein Fiat zuließ, fuhr er die stetig ansteigende Autobahn Richtung Norden. Die Morgensonne beschien die Landschaft links und rechts des Flusstals und die umliegende Bergwelt.

Elvas, das sonnige Dorf am Apfelhochplateau. Die Aufschrift fand er auf der Tafel neben der Tür des Gemeindeamts. Einige Minuten stand er neben seinem Wagen und genoss den Blick auf die Elvaser Köpfe im Vordergrund, die schroffe Bergwelt im Westen und den atemberaubenden Ausblick über die Dächer von Brixen hinweg bis ins Eisacktal.

Als er wieder im Auto saß, sah er, dass eine Nachricht von Schwester Ursula eingetroffen war. Zu ihrem Gespräch von gestern.

Die Unterlagen sind im Kellerarchiv, Tür U18.
Nicht vergessen: Code 4711 ☺

Guggenhausweg Nr. 36 A war ein niedriges, hellgrün gestrichenes Zweifamilienhaus mit einem kleinen Vorgarten, in dem einige halb vertrocknete Blumen ihre braunen Köpfe hängen ließen. Die Haustür stand weit offen und neben dem unteren Klingelknopf las Tanner den Namen C. MATTEINER. Er läutete und betrat, ohne eine Antwort abzuwarten, das schmale Stiegenhaus, wo er auf eine hagere schwarz gekleidete Frau stieß, die vor ihrer Wohnungstür stand.

»Frau Corinna Matteiner?« Keine sehr geistreiche Begrüßung, dachte Tanner. Er hatte in seiner kurzen Laufbahn als Detektiv schon einige Male eine Frau aufsuchen müssen, deren Mann Opfer eines gewaltsamen Todes geworden war. Aber diesmal waren seit der Tat schon zwei Jahre vergangen. Die Frau ist darüber hinweg, sagte er sich. Dennoch war er unsicher, als er das blasse Gesicht mit seinen verhärmten Zügen sah. Langsam ging sie in ihre Wohnung zurück, wo sie stehen blieb und sich zu ihm umdrehte.

»Was wollen Sie von mir?« Eine leise, brüchige Stimme. Dunkle, traurige Augen. Mit einer zeitlupenartigen Armbewegung lud sie ihn ein, weiterzugehen. Er betrat das Wohnzimmer und sah die vielen Pflanzen, die auf dem Boden und auf einem weiß lackierten Regal vor dem breiten Fenster standen, durch das die Sonne ins Zimmer schien. Er kannte die Namen der Blumen nicht, die einen intensiven und unangenehmen Geruch verströmten. An der dem Fenster gegenüberliegenden Wand stand ein Klavier, darauf einige Fotografien und ein unordentlicher Stoß mit Noten.

Corinna Matteiner wartete in der Mitte des Raumes, die Arme um sich geschlungen, den Blick fest auf ihn gerichtet. Dann trat sie einen kleinen Schritt zurück, verunsichert, wie ein ungebetener Gast in ihrer eigenen Wohnung. Sie trug eine schwarze Hose und einen engen, schwarzen Pullover.

Dünn, dachte er, nicht schlank, und die schwarze Kleidung ließ sie noch blasser erscheinen. Sie seufzte und rieb die Hände aneinander, wie um die Kälte aus ihrem Körper zu vertreiben. Von irgendwoher war leise Musik zu hören. Romantik, dachte er, Schumann wahrscheinlich.

»Giuseppe Martucci«, sagte sie und lächelte, so als ob sie seine Gedanken erraten hatte. »Ich mag seine Musik. Klingt wie eine sinnliche Nachtmusik, nicht wahr?« Sie deutete auf einen stabilen Holzsessel mit kurvig geschnitzten Beinen, der vor dem Blumenregal stand. »Setzen Sie sich. Warum sind Sie gekommen? Es geht um Erich, sagten Sie am Telefon. Gibt es etwas Neues?«

Ein neuer Mord ist passiert, dachte Tanner. »Nichts Neues, das Ihren Mann betrifft. Leider.«

Sie setzte sich ihm gegenüber, so nahe, dass sich ihre Knie fast berührten. »Ist das nicht furchtbar? Da wird ein Mann ermordet, ein tüchtiger Arzt, Ehemann und Vater eines fast erwachsenen Jungen, und der Polizei gelingt es nicht, den Mörder zu finden.«

»Deshalb bin ich gekommen.« Tanner holte die Fotografie mit den drei gut gelaunten Männern aus der Tasche und hielt ihr das Bild hin.

»Erich und sein ehemaliger Chef«, sagte sie. »Den dritten habe ich noch nie gesehen. Wer ist das?« Sie zeigte auf Stefano Tappeiner.

»Er ist der kaufmännische Leiter des Krankenhauses im Ultental. Wie gut kannten Sie den Dr. Kurz?«

Sie dachte einen Moment nach. »Ganz zu Beginn, als Erich dort zu arbeiten begann, habe ich ihn einmal gesehen und ein paar Worte mit ihm gewechselt. Er war mir nicht sympathisch.« Wie erschrocken hielt sie die Hand vor den Mund. »Macht mich das jetzt verdächtig?

Aus einem Nebenzimmer klang lauter Rhythmus herüber. Eine Mädchenstimme.

Popmusik. Oder so etwas Ähnliches. Die Frau lächelte und zeigte auf die Wand. »Martin. Mein Sohn. Er wird zwanzig.«

»Was macht er? Beruflich meine ich.«

»Er studiert an der Uni in Bozen.«

»Stammte Ihr Mann aus Südtirol?«

»Wir waren über zwanzig Jahre verheiratet.« Sie sprach so leise, dass sich Tanner etwas vorbeugte, um sie zu verstehen. »Ich bin aus Trient und habe in Wien studiert. Ich wollte Pianistin werden. In Wien habe ich Erich kennengelernt. Dann sind wir zuerst nach Meran und dann hierhergezogen.«

»Ihr Mann wollte weg aus der Privatklinik Sankt Gertraud. Das hat mir jemand erzählt. Hat ihm die Arbeit dort nicht zugesagt?«

»Nicht zugesagt. Ja. Ich glaube, das beschreibt es gut.«

»Was hat ihn gestört, Frau Matteiner? Ging es um die Arbeit, oder kam er mit seinem Chef nicht zurecht?«

»Der Kurz, so habe ich es in Erinnerung, war wohl kein einfacher Chef. Er hat getrunken und war jähzornig. Erich wollte einfach seine Arbeit machen und er wollte sie gut machen, verstehen Sie? Was ein Arzt macht, ist kein Dienst, sagte er immer, sondern eine Zuwendung. Sein Chef hatte wohl eine andere Vorstellung von dem Verhältnis zwischen Arzt und Patient.«

»Ich möchte Ihnen gern eine Zeichnung zeigen, die ich angefertigt habe.« Tanner holte das Blatt hervor, auf dem

die drei Morde auf einem Zeitstrahl nebeneinander einge-
tragen waren.

»Was ist das?« Sie sah ihn an, dann las sie laut vor: »Tod
Dr. Erich Matteiner, Anästhesist, 2. September vor zwei
Jahren.« Als sie wieder den Kopf hob, hatten sich ihre Au-
gen mit Tränen gefüllt. »Schon zwei Jahre … Ich erinnere
mich genau an den Tag. *Ich habe heute Nachtdienst*, sagte
Erich zu mir.« Sie wischte sich eine Träne von der Wange.
»Es war sein letzter Nachtdienst. In der Früh kam der An-
ruf, dass man ihn gefunden hat. Es ist so furchtbar. Ich habe
es bis heute nicht überwunden.« Wieder füllten sich ihre
Augen mit Tränen.

»Ich verstehe sehr gut, dass Ihnen das sehr nahe geht.
Und glauben Sie mir, Frau Matteiner, ich bin auf Ihrer
Seite, und ich werde den Mörder finden, der Ihren Mann
auf dem Gewissen hat. Mir fehlen nur noch einige wenige
Teile in diesem Puzzle. Einer dieser Bausteine betrifft diese
Zeilen, die Ihr Mann an das andere Mordopfer gerichtet
hat.«

Sie glättete das Papier und las: »Seien Sie vorsichtig.
Man verfolgt mich. Und ich glaube, sie haben es auch auf
Sie abgesehen. Ich melde mich. Aber nicht am Telefon. Dr.
Erich Matteiner.«

»Diese Botschaft … an wen war sie gerichtet? An die
hier?« Sie zeigte auf Tanners Zeichnung.

»Ja. Hedwig Pammer. Kannten Sie die Frau?«

»Nein.« Ihre Augen waren glasig und ihr Gesicht gerötet.
»Was glauben Sie, was eine Frau denkt, wenn sie gerade erfährt, dass ihr Mann einer anderen Frau Briefe geschrieben
hat?«

Dass dieses Briefchen einen falschen Eindruck erwecken könnte, hätte er sich denken können. Tanner, du bist ein Depp. »Keine Fehlschlüsse ziehen«, sagte er rasch. »Diese Frau Pammer war Hebamme in der Klinik und zwanzig Jahre älter als Ihr Mann. Sie waren Kollegen und nichts weiter. Hedwig wurde am 2. September vorigen Jahres ermordet.«

»Mörder unbekannt?«

»Mörder unbekannt.«

Sie fuhr mit dem Finger die Zeitachse entlang. »Dreimal 2. September. Was bedeutet das?«

Tanner beugte sich vor. »Ich hatte die leise Hoffnung, das von Ihnen zu erfahren. Verraten Sie mir nur eines: Warum hat Ihr Mann seine Stellung in der Klinik St. Gertraud aufgegeben? Das hatte doch einen Grund.«

Sie zupfte sich an der Nase und schüttelte den Kopf. »Ich weiß nicht, was Sie meinen.« Dann schob sie ihm den Zettel hinüber. »Da! Nehmen Sie das zurück. Ich will das alles nicht mehr sehen.«

Sie weiß was, dachte Tanner. Aber sie sagt es nicht. Er war sicher, dass sie log.

»Eine andere Frage. Hatte ihr Mann Feinde?«

»Jeder hat welche. Sie nicht?«

»Hat Ihr Mann über irgendwelche außergewöhnlichen Dinge gesprochen, die ihm aufgefallen waren oder über die er sich Sorgen gemacht hat? Oder geärgert hat? Über seinen Chef zum Beispiel?«

Sie schüttelte langsam den Kopf. »Besonders sympathisch war er ihm sicher nicht. Aber ist das nicht bei jedem Chef so?«

»Frau Matteiner, fällt Ihnen sonst noch etwas ein, was mir oder uns weiterhelfen könnte? War irgendetwas anders als sonst?«

»Wann?«

»Bevor das passierte ... das mit Ihrem Mann.«

Einige Augenblicke saß sie ihm stumm gegenüber und dachte nach. Plötzlich hellte sich ihr Gesicht auf. »Da war ein Mann!« Ihre Stimme war laut geworden, und sie streckte den Arm aus und zeigte zum Fenster. »Da war ein Mann am Fenster. Das muss ein oder zwei Tage vorher gewesen sein, denn ich habe Erich davon erzählt. Von dem Mann, meine ich. Ich war allein zu Hause. Es war schon dunkel, und plötzlich erschien das Gesicht am Fenster.«

Es war, als ob Tanner abrupt in einen anderen Zustand geschaltet wurde. Mit einem Schlag war er hellwach.

»Der Mann am Fenster ... kannten Sie ihn?«

»Es ist alles so lange her. Ich bin aufgesprungen, hab mich aber nicht getraut, zum Fenster zu gehen. Die Scheibe war schwarz, nur ein paar Reflexe von den Straßenlampen draußen ... Ich dachte schon, ich hätte mich geirrt, aber da war das Gesicht wieder. Die Augen, die mich anstarrten. Wenige Augenblicke nur.«

Frau Matteiner war aufgesprungen und stand zitternd vor ihm. Wie eine Schauspielerin kam sie ihm vor, die für ihn die Szene nachspielte. Er beschloss, seine Fragen für später aufzuheben und ihren Bericht nicht zu unterbrechen.

»Ich habe meinen ganzen Mut zusammengenommen und bin zum Fenster.«

»Haben Sie es geöffnet?«

»Pfff … so weit hat mein Mut doch nicht gereicht. Ich habe mich seitlich hingestellt und habe hinausgeschaut. Doch da war niemand mehr. Der Vorgarten war leer und auch der Gehsteig. Unsere Straßenlampen geben genügend Licht und ich dachte, dass der Mann rasch weggelaufen sein muss. Sonst hätte ich ihn gesehen.« Sie atmete geräuschvoll aus und setzte sich wieder ihm gegenüber.

»Kein Irrtum möglich?«

»Hören Sie, ich wirke manchmal etwas verschreckt, bin aber intellektuell in der Lage, mich auf meine Sinneseindrücke verlassen zu können. Außerdem bin ich praktisch veranlagt und selten so betrunken, um ein Männergesicht am Fenster mit dem Vollmond zu verwechseln.«

»Worüber regst du dich über den Typen so auf? Soll ich ihn rauswerfen?«

Tanner drehte sich um und sah einen jungen Burschen, der das Zimmer betreten hatte.

»Es ist alles in Ordnung, Martin«, sagte sie und zu Tanner gewandt: »Das ist mein Sohn.« Nach einigen Augenblicken fügte sie hinzu: »Martin hing sehr an seinem Vater.«

Der junge Bursche war unrasiert und hatte struppige, hellbraune Haaren. Er trug eine senffarbene Cordhose und ein blaues, bis weit auf die Brust offenes Jeanshemd. Leicht vorgebeugt und mit verschränkten Armen saß er dann neben seiner Mutter. Wie ein Aufpasser.

»Guten Tag, Herr Matteiner«, sagte Tanner und lächelte den jungen Mann so lange an, bis er sich verpflichtet fühlte, zurückzulächeln. Wenn auch etwas schmallippig.

»Was wollen Sie von meiner Mutter?«

»Ich untersuche den Mord an Ihrem Vater.«

»Dio bono! Die Herren Polizisten hams net gneatig. Mein Vater ist jetzt zwei Jahre tot.«

»Ihre Mutter hat gerade von dem Mann erzählt, der beim Fenster hereingeschaut hat. Haben Sie den auch gesehen?«

»Ich war damals nicht zu Hause.«

»Darf ich fragen, was Sie studieren?«

»Logistik und Produktion.«

»Uni Bozen?«

Er nickte. Tanner wandte sich wieder der Frau zu. »Der Mann am Fenster ... Sie haben sein Gesicht gesehen. Und die Augen, die Sie anstarrten. Kann ich daraus ableiten, dass Sie den Mann wiedererkennen würden?«

»Ich glaube ja. Es war zwar dunkel ... aber ja, ich glaube, ich würde ihn wiedererkennen.«

»Das ist eine wichtige Aussage.«

»Wir haben vom Tod dieses Arztes in der Zeitung gelesen. Dr. Bruno Kurz. Wir wissen auch, wann der Mord passiert ist«, sagte der Sohn.

»Auch ein zweiter September«, ergänzte seine Mutter.

»Waren Sie während dieser Zeit zu Hause?«

»Ich war den ganzen Tag an der Uni. Übungen und Vorlesung. Ich weiß sogar, welche. Supply Chain Management. Professor Zwerner. Reicht das als Alibi?«

Tanner lächelte. »Sie wissen natürlich, dass es nicht reicht.«

»Zwei Jahre nach dem Tod meines Vaters und kein Hinweis auf den Täter. Das ist ein Skandal.«

»Ich gebe Ihnen recht. Nur wenn Sie mich kritisieren, treffen Sie den Falschen.« Mit der Hand wies er auf die Frau. »Ich habe es Ihrer Mutter schon am Telefon erklärt:

Ich bin Detektiv und beschäftige mich erst seit Kurzem mit dem Fall.«

»Detektiv … Das muss ein furchtbarer Beruf sein.« Er verzog das Gesicht zu einer krampfhaften Grimasse.

»Wissen Sie, junger Mann, ein Detektiv ist ein Job wie jeder andere auch. Manchmal spannend, manchmal langweilig. So wie der Beruf eines Supply Chain Managers.«

Tanner drückte dem jungen Mann eine Visitenkarte in die Hand. »Rufen Sie mich an. Sie wissen schon … wenn Ihnen noch etwas einfällt.«

Ein nachdenklicher Blick Martins folgte Tanner bis zur Tür.

EINUNDZWANZIG

Es war noch sehr früh, als der Wecker den Versuch startete, Tanner wach zu bekommen. Verschlafen trottete er schließlich barfuß ins Badezimmer, wo er sich überwand, einen Blick in den Spiegel zu werfen. Ein Mann blickte ihm in die Augen, der offenbar seine ganze Begabung dafür einsetzte, dass man ihm sein Alter ansah. Als er begann, die Falten unter den Augen genauer zu betrachten, brach er den Vorgang angewidert ab. Keine Details.

Nach dem Duschen stand er einige Augenblicke vor dem Kleiderschrank, wo er sich an die Vergangenheit erinnerte, als er sich früher an dieser Stelle stets gefragt hatte, was er anziehen soll und welche Hose zu welchem Sakko und welche Krawatte zu welchem Hemd passt. Seit er nicht mehr bei Fiat arbeitete, waren diese Zeiten vorbei. Er nahm eine der zahlreichen Jeans, ein weißes Hemd sowie eines der vielen mitternachtsblauen Sakkos aus dem Schrank. Passt immer. Krawatten gab es für ihn schon lange nicht mehr. Als er nicht ganz freiwillig vor zwei Jahren aus seinem Beruf gedrängt wurde, hatte er am nächsten Tag seine gesamte Krawattensammlung in den Müll geworfen. Numquam focale!

Er trottete in die Küche, um das Geschirr in die Spülmaschine zu räumen, das Paula von ihrer Frühstücksorgie stehen gelassen hatte. Das entsprach ihrer Verabredung. Er kümmerte sich um das Geschirr und erkaufte sich dadurch das Recht, noch eine Weile im Bett zu bleiben, während sie bereits seit den frühen Morgenstunden in ihrer Apotheke Kunden gesund machte.

Er stand gerade an der Espressomaschine, als sein Telefon klingelte und er die überraschend gut gelaunte Stimme Gerlinde Carluccias vernahm. Am Rande einer leichten Panik startete er sofort die Überlegung, wann er sich zuletzt bei ihr gemeldet hatte.

»Gibt's was Neues?«, fragte sie, immer noch in gut gelauntem Timbre.

»Allerdings. Bei unserem letzten Gespräch versprachen Sie mir, die alten Unterlagen Ihrer Mutter zu durchforsten. Und ich warte immer noch auf ein Ergebnis. Was gibt's?«

»Ich habe das blaue Band gefunden. Das hatte ich fast vergessen.«

»Das blaue Band bekommt man für die schnellste Atlantiküberquerung. Haben Sie daran teilgenommen?«

»Wenn Sie nicht der Partner meiner Kollegin Paula wären, würde ich sagen: Se san a Hiasl.«

»Davon bin ich weit entfernt. Was ist nun mit dem blauen Band?«

»Ich hatte es ganz vergessen und gestern abend beim Aufräumen wiedergefunden. Meine Mutter hatte es am Handgelenk, als man ihre Leiche fand. Eine schreckliche Erinnerung. Ich weiß nicht, wie ich das vergessen konnte.«

»Sigmund Freud wusste es. Wir Menschen sind hervorragende Verdränger. Besonders wenn es sich um unangenehme Nachrichten handelt. Paula erzählte mir gestern, dass Sie ihr etwas vorbeibringen wollten. War es das?«

»Ich hatte in Bozen zu tun und habe das Stoffband in Paulas Apotheke abgeliefert.«

Wie ein Film begann vor seinem inneren Auge eine Szene abzulaufen, in der er starr vor dem leblosen Körper des Chefarztes stand. Zuerst bewusstlos geschlagen und danach erdrosselt. Hatte die Leiche des Dr. Kurz nicht auch ein Stoffband um das Handgelenk geschlungen? Die Frage hatte er an Maurizio weitergegeben, als sie beim Wein in Margreid zusammensaßen, aber noch keine Rückmeldung erhalten.

»Sind Sie noch da?«

»Sorry. Mir ist gerade etwas eingefallen.«

»Ich hoffe, etwas Gutes. Ihre bisherigen Gedanken waren jedenfalls nicht sehr zielführend. Halten Sie mich auf dem Laufenden.«

Tanner stand immer noch vor der Espressomaschine und lauschte dem Tuten des Handys, nachdem sie aufgelegt hatte. Seine Gedanken liefen zurück zu der Leiche des Arztes, die ein wenig gekrümmt auf dem Bett lag, beide Arme von sich gestreckt. Wie der gekreuzigte Christus. Er erinnerte sich dunkel an das Stoffband am Handgelenk der Leiche. War es schwarz? Oder grün? Er warf zwei Zuckerstücke in den Kaffee, der in der Zwischenzeit lauwarm geworden war, kramte sein Notizbuch hervor und setzte sich auf die Küchenbank.

*

Der Anruf, den Tanner bekam, als er gerade die Haustür von außen zusperrte, war einer der Gründe, warum sein Tag völlig anders verlief, als er ihn geplant hatte.

»Hier ist Martin Matteiner. Können wir uns treffen?«

»Warum?«

»Ich weiß etwas, das Sie vielleicht auch wissen möchten.«

»Wo und wann?«

»Ich sitze in einer Stunde in der Mensa der Uni in Bozen. Passt das für Sie?«

»Sie haben Glück«, sagte Tanner in einem Tonfall, der zwischen wohlwollend und herablassend lag. »Ich kann zwei andere Termine verschieben. Wo finde ich die Mensa? Am Universitätsplatz?«

»Genau. Im Erdgeschoss des Hauptgebäudes. Direkt neben der Unibar. In einer Stunde.«

Vom Gscheibter-Turm-Weg fuhr er die steile Straße ins Tal hinunter und bog, das Restaurant Rastbichler vor Augen, nach rechts in die Sarntaler Straße ab. Als er im Kreisverkehr beim Siegesplatz auf die Quireiner-Straße einbog, stand er schon im Stau.

Die Talfer trennt die Altstadt, wo die Menschen in gotischer Architektur wohnen, von den neoklassizistischen Bauten im Stil des Römischen Reichs. Diesen Satz hatten sie in der Schule so oft lesen müssen, dass er ihn heute noch auswendig zitieren konnte. Die deutsche Altstadt und die italienische Neustadt mit dem protzigen Denkmal, das Mussolini in den zwanziger Jahren bauen ließ als Kulturbotschaft der Italiener an die Tiroler. So wie Missionare, die den Eingeborenen bunte Glasperlen als Geschenk darbrachten.

Fünf Minuten zu spät betrat er das Hauptgebäude der Universität, und spontan beschlich ihn das Gefühl, sich in einer Welt zu befinden, die nicht mehr die seine war.

Hübsche Studentinnen grinsten ihn mit ironischen Blicken an, die auf den Gängen dahin flanierenden Studenten musterten ihn überheblich und wischten auf ihren Handys herum. Etwas verlegen überlegte er, wie deren Reaktion ausgefallen wäre, wenn er, die Mütze verkehrt auf dem Kopf, mit dem Skateboard den breiten Flur entlanggebraust käme. Er dachte den Gedanken aber nicht zu Ende.

Die Uni-Mensa war ein riesiger Saal mit Hunderten Tischen und gefühlten tausend jungen Menschen. Es war heiß und laut in dem Raum. Er blieb in der offenen Tür stehen und suchte mit seinem Blick nach Martin, den er schließlich an einem der Tische beim Fenster entdeckte.

Martin Matteiner sah aus wie gestern: Unrasiert, struppige Haare und er trug dasselbe blaue Jeanshemd zur senffarbenen Cordhose wie gestern.

»Danke, dass Sie so rasch kommen konnten. Für mich wäre es schwieriger gewesen. Ich habe kein Auto.«

Martin wies mit der Hand zu der gläsernen Theke, die sich durch den halben Raum zog. »Möchten Sie etwas trinken? Es gibt gute Sachen hier in der Mensa. Alles ohne Alkohol.«

Tanner schüttelte den Kopf. »Sie wüssten etwas, das ich wissen sollte. Das waren Ihre Worte am Telefon. Machen wir's kurz. Worum geht es?«

Der junge Mann griff zu seiner dicken, offenbar gut gefüllten Schreibmappe, aus der er zielsicher einen Zettel herauszog.

»Um nichts zu vergessen«, sagte er grinsend und hielt unnötigerweise den Zettel in die Höhe. »Also … ich komme ohne lange Einleitung gleich zur Sache. Die Geschichte, die ich Ihnen erzählen werde, ist vor ziemlich genau vier Jahren passiert und handelt von einem jungen Mädchen und einem gewissen Dr. Bruno Kurz, der damals schon Chefarzt und Inhaber der Privatklinik Sankt Gertraud war.«

Tanner lehnte sich entspannt zurück und lauschte konzentriert, während er den jungen Mann beobachtete, der einen etwas nervösen Eindruck machte.

»Wie gesagt, vor vier Jahren war es, da hat der Dr. Kurz ein junges Mädchen kennengelernt … irgendwo in einer Bozner Disco. Sie stammte von einem Bauernhof im Unterland ab und fühlte sich so sehr von dem Typen beeindruckt und geschmeichelt, dass sie kurz darauf schwanger war. Der Kurz wusste das mit der Schwangerschaft. Der Schuft. Aber er war für das Mädchen plötzlich nicht mehr erreichbar. Wie vom Erdboden verschwunden.«

»Und was hat das Mädchen dann unternommen?«

»Die hat das Kind abgetrieben. Bei einer Engelmacherin. Die findet man bei uns noch hier und dort. In den Dörfern. Jedenfalls lief die Abtreibung schief, und das Mädchen wäre fast gestorben. In den folgenden Wochen und Monaten hat Pietro versucht, den Kurz zu erreichen.«

Tanner hob die Hand. »Pietro? Wer ist das?«

»Der Bruder des Mädchens. Schriftlich, telefonisch hat er's versucht. Und schließlich ging er zur Polizei und hat den Arzt angezeigt. Aber ohne Konsequenzen. *Er hat es sich richten können*, haben die Leute gesagt. Ein paar Tausender hier und ein paar Tausender da. So ist das damals gelaufen. Vor vier Jahren.«

»Hat das Mädchen, ich meine die, die das Kind verloren hat, auch Geld von dem Arzt bekommen? Schweigegeld sozusagen?«

»Ich glaube nicht.«

»Wie geht es dem Mädchen heute?«

»Beschissen. Psychische und physische Spätfolgen, nennen das die Ärzte. Sie leidet unter Depressionen und hat bereits zwei Selbstmordversuche hinter sich. Zurzeit ist sie wieder in ihrer Alkohol- und Drogenphase. Dazu kommt, dass sie ständig unter Entzündungen und Blutungen leidet. Außerdem kann sie nie Kinder bekommen.«

Tanner hatte sich ein paar Notizen gemacht. Er hob den Kopf und sah den Jungen an. »Das mit der verunglückten Schwangerschaft ist vor vier Jahren passiert, nicht wahr? Angenommen, das Motiv für den Mord an dem Arzt hängt direkt mit der Geschichte, die Sie mir erzählt haben, zusammen. Dann gibt es also einen Unbekannten, der es dem Arzt heimzahlt und ihn tötet, aus Rache für das schäbige Verhalten dem Mädchen gegenüber. Ich frage mich nur, warum dieser Unbekannte mit der Rache vier Jahre wartet. Verstehen Sie?«

»Das ist tatsächlich eine gute Frage. Sie sind doch der Detektiv. Fragen Sie sich zum Beispiel, warum mein Vater vor zwei Jahren umgebracht wurde. Und jetzt der Dr. Kurz. Warum zwei Jahre Zeitabstand? Vielleicht ist aber auch der Täter ein ganz anderer. Soweit ich weiß, glaubt auch die Polizei an die Theorie, dass die Morde nichts miteinander zu tun haben. Vergessen Sie einfach alles wieder, wenn Sie meine Story nicht interessiert. Es war nicht meine Absicht, Ihnen eine fertige Lösung oder einen Täter zu präsentieren. Ich wollte Ihnen nur eine Geschichte erzählen.«

»Wissen möchte ich, warum Sie mir diese Geschichte erzählen. Verdächtigen Sie das Mädchen? Oder ihren Bruder?

Hat dieser Pietro den Dr. Kurz umgebracht? Aus Rache dafür, was er seiner Schwester angetan hat?«

Martin tat, als ob er einige Sekunden nachdächte, während er wie geistesabwesend vor sich hinstarrte. Dann schüttelte er den Kopf. »Sagte ich doch schon. Ich verdächtige niemanden. Ich erzähle Ihnen Fakten. *Die Welt ist alles, was der Fall ist.* Das schreibt ein bekannter österreichischer Philosoph in seinem Buch. Und dasselbe mache ich mit Ihnen. Fakten. Keine Anschwärzung. Und auch keine Beschuldigung.«

»Die Welt ist alles, was der Fall ist«, wiederholte Tanner. »Das stammt von Wittgenstein. Lernt man das im Studium der Logistik und Produktion?«

Es war heiß in dem Raum und Tanners Kehle war ausgetrocknet. Er holte sich ein Mineralwasser aus dem Getränkeautomaten, der in der Nähe ihres Tisches stand.

»Ich habe noch eine Frage«, sagte er, nachdem er die Hälfte der Flasche leer getrunken hatte. »Woher wissen Sie das alles? Das mit dem Mädchen und diesem Pietro?«

»Pietro Bertolotti. Er ist ein Studienkollege von mir.«

»Ich würde gern mit ihm reden.«

»Das dachte ich mir. Ich gebe Ihnen seine Telefonnummer. Aber Sie müssen mir versprechen, diskret zu sein.«

»Was meinen Sie damit?«

»Kein Wort zu ihm, dass Sie die Geschichte von mir haben.«

»Und was soll ich ihm sagen, woher ich die Story kenne?«

»Keine Ahnung. Sie sind der Detektiv.«

»Ich frage mich zwar, warum ich diskret sein soll, wie Sie es nennen, aber ich verspreche es.«

Martin kritzelte die Telefonnummer auf einen Zettel und schob ihn zu Tanner herüber.

»Herr Matteiner, ich wollte Sie noch etwas zu Ihrem Vater fragen. Hatte er Feinde? Soweit ich erfahren konnte, war er als Anästhesist geschätzt und im Krankenhaus beliebt.«

Der Junge verzog sein Gesicht. »Beliebt? Bei mir weniger. Möglicherweise war er ein guter Arzt. Ein guter Vater war er nicht.« Er sah auf die Uhr und sprang auf. »Ich muss in die Vorlesung.«

»Noch einen Moment.« Tanner winkte ihm, sitzen zu bleiben. Er überflog die paar Zeilen, die er in sein Notizbuch geschrieben hatte. Dann fiel ihm ein, was er ihn zu fragen vergessen hatte.

»Das Mädchen«, sagte er. »Die mit der Schwangerschaft. Sagen Sie mir noch den Namen der jungen Dame.«

»Rebecca«, sagte Martin. »Rebecca Bertolotti.«

*

Tanner blieb noch eine Weile in der Mensa sitzen; es dauerte nicht lange, bis seine Nase den Geruch nach Gebratenem und Gebackenem registrierte. Mit Hunger im Magen kann man nicht arbeiten, sagte er sich und sah sich um. Erst jetzt fielen ihm die blau geschwungenen Muster an den Wänden auf, die wie riesige Wasserwellen aussahen, so dass er das Gefühl bekam, sich in einem Hallenbad aufzuhalten.

Eine Minute später stand er inmitten einer Studentenschlange, die sich schrittweise an der Selbstbedienungstheke vorbeibewegte. Nur eine Kleinigkeit. Er angelte sich zwei Speckbrote, eine Suppe mit Schüttelbrot und dazu eine Extraportion Kaiserschmarren. Zur Magenberuhigung. Vielleicht sollte er noch ein Glas Wein nehmen. Nein. Keinen Wein. Er erinnerte sich an die Worte Martins von vorhin: *Es gibt gute Sachen hier in der Mensa. Alles ohne Alkohol.* Die raumhohe Espressomaschine an der Wand, die wie eine unter Dampf stehende Lokomotive wirkte, beeindruckte ihn so sehr, dass er noch einen großen Cappuccino auf sein Tablett stellte.

»Was kostet das?«, fragte er die grauhaarige Frau hinter der Kasse, die ihn langsam von oben nach unten musterte. Wie in einem Ganzkörper-Screening.

»Bei uns dürfen nur Studenten essen. Sind Sie einer?«

Tanner nickte eifrig. »Ich gehöre zur ersten Charge des Seniorenstudiengangs *Philosophie für Anfänger.* Was macht das?« Er drückte der Frau einen Zehn-Euro-Schein in die Hand und machte sich aus dem Staub.

Paulas Anruf erreichte ihn, als er gerade in sein Auto kletterte, und als er ihre Stimme hörte, die vor Aufregung bebte, wusste er, dass etwas Schreckliches passiert war.

»Wo bist du, verdammt nochmal?«

»Warum *verdammt nochmal*? Ich bin am Uni-Parkplatz in Bozen. Was ist los?«

»Ursula hat versucht, dich zu erreichen, doch du gehst nicht ans Telefon.«

»Mein Handy lag hier im Auto. Was ist los?«

»Ursula war völlig außer sich. Nachdem sie ihren Peter und auch dich nicht erreichen konnte, hat sie mich angerufen. Ich bin so froh, dass du endlich dein Telefon abhebst.«

»Sag mir endlich, was los ist.«

»Jemand bedroht sie. Ihre Stimme klang gehetzt. Sie hat Angst, sagte sie.«

»Angst? Vor was? Oder vor wem?«

»Ich habe keine Ahnung. *Da ist jemand*, rief sie. Und dann: *Man bedroht mich.* Sie konnte vor Angst kaum sprechen. Du musst zu ihr hinfahren. Rasch.«

»Ist sie in ihrem Haus?«

»Fahr hin! Schnell!«

Schon oft hatte sich Tanner in einer solchen Situation gewünscht, dass sein kleiner Fiat mit Blaulicht und Sirene ausgestattet war. Kraftvoll trat er das Gaspedal bis zum Anschlag durch und donnerte die Dantestraße hinunter. Die Häuser flogen an ihm vorbei, er bremste, nahm quietschend die enge Kurve in die Marconistraße, die ihn zur Virglbrücke führte, auf der er den Eisack überquerte. Die Ampel war außer Betrieb. Wer hat hier Vorrang?

Auf der Staatsstraße stieg er wieder aufs Gas, worauf das Getriebe wie eine Kiesmühle krachte, bis der Wagen mühsam beschleunigte.

Als er fast eine halbe Stunde später die SS 38 verließ, kurbelte er das Seitenfenster herunter, und warme, trockene Luft strömte ins Wageninnere. Am Ortsausgang von Gratsch klammerte er beide Hände um das vibrierende Lenkrad und raste auf die Kreuzung zu, ab der sich ein wirres Straßenknäuel wie ein Spinnennetz über die Berghänge erstreckte, die sämtlich den Namen Laurinstraße trugen. Ab hier kannte er den Weg zu Ursulas Haus.

Während des Einparkens warf er einen Blick auf ihren

Bungalow, der wie das Nachbarhaus der Bruggers still und verlassen dalag. Mit Riesenschritten erreichte er Ursulas Haustür, die verschlossen war. Er drückte den Klingelknopf und vernahm das Bimmeln hinter der Tür. In seinen Ohren ein aufgeregt hektischer Klingelton. Noch einmal presste Tanner seinen Daumen auf den Knopf und ließ die Klingel seine ganze Aufregung durch das Hausinnere schrillen. Nichts. Keine Reaktion.

Rechts von der Eingangstür lehnte sich ein niedriger Anbau gegen das Haus. Wahrscheinlich die Garage. Er ging um den Anbau herum, bis er vor einem kleinen Fenster stand, das dreckig und mit Spinnweben verhangen war. Trotz der Dunkelheit in der Garage konnte er Ursulas Renault ausmachen. Sie war also zu Hause. Zumindest nicht mit dem Wagen weggefahren.

Bevor er um das Haus herumging, drückte er noch einmal zweimal auf den Klingelknopf, doch es meldete sich niemand. Seine Schuhe knirschten auf dem schmalen Kiesweg, der in den hinteren Teil des Gartens führte. Er stellte sich auf die Zehenspitzen und sah in die beiden gartenseitigen Zimmer, in denen kein Licht brannte. Nur in dem hintersten Raum bemerkte er ein schwaches, rötliches Licht. Was war das? War da jemand im Haus? Über den niedrigen Zaun hinweg machte er einen Rundblick durch den verwilderten Garten mit dem kleinen Teich in der Mitte, an dessen Rand ein verwitterter steinerner Engel saß, der die Arme vor der Brust gekreuzt und traurig den Blick gesenkt hatte.

Im Hintergrund war die zur Hälfte überwucherte Terrasse zu sehen, auf der sie gemeinsam mit dem Ehepaar Brugger zu Abend gegessen hatten. Alles wirkte sehr verlassen.

Selbst der Rasen machte heute einen verdorrten Eindruck. Zwei Meter neben der Veranda stieß er auf eine vermooste Außentreppe, die zu einer Eisentür führte. Vorsichtig stieg er die rutschigen Stufen nach unten. Wie der vordere Eingang war auch diese Tür fest versperrt. Verdammt. Was war hier los? Zuerst nach Hilfe rufen und dann alle Haustüren verschließen. War das logisch? *Man bedroht mich. Da ist jemand*, hatte Ursula zu Paula am Telefon gesagt. Was war los in dem Haus? Tanner ahnte Schlimmes und mochte den Gedanken nicht zu Ende denken.

Er ging in die Knie und begutachtete das Schloss, das genauso abgenutzt und alt war wie das gesamte Haus. Er schnaubte verächtlich. Das Schloss würde kein ernsthaftes Hindernis darstellen. Es war deutlich simpler als beim vorderen Zugang.

Er lief zum Auto zurück und holte sein Spezialbesteck aus dem Handschuhfach. Jetzt zahlte sich die handwerkliche Ausbildung aus, die er bei Josef, seinem Neffen, genossen hatte. Josef, den alle Sepp nannten, ging in St. Martin im Passeiertal dem Beruf eines Schlossers nach.

Tanner ging vor dem Schlüsselloch in die Hocke und schaute die Stiege hinauf. Niemand zu sehen. Bereits der dritte Versuch mit dem kleinsten Dietrich war erfolgreich. Er brauchte genau vierzig Sekunden, um das antiquierte Schloss zu knacken. Die Tür war allerdings nicht verschlossen, sondern nur eingeschnappt gewesen. Noch einmal blickte er nach oben. Von der Straße war nichts zu hören, vom Nachbarhaus der Bruggers gab es kein Lebenszeichen. Keine neugierigen Augen aus den Fenstern. Keine Schritte von Straßenpassanten. Keine vorbeifahrenden Autos.

Eine imposante Waschmaschine stand wie ein Wächter im Halbdunkel des Kellerflurs, aus dem kühler Luftstrom über ihn hinwegblies. Irgendwo musste eine Tür offen stehen. Das nächste Zimmer sah wie ein Hobbyraum aus. Neben dem Werktisch stand ein Fitnessrad. Neue Erkenntnis, dachte Tanner: Schwester Ursula tritt in ihrer Freizeit in die Pedale.

Er versuchte, sich den Grundriss des Erdgeschosses in Erinnerung zu rufen, aber es gelang ihm nicht. Für ihn überraschend entdeckte er hinter einigen verwinkelten Nischen eine schmale Treppe, die vom Keller nach oben führte. Leise Musik war zu hören, die lauter wurde, je weiter er nach oben stieg. Eine Altstimme. Umrahmt von einem Chor. Tanner erkannte die Sängerin nicht, aber er wusste, dass es sich um eine Oper von Vivaldi handelte. Wahrscheinlich *Orlando furioso*, eine der frühen Opern Vivaldis. Oben angekommen fand er sich in dem hellen Flur wieder, der von gartenseitigen Fenstern Licht bekam. Hier war er bereits zweimal gewesen. Ein unangenehmer Geruch lag in dem schmalen Raum, der mit jedem Schritt Richtung Wohnzimmer intensiver wurde. Er hatte sich für einigermaßen widerstandsfähig gehalten, aus unerfindlichen Gründen begannen aber die Speckbrote und der Kaiserschmarren in seinem Magen zu rebellieren. Die Tür zum Wohnzimmer stand halb offen. »Hallo«, rief er laut und trommelte mit der Faust gegen die Tür. Er betrat den Raum und blieb überrascht stehen. Großer Gott! Das gesamte Zimmer war ein einziges Chaos. Es sah aus, als hätte eine Bombe eingeschlagen. Fassungslos sah er sich um und kam erst nach einigen Schrecksekunden auf die Idee, zu überprüfen, wo sich Ursula befand. Zweimal rief er laut ihren Namen. Keine Antwort. Er ging in kleinen Schritten rückwärts, stieg über die aufgeschlitzten Matratzen, die jemand aus dem Schlafzimmer hierher geworfen hatte. Die Schrankwand war brutal in Stücke geschlagen, und tiefe Einschnitte im Holz zeigten ihm, dass hier jemand mit einer scharfen Axt am Werk gewesen sein musste. *Man bedroht mich. Da ist jemand.*

Inmitten des Chaos stand der Plattenspieler, der auf automatische Wiederholung eingestellt war und ununterbrochen Bradamantes jubilierende Arie »Se cresce un torrente« spielte. Auch eine blutige Geschichte über Rache. Und einen geplanten Mord.

Tanner warf einen Blick in die Küche, in der neben einem Berg aus zerbrochenen Töpfen und Tellern zwei brutal aufgeschlitzte Polstersessel lagen. Im Badezimmer funktionierte das Licht nicht, und aus dem kleinen, dunklen Raum kam der bestialische Gestank, der ihm fast den Atem raubte und der ihm vorher bereits aufgefallen war. Durch die Ritzen der heruntergelassenen Jalousien fielen schräge Lichtstrahlen auf die Badewanne, in denen Staubteilchen flimmerten. Er zog den Rollladen ein Stück nach oben und taumelte einen Schritt zurück. Der Anblick von Ursulas Leiche, die verkrümmt in der Badewanne lag, ließ ihn vor Schreck erstarren. Trübes Tageslicht fiel auf das graue Gesicht, das blutverschmiert war. Ihre durchschnittene Kehle klaffte wie ein riesiger Mund, der zu einem tödlichen Grinsen verzerrt war.

Tanner lehnte sich gegen den Türstock und zwang sich, die schreckliche Szenerie zu betrachten. Plötzlich hatte er das Gefühl, als ob seine ganze Professionalität, die ihn normalerweise in solchen Momenten wie eine Rüstung schützte, von ihm abgefallen war. Er bot seine ganze Willenskraft auf und näherte sich der grausam zugerichteten Leiche. Unter ihrem Körper hatte sich eine schwarz eingetrocknete Blutlache gebildet. Das hellblaue Kleid aus dünnem Stoff war bis zu den Oberschenkeln hochgeschoben. Es kam ihm bekannt vor. Hatte sie nicht dasselbe Kleid bei ihrem gemeinsamen Abendessen im Gasthof St. Moritz getragen?

Er lehnte sich gegen die geflieste Wand und ließ für einige Augenblicke dieses brutale und traurige Bild auf sich wirken. Wie lange mochte sie tot sein? Er rechnete nach, wann in etwa das Telefonat mit Paula gewesen sein könnte. Ursulas Kopf war weit nach hinten geneigt, und der linke Arm hing über den Rand der Wanne. Darunter hatte sich ein großer Blutfleck gebildet, von dem aus eine rotschwarze Blutspur einige Zentimeter weit verlief. Woher kam das Blut? Er starrte auf die über den Wannenrand hängende Hand und sah, dass die Hälfte des Mittelfingers fehlte. Abgetrennt. Mein Gott. Das viele Blut aus der Schnittwunde bedeutete, dass ihr der Finger abgeschnitten wurde, als sie noch lebte. Als sich Tanner aufrichtete, wurde ihm für einen Moment schwarz vor Augen.

Ursulas Körper wies mehrere Wunden auf, und auf dem Kleid zeichneten sich die Einstichstellen als unregelmäßige Flecken ab. Der Mörder hatte durch das Kleid mehrfach auf die Frau eingestochen. Brutal und rücksichtslos. Tanner wollte die Stichwunden nicht sehen und widerstand der kriminalistischen Versuchung, ihr Kleid hochzuschieben, um die Verletzungen zu untersuchen. Wahrscheinlich starb sie an der durchschnittenen Kehle. Das würde die Obduktion ergeben. Wieder fiel sein Blick auf den abgeschnittenen Finger. War sie gefoltert worden, bevor sie der Schnitt durch die Kehle erlöste?

Was bedeutet das alles? Er verließ das Badezimmer und blieb im Flur nachdenklich stehen. *Man bedroht mich. Da ist jemand.* Warum wurde die Frau gefoltert? Um die Herausgabe einer Information zu erpressen? Oder etwas zu bekommen, das Ursula versteckt hielt? Geld? Hatte der Mörder die Information von ihr bekommen oder hatte er gefunden, wonach er suchte? Tanner schüttelte den Kopf. Er war sich höchst unsicher, ob seine Theorie stimmte. Er hatte aber auch keine Lust, nach den Schmuckschatullen der Krankenschwester zu suchen, um zu überprüfen, ob etwas gestohlen worden war.

An der Tür waren keine verräterischen Spuren zu entdecken. Keine Schrammen und keine Kratzer. War da ein professioneller Einbrecher am Werk gewesen? Oder hatte sie dem Mörder die Tür geöffnet?

Es war heiß und stickig im Zimmer. Er öffnete im Wohnzimmer ein Fenster und setzte sich auf die Couch. *Man bedroht mich. Da ist jemand.* Er überlegte, wann er das letzte Mal mit Ursula gesprochen hatte. Er blätterte sich durch den Terminkalender in seinem Handy und stieß auf die Nachricht, die sie ihm gestern zukommen ließ: *Die Unterlagen sind im Kellerarchiv, Tür U18. Nicht vergessen: Code 4711* ☺.

Die Nachricht endete mit einem Smiley. Verdammt! Und jetzt war sie tot. Er kam sich wie ein Versager vor. Und er fühlte sich schuldig. Hunderte Gedanken schossen durch seinen Kopf. Wenn er dies getan hätte … oder das gelassen hätte … Wütend warf er sein Handy neben sich auf die Couch, wo es auf und ab tanzte und dann in einer Polsterritze verschwand.

Ein Blick auf die Uhr zeigte ihm, dass etwa eine Stunde vergangen war, seit er Ursulas Haus betreten hatte. Peter, dachte er. Peter Sartori. Den müsste er jetzt anrufen. Schließlich war er Ursulas Mann. Oder so gut wie. Auf Dienstreise sollte er sein. Ehemänner gehen immer zur falschen Zeit auf Dienstreise. Im Flur fand er ein handgeschriebenes Telefonbüchlein, in dem er weder bei P noch bei S einen Eintrag zu Peter Sartori fand. Wer benutzt heute noch Telefonbücher? Er blickte den Flur entlang und überlegte, ob Ursula wohl ihr Handy bei sich hatte, als der Mörder über sie hergefallen war. Wo bewahrt eine Frau ihr Handy auf? Entweder in der Hose oder in ihrer Handtasche. Er dachte an die blutige Leiche in der Badewanne. Nein. Er verspürte keine Lust, sich auf die Suche nach dem Handy zu begeben. Doch wenigstens die Polizei müsste er anrufen. Zuerst Maurizio verständigen. Tanner wählte seine Nummer, doch der hob nicht ab. Nero De Santis? Tanners Finger weigerte sich, diesen Affen in der Questura anzurufen. Nachdem Tanner bereits die Leiche des Dr. Kurz gefunden hatte, würde ihn der engstirnige De Santis diesmal einem noch rabiateren Verhör unterziehen. Nein. Kein Verhör. Wie zum Teufel hieß die neue Notrufnummer? Tanner wusste, dass diese in der Region Trentino-Südtirol erst seit Kurzem aktiv geschaltet wurde. Während er auf sein Handy starrte, fiel ihm die Nummer ein. Es fiel ihm aber auch ein, dass die einlaufenden Gespräche aufgezeichnet werden. Er stellte sein Handy auf *Rufnummer unterdrückt* und tippte die 112 ein. Mit verstellter Stimme und moderatem Lallen meldete er einen Mord in der Laurinstraße Nummer 77 in Gratsch bei Meran. Die eifrige Beamtin am Telefon, die ständig nach seinem Namen und der Adresse fragte, ließ er nicht ansatzweise zu Wort kommen. Atemlos wiederholte Tanner Ursulas Adresse und legte auf.

Als Paula aus ihrer Apotheke nach Hause kam, war es schon dunkel. Tanner lag auf dem Sofa im Wohnzimmer, hatte die Knie angezogen und atmete schwer. Die Flasche mit Grappa auf dem Couchtisch war genau halb voll.

»Um Gottes willen«, rief sie. »Was ist geschehen!?«

Nachdem er aus dem Badezimmer zurück war, erzählte er etwas unsystematisch und zusammenhanglos, was passiert war. Stöhnend schlug er beide Hände vors Gesicht. »Ich bin total fertig.«

»Kein Wunder«, sagte sie mit einem Blick auf die Schnapsflasche. Sie setzte sich und strich mit der Hand über seine Schulter. »Was sagt die Polizei?«

»Keine Ahnung.«

»Hast du nicht die Questura benachrichtigt?«

Er drehte sich zu ihr um. »Habe ich nicht.«

»War das klug?«

»Und wie.«

In diesem Moment klingelte sein Handy. Maurizios Stimme klang etwas kraftlos. »Ich komme gerade vom Giovanni-Palatucci-Platz in Bozen. Ursula Klammer, von Beruf Krankenschwester, ist tot. Von unbekannter Hand ermordet.«

Ich weiß, wollte Tanner schon sagen, ließ es aber sein.

»Hat die Polizei schon eine Spur?«

»Allerdings. Einige ernstzunehmende Leute in der Questura glauben, über ein Tondokument zu verfügen, auf dem die Stimme des Mörders zu hören ist.«

Die Stimme des Mörders … Hatte er richtig gehört? Oder war er betrunken? Mit einem Mal hörte er das Blut in seinen Ohren rauschen. Er versuchte sich zu konzentrieren, sein Denken auf Maurizios Worte zu fokussieren. In seinen Ohren begann es zu summen, als würde sich ein Schwarm Bienen darin aufhalten.

»Das musst du mir erklären.«

»Ich saß bei Gerd, und wir besprachen gerade, wie groß unser Durst war, als ein Carabiniero hereinkam und uns die Aufnahme eines Telefonanrufes vorspielte, der auf der Notrufnummer 112 eingegangen war. Ein anonymer Anrufer.«

Tanners Herzschlag beschleunigte sich. »Anonym? Nur Feiglinge tun so etwas?«

»Tiberio, ich empfehle dir dringend, dich ab sofort mit Kommentaren zurückzuhalten.«

»Warum?«

»Weil ich die Stimme des anonymen Anrufers erkannt habe.«

Tanners Alkoholdusel begann langsam, sich zu verflüchtigen. »Wessen Stimme war es?«, fragte er unnötigerweise, da er die Antwort kannte.

»Du hast genuschelt, und dein Lallen war fast so stark wie jetzt am Telefon, aber ich habe mir sofort gedacht, dass du es bist.«

»Ich hoffe, es hört niemand mit.«

»Ich halte zu dir«, sagte Maurizio. »Und darüber kannst du sehr froh sein.«

»Also Entwarnung?«, fragte Tanner lauernd.

»Ganz im Gegenteil. Nero De Santis kennt deine Stimme. Und er hat angekündigt, sich die Aufnahme anzuhören. Tiberio, man verdächtigt den anonymen Anrufer, Ursula getötet zu haben. Außerdem wurden gerade die Forensik-Experten alarmiert, die zurzeit eine Sprach- und Stimmenanalyse des Anrufers erstellen, nachdem sie die Hintergrundgeräusche herausgefiltert haben. Die Burschen sind nicht zu unterschätzen. Keine Entwarnung.«

ZWEIUNDZWANZIG

Alkoholbedingte Kopfschmerzen sind die schlimmsten Kopfschmerzen. In dem Gassenwirrwarr der Bozner Altstadt hatte er den Überblick verloren und wusste nicht, wo er gerade war. Irgendwo in dem Labyrinth zwischen Eisack und Talfer. In Gedanken versunken schlenderte er eine schmale Gasse entlang, in der er noch nie gewesen war. Vor einem heruntergekommenen Haus blieb er stehen und betrachtete die feuchte Mauer, von der der Putz bröckelte. An einigen Stellen der Gasse hing ein unangenehmer Geruch in der Luft. In dieser Gegend waren wenig Urlauber unterwegs. Er befand sich weit entfernt von den touristischen Trampelpfaden. Wieder sah er auf die Uhr. Heute war ein Tag, an dem die Zeit langsamer verging als sonst. Und immer wieder kam ihm das blutverschmierte Bild Ursulas hoch. Tanner hätte schwören können, dass die Zeit stillstand, während er an die Leiche dachte. Hätte er wissen müssen, dass sie in Gefahr war? Dabei war sie es gewesen, die ihn vor einer Gefahr gewarnt hatte. Diffuse Gewissensbisse bedrückten ihn. Er beschloss, über diese Schuldgefühle, die er nicht loswurde, mit Paula zu sprechen. Neben einer Kirche blieb er stehen und rief Maurizio an, doch der hob nicht ab. Sein Blick fiel auf das verwitterte Holzschild einer Bar. Augenblicklich überfiel ihn ein starkes Verlangen nach Alkohol. Nur einen Schnaps. Einen kleinen.

Reiß dich zusammen, Tiberio! Er zwang sich, die Straßenseite zu wechseln, und mit jedem Meter, den er sich von dem verwitterten Schild entfernte, wurde das Verlangen nach einem Schnaps größer.

Als Tanners Blick auf die Doppelturmfassade der neuromanischen Herz-Jesu-Kirche fiel, wusste er, wo er war: in dem östlichsten und größten Stadtbezirk Bozens. Langsam tauchte er wieder in das Einzugsgebiet der Tagestouristen ein, die um diese Zeit Bozen bereits fest in ihrer Hand hatten. An dem Zeitungskiosk neben der Kirche hingen mehrere Tageszeitungen. Sein Blick fiel auf die Schlagzeile der *Dolomiten*. BRUTALER MORD AN KRANKEN-SCHWESTER. Wieder kam die Erinnerung zurück. Wie lange würde er die schrecklichen Bilder von Ursulas Leiche noch vor Augen haben?

Die Geräusche des Straßenverkehrs verstummten, als er die dreischiffige Kirche betrat. Beeindruckt hob sich sein Blick auf das kühn nach oben strebende Kreuzgewölbe und fiel dann auf den mosaikgeschmückten Chorraum und das umlaufende Relief mit den zahlreichen Skulpturen und Engelsfiguren. Die Sonne schien durch eines der riesigen Glasfenster und warf einen vielfarbigen Schatten auf den Steinboden. Über dem Hochaltar erhob sich auf vier Säulen ein marmorner Aufbau, der mit einem wuchtigen Satteldach abgeschlossen war, das einem Einfamilienhaus alle Ehre gemacht hätte. Obenauf stand, stramm und Ehrfurcht gebietend, ein überlebensgroßer Engel mit goldenen Flügeln. Könnte der Erzengel Michael sein. Darunter waren die in Stein gemeißelten sieben Todsünden aufgereiht. Als er sie zum zweiten Mal durchging, stolperte er über die Todsünde der *Trägheit*. Warum zählt diese zu den Todsünden? Im Sinne von *Faulheit* hätte er das prinzipiell als schlimme Sache anerkannt, den Begriff Trägheit jedoch sah Tanner eher von der physikalischen Seite und verband damit den Gesichtspunkt des Beharrungsvermögens. Also etwas durchaus Positives. Solange es nicht wieder in einen behäbigen Schlendrian mündet. Ohne zu einem Ergebnis gekommen zu sein, trat er wieder in die Sonne vor der Kirche.

Über den Obstplatz gelangte er zur Guido-Anton-Muss-Gasse, die ihn südwärts führte, bis er Paulas Apotheke am Anfang der Silbergasse erreichte.

Gemeinsam mit einer Angestellten bediente Paula gerade zwei Kunden. Eilfertig nickte sie kurz und deutete mit dem Kinn in Richtung des Homöopathie-Erkers, was so viel hieß, wie: *Warte dort, bis ich Zeit für dich habe.*

In dem sechseckigen Erker saß bereits jemand, der aufsprang und voller Freude auf Tanner zustürzte und ihm wahrscheinlich das Genick gebrochen hätte, wenn Tanner nicht mit einem eleganten Seitensprung ausgewichen wäre. Seitensprünge können durchaus positive Ergebnisse zeitigen. Manchmal.

»Guten Tag, Schluzzer«, sagte Tanner, immer noch überrascht, und zeigte auf die gepolsterte Bank. »Behalten Sie doch Platz.«

»Ich lebe in Innsbruck und bin die 150 Kilometer gefahren, um mit Ihnen zu reden«, sagte Schluzzer. »Paula sagte mir, Sie hätten einen Job für mich. Seit Jahren …« Er machte eine weit ausholende Handbewegung. »… was sage ich? Seit Jahrzehnten schon fühle ich es in mir.«

»Was fühlen Sie in sich, Schluzzer?«

»Dass Detektiv mein Traumberuf werden könnte.«

Ganz ruhig bleiben. In aller Eile überlegte Tanner, wann er den Mann das letzte Mal gesehen hatte. Und ob sie je beschlossen hatten, sich zu duzen. Soweit er sich erinnerte, war Schluzzer Paulas Cousin. Oder Großcousin. Oder Cousin zweiten Grades. Oder so ähnlich.

»Wir haben uns zuletzt beim Begräbnis von Onkel Albert gesehen, nicht wahr?«

Schluzzer nickte. »Seitdem sind bestimmt schon mehr als zwei Jahre vergangen.« Tanner hätte ihn nicht wiedererkannt. Rundlicher war er geworden. Das schüttere, senffarbene Haar war straff zurückgekämmt und wirkte wie angeklatscht. Tanner konnte nicht unterscheiden, ob es nass oder fettig war. Die Haut um seine Augen war merkwürdig schlaff, was ihm gemeinsam mit den rosig gerundeten Wangen ein teigiges Aussehen verlieh.

»Seit dem Begräbnis von Onkel Albert habe ich mich stark verändert.«

Das sieht man. Wie können so wenige Haare so viele Schuppen produzieren, fragte sich Tanner. »In welcher Weise haben Sie sich verändert?«

Schluzzer richtete sich auf. »Ich bin klüger geworden.«

Tanner nickte einige Male bedächtig, während er sein Gegenüber von Kopf bis Fuß musterte.

»Sie inspizieren mich wie ein Brathähnchen vor dem Verspeisen«, sagte Schluzzer.

»Gut gekontert«, sagte Tanner und schlug dem Mann auf die Schulter, was bei ihm eine Hustenattacke auslöste. »Wie haben Sie das angestellt? Das mit dem Klügerwerden, meine ich.«

»Volkshochschule. Und ich habe viel gelesen. Dann hatte

ich vor zwei Jahren meinen ersten Kontakt mit der Technik der Enneagramme. Das hat mich nicht nur bereichert, sondern mein ganzes Leben umgekrempelt.«

»Was, Schluzzer, ist ein Enneagramm?«

»Eine Charakterlehre, die alle Eigenschaften und Verhaltensweisen des Menschen in neun Grundmustern beschreibt.«

»Aber das ist doch unterste esoterische Schublade.«

»Ganz im Gegenteil. Wenn ich einen Unbekannten treffe, brauche ich ihm nur einige harmlose Fragen zu stellen und kann sofort sagen, welche Persönlichkeit er ist. Für einen Detektiv kann das sehr wichtig sein.«

»Verlassen wir das Thema«, sagte Tanner. »Ich spüre gerade eine intensive Gänsehaut am Rücken.«

»Könnte das mit dem Job was werden, Herr Tonner?«, fragte er.

»Schluzzer, ich bin kein kleinlicher Mensch, aber ich lege Wert darauf, dass mein Name Tanner ist und nicht Tonner.«

»Und schon hab ich mir das gemerkt, Herr Tanner.«

Der Homöopathie-Erker war eine enge Angelegenheit, und Tanner stellte seinen Stuhl so, dass er maximalen Abstand zu Schluzzer hatte.

Wie kann sich ein Mensch innerhalb von zwei Jahren so sehr verändern? Und Detektiv will er werden? Abgesehen davon, dass der Mann überhaupt nicht wie ein Detektiv aussah, weder wie Sherlock Holmes, noch wie Jules Maigret. Vielmehr machte er mit dem karierten Hemd und der aus der Form geratenen zerknitterten Strickjacke einen heruntergekommenen Eindruck. Wenig Durchsetzungskraft und nur spärliche Vertrauenswürdigkeit strahlte der Mann aus. Ein Detektiv musste zumindest das Gefühl vermitteln, dass er in der Lage war, gegen eine Ziegelmauer zu rennen und mit seinen Fäusten ein großes Loch durchzubrechen. Bei Schluzzer war man sicher, dass er an der Mauer kleben blieb, nachdem er dagegen gerannt war. Ein Detektiv muss zielorientiert denken und intelligent reden können. Tanner erfüllte natürlich all diese Anforderungen, aber bei dem Mann, der sein Mitarbeiter werden wollte, war er sich alles andere als sicher.

»Ich habe leider derzeit keinen Job frei in meiner Detektei.«

Schluzzer zog ein zerknülltes Taschentuch aus der Hosentasche und einen Augenblick befürchtete Tanner, dass der Mann in Tränen ausbrechen würde.

»Aber Paula …« Er deutete verstohlen in den Hauptraum der Apotheke. »Sie meinte …«

»Ich war noch nicht fertig, Schluzzer. Das, was ich gerade sagte, ist die aktuelle Situation, die sich ändern kann.«

»Ändern?« Seine Gesichtszüge strafften sich. »Und schon habe ich neue Hoffnung geschöpft.«

»Wenn ich noch einen oder zwei neue Aufträge bekomme … dann brauche ich in der Tat einen zusätzlichen Mitarbeiter, der mich unterstützt. Sonst kann ich die Qualität, die meine Klienten von mir und der Detektei erwarten, nicht erbringen. Verstehen Sie?«

Ein paar Schuppen fielen aus Schluzzers Haaren und landeten auf seiner Strickjacke, während er eifrig nickte. »Und schon habe ich das verstanden. Ich selbst bin ja sozusagen der Inbegriff der Qualitätssicherung. Genau darin liegt meine Begabung.«

»Bewundernswert ...«, sagte Tanner und unterbrach sich, als Paula herüberkam.

»Ist das nicht schön. Mein Cousin ist extra aus Innsbruck herübergekommen, um uns zu besuchen.«

»Ich bin begeistert«, sagte Tanner.

Paula sah auf die Uhr. »Ich kann meine Leute eine Stunde allein lassen in der Apotheke. Also lade ich euch beide ins Vögele zu einem frühen Mittagessen ein.«

»Vögele?« Schluzzer zog die Augenbrauen hoch. »*Oldie but goldie*. In dem Gasthaus war ich immer mit meinem Papa zum Törggelen. Ich hab immer das Knödel-Kistl mit Krautsalat gegessen.« Abrupt stand er auf und richtete seine Jacke, die verrutscht war. »Leider kann ich deine Einladung nicht annehmen, liebe Cousine. Ich habe einen Vorstellungstermin beim OBI-Markt in der Kopernikusstraße. Die suchen einen Mitarbeiter für ihren Werkschutz.«

»Das ist ein interessanter Job«, sagte Tanner.

»Was musst du da machen?«, fragte Paula.

Schluzzer zog die Schultern hoch. »Ich weiß nur, dass ich für die Ordnung auf dem Werksgelände allein verantwortlich bin. Du weißt schon ... Diebstahl und Einbruch und so. Meine Stärke.«

»Gott sei Dank.« Tanner stöhnte, als Schluzzer die Apotheke verlassen hatte.

»Er wäre dir ewig dankbar, wenn er für dich arbeiten dürfte«, sagte Paula.

»Paula, der Mann ist doof. So etwas kann ich in meinem Umfeld nicht brauchen.«

»Du hast zwei Aufträge und kommst damit schon nicht zurecht. Wenn du wenigstens multitaskingfähig wärst, verstehst du? Aber genau das können Männer nie.«

»Ganz im Gegenteil. Ich beherrsche das.«

»Ich kenne dich. Du kannst nicht mal mit beiden Händen gleichzeitig streicheln.«

»Bei mir weiß die Linke immer, was die Rechte tut.«

»Mein Cousin Schluzzer ist nicht doof. Maximal semidoof. Man muss ihm nur eine Chance geben. Außerdem hat er Angst vor dir.«

»Keiner hat Angst vor mir. Nicht einmal du.« Tanner setzte sich, schlug die Beine übereinander und zeigte mit einer entschiedenen Geste, dass er das Thema Schluzzer nicht mehr weiter diskutieren mochte.

»Dann eben nicht.« Paula drehte sich auf dem Absatz um und rauschte davon.

»Halt!«, rief ihr Tanner so laut nach, dass sich zwei ältere Damen, die mit Abstand und Anstand in der Diskretionszone warteten, erstaunt die Köpfe drehten.

»Deine Apothekerfreundin Gerlinde Carluccia hat dir etwas gebracht. Ein Stück Stoff, sagte sie. Oder so etwas Ähnliches.«

»Langsam wird meine Apotheke zum Logistiklager für dein Detektivbüro. Das kostet eine Essenseinladung zusätzlich.« Sie verschwand im Nebenraum und kam mit einem gepolsterten Briefkuvert zurück.

»Ein Stoffband.« Tanner zog es aus dem Umschlag und hielt es Paula hin. »Das Ding liegt seit einem Jahr bei Gerlinde. Ihre Mutter … ich meine, die Leiche ihrer Mutter, hatte das Stoffband am Handgelenk, als man sie fand.«

»Furchtbar.« Tanner zog das Band auseinander und las vor, was in Großbuchstaben darauf stand: »L'ULTIMO GRIDO DI TERESA TESSUTI SRL.«

Sie sah ihn an. »Teresa Tessuti kenne ich. Was bedeutet Srl?«

»Responsabilità limitata oder so ähnlich. Die Firma ist eine GmbH.«

»Ich mag die Marke Tessuti«, sagte Paula. »Die residieren in einem Seitentrakt des Schlosses Trauttmansdorff. Edel und teuer. Du weißt schon ... dort, wo die Kaiserin Sisi immer Ferien gemacht hat.«

Tanner ließ das blaue Stoffband durch seine Finger gleiten. »Was ist daran teuer?«

»Die machen auch famose Sachen zum Anziehen. Für mich natürlich. Tessuti hat eine tolle Kollektion an Kleidern in A-Linie.«

»A-Linie?«

»Die Kleider haben einen femininen Look und schmeicheln meiner Figur.« Sie richtete ihren Zeigefinger auf ihn. »Hast du vor, da hinzufahren?«

Tanner dachte nach, während er langsam das Band um seine Finger wickelte. »Ob ich da hinfahre? Du bringst mich auf eine gute Idee. Zum Schloss Trauttmansdorff ist es nur eine halbe Stunde.«

Paula richtete sich auf und machte einen raschen Schritt auf ihn zu. »Wenn du da hinkommst, kauf ein Kleid für mich.«

»Unmöglich. Ich weiß doch nicht, was dir gefällt.«

»Das ist ganz einfach. A-Linie, figurnahes Oberteil und ein ausgestellter, schwingender Rock. Pastellfarben und elegant. Italienische Größe 44. Ich zähle auf deinen guten Geschmack.«

»Also dann …«, sagte Tanner und stand auf. »Ich verschwinde dann mal.«

Paula strich sanft über ihre Hüften. »Nimm bitte eine besonders große Größe 44«, sagte sie und begleitete ihn zur Tür. »Und vergiss nicht: Eine Essenseinladung zusätzlich!«

Was sollte er jetzt unternehmen? Er dachte an die Arbeit, die in seinem Büro auf ihn wartete, dann machte er sich seufzend auf den Weg.

Von der Silbergasse bog er links ab und steuerte die Annette von Metz Passage an, wo er vor dem Schaufenster einer Buchhandlung stehen blieb und seinen Auftraggeber Murach anrief.

»Hier Weingut Filippo von Murach«, sagte eine dünne Mädchenstimme, die versprach, ihn sofort mit dem Herrn Baron zu verbinden. Einen Augenblick lang überlegte er, Murach mit *Herr Baron* anzusprechen. Nein. Adelstitel sind in Italien verboten.

»Guten Tag, Herr Murach. Ich hatte Ihnen versprochen, mich zu melden, wenn es neue Erkenntnisse gibt.«

»Ja und? Legen Sie los.«

»Es geht um eine gewisse Rebecca Bertolotti. Sagt Ihnen der Name etwas?«

Innerhalb der ersten fünf Sekunden nach der Frage zeigt sich, ob der andere lügt, dachte Tanner und ging im Eiltempo die typischen Anzeichen durch, die einen Lügner entlarven.

»Ob ich eine Frau mit dem Namen Rebecca kenne?« Die Frage Murachs kam nach zwei hintereinandergeschalteten »Äh« und einer kurzen Nachdenkpause. »Ich bin schon etwas älter, habe aber ein ausgezeichnetes Gedächtnis. Rebecca? Nie gehört. Und übrigens … warum sollte ich eine Frau mit diesem Namen kennen?«

Der Mann lügt, dachte Tanner.

»Wer soll das sein?«, fragte Murach.

Deine Haushälterin Susanne Kogler weiß das, dachte Tanner. Der Mann lügt.

»Halt!«, rief Murach. »Noch nicht auflegen. Ich höre, es hat einen weiteren Toten in der Klinik gegeben. Stimmt das?«

»Eine Krankenschwester. Sie ist ermordet worden. Aber nicht in der Klinik.«

»Wo jemand ermordet wird, ist ziemlich egal.« Murach schnaufte laut. »Hauptsache, er ist tot.«

»Wie recht Sie haben«, sagte Tanner.

Sie beendeten das Gespräch, und als Tanner an der nächsten Kreuzung die Straße überquerte, entdeckte er den Verfolger. Der Mann, der einen langen Mantel trug, stand im Schatten eines Baumes neben dem Eingang zu einem Lebensmittelladen und zog gelassen an einer Zigarette. Von seinem Gesicht war wenig zu erkennen, da er einen hellbraunen Schlapphut tief in die Stirn gezogen hatte. Tanner blieb vor einem Schaufenster stehen und beobachtete den Mann im Spiegelbild der Glasscheibe, der ihn, so schien es, aus der Ferne musterte und mit den Blicken verfolgte.

Jetzt warf der Mann die Zigarette auf den Gehsteig und stapfte davon. War es das? Entwarnung? Tanner überquerte noch einmal die Fahrbahn und schlenderte wie ein Tourist die Straße hinunter, der wusste, wohin er wollte.

An einem Zeitungskiosk machte er halt und ließ seinen Blick hin und her schweifen, während er vorgab, in einer Zeitung zu lesen.

Fünf Minuten später sah er den Mann wieder. Tanner sprang in den Schatten eines Hauseingangs und beobachtete ihn. Regungslos stand er an einer Bushaltestelle und tat, als ob er den Fahrplan studierte, doch Tanner war sich sicher, dass der Mann herüberstarrte. Eindeutig derselbe Typ. Der gleiche hellbraune Schlapphut, der gleiche bodenlange, dunkle Mantel. Es gab zwei Möglichkeiten. Entweder war es ein harmloser Bewohner der Stadt, der sich hier in der Gegend herumtrieb oder tatsächlich ein Verfolger.

Tanner überlegte, was jetzt der richtige nächste Schritt war. Sollte er seinen Verfolger zur Rede stellen? Er entschied sich dagegen, trat zurück in den Schatten der Toreinfahrt und sah noch einmal unauffällig zu dem Mann hinüber. Der stand immer noch an der Haltestelle. Als eine größere Gruppe Männer und Frauen vorbeischlenderte, tauchte Tanner in die bunt gekleidete Menschenmenge ein und folgte ihnen, wobei er den Kopf gesenkt hielt. Nachdem er sich eine Weile mit der Menge treiben ließ, betrat er ein großes Kaufhaus, in dem es angenehm kühl war. In raschen Schwüngen marschierte er um die Verkaufsstände im Erdgeschoss herum, während er nach der Treppe in die oberen Stockwerke Ausschau hielt. Oben angekommen streifte er durch die Modeabteilung, vergewisserte sich, dass er nicht verfolgt wurde, und ging über die breite Treppe zurück ins Erdgeschoss, wo er durch einen der

Nebenausgänge wieder auf die Straße trat. Vom Kaufhaus aus schlug er einige Haken durch die belebte Altstadt, bis ihm ein Straßenschild zeigte, dass er in der Wangergasse gelandet war.

Er schlängelte sich zwischen Häusern durch, ging die ruhige Gasse entlang, die ihn neben dem Archäologiemuseum über einige Stufen zum Talferbach hinunter und in leichten Schwüngen am Fluss entlang zu seinem Büro führte.

In Tanners Büro am Talfergries war es still. Nur die große Wanduhr tickte laut vor sich hin. Bürodienst. Er mochte die geistlose Arbeit nicht, die er zu erledigen hatte: Unterlagen sortieren und sich durch Hunderte Formulare zu wühlen. Schließlich hatte das Finanzamt bereits zweimal seine Steuererklärung angemahnt. Vom Fenster des Büros sah er auf die steinerne Mauer am Ufer des Talferbachs, der Richtung Süden floss, wo er sich nach Bozen mit dem Eisack vereinte. Von irgendwoher hörte man eine Kirchenglocke läuten.

Er hatte gerade lustlos seinen Schreibtisch leer geräumt, als ein kurzer Klingelton anzeigte, dass er eine SMS bekommen hatte. Eine Nachricht von Paula:

Habe für 19 Uhr einen Tisch im Schlosshotel Aehrental reserviert. Du zahlst!

Restaurant im Ansitz Aehrental mitten in der Altstadt Kalterns … Nobel geht die Welt zugrunde, dachte Tanner. Er las die Nachricht noch einmal durch. Das Schlosshotel hatte er in guter Erinnerung, nur das Rufzeichen am Ende von Paulas kurzem Text gefiel ihm nicht. Er sah auf die Uhr. Noch genügend Spielraum, um rechtzeitig beim Abendessen in Kaltern zu sein.

»Vielleicht einer der letzten warmen Abende, um im Gastgarten zu sitzen«, sagte Paula. Sie suchten sich einen Platz an der Hausmauer, überschattet von den überhängenden Ästen eines Baumes, der eigenartig geformte Blätter hatte.

»Was nicht in der Karte steht ...«, sagte die ältere Frau, die sie bediente. »Wir haben fangfrischen Wolfsbarsch aus dem Kalterer See. Unser Chefkoch gart ihn bei niederer Temperatur und serviert die Fischfilets mit Peperonata, Garnelenschwänzen in Proseccoschaum und zartem Gemüse. Dazu empfehle ich einen Weißburgunder DOC 2017, von dem wir nur noch wenige Flaschen im Weinkeller haben.«

Es war ein harmonischer Tagesausklang, und es bestand unausgesprochen Einigkeit zwischen ihnen, nicht nur, welcher Wein getrunken wurde, sondern auch darüber, dass Tanners Mordfälle für den Verlauf des Abends tabu waren.

Als die ältere Frau den Hauptgang servierte, verbreitete sich ein Aroma von Basilikum, Thymian und Knoblauch. Herrlich. Aquaplaning auf der Zunge machte sich breit. Dieser Begriff aus seiner Studentenzeit fiel Tanner ein, er wagte es aber nicht, ihn vor Paula auszusprechen.

Er hob das Glas, und für einen Moment funkelte das Licht der Kerze durch und präsentierte den Weißburgunder in leuchtendem Gelb und grünlichen Reflexen. Sie stießen an, und Tanner genoss das Aroma des ersten Schlucks. Fruchtbetonte Quitte, rosa Pampelmuse, aber auch frische

Kräuteraromatik nach Salbei und Minze. »Unwiderstehlich«, stöhnte er leise.

»Ich hoffe, du sprichst von mir«, sagte Paula.

Sie genossen das Abendessen auf der Terrasse des Schlossgartens, während sich die Sonne langsam hinter die Berge zurückzog und ringsum die Lichter aufflammten.

Bevor sie zu Tanners Haus nach Altenburg fuhren, drehten sie noch eine Runde durch die Altstadt Kalterns. Ein lauwarmer Wind blies vom See herauf, als sie den Marktplatz erreichten, den sie langsam umrundeten. Beim *Weißen Rößl* und einige Meter weiter vor dem Eingang des Gasthauses *Mondschein* lag die Speisekarte auf einem Tischchen, die sie aufmerksam studierten. Einige Minuten saßen sie auf der Holzbank zwischen der Pfarrkirche Maria Himmelfahrt und dem barocken Brunnen.

»Gehen wir«, sagte Tanner. Paula hakte sich bei ihm unter, und gemeinsam schlenderten sie zum Auto zurück.

DREIUNDZWANZIG

»Ich kenne ein neues Müsli-Rezept«, sagte Paula.

Entweder war es das Wort *Müsli* oder die Tatsache, dass er allerhand schwere Gedanken nachhing, jedenfalls reagierte Tanner erst mit unverzeihlicher Verspätung.

»Woher kommt das Rezept?«

»Gibt Energie für den ganzen Tag.«

»Das ist eine tolle Sache«, sagte er und blätterte in seinem Notizbuch.

»Das Rezept kommt von Monika. Sie ist Verkäuferin für eine Firma in Meran, die Schüßler-Salze herstellt.«

»Schüßler-Salze sind ein Cousin der Homöopathie, also ist die medizinische Wirksamkeit über den Placeboeffekt hinaus nicht nachgewiesen.«

»So wie du es sagst, wirkt es wie auswendig gelernt.«

Ist es auch, dachte er. Dann schreckte er hoch. »Um Gottes willen. Machen die jetzt auch schon Müslis?«

»Warum blätterst du ständig in deinem Notizbuch?« Sie warf den Kaffeelöffel auf den Tisch. »Was suchst du in dem blöden Buch? Wir sitzen nebeneinander beim Frühstück, also konzentrier dich auf mich.« Paula sah auf die Uhr. »Ich muss ohnehin gleich weg.«

Er blätterte noch einige Seiten weiter, dann legte er das Büchlein neben sich auf die Bank. »Seit ich aufgewacht bin, beschleicht mich das Gefühl, etwas vergessen zu haben.«

Paula zeigte mit dem Finger auf ihn. »Das ist der Beweis!

Iss Monikas Müsli. Gut für die Augen und gut für dein Gedächtnis. Monika nennt das Gehirn-Update. Für ältere
Herrn. Das sind ihre Worte.«

»Ich mag Monika nicht«, sagte er.

Nachdem Paula das Haus verlassen hatte, griff er wieder
nach seinem Notizbuch und stieß nach einigem Suchen auf
die Aufzeichnungen über Martin Matteiner, den er in der
Mensa getroffen hatte. Wie hieß noch mal sein Studienkollege? Der Bruder des Mädchens mit dem Namen Rebecca?
Tanner gefiel der Name Rebecca. Stammte er aus dem Alten Testament oder der Tora? Soweit er sich erinnerte, war
Rebecca die Frau Isaaks. Und der Bruder von Rebecca hieß
Pietro Bertolotti. Martin hatte Tanner auch dessen Handynummer verraten.

Das Telefonat mit Pietro war genauso kurz wie schwierig. Zuerst drohte der junge Mann, das Gespräch abzubre-
chen, und erst als Tanner den Mord an der Krankenschwester anschnitt und auf die mögliche Gefahr hinwies, in der
seine Schwester schwebte, rückte Pietro die Handynummer
seiner Schwester Rebecca heraus.

Das zweite Gespräch mit Rebecca war einfacher, vor allem weil Tanner penetrant freundlich in den Hörer flötete.
Rebecca Bertolotti erzählte ihm, dass sie heute einen freien
Tag habe und dass sie von ihrem Bruder informiert worden
sei, dass sich ein Detektiv bei ihr melden werde. Ihre
Stimme hatte einen singenden, leicht vibrierenden Tonfall,
und offenbar gut gelaunt schlug sie ein Treffen in St. Michael vor.

»Welches St. Michael?«

»Sie sind kein Südtiroler«, sagte sie.

Tanner protestierte. »Ich bin in Kaltern aufgewachsen und zur Schule gegangen.«

»St. Michael ist das größte Dorf der Gemeinde Eppan. Und in der Sonnengasse finden Sie das Café Mozart.«

Tanner fand das Café auf Anhieb. Er hatte kaum die aufregendste Mandel-Kokos-Kreation mit Schokohäubchen bestellt, die in der Glasvitrine ausgestellt war, und streute gerade Zucker in den Kaffee, als Rebecca das Café betrat.

Vom ersten Moment an war er sich nicht klar, ob er das zierliche, brünette Geschöpf als Mädchen oder junge Frau einstufen sollte. Schließlich schob er den Gedanken zur Seite. Keiner verlangt von dir eine Einstufung, sagte er sich.

Sie bestellte ein schlicht belegtes Brot und einen grünen Tee.

»Also«, sagte sie und legte ihr Handy auf den Tisch. »Mein Bruder hat mich verständigt. Ich weiß, wer Sie sind. Worum geht es?«

»Sie sind von der flinken Sorte«, sagte Tanner. Er hatte beschlossen, Martin Matteiners Wunsch nach Diskretion nachzukommen und dessen Namen nicht ins Spiel zu bringen. Diskretion. *Whatever that means.* Also holte er weit aus und erzählte, dass er im Rahmen seiner Ermittlungen erfahren habe, dass der jetzt tote Klinikbesitzer Dr. Bruno Kurz sich vor Jahren um die Gunst eines brünetten Mädchens bemüht hatte, die daraufhin schwanger geworden war.

»Die Story kenne ich«, sagte sie.

Tanner beugte sich vor und fragte so freundlich wie möglich: »Sie haben schlechte Erfahrungen mit diesem Herrn gemacht, nicht wahr?«

»Wollen Sie darüber mit mir reden? Die Geschichte ist viereinhalb Jahre her.« Sie nahm einen Schluck aus ihrer Teetasse. »Und außerdem möchte ich daran nicht erinnert werden.« Sie blickte auf ihr Handy und fingerte kurz darauf herum.

Rebecca war ein hübsches Mädchen mit langen, braunen Haaren und vielen Sommersprossen. Sie hatte große Augen von unbestimmter Farbe und ein vielleicht etwas zu rundliches Gesicht. Jedenfalls für Tanners Geschmack. Schon seit sie den Raum betreten hatte, machte sie einen intelligenten Eindruck auf ihn.

»Am Telefon haben Sie mich als Ausländer eingestuft«, sagte er lächelnd.

Sie drohte ihm mit erhobenem Zeigefinger. »Nicht Ausländer. Südtirol … nur davon habe ich gesprochen.«

»Aus welcher Gegend kommen Sie?«

»Ich kam in einem Bauernhaus in Truden zur Welt.«

»Kenne ich«, sagte Tanner rasch. »Als Südtiroler kennt man das Dorf. Am Rand vom Naturpark Trudner Horn.«

»*A blede Tschulle* … so würde ich mich heute sehen. Ich war gerade siebzehn geworden. Dumm, unerfahren und ein hübsches Gesicht.«

»Sie möchten nicht an die unangenehmen Ereignisse erinnert werden … das verstehe ich gut«, sagte Tanner.

»Ich habe das Kind wegmachen lassen. Dabei wäre ich fast draufgegangen.«

Tanner nickte. »Ich habe davon gehört. Pietro hat Sie damals sicher sehr unterstützt.«

»Ist das eine Frage? Natürlich hat er mich unterstützt. Schließlich ist er mein Bruder. Ohne ihn hätte ich das alles nicht überstanden.«

Zum x-ten Mal schielte sie auf ihr Handy und wischte kurz darauf herum.

»Können Sie dieses blöde Ding endlich in Ihre Tasche stecken.« Tanner ärgerte sich sofort, in welchem unfreundlichen Ton er das gesagt hatte.

Sie zog eine Schnute und schob ihr Handy weg von sich, achtete jedoch darauf, dass sie es zumindest noch aus dem Augenwinkel im Blick hatte.

Einige Augenblicke saßen sie sich schweigend gegenüber.

»Ich möchte Ihnen eine Frage stellen, die wichtig ist, Frau Bertolotti. Und bitte nehmen Sie mir die Frage nicht übel.«

»Fragen Sie.«

»Als Sie schwanger waren … hat Ihnen der Dr. Kurz Geld angeboten?«

Sie sah nachdenklich beim Fenster hinaus. »*Doktor Kurz*. Wie das klingt. Bruno. Er hat gesagt, ich soll ihn Bruno nennen.« Ruckartig drehte sie ihren Kopf und schaute ihn an. »Natürlich hat er mir Geld gegeben. Eine lächerliche Summe aus heutiger Sicht. Seitdem bin ich klüger geworden … damals habe ich nicht einmal gewusst, dass ihm ein Krankenhaus gehört. Dieser Schuft hat mich mit etwas Geld abgespeist und ist abgehauen. Erst viel später sind wir dahintergekommen, wo er wohnt. Und wo er sein vieles Geld verdient.«

»*Wir* sind dahintergekommen, sagen Sie. *Wir* … das sind Pietro und Sie, nicht wahr?«

Sie nickte und rührte so heftig ihren Tee um, dass er auf die Untertasse tropfte.

»Warum sind Sie damals nicht zur Polizei gegangen? Sie haben doch geahnt, dass Bruno, der um vieles älter war, kein armer Mensch ist. Das Auftreten, sein Auto. Da muss doch Reichtum dahinterstecken.«

»Pietro war bei der Polizei. Die haben keinen Finger gerührt.«

»Sie waren minderjährig damals.«

»Na und? Die Polizei hat keinen Finger gerührt. Mein Gott … das ist alles so lange her. Und jetzt kommen Sie und fragen mir Löcher in den Bauch: Warum haben Sie nicht dieses getan oder jenes?« Sie machte eine wegwerfende Handbewegung. »Hören Sie auf damit.«

»Ihr Bruder hat Sie unterstützt. Wissen Sie, ob sich Pietro noch einmal mit dem Dr. Kurz getroffen hat? Vielleicht vor Kurzem erst?«

»Sie fragen, ob Pietro den Arzt getroffen hat, und meinen, ob er ihn umgebracht hat.«

»Hat er ihn umgebracht?«

»Wenn ich gewusst hätte, welche unverschämten Fragen Sie mir stellen, wäre ich nicht hergekommen. Nein. Pietro war damals und ist heute noch auf meiner Seite. Aber er ist kein Mörder.«

»Das glaube ich Ihnen gern. Ich schließe aber nicht aus, dass sich die Polizia di Stato bei Ihnen meldet.«

Ihr Gesicht bekam einen ängstlichen Ausdruck »Warum? Die Sache ist lange her. Davon redet heute niemand mehr.«

»Kennen Sie einen jungen Mann mit dem Namen Martin Matteiner?«

Sie antwortete nicht. Ihre Augen wurden feucht, und sie

öffnete ihre Handtasche und suchte nach einem Taschentuch.

»Kennen Sie ihn?«

Sie nickte. »Er studiert gemeinsam mit Pietro. Ich mag Martin.«

»Ich will Sie nicht ängstigen«, sagte Tanner. »Aber es gibt eine Reihe von rätselhaften Zusammenhängen, und ich weiß, dass auch die Polizei beginnt, sich dafür zu interessieren.«

»Welche Zusammenhänge? Und warum rätselhaft?«

»Martins Vater war Arzt und hat eine Zeit lang an der Klinik gearbeitet, die Bruno Kurz gehört. Matteiner wurde an einem 2. September ermordet. Und auf den Tag genau zwei Jahre danach tötet jemand den Kurz. Von mir erfährt die Polizei nichts, aber ich fürchte, sie werden von sich darauf stoßen.«

»Auf was?«

»Dass es einen Zusammenhang zwischen Ihnen und Dr. Bruno Kurz gibt. Eine alte Geschichte zwar, wie Sie sagen, aber eine, die bei der Polizei Verdachtsmomente aufkommen lassen könnte. Ich würde mich an Ihrer Stelle mit Pietro zusammensetzen und über einige Dinge nachdenken.«

»Nachdenken? Worüber?«

»Zum Beispiel über ein handfestes Alibi.«

*

Boznerstraße nennen die Leute die SS 42, die sich von St. Michael in einem weiten Rechtsbogen der Etsch nähert. Die Sonne gab der Landschaft warme, leicht verschwommene Konturen. Tanner erinnerte sich an seine Zeit in der Grundschule Kaltern, die man damals noch Volksschule nannte. In Erdkunde zeichnete die Lehrerin den Verlauf der Straße auf die Tafel, schrieb in großen Buchstaben STRADA STATALE 42 darüber, die von ihrem südlichen Ende in der Nähe von Mailand bis Bozen führte. *Und wegen ihres Verlaufes über den Tonalepass und den Mendelpass*, erklärte die Lehrerin, *nennen wir sie Strada Statale 42 del Tonale e della Mendola.*

Eine halbe Stunde später fuhr er durch die engen Gassen von Gratsch, und schon aus der Entfernung sah er den kleinen Renault, der vor dem Haus parkte. Er nahm sein Notizbuch vom Beifahrersitz und stieg aus. Als er durch den kleinen Vorgarten ging, fiel ihm eine Bewegung am Fenster auf. Er ist zu Hause, dachte Tanner. Peter Sartori öffnete auf sein Klingeln sofort, als ob er hinter der Tür auf ihn gewartet hätte.

»Kann ich Sie einen Moment sprechen?«

Wie ratlos musterte ihn Sartori einige Augenblicke, dann deutete er Tanner mit einer knappen Kopfbewegung an, hereinzukommen.

»Ich habe mir einige Tage Urlaub genommen«, sagte er, als sie sich im Wohnzimmer gegenübersaßen. »Kein Mensch kann verlangen, in so einer Situation konzentriert zu arbeiten.«

Tanner nickte und stammelte einige Worte des Beileids. »Und danke, dass Sie sich Zeit für ein Gespräch nehmen.«

Um Sartoris Augen lagen dunkle Schatten. Sein rundes Gesicht war grau wie die Hausmauer und wirkte seltsam eingefallen.

»Möchten Sie etwas trinken?«

»Ein Glas Wasser vielleicht«, sagte Tanner und steckte das Notizbuch in die Innentasche seines Jacketts. Er beschloss, sich keine Aufzeichnungen zu machen. Nur einige Fragen stellen. Einfach zuhören.

Unendlich langsam erhob sich Sartori und stützte sich dabei am Tisch ab. Ein gebrochener Mann; selbst sein Gang hatte an Elastizität verloren. Mit gesenktem Kopf schlurfte er aus der Küche zurück und stellte ein Wasserglas auf den Tisch.

Tanner hatte sich vorgenommen, Sartori nicht zu verraten, dass er es war, der die tote Ursula gefunden hatte.

»Ich habe mit der Polizei gesprochen. Das Türschloss war nicht aufgebrochen. Die Frage ist also: Wie kam der Täter ins Haus?«

»Einen Hausschlüssel hat Ursula … hatte Ursula, und einen habe ich.«

»Sonst niemand?«

»Sonst niemand.«

Wie gedankenverloren kaute Sartori auf der Unterlippe. Er vermied, Tanner in die Augen zu sehen, und starrte auf irgendeinen Punkt auf dem Teppich. Er war mit seinen Gedanken auf einer weiten Reise.

»Herr Sartori!« Tanners leiser Ruf holte ihn von der Reise zurück. Zum ersten Mal hatte er das Gefühl, dass ihm der Mann in die Augen sah.

»Als das mit Ursula passierte, waren Sie verreist, nicht wahr?«

Er nickte. »Das hat mich die Polizei auch schon gefragt. Ich war in Österreich bei meinen Großkunden und hatte mein Handy ausgeschaltet. Zeitweise jedenfalls.«

Das Zimmer, in dem sie saßen, nahm die ganze Breite des Hauses ein. Durch das Fenster hinter ihm drang gedämpft der Lärm eines Lastwagens. Das Fenster auf der gegenüberliegenden Wand lenkte seinen Blick auf einen Baum, der seine Blätter bereits verloren hatte und dessen Äste im Wind zitterten.

Plötzlich lief eine Träne im Zeitlupentempo über Sartoris Wange, eine nasse Spur hinterlassend und tropfte auf den Teppich. »Und jetzt ist sie tot«, sagte er. Seine Stimme war tonlos.

»Wer könnte das getan haben? Ich meine, Sie und Ursula leben seit Jahren in einem Haus zusammen. Haben Sie keinerlei Verdacht, wer … wer es getan haben könnte?«

»Ich habe mir darüber den Kopf zerbrochen.« Langsam hob er den Kopf. »Aber ohne Ergebnis.«

»Hatte sie Feinde?«

»In jeder Firma hat man Feinde. Und in so einer großen Klinik erst recht. So war mein Eindruck. Jeder gegen jeden, verstehen Sie?«

»Nicht ganz. Jeder gegen jeden. Das klingt nicht nach friedlicher Koexistenz.« Tanner suchte nach der Fotografie mit den drei gut gelaunten Männern und hielt sie Sartori hin. »Zwei dieser Männer sind tot. Einer zwei Jahre, der andere seit wenigen Tagen. Erkennen Sie jemanden auf dem Bild?«

Sartori tippte mit dem Finger auf die Fotografie. »Den einen habe ich in Ursulas Klinik getroffen. Das ist der Kurz, der ihr Chef war. Und den dasselbe Schicksal ereilt hat. Die anderen zwei habe ich nie gesehen.«

Tanner verstaute das Foto wieder in seiner Jackentasche.

»Dr. Matteiner und Hedwig Pammer. Haben Sie einen der Namen schon mal gehört?«

»Pammer … den Namen hat, glaube ich, Ursula mal erwähnt. Ist aber lange her, und sicher bin ich auch nicht.«

»Herr Sartori, wie gut kennen Sie Ursulas Familie?«

»Wenig. Alles Tschamderer. Ich hab versucht, mich soweit wie möglich von ihrer Verwandtschaft fernzuhalten.

»Tschamderer können unangenehm sein.« Tanner lächelte. »In meiner Familie haben wir die auch. Aber gibt es auch welche, denen man einen Mord zutrauen könnte?«

»In Ursulas Familie, meinen Sie?« Er hob beide Hände. »Wer kann schon in die Menschen hineinschauen?«

Tanner verließ das Haus und ging zu seinem Auto. Was hatte er soeben erlebt?

Einen zutiefst trauernden Mann. Einen Verwirrten, einen cleveren Schauspieler oder einen Verdächtigen? Tanner war mit dem Gespräch, das er soeben mit dem Mann geführt hatte, nicht zufrieden.

Er wollte schon seinen Fiat aufsperren, doch dann überlegte er es sich anders und ging zum Nachbarhaus von Marian und Regina Brugger. Er läutete zweimal, doch niemand öffnete. Er spähte durch das kleine Fenster in die Garage. Leer. Ausgeflogen.

*

Als er sich ins Auto setzte, zeigte ihm ein Blick auf sein Handy, dass eine Nachricht von Maurizio eingegangen war.

Tanner mochte Nachrichten nicht. Er rief zurück, und Maurizio hob sofort ab.

»Wo bist du gerade?«

»Hast du mir deshalb das SMS geschickt? Ich komme gerade von einem Gespräch mit Peter Sartori, dem So-gut-wie-Ehemann Ursulas. Ein gebrochener Mann.«

»Die meisten Frauen werden von ihren Ehemännern oder zumindest Angehörigen der engeren Verwandtschaft umgebracht.«

»Ich weiß.«

»Hat er ein Alibi?«

»Er behauptet, eines zu haben. Mehr weiß ich nicht.«

Maurizio schnaufte. »Was weißt du eigentlich?«

»Eine Spur mehr als deine ehemaligen Kollegen und Mitarbeiter der Questura.«

»War dieser Hinweis notwendig?«

»Ich weiß zum Beispiel auch, dass du mir noch eine Antwort schuldig bist.«

»Deshalb habe ich dir die Nachricht gegeben. Also: Ich habe Gerd Rieper deine Drei-Jahres-Skizze gezeigt. Der Dr. Kurz ist schon der dritte Mord in einer Reihe, der an einem 2. September geschieht. Die Frage war, ob die Mordserie nicht vor zwei, sondern schon vor drei Jahren begonnen haben könnte.«

»Und? Hat sie?«

»Sei nicht so ungeduldig. Du schuldest Gerd mindestens einen Karton guten Rotweins. Er hat die Unterlagen durchforstet und in der fraglichen Zeit nichts gefunden. Anfang September vor drei Jahren gab es keinen Mord in unserer Gegend. Weder einen geklärten noch einen ungeklärten.«

»Die Tatsache, dass vor drei Jahren nichts passiert ist, lohnt keinen Karton Wein. Nicht mal eine Flasche. Ich werde übrigens beschattet«

»Du wirst was?«

»Beschattet. Oder verfolgt. Oder beides.«

»Ist sie hübsch?«

»Zur Abwechslung war es diesmal ein Mann.«

»Kennst du ihn? Wie sieht er aus?«

»Mittel. Mittelgroß, mittelschwer.«

»Alter?«

»Keine Ahnung. Er trug einen Schlapphut«

»Was ist das?«

»Ein Hut aus weichem Material mit breiter Krempe, die schlaff herunterhängt.«

»Und was weißt du sonst noch über ihn?«

»Nichts … doch! Er ist Raucher.«

»Jetzt haben wir ihn. In Italien gibt es nur zehn Millionen Raucher.«

»Ich habe beschlossen, mich von dem unter dem Schlapphut steckenden Menschen nicht beunruhigen zu lassen. Vielleicht war's auch nur ein Irrtum, und er war gar nicht hinter mir her.«

»Mir fällt gerade etwas ein, Tiberio. Als wir in der Vinothek Gertraudi in Margreid saßen, hast du mir noch eine Frage gestellt, die ich an Gerd weitergegeben habe. Deine Erinnerung trügt dich nicht. Der Dr. Kurz hatte tatsächlich ein Stoffband um das Handgelenk gebunden.«

»Wie die Hebamme.«

»Was murmelst du?«

»Welche Farbe hatte das Stoffband?«

»Als ich bei Gerd in der Questura war, hat er mir ein Foto gezeigt. Das Band ist etwa dreißig Zentimeter lang und drei Zentimeter breit. Farbe hellblau.«

*

Bevor er den Motor startete, nahm er das Band aus dem wattierten Briefumschlag, den Gerlinde Carluccia bei Paula abgegeben hatte. Etwa dreißig Zentimeter lang und drei Zentimeter breit. Farbe hellblau.

Paula wusste, dass die Firma *Teresa Tessuti* im Schloss Trauttmansdorff zu Hause war.

Schloss Trauttmansdorff … Wikipedia verriet ihm nicht nur die Adresse, sondern auch die weltgeschichtlich relevante Nachricht, dass man zu Ehren Kaiserin Elisabeths im Schlossgarten eine marmorne Sisi-Bank errichtet hat.

Bei der Firma Tessuti meldete sich eine blecherne Computerstimme: »Im Augenblick befinden sich alle unsere Mitarbeiter in Kundengesprächen. Ihr Anliegen ist uns wichtig, bitte bleiben Sie in der Leitung. Haben Sie Fragen zu unseren Produkten, dann drücken Sie die Eins. Haben Sie Fragen zu unseren Vertriebsauslässen, drücken Sie die Zwei. Haben Sie Fragen zu unserem After-Sales-Service, drücken Sie die Drei.«

Tanner schloss die Augen und wollte schon auflegen, als sich eine echt menschliche Stimme meldete, der er sein Anliegen darbrachte.

»Herr Magister Honsel wird Ihnen für ein Gespräch zur Verfügung stehen«, sagte die menschliche Stimme. Tanner wollte noch fragen, welche Funktion dieser Herr Magister innehat, doch die Leitung war bereits tot.

Magister und Sisi, ich komme, sagte er sich und startete den Motor seines Fiat.

»Herr Honsel hat sein Büro im dritten Stock. Zimmer Nummer 314.« Der freundliche Pförtner zeigte mit dem Zeigefinger zum Lift. »Da geht's nach oben.«

Da geht's nach oben, dachte er, während ihn der Aufzug leicht vibrierend in den dritten Stock beförderte. Hatte er nicht schon öfters den Weg nach oben gesucht?

Ohne anzuklopfen, öffnete er die Tür mit der Nummer 314 und stand in einem schmalen Schlauch, der offenbar das Vorzimmer zum Büro des Herrn Magister war. Am Ende des langen Raumes und mit dem Rücken zum Fenster saß eine wuchtige Sekretärin, von der nur eine blonde Haarwolke erkennbar war, wie eine riesige, von hinten durchleuchtete Zuckerwatte. Und vorne ein schweres, grünes Brillengestell.

»Gehen Sie rein«, sagte die Zuckerwatte, ohne von ihrer Tastatur aufzusehen. »Er erwartet Sie.«

Magister Honsel war mittelgroß, schlank mit dunklem Haar und einem durchdringenden Blick. Außerdem roch er nach Maiglöckchen. Tanner mochte diese geschniegelten Typen nicht.

Kaum hatte er Platz genommen, kam die Sekretärin lautlos herein, blieb hinter Tanner stehen und fragte, ob er etwas trinken möchte. Er hatte Durst und bat um ein Glas Wasser.

Honsel öffnete eine silberne Schatulle, entnahm ihr eine Zigarette und zündete sie an.

»Was kann ich für Sie tun?«

Tanner nahm das blaue Stoffband aus dem Kuvert und legte es auf den Schreibtisch.

Der Mann sah auf das Band, das in der Zwischenzeit bereits ziemlich abgegriffen aussah und sich wie ein flach getretener Regenwurm auf der Tischplatte ringelte. Dann hob er den Kopf. »Und deswegen sind Sie die weite Strecke von Bozen hierhergefahren?«

»Was macht man mit diesem Band? Ich meine, wozu dient es?«

»Ich würde sagen: zum Binden.«

»Welche Produkte stellt Ihre Firma eigentlich her?«

»Diese Bänder …« Wie angeekelt griff Honsel mit spitzen Fingern nach dem blauen Streifen. »… sind für uns ein reines Nebenprodukt. Ein Füllprodukt für unsere Produktion. Kaum der Rede wert. Wir liefern es an den Einzelhandel und an Hersteller von Männerhosen.«

Tanner zeigte auf das Band. »Was hat so ein Ding mit einer Männerhose zu tun?«

»Jeder Mann hat so etwas in seiner Hose.« Ungeniert deutete er auf Tanners Bauch. »Sie auch. Schnittbänder heißen die Dinger. Sie sind extrem reißfest und befinden sich im Inneren Ihres Hosenbunds.«

Instinktiv griff sich Tanner an die Hose. »Das sind die verdammten Dinger, die bei meiner Hose ständig enger werden. Sie sind permanent zu knapp und schnüren mich ein.«

»Für Ihre Hose habe ich etwas Besonderes auf Lager.« Er griff nach einem dicken Katalog und legte ihn mit einem gut gelaunten »Eccolo!« vor Tanner hin und deutete auf ein dunkelrotes Textilband. »Hier. Das empfehle ich

Ihnen für Ihre Hose: Ein sogenannter Zurrgurt zur Sicherung von LKW-Ladungen oder für Schwertransporte von Containern. Oder hier …« Mit geübter Hand blätterte er ein paar Seiten weiter. »Das hier ist unser Kraftmeier, der XS2000. Ein Tragegurt für Lastenkräne, ausgelegt für Zugkräfte von zwei Tonnen. Ich wette, das schafft nicht einmal Ihr Bauch.«

Tanner war verwirrt. Machte sich der Mann lustig über ihn? »Zurück zu den normalen Bändern wie diesem hier auf Ihrem Schreibtisch. Das liefern Sie an den Einzelhandel, sagten Sie.«

»Genau. An Stoff- und Modegeschäfte und den gesamten Textilhandel. Wie gesagt: Wir liefern die Bänder *en gros* und *en detail*.«

»Bleiben wir bei *en detail*«, sagte Tanner. »Gibt es eine Liste der Firmen, die diese Bänder bei Ihnen beziehen?«

»Ich kann Ihnen jede Ihrer Fragen beantworten. *En gros* und *en detail*.« Er angelte sich das am Rand seines Schreibtisches stehende Notebook, hieb einige Male auf die Tastatur und mit einem fröhlichen »Eccolo« drehte er den Laptop herum. Tanner sah auf eine verwirrende Excelvielfalt mit unendlich vielen Spalten und Zeilen.

»Das ist unsere Kundenliste in Form einer Excel-Tabelle.« Magister Honsel lächelte ein überlegenes Lächeln. »Die Tabelle hat 28.000 Zeilen. So viele Kunden haben wir. Ich rede von Italien, der EU und dem ganzen Rest der Welt.«

»Sehr beeindruckend«, sagte Tanner. »Und wenn Sie sich auf unsere Region beschränken?«

»Unsere Region?«

»Die Autonome Provinz Bozen – Südtirol. Welche Firma

bezieht diese blauen Bänder von Ihnen? Das interessiert mich.«

»Eccolo!« Nach einigen Tastatur-Hieben war die Tabelle deutlich kürzer geworden.

Tanner fuhr mit dem Finger auf dem Bildschirm von oben nach unten. »Das ist überschaubar.« Er nickte seinem Gegenüber freundlich zu. »Und von dieser Kundenliste hätte ich gerne einen Ausdruck.«

»Kein Problem.« Honsel griff zum Telefon und murmelte einige, für Tanner unverständliche Worte hinein. Fünf Sekunden später kam die blonde Zuckerwatte herein und legte den Ausdruck auf den Tisch.

»Ich bin Ihnen zu großem Dank verpflichtet«, sagte Tanner und erhob sich.

Honsel reichte ihm die Hand. »Meine Neugier bringt mich fast um. Verraten Sie mir bitte, wozu Sie diese Aufstellung haben möchten. Ich hoffe sehr, dass Sie mit unseren Kundenlisten keinen Unfug anstellen.«

»Unfug gibt es nicht bei mir. Es geht mir um diese extra starken Bänder, von denen ich einige Meter kaufen möchte.«

»Wozu?«

Tanner nestelte an seiner Hose. »Ich brauche Verstärkung, verstehen Sie? Hier, am Hosenbund.« Er winkte mit der Excel-Liste. »Und aus Ihrer Tabelle suche ich mir nun ein Geschäft in meiner Nähe.«

In alphabetischer Reihenfolge standen an die dreißig Firmennamen auf dem Blatt untereinander, die, so war sein erster Eindruck, das gesamte Gebiet zwischen Sterzing und Salurn abdeckten.

Zurück im Auto las er die Firmenliste mit Aufmerksamkeit durch. Überrascht pfiff er durch die Zähne. Die Firma, die an dritter Stelle von oben stand, kannte er gut:

ANTIQUARIATO & TRÖDEL, R. & M. Brugger, Meinhardstraße 22, 39012 Meran.

*

Ursprünglich hatte er vor, dieselbe Strecke zurück in den Süden zu nehmen wie auf der Herfahrt, doch unter dem Eindruck einer massiven Hungerattacke beschloss er, die Staatsstraße zu verlassen, in der Hoffnung auf die schicksalhafte Begegnung mit einem Gasthaus. Und das geschah zehn Minuten später. Er hatte Meran wenige Kilometer hinter sich gelassen, als er durch ein Dorf mit dem Namen Burgstall fuhr, wo ihm das Schild RESTAURANT LADINER HOF in die Augen stach.

Sollte er hier halt machen? Sein Magen signalisierte ihm ein mehrfaches Ja. Das Lokal mit dem etwas futuristischen Innenleben gefiel ihm auf Anhieb. Kaum hatte er die menschenleere Gaststube betreten, als ein schmalzlockiger junger Mann diensteifrig herangewedelt kam. Er begrüßte Tanner und deutete auf die leeren Tische. »Heute ist freie Tischwahl.«

Tanner nahm an einem länglichen Tisch am Fenster Platz und blickte zu dem jungen Mann hoch. »Sie sprechen einen italienischen Dialekt. Ist das Ladinisch?«

Der Kellner schüttelte den Kopf. »Ladinisch ja, Dialekt nein. Ich bin Grödner, und meine ganze Familie spricht Ladinisch. Meinen Eltern gehört dieses Restaurant. Wenn ich denen erzähle, dass Sie Ladinisch als italienischen Dialekt einstufen, versalzt meine Mutter Ihr Essen. Das Italienisch ist erst Jahrhunderte nach dem Ladinischen entstanden. Zu *Guten Tag* sagen wir *bon di* und *Gute Nacht* heißt *bona nuet*. Was möchten Sie zum Essen? Mit Wein aus unserem hoch gelegenen Grödnertal kann ich nicht dienen, aber ich empfehle Ihnen unseren Hauswein, ein 2011er Chianti aus Greve. Der ganze Charme der Toskana in einem Glas.«

»Mal eine interessante Abwechslung zum Südtiroler Wein«, sagte Tanner, schlug die Karte auf und bestellte kurz entschlossen die Ladinische Gerstensuppe mit Kartoffel-blattlan und hinterher das Spanferkelkarree auf Kresse- und Kartoffelsalatdecke.

»Gute Wahl«, sagte der junge Mann. »Meine Mutter wird in der Küche sofort in Aktion treten.«

In diesem Moment flog krachend die Tür der Gaststube auf und an die zwanzig Männer trampelten in die Gaststube und nahmen an den Tischen Platz. Ausländische Typen, war Tanners erster Gedanke, als er die Männer laut miteinander reden hörte. Slowakisch oder Kroatisch. Er verstand kein Wort. Keine Durchreisenden. Vermutlich Leute, die in der Gegend wohnten, schlecht ernährt und schlecht gekleidet.

Der Kellner brachte ihm den Rotwein, und Tanner deu-tete auf die Männer. »Wer sind diese Leute? Bauern?«

»Darf ich?« Der junge Mann setzte sich zu Tanner an den Tisch. »Erntehelfer. Äpfel vor allem. Die kommen aus ganz Osteuropa. Einige der Bauern haben unsere Zimmer gemie-tet, und da wohnen die Männer. Drei bis fünf in einem Raum. Außerdem habe ich noch einen Schlafsaal.« Verstohlen zeigte er auf den Nebentisch. »Die sind aus Rumänien und bleiben für zwei Wochen hier. Die Übernachtungen werden von den Besitzern der Apfelplantagen bezahlt. Mit denen rechnet mein Vater direkt ab. Ein paar der Leute ...« Er deutete auf einen Tisch im Hintergrund der Gaststube. »... kommen auch aus Südtirol. Alle die hier verdienen einige lumpige Euro pro Stunde, obwohl sie auf den Mindestlohn Anspruch hätten.«

Etwas weniger müde als satt gegessen setzte Tanner eineinhalb Stunden und zwei Gläser herbem Greve-Charme später die Fahrt fort. Während des Essens war er noch einmal die Excel-Tabelle durchgegangen, die ihm der geschniegelte Magister Honsel ausgehändigt hatte. Das Papier roch immer noch leicht nach Maiglöckchen. Eigentlich hatte er sich vorgenommen, zu Paula in die Apotheke nach Bozen zu fahren, um sie zu einem gemeinsamen Abendessen zu überreden. Doch allein der Gedanke an die Ladinische Gerstensuppe setzte seiner Esslust zumindest mittelfristig Grenzen. Außerdem ließ ihn der Gedanke an das blaue Stoffband nicht los, und Neugierde überkam ihn. Möglicherweise konnten ihm die Bruggers weitere Hinweise geben, die für ihn wichtig waren.

Vom Parkhaus Plaza war es nur ein Steinwurf bis zum Laden der Bruggers. Es war kühl und windig. Bei der Trattoria Mainardo wollte er gerade die Fahrbahn überqueren, als er den blonden Haarschopf und das hagere Gesicht des jungen Mädchens erblickte, das ihm beinahe schon vertraut erschien. Auch die hautengen Röhrenjeans und der dicke Pullover, den sie trug, kamen ihm bekannt vor. Sie stand in der Parkbucht einer Haltestelle und sah zu ihm herüber. Mit der Absicht, das Mädchen zur Rede zu stellen, winkte er ihr zu, sah nach rechts und links, um die Straße zu überqueren, und wurde dabei von einer älteren Frau angerempelt, die mit einem Einkaufswagen unterwegs war. In diesem Moment näherte sich auf der anderen Seite ein Bus, wurde immer langsamer, blieb aber nicht stehen, sondern beschleunigte wieder und fuhr weiter. Tanner lief über die Straße, zwängte sich zwischen hupenden Autos hindurch und beobachtete, wie das Mädchen dem Bus nachsprintete, mit der flachen Hand gegen die Scheibe schlug und dabei auf den Knopf neben der Tür drückte. Das Fahrzeug hielt noch einmal kurz an, wie eine Ertrinkende griff das Mädchen nach der Haltestange und zog sich die Stufen nach oben, während der Bus hupend aus der Parkbucht fuhr und sich beschleunigend in den Verkehr einordnete.

Dann eben nicht. Er überlegte, wann er das Mädchen zuletzt gesehen hatte. Das musste vor einigen Tagen gewesen sein. Und jetzt das dritte Mal. Das konnte kein Zufall sein.

Tanner schüttelte den Kopf. Er verstand das alles nicht. Dabei hatte er schon einige Male über dieses eigenartige Mädchen nachgedacht, das, so schien es zumindest, ihm nachlief. Wenn selbst intensives Nachdenken zu keinem Ergebnis führt, ist das noch nicht das Ende der Fahnenstange, hatte er in einem Buch über den Begriff Resilienz gelesen. Leicht gesagt. Tanner empfand es als zutiefst irritierend und erniedrigend, trotz intensiven Nachdenkens über ein Problem keine Lösung zu finden. Was kann man noch tun, wenn sich ein Rätsel als unlösbar herausstellt? Auf ein Wunder hoffen? Oder das Problem einfach zur Seite schieben. Tanner entschied sich für Letzteres. Zumindest kurzfristig.

Er tauchte in die von Räucherstäbchen geschwängerte Dämmerung des Geschäfts ein, wo er von einer diensteifrigen Regina Brugger überschwänglich begrüßt wurde.

»Schön, dass Sie uns besuchen. Womit können wir Ihnen dienen? Noch ein paar antike Grappagläser für Ihren Freund? Oder ein schöner Schal für Ihre Paula?«

Tanner versuchte eine leicht unterwürfige Verbeugung. »Eigentlich wollte ich dieses Mal nichts kaufen, sondern bin mit einer Frage zu Ihnen gekommen.«

Die Frau hob die Hände in die Höhe, als ob sie sich ergeben würde, und das Lächeln auf ihren Lippen fror etwas ein. »Was wollen Sie mich fragen?«

»Der dramatische Tod Ihrer Nachbarin Ursula geht mir nicht aus dem Kopf ...«

»Marian und mir geht es genauso«, unterbrach sie ihn. »Ist das nicht furchtbar? Sie soll erstochen worden sein, erzählt man. Die Polizei war schon bei uns und hat uns gefragt, ob wir etwas gehört oder gesehen haben.«

»Dasselbe wollte ich tun. Haben Sie etwas gehört? Oder gesehen? Ihr Haus grenzt ja direkt an Ursulas Bungalow.«

»Wir waren unterwegs ... in Franzensfeste und Sterzing. Bei Verwandten. Als wir zurückkamen, war die gesamte Zufahrt zu unseren Häusern verstopft. Blaulicht überall. Marian hat fast der Schlag getroffen. Polizisten sind hin und her gelaufen. Furchtbar. Wer tut so was?«

»Genau das ist die Frage. Ich habe mit Herrn Sartori gesprochen. Der ist vollkommen erledigt.«

»Kein Wunder. Wir haben ihn gestern zu uns eingeladen

und versucht, ihn zu trösten. Aber es gibt Situationen, da hilft kein Trost.« Sie machte eine kurze Pause und schnäuzte sich geräuschvoll die Nase.

In diesem Moment ertönte die Türmelodie, und ein neuer Kunde betrat das Geschäft. Ein älterer, fülliger Mann.

»Hallo, Regina. Du hast im Schaufenster eine wunderschöne *Blume des Lebens* als Anhänger.«

Frau Brugger machte einen kurzen Seitenblick auf Tanner. »Entschuldigen Sie mich einen Moment. Bin sofort wieder bei Ihnen.«

»Du hast einen guten Geschmack, Horst. Ist es für dich, oder soll es ein Geschenk sein?«, fragte sie den Mann.

Der Kunde machte einen verlegenen Seitenblick zu Tanner. »Ein Geschenk«, sagte er leise.

»Du weißt, dass der Anhänger nach dem Tesla-Prinzip gebaut ist.« Frau Brugger sprach jetzt mit einschläfernd ruhiger Stimme. »Er ist in der Lage, kosmische Tachyonen einzufangen.«

»Du meinst Prana?«

«Genau«, sagte sie. »Ein Geschenk für einen Mann oder eine Frau?« Sie sah auf ihren Kunden. »Es ist nur wegen der Farbe des Geschenkpapiers.«

»Ach so«, hauchte der Mann. »Es ist für Sylvia.«

Beeindruckt sah Tanner, dass die kleine Aluminiumplatte für hundertfünfzig Euro dreißig den Besitzer wechselte. Wahrscheinlich war das Einwickelpapier mit den blassblauen Engelsfiguren sehr teuer.

Mit einem verträumten Lächeln verließ der Kunde den Laden. Während die Türklingel die unmelodische Sequenz spielte, die Tanner bereits kannte, trat Marian Brugger aus dem Hintergrund des Raumes und streckte ihm die Hand entgegen.

Frau Brugger sah ihrem Mann ins Gesicht und deutete auf Tanner. »Ob wir etwas über Ursulas Tod sagen können, will er wissen.«

Er schüttelte den Kopf. »Wir waren zu der Zeit gar nicht da.«

Tanner nickte. »Ich weiß. Nichts gesehen, nichts gehört.«

Marian Brugger blies hörbar die Luft aus. »Sie können Ihre Ironie ruhig draußen lassen.«

»Mir ist nicht nach Ironie zumute«, sagte Tanner, griff in die Tasche und hielt Regina Brugger das blaue Stoffband hin. »Kennen Sie das?«

»Natürlich.« Die Frau holte eine Brille aus einer ihrer Taschen, setzte sie auf und warf einen prüfenden Blick auf das Band. »Teresa Tessuti … das haben wir seit Jahren im Sortiment.« Sie zerrte einige Male an dem Stoffband und sah ihn an. »Darum kaufen es manche unserer Kunden. Es ist besonders reißfest.«

»Wie viele Kunden kaufen das?«

»Hören Sie … wir beziehen ganze Rollen von Tessuti und verkaufen das Ding zentimeterweise an Hunderte Kunden im Jahr. Einzelhandel nennt man das.«

»Wieso kommen Sie mit dem Band ausgerechnet zu uns?«, fragte Brugger.

»Nicht so wichtig«, sagte Tanner. »Ich brauche einen Meter. Für meinen Hosenbund.«

Die Frau betrachtete ihn lächelnd. »Ich will Ihnen nicht zu nahe treten, aber ein Meter wird nicht reichen.«

»Themenwechsel.« Tanner sagte es vielleicht etwas zu laut. »Die arme Ursula und Ihr Beinahe-Gatte Sartori ... gab es da Probleme in der Partnerschaft? Streitigkeiten zum Beispiel? Ich meine, Nachbarn bekommen so etwas manchmal mit.«

»Niente«, sagte er. »Über die Güte der zwischenmenschlichen Beziehungen unserer Nachbarn haben wir keine Erkenntnisse.«

»Und wenn wir welche hätten, würden wir sie Ihnen nicht verraten«, ergänzte sie.

»Ist Ihnen sonst etwas aufgefallen? An dem Tag, als das mit Ursula passiert ist, oder die Tage davor?«

»Was meinen Sie?«

»Irgendetwas Außergewöhnliches. Einen Fremden zum Beispiel, den Sie noch nie gesehen haben in Ihrer Gegend. Ein Auto, das da nicht hergehört.«

Marian schüttelte den Kopf und sah mit fragendem Gesicht zu seiner Frau.«

»Doch«, sagte sie. »Da war was.«

»Was?«, fragte ihr Mann.

»Was?«, fragte Tanner.

»Es war vor zwei oder drei Tagen. Bei uns zu Hause. Am Abend. Die Dämmerung hatte gerade eingesetzt. Ich stand in der Küche und habe sie durch das Fenster deutlich gesehen, obwohl sie sich bemüht hat, im Schatten der Büsche zu bleiben. Langsam ist sie vorbeigeschlichen, dann ging sie vor bis zum Umkehrplatz, kam zurück und dann lief sie die Laurinstraße hinunter und war verschwunden.«

Marian Brugger atmete hörbar aus. »Von wem redest du, verdammt?«

»Ich rede von einem blonden Mädchen. Vielleicht siebzehn. Schlank … Eine dünne Gestalt … enge Jeans und ein
blasses, hageres Gesicht. Da drüben stand sie. Auf der anderen Straßenseite und starrte herüber.«

VIERUNDZWANZIG

Als Tanner erwachte, war es schon spät am Vormittag, und dennoch fühlte er sich unschuldig. Schließlich hat jedes Säugetier und folglich auch der Homo sapiens eine innere biologische Uhr eingebaut, die die Menschheit in zwei Gruppen einteilt. Entweder man gehörte zu der Gruppe der Lerchen, die schon früh munter sind, oder man war, so wie er selbst, der Typus Eule, der erst abends aktiv wurde. Paula war eine Super-Lerche. Kaum schlug sie morgens die Augen auf, war sie gut gelaunt und hellwach. Furchtbar.

Der Regen trommelte auf das Fensterbrett. Im Radio erzählte ein unnötigerweise gut gelaunter Meteorologe, dass man die Schlechtwetterfront richtig vorausgesagt habe und dass der Regen den ganzen Tag über anhalten werde.

Auf dem Weg ins Badezimmer fiel ihm der Brief auf, den jemand durch den Türschlitz geworfen hatte. Tanner besah sich das Ding von allen Seiten. Ein gelblicher, neutraler Umschlag. Keine Adresse, kein Name, kein Absender.

Man verfolgt Sie.

Geben Sie acht auf sich.

*

Er parkte seinen Wagen in der blauen Zone am Obstplatz, nicht weit von Paulas Apotheke entfernt. In der Laubengasse begann es wieder zu regnen, und Tanner erinnerte sich daran, dass sein Schirm trocken und gut gesichert auf dem Rücksitz seines Autos lag.

Mit raschen Schritten eilte er durch die Innenstadt, als er am Gasthaus Vögele vorbeikam, in dem er vor Kurzem beinahe gelandet wäre, wenn Schluzzer nicht zu einem Vorstellungstermin beim OBI-Markt gemusst hätte. Ob man ihm dort eine Anstellung angeboten hatte? Er beschloss, Paula danach zu fragen.

Er wühlte sich gerade durch eine Gruppe Touristen, die mit Handy und norddeutschem Dialekt unterwegs waren, als er plötzlich wie angenagelt stehen blieb und ungläubig auf die beiden Personen starrte, die unmittelbar vor ihm aus einem Hauseingang auf den Gehsteig traten. Das war Marietta Kurz, gut gekleidet wie immer, die dunklen Haare straff zurückgekämmt und Hand in Hand mit einem Mann, den er ebenfalls genau kannte. Etwas zu klein geraten, scharf geschnittenes Profil und ein leicht aufgedunsenes Gesicht. Eindeutig Stefano Tappeiner. Diskret zog sich Tanner in den Schatten der Toreinfahrt zurück, durch die das Paar soeben auf die Straße getreten war. Rechts und links der Tür standen Kübel mit bunten Blumen, die mit roten Papierherzen geschmückt waren, und daneben hing ein Schild mit der Aufschrift PENSION PLÄSIER. Wie sinnig, dachte Tanner und sah den beiden hinterher. 51 Prozent meet 49 Prozent.

Auf der anderen Straßenseite blieb das Paar unter einem der ausladenden Bäume stehen. Tappeiner beugte sich zu ihr vor, nahm sie in seine Arme und begann, Marietta Kurz ausgiebig und mit viel Gefühl zu küssen. Man gönnt sich ja sonst nichts, dachte Tanner, holte sein Handy aus der

Tasche, und es gelangen ihm einige gelungene Aufnahmen. Mit Interesse sah er zu, wie sich Marietta lachend aus der Umarmung Tappeiners löste, ihre Frisur richtete, und dann betraten die beiden Hand in Hand den Obstplatz, wo sie nach wenigen Metern in der Menge verschwunden waren.

Sie hat die 51 Prozent des Unternehmens von ihrem Gatten geerbt, dessen Mörder immer noch frei herumlief. Tappeiner gehören die restlichen 49 Prozent. Zusammen gerechnet entspricht dies einem Euro-Betrag im höheren sechsstelligen Bereich. Eine attraktive Summe. Es sollen schon Morde für deutlich weniger Geld verübt worden sein.

In der Apotheke waren keine Kunden. Er entdeckte Paula, die im Hintergrund auf einer Leiter stand und in einer der Schubladen herumkramte, wobei sie Tanner den Rücken zukehrte.

»Du hast hübsche Beine«, sagte er.

»Ich weiß«, sagte sie von oben herab. Langsam kletterte sie von der Leiter und lächelte ihn an. »Wenn ältere Männer plötzlich in einer Apotheke auftauchen, sind Sie entweder krank oder bedürftig.«

»Ich bin keines von beiden.« Er hielt ihr den anonymen Brief hin.

»Wer verfolgt dich?«, fragte sie und runzelte die Stirn. »Meint der Briefeschreiber das blonde Mädchen, das dir von Zeit zu Zeit wie ein Geist erscheint?«

»Glaube ich nicht. Da war noch etwas anderes. Vor zwei oder drei Tagen. Am Nachmittag. Ich habe mir das blaue Stoffband abgeholt, das Gerlinde bei dir in der Apotheke abgegeben hat, und auf dem Weg ins Büro war ein Mann hinter mir her.«

»Hinter dir her?«

»Paula, ich kann es nicht beschwören, aber mein Eindruck war, dass mich der Mann beobachtet hat.«

»Was für ein Mann?«

»Keine Ahnung. Langer Mantel und brauner Hut, den er sich tief ins Gesicht gezogen hatte.«

»Warum hast du davon nichts erzählt?«

»Ich wollte dich nicht beunruhigen.«

»Der Briefschreiber hat recht. Du solltest achtgeben auf dich.«

»Ich habe übrigens Marietta Kurz getroffen.«

»Die trauernde Witwe?«

»Von Trauer keine Spur.« Er deutete zur Tür. »Da vorne war's, nicht weit von der Apotheke entfernt. Sie war in Begleitung von Stefano Tappeiner.«

»Wer ist das noch mal?«

»*Die graue Eminenz* hat ihn Ursula genannt. Er ist der Finanzchef der Klinik im Ultental. Ich habe die Küsse und Umarmungen der beiden nicht gezählt, aber dass Marietta nicht mehr um ihren verstorbenen Gatten trauert, war deutlich zu erkennen.«

»Und was sagt uns das?«

»Am liebsten würde ich Tappeiner während der nächsten Tage nicht mehr aus den Augen lassen.«

»Wozu?«

»Man müsste sich an ihn hängen, beobachten, was er tut und mit wem er sich trifft. Rund um die Uhr, verstehst du?«

»Wenn es so wichtig ist, warum machst du es nicht?«

»Was soll ich denn noch alles tun? Der Tag hat nur 24 Stunden, und du forderst auch etwas Zuwendung von mir.«

»Ich könnte dich von der Zuwendung dispensieren.« Paula grinste. »Natürlich nur für wenige Tage und gegen ein kleines Geschenk. Eine andere Idee wäre …« Sie strich ihm nicht vorhandenen Staub von seiner Jacke. »… du engagierst Schluzzer. Für wenige Tage nur und für ein eng begrenztes Arbeitsgebiet. Zum Beispiel: Überwachung der Person Tappeiner. Du bekommst Entlastung und mein Cousin einen Job. Eine echte Win-win-Situation.«

Einige Augenblicke lang wusste er nicht, was er sagen sollte. Nicht einmal, was er denken sollte. »Vielleicht hast du recht. Wenn ich ihn nur mit einer einzigen, überschaubaren Aufgabe losschicke, dann könnte das klappen.«

Paula nickte. »Ruf ihn an. Er hat ohnehin noch keinen Job. Der Baumarkt will ihn nicht.« Sie schrieb Schluzzers Telefonnummer auf einen Zettel. »Soweit ich weiß, hat er heute ein Vorstellungsgespräch in Kastelruth.«

»Kastelruth? Schluzzer kann doch gar nicht singen.«

Tanner wartete Paulas Antwort nicht ab, da zwei Kunden die Apotheke betraten. Im Homöopathie-Erker zog er sein Handy aus der Tasche und wählte die Nummer. Schluzzer hob sofort ab.

»Das war kein langes Telefonat«, sagte Paula einige Minuten später. »Hast du ihn erreicht?«

Tanner nickte. »Wie lange fährt man von hier nach Kastelruth?«

»So wie du fährst, eine halbe Stunde.«

Es entstand eine kurze Pause, während der Tanner auf den Boden starrte.

»Was bedrückt dich?«

»Da gibt es etwas, das mir nicht aus dem Kopf geht. Ich habe dir von dem Schreiben erzählt, das ich in Hedwig Pammers Schließfach gefunden habe. Der Brief war ohne Datum, trug aber die Unterschrift Dr. Matteiners. Vermutlich wollte er die Hebamme warnen.«

»Was stand noch mal in dem Brief?«

»Ein deutlicher Wink, vorsichtig zu sein. *Seien Sie vorsichtig. Man verfolgt mich*, schrieb Matteiner an die Hebamme. *Und ich glaube, sie haben es auch auf Sie abgesehen.*«

»Beunruhigend«, sagte Paula.

Tanner nickte. »In der Tat. Der Brief von Matteiner, der in Hedwig Pammers Banksafe lag, hat einen verdammt ähnlichen Wortlaut wie das anonyme Schreiben, das mich heute erreicht hat.«

Paula griff nach dem Zettel und las die kurze Botschaft noch einmal. Dann schüttelte sie den Kopf. »*Man verfolgt Sie. Geben Sie acht auf sich.* Das ist eine klare Botschaft.«

»Und dem Inhalt des ersten anonymen Schreibens an mich sehr ähnlich.«

»Wie lange ist das her?«

»Eine Woche. Ungefähr.«

»Ich erinnere mich nicht mehr. Was stand da drin?«

»Der Mörder ist gefährlich. Und er verfolgt mich. Oder so ähnlich. Der Brief wurde nicht mit der Post zugestellt, sondern bei mir in Altenburg eingeworfen.«

Sie schwenkte den Zettel hin und her. »Aber dies ging nicht nach Altenburg. Die Nacht von gestern auf heute hast du in *meinem* Haus verbracht und dieser Wisch wurde durch den Briefschlitz in *meiner* Haustür eingeworfen. Der Brief hat keine Anrede und der Umschlag keine Adresse.«

»Was willst du damit sagen?«

»Dass der Brief vielleicht nicht an dich gerichtet ist. Sondern an mich.«

*

In Gedanken versunken schritt er das Spalier der Autos entlang, die am Ende des Obstplatzes in Reih und Glied geparkt waren. Schon von Weitem sah er etwas Weißes unter dem Scheibenwischer seines Fiat. Verdammt! Er las die Parkordnung auf der Tafel und sah auf die Uhr. Er stand nicht im Parkverbot, und die erlaubten eineinhalb Stunden waren noch nicht abgelaufen.

Er zog den Briefumschlag unter dem Scheibenwischer hervor und faltete den Zettel auf. Es war kein Strafmandat. Sofort erkannte er die Handschrift wieder, nur diesmal war sie etwas krakelig und zittrig, als wäre der Brief in Eile geschrieben worden.

Dr. Bruno K. ist ein Meister der ärztlichen
Kunstfehler. Sehen Sie sich an, welche seiner
Patienten verstorben sind.
PS: Es gibt einen klaren Beweis, wer der
Mörder der drei Personen ist.

Für einen Moment geriet Tanner in leichte Panik und ärgerte sich sogleich darüber. Obwohl er vor mehr als zwanzig Jahren das Rauchen aufgegeben hatte, verspürte er plötzlich Lust auf eine Zigarette. Mach dich nicht verrückt! Mit dem Rücken an sein Auto gelehnt blickte er sich am Platz um. Viele Menschen waren unterwegs, Frauen mit riesigen Einkaufskörben, Kinder mit Schultaschen auf dem Rücken, allein und an der Hand eines Erwachsenen, und wichtig aussehende Männer mit schlanken Aktenkoffern. Ein paar Reihen weiter stiegen zwei junge Frauen aus einem teuer aussehenden SUV. Eine groß gewachsene Frau stöckelte vorbei und warf ihm einen langen Blick zu, den er nicht einordnen konnte. Aber weit und breit war nichts Auffälliges zu sehen.

Noch einmal warf er einen Blick auf den Zettel und las die Botschaft Wort für Wort durch. *Es gibt einen klaren Beweis.* Warum verklausuliert der anonyme Schreiber seine Botschaft? Warum redet der Affe nicht Klartext? Aus Tanners Sicht ergab das alles keinen Sinn.

Er faltete den Zettel zusammen und stieg in sein Auto. *Bruno K. ist ein Meister der ärztlichen Kunstfehler. Sehen Sie sich an, welche seiner Patienten verstorben sind.*

Dieser Satz war wenig verklausuliert, dachte er. Eher Klartext. Eine offenkundige Aufforderung. Die Patientendatei, dachte er, dort müsste er die Antwort finden.

Er erinnerte sich an das Gespräch mit Ursula über die Patientenakte in der Ultentaler Klinik. Im Krankenhaus existieren für jede Operation umfangreiche Protokolle. Das waren ihre Worte gewesen. Und sie berichtete, dass jeder Arzt, Pfleger oder Helfer dokumentieren musste, wann und mit welchem Ergebnis er den Patienten behandelt hatte. Ihm fiel die SMS ein, die ihm Ursula kurz vor ihrem Tod zukommen ließ und die er am Handy archiviert hatte. Nach kurzer Suche fand er die Botschaft: *Die Unterlagen sind im Keller-archiv, Tür U18. Nicht vergessen: Code 4711* ☺.

Code 4711, dachte er; auf diesem Weg hatte er schon einmal die ausgedehnten Kellergewölbe des Krankenhauses durchquert. Tanner hatte einen Plan.

Auf der Bank neben einer Bushaltestelle saßen einige Jugendliche stumm nebeneinander, vollführten fahrige Wisch-bewegungen auf ihren Mobiltelefonen und machten dabei keinen glücklichen Eindruck.

Ein oranger Citybus schob sich langsam in die Halte-stelle, und Tanner wollte gerade in sein Auto steigen, als er von hinten angesprochen wurde: »Guten Tag, Herr Detektiv!«

Erschrocken drehte er sich um. »Schönen guten Tag.« Regina Brugger stand breitbeinig hinter ihm und grinste ihn an.

»Frau Brugger …« Tanner reichte ihr die Hand. »Was machen Sie in Bozen? Haben Sie Ihren Mann alleine im Geschäft zurückgelassen?«

»Er kann besser mit Kunden umgehen, und ich muss mit unserem Bankmenschen reden.«

»Brauchen Sie eine Kapitalspritze?«, fragte er und grinste.

»Sie brauchen nicht zu grinsen. Das trifft es ziemlich genau. Unser Geschäft geht schon seit einem Jahr nicht gut. Die Leute sparen, und uns fehlt der Umsatz.« Sie sah auf die Uhr. »Und jetzt bin ich auf dem Weg zu unserer Hausbank.«

»Hat die Bank um das Gespräch gebeten, oder geht das von Ihnen aus?«

»Leider Ersteres. Unsere Liquidität ist nicht zum Totlachen, und das Konto war zu oft überzogen während der letzten Monate. Jetzt hat die Bank um das Gespräch angesucht.«

»Ich muss zu einem Termin«, sagte er und reichte der Frau die Hand. »Seien Sie selbstbewusst bei der Bank. Ich wünsche Ihnen viel Erfolg.«

Tanner war unruhig. Und er fühlte sich gestresst. Und jetzt noch das Treffen mit Schluzzer. Aber vielleicht hatte Paula recht, und der Mann war gar nicht so dumm. Bozen nach Kastelruth eine halbe Stunde. Er war sicher, dass er zu der Verabredung mit Schluzzer zu spät kommen würde.

Er nahm nicht die A 22, sondern fuhr auf der Landesstraße 24 nach Kastelruth. In Völs am Schlern stand er wegen eines Motorradunfalls eine Viertelstunde im Stau.

Einige Zeit dachte er darüber nach, wann er zuletzt in Kastelruth gewesen war, kam aber zu keinem Ergebnis. Lange her jedenfalls. In seiner Erinnerung tauchte nur das Motto *gschrotet und graichert* auf, mit dem ihn die Küche des *Gasthauses zum Turm* mitten in der Kastelruther Altstadt verwöhnt hatte. Obwohl es viele Jahre her war, hatte er plötzlich das Gefühl, dass ihm der himmlische Geschmack des *heimischen Bauernspecks* noch immer am Gaumen klebte.

Das Stationskommando der Kastelruther Carabinieri lag in einem wuchtigen, weiß getünchten Haus in der Plattenstraße. Tanner parkte ein Stück von dem Gebäude entfernt und warf einen interessierten Blick auf die bescheidene Plakette neben der Tür, die der einzige Hinweis war, dass hier die Carabinieri zu Hause waren. Viel größer als am Standort der Gendarmerie war Tanners Interesse an dem futuristisch anmutenden Haus schräg gegenüber. An der braunen Holzwand in Höhe des ersten Stocks befand sich das Schild: Caffé Pâtisserie Stern.

Er betrat die einladende Gaststube mit viel hellem Holz, die Wärme und Gemütlichkeit ausstrahlte. Hier kann man sich wohlfühlen, dachte Tanner, revidierte aber seine Meinung, als er an einem der Tische Schluzzer erkannte, der diensteifrig aufgesprungen war, die Arme weit ausgebreitet, als wollte er Tanner umarmen.

»Lassen Sie uns gleich zur Sache kommen«, sagte Tanner. »Ich habe leider nicht viel Zeit.«

Unverschämt deutlich sah Schluzzer auf die Uhr. »Sie sind fast eine halbe Stunde zu spät.«

»Ich bin in einen Stau geraten.«

»Ich dachte immer, Detektive müssen pünktlich sein.«

Schluzzer ist hartnäckig, dachte Tanner. »Ganz im Gegenteil. Wenn der Detektiv pünktlich ist, glauben die Kunden, man hätte zu viel Zeit.«

Der Kellner hatte sich genähert, und Schluzzer bestellte ein Bier und eine Schwarzwälder Kirschtorte, Tanner nahm ein Glas Weißburgunder und einen Bauerntoast.

»Die Torte ist hier besonders gut«, sagte Schluzzer und fügte hinzu: »Ich bin hier nämlich Stammgast, Chef.«

»Sagen Sie nicht *Chef* zu mir. Das ist unpassend. Ich bin es nämlich nicht.«

»Aber Paula, meine Cousine … sie sagte, das könnte was werden.«

»Das stimmt auch … *könnte*. Konjunktiv also. Wissen Sie, was ein Konjunktiv bedeutet?«

Blitzschnell zog Schluzzer das Handy zu sich heran, das griffbereit auf dem Tisch lag, und wischte darauf herum. »Und schon informiere ich mich über den Konjunktiv, Chef!«

Ganz ruhig bleiben, sagte sich Tanner und nahm einen großen Schluck aus dem Weinglas. Der Weißburgunder schmeckte herrlich.

»Warum sind Sie Stammgast in einem Kastelruther Caffè? Ich dachte, Sie wohnen immer noch in Innsbruck.«

»Ich bin umgezogen. Zurück in die Heimat.« Schluzzer machte mit dem Arm eine erklärende Bewegung. »Da drüben wohne ich, gleich hinter der Kirche. Die Frau heißt Berta Sattler. Bei ihr wohne ich. Im zweiten Stock. Möbliert und mit allem Komfort.«

»Mit allem Komfort. Wie schön für Sie. Reden wir jetzt über Ihre Aufgabe.«

»Und schon konzentriere ich mich.« Wie ein artiger Schüler vor 50 Jahren legte Schluzzer seine Hände auf den Tisch.

Tanner zog die Fotografie Tappeiners aus der Tasche und schob sie zu Schluzzer hinüber. »Dieser Mann heißt Stefano Tappeiner. Um ihn geht es. Den werden Sie beschatten.«

»Die Frau wäre mir lieber«, sagte Schluzzer und zeigte auf Marietta Kurz. »Wer ist das?«

»Seine Freundin. Um die geht es nicht. Zurzeit jedenfalls. Sie kümmern sich um den Mann.«

Schluzzer beugte sich über die Fotografie. »Die beiden kommen gerade aus einem Haus, das mit roten Herzen geschmückt ist. Und neben der Tür steht *Pension Pläsier*.«

»Gut beobachtet, Schluzzer. Und was sagt Ihnen das?«

»Er hat sie mit Pläsier gebumst.«

»Sie erstaunen mich, Schluzzer.«

»Positiv, negativ oder einfach so, Chef?«

»Sie sind offenbar in der Lage, gegen den Strich zu denken. Das ist für einen Detektiv wichtig.«

Tanner tippte auf das Foto. »Sehen Sie sich den Mann gut an. Und danach beschatten Sie ihn. Ich will wissen, was er tut, mit wem er sich trifft und wo er sich aufhält.«

»Tagsüber?«

»Rund um die Uhr.«

»Das ist lange, Chef.«

»Und in vernünftigen Zeitabständen erwarte ich einen Report von Ihnen.«

»Report?«

»Wer, was, wann, wie oft. Und in welcher Gegend er sich aufhält.«

»In welcher Gegend«, wiederholte Schluzzer, während er einige Stichworte auf die Serviette kritzelte.

»Kennen Sie eigentlich unsere Gegend hier?« Tanner deutete auf das imposante Bergmassiv vor dem Fenster. »Wissen Sie zum Beispiel, wie der Berg da hinten heißt?«

»Ist das Teil meiner Ausbildung zum vollwertigen Detektiv?«

»Das ist der Schlern«, sagte Tanner. »Den sollten Sie kennen, wenn Sie hier im Ort wohnen. Da oben hausen immer noch gefährliche Hexen. Also nehmen Sie sich in Acht. Die Schlernhexen sind mindestens so bösartig wie Stefano Tappeiner.« Tanner zeigte auf die Fotografie. »Das ist eine Kopie für Sie. Auf der Rückseite steht Tappeiners Adresse.

Ich hoffe, Sie haben ein GPS. Fahren Sie zuerst Richtung Vellau.« Als Tanner die Fragefalten auf Schluzzers Stirn sah, ergänzte er: »Vellau ist ein Ortsteil der Gemeinde Algund. Achten Sie auf das Schild *Naturpark Texelgruppe*. Dort biegen Sie links ab und folgen einer Allee nach oben. Einige hundert Meter weiter kommen Sie zu Tappeiners Villa, einem riesigen Haus auf einem noch größeren Gartengrundstück.«

»Und schon weiß ich, wie ich mich verhalten werde, Chef. Alles sehen und nicht gesehen werden … nach diesem Motto werde ich die Operation starten.«

»Seien Sie nicht übereifrig. Wenn Sie wirklich Detektiv werden wollen, müssen Sie noch viel lernen.«

»Ich bin zu allem bereit.«

Das habe ich befürchtet, dachte Tanner. Während er die Fotografie einsteckte, wurde er das Gefühl nicht los, etwas Wichtiges vergessen zu haben. Hing es mit dem Foto zusammen?

»Sie sind in Gedanken abwesend, Chef«, sagte Schluzzer und hämmerte nervös mit seinem Kugelschreiber gegen die Tischkante.

Tanner ignorierte die Bemerkung. »Betrachten Sie diese Aufgabe als Ihre Probezeit. Wenn Sie das Ganze zu meiner Zufriedenheit erledigen, können wir über eine Anstellung reden. Und dann starten wir ein stringentes Einschulungsprogramm, um aus Ihnen einen Detektiv zu machen, wie ihn Südtirol noch nicht erlebt hat.«

»Ich bin zu allem bereit. Wie sieht dieses Coaching aus, Chef?«

»Dazu gibt es ein bewährtes Schulungskonzept. *Aus der*

dunklen Höhle hinauf ins Licht der Erkenntnis heißt der kurze, aber intensive Lehrgang. Passen Sie auf: Was Sie heute über den Beruf des Detektivs zu glauben wissen, sind nur unscharfe Schattenbilder. Ich zeige Ihnen den Weg nach oben. Verstehen Sie? Auf dem Weg zum Licht befreien Sie sich von den schemenhaften Abbildern in der dunklen Höhle, in der Sie jetzt gefesselt dahinvegetieren.«

»Wenn ich etwas einwerfen darf, Chef, ich lebe nicht in einer dunklen Höhle, sondern bei Frau Berta Sattler, möbliert und im zweiten Stock.«

»Und doch sind Sie in Ketten gefesselt. Ich helfe Ihnen, zur Helligkeit zu gelangen, auch wenn diese nur über einen steilen, holprigen Aufstieg zu erreichen ist. Doch wenn Sie oben ankommen, sind Sie ein vollwertiger Detektiv, der zwischen Schein und wahrer Wirklichkeit unterscheiden kann.«

Mit großen, feuchten Augen seufzte ihn Schluzzer an. »Das wäre mein Wunschtraum.«

»Und nochmals: Seien Sie vorsichtig, wenn Sie Tappeiner überwachen. Der Mann ist gefährlich wie ein brutaler Hund. Mir zum Beispiel hat er gedroht, mich die Treppe runterzustoßen.«

»Und?« Schluzzer kratzte sich am Kopf. »Hat er es getan?«

FÜNFUNDZWANZIG

Schluzzer stand am Fenster im zweiten Stock und dachte nach. In der Früh dachte er am liebsten nach. Da war der Tag noch jung und er selbst hellwach. Meist jedenfalls. Und wenn er ausgeruht war, störte es ihn auch nicht, wenn das Nachdenken zu keinem zufriedenstellenden Ergebnis führte. Am liebsten sinnierte er über die großen Herausforderungen, denen er sich zu stellen hatte, im Beruflichen wie im Privaten. Wenn das Wetter nicht zu schlecht war, stand er sogar mit seinem Frühstücksbrot am offenen Fenster, die heiße Tasse Kaffee am Fensterbrett und beobachtete, wie in der Tischlerei gegenüber bereits gearbeitet wurde. Heute grübelte er über seinen Auftrag nach, den er von Tanner erhalten hatte. Er starrte auf die Fotografie. Zielobjekt Stefano Tappeiner. Der Mann sah wie ein geschniegelter Lackaffe aus. *Beschatten Sie den Mann. Ich will wissen, was er tut, mit wem er sich trifft und wo er sich aufhält.* Tanner hat gut reden. Das war kein leicht zu erfüllender Auftrag. Zumal das Zielobjekt gefährlich und brutal sein soll.

Schluzzer fühlte, wie die Aufregung in ihm hochstieg. Tanners Worte hallten ihm noch in den Ohren. *Betrachten Sie diese Aufgabe als Ihre Probezeit. Wenn Sie das Ganze zu meiner Zufriedenheit erledigen, können wir über eine Anstellung reden.* Lange blätterte er in seinem alten Schulatlas, bis er die Orte Vellau und Algund am Fuß der Texelgruppe gefunden hatte. Schluzzer verließ sich nicht gerne auf sein Navigationssystem, das ihn schon mehrmals in einem einspurigen Tunnel mit dem Befehl *Wenn möglich bitte wenden* überrascht hatte.

Eine Zielperson ausspionieren und überwachen. Natürlich hatte Schluzzer so etwas noch nicht gemacht. Und doch fühlte er sich nicht unwohl, als er Tappeiners Grundstück erreichte, von wo aus er einen ersten Blick auf die Grundstückseinfahrt und einen Teil des Gebäudes werfen konnte. Er traute es sich und seinen Geistesgaben zu, sich auf die hohen Anforderungen des Beschattens einzustellen. Irgendetwas verriet Schluzzer, dass er jetzt bereits über ausreichende detektivische Expertisen verfügte. Zudem hatte er sich zweimal im Internet den Blog *Beim Observieren dran bleiben, aber nicht zu nah dran bleiben* angesehen und die wichtigsten Erkenntnisse in sein Schulheft übertragen.

Mannhaft und unbeugsam biss er so stark die Zähne zusammen, dass sein Kiefer schmerzte. Stefano Tappeiner würde ihm ins Netz gehen. Er konnte den Erfolg beinahe schon riechen.

Zwanzig Meter von der Grundstückseinfahrt entfernt stand eine altertümliche Telefonzelle, in der er es sich, soweit wie möglich, gemütlich machte. *Dran bleiben. Aber nicht zu nah dran bleiben.*

In den ersten eineinhalb Stunden passierte wenig. Zwei Personen kamen aus dem Gebäude, die er ruhig vorbeigehen ließ, nur die Kapuze seines Anoraks zog er etwas tiefer in die Stirn, und manchmal hob er den Hörer ab und tat so, als ob er telefonierte. Gut, dass er seinen unauffällig grauen Trenchcoat genommen hatte. So würde sich niemand an ihn erinnern. Hunger, Durst und Müdigkeit quälten ihn, konnten jedoch seiner Wachsamkeit und Konzentration keinen Abbruch tun.

Nach gefühlten zwei Stunden verstärkte sich der Schmerz in den Oberschenkeln, und er veränderte seine Lage, so dass er das andere Bein belasten konnte. Jetzt ein Bier trinken, das wäre die Rettung. Nach einer weiteren Stunde schmerzten nicht nur die Oberschenkel, es wurde auch zuerst kühl und eine Stunde später bitterkalt, daher beschloss er, die Kommandozentrale von der Telefonzelle in sein Auto zu verlagern. Wie angenehm hier die Polster seinen Körper umschmeichelten. Noch nie vorher war ihm aufgefallen, wie weich die Sitze in seinem Wagen waren.

Die Sonne stieg höher, und langsam wurde es wärmer im Auto. Unbeirrt beobachtete er aufmerksam das Eingangstor. Nach zehn Minuten blieb ein japanischer Kleinwagen stehen und eine junge Frau stieg aus, die einige Augenblicke vor dem verschlossenen Tor stand und ratlos nach allen Seiten blickte. Schluzzer gelangen einige Aufnahmen der jungen Frau, was ihn mit Stolz erfüllte. Der Chef würde mit seiner Arbeit zufrieden sein.

Die Sonne verschwand hinter dichten Wolken, und mit der Zeit wurde es wieder kühl im Wagen. Schluzzer spürte, wie die Kälte in ihm hochkroch. Als er den Motor startete, wurde es sofort gemütlich warm, was seine Konzentration nur unmerklich reduzierte.

Wie lange hatte er geschlafen? Wahrscheinlich nur wenige Minuten. Hoffte er. Ob die junge Frau Tappeiners Haus wieder verlassen hatte? Man kann nicht alle Fragen beantworten, sagte er sich. Dennoch verspürte er ein schlechtes Gewissen, als er den Trenchcoat überzog und zu dem Tor schlich, von dem aus man nur den zweiten Stock der Villa sehen konnte. Der untere Teil des Gebäudes verschwand hinter der hohen Mauer und dichten Büschen. Als sich Schluzzer dem oben mit Eisenspitzen gesicherten Tor näherte, begannen hinter der Mauer einige Hunde wie verrückt zu bellen. Typisch. Als vorhin die hübsche junge Frau hier stand, hatte kein Hund sein Maul aufgemacht.

An einer gemauerten Säule neben dem Tor war in Augenhöhe eine rechteckige Metallplatte angebracht, in deren Mitte sich ein Druckknopf und eine quadratische Fläche mit kleinen Löchern befanden. War das eine Gegensprechanlage? Schluzzer hatte keine Lust zum Gegensprechen, zumal plötzlich ein leises Summen zu hören war. Erschrocken hob er den Kopf und fand sich Auge in Auge mit einer kleinen Videokamera, an deren Oberseite ein rotes Licht bedrohlich auf ihn herunter blinkte. Schluzzer wich einige Schritte zurück, dann bemerkte er, wie die Überwachungskamera summend seiner Bewegung folgte. Rückzug! Dann eben nicht. Er ging zu seinem Wagen und dachte nach. *Dran bleiben. Aber nicht zu nah dran bleiben. Vielleicht einmal rundherum gehen.*

Schluzzer fühlte die kühle Luft, die um sein Gesicht strich, als er langsam um das weitläufige Grundstück herumschlich, das an dieser Seite von einer mannshohen Lorbeerhecke umschlossen war. Erleichtert stellte er fest, dass sich hinter den immergrünen Büschen kein Maschendrahtzaun und kein Gitter befand. Der Weg in den Garten war frei. Nach einigem Suchen entdeckte er eine geeignete

Stelle, an der er das Buschwerk auseinanderdrücken und durchschlüpfen konnte. Erfolgreich betritt der Detektiv den Point of Observation. Nur im unteren Teil seiner Hose machte es irgendwo *Ratsch*, und überraschend frische Luft strömte an Schluzzers Bein. Er wollte in diesem Moment gar nicht wissen, wo sich das Loch in seiner Hose befand. Nichts konnte ihn von der Erfüllung seiner Pflicht abhalten.

Vorsichtig schlich er an der Hecke entlang, bis das Haus vor ihm lag. Ab jetzt hatte er keinen Sichtschutz mehr. Nach links und rechts schauend betrat er die ausgedehnte Rasenfläche und ging aufrecht wie ein Soldat und ohne Eile auf das Gebäude zu. Im Garten war kein Mensch zu sehen. Am hinteren Ende der parkähnlichen Anlage lagen ein Swimmingpool und daneben ein blau gestrichenes Holzhaus mit einer überdachten Terrasse.

Sich zuerst einen Überblick verschaffen. Er beschloss, das Haus zu umrunden. Als er um die Ecke bog, stand er vor einer schmalen, schwarz lackierten Tür, und gleich daneben befand sich ein kleines Fenster mit einer Milchglasscheibe. Wahrscheinlich die Toilette. Einige Meter weiter kam er zu einem Fenster, das allerdings so hoch war, dass er nicht hineinsehen konnte. Er sah sich um, und sein Blick fiel auf einen verrosteten Eisentisch mit grazilen, verschnörkelten Beinen und obenauf eine zusammengekauerte Figur, die wie ein verschmitzt grinsendes Nörggele aussah. Wie ein hässlicher Südtiroler Gartenzwerg aus Kunststoff. Schluzzer stellte die Plastikfigur ins Gras und trug den Tisch bis zur Hausmauer, genau unter das Fenster. Wenn der Tisch schon jahrelang das Nörggele sicher trug, würde er auch Schluzzers Gewicht aushalten. Gerade als er sich auf den Tisch schwang, entdeckte er den langen Riss in seiner Hose, genau oberhalb des Knies. Langsam richtete er sich auf und hätte fast einen Überraschungsschrei ausgestoßen. Direkt vor ihm saß Stefano Tappeiner an seinem Schreibtisch, nur durch die Glasscheibe von ihm getrennt. Hätte der Mann gerade zum Fenster geblickt, wäre ihm aufgefallen, dass Schluzzer schlecht rasiert war. Genau in diesem Moment krachte der verrostete Tisch unter ihm zusammen. Verzweifelt versuchte er, sich am Fensterbrett festzuklammern, was sich wie ein Trommelschlag anhörte, er fiel er zuerst auf das rechte Knie und dann bäuchlings auf den Schotterstreifen an der Hausmauer. Das Knie schmerzte, und Schluzzer humpelte, so schnell er konnte, um die Hausecke und quer über den Rasen. In Panik suchte er die Stelle, wo er vorher durch die Lorbeerhecke geschlüpft war, fand sie aber nicht.

Im Laufen drehte er sich noch einmal um und sah Tappeiner, der wie ein wilder Stier vom Haus weg in den Garten stürmte. Wie ein wilder Stier mit einem Baseballschläger in der Hand. Verzweifelt versuchte Schluzzer, sich durch die Hecke zu zwängen. Noch einmal drehte er sich um und sah, wie etwas Dickes, Langes auf ihn niedersauste. Er duckte sich, versuchte, zur Seite zu springen, dann spürte er einen furchtbaren Schlag an seinem Kopf. Das letzte, was er mitbekam, war seine eigenartige Schräglage, aus der er unendlich langsam zur Seite kippte. Irgendetwas explodierte in seinem Kopf. Dann wurde es schwarz.

*

Paula würde sich unnötig Sorgen machen, wenn sie von seinen Plänen für die kommende Nacht wüsste. Also beschloss Tanner, in seinem Haus in Altenburg zu übernachten, wo er sich in Ruhe und vor angsterfüllten Fragen Paulas geschützt auf seinen Einsatz vorbereiten konnte.

Wieder kam das beunruhigende Gefühl in ihm hoch, etwas Wichtiges vergessen zu haben. Dann fiel es ihm ein. Das Foto, das er von Marietta und Stefano Tappeiner vor der Pension mit dem sinnigen Namen *Pläsier* geschossen hatte. Ein Anflug von Hektik überkam ihn und das Gefühl, dass sich die Dinge rings um ihn rascher bewegten und eine neue Dynamik entwickelten. Er kannte dieses Gefühl von seinen früheren Fällen, wenn sich unvermutet die Puzzleteile zu einem sinnvollen Bild zusammenfügten und sich mit einem Mal ein Weg durch das verschlungene Labyrinth auftat.

Corinna Matteiner war sicher, den Mann wiederzuerkennen, der sie durchs Fenster beobachtet hatte.

Betrifft: Mann am Fenster. Könnte es dieser Herr gewesen sein?
Beste Grüße, Tiberio Tanner.

Mit diesem Begleittext sandte er die Fotografie Tappeiners an Corinna Matteiner.

Er sah auf die Uhr. Wieviel Stunden waren es noch bis zum Start seines Einsatzes im Keller der Klinik Santa Gertrude, den er für zwei Uhr nachts festgelegt hatte? Um diese Zeit waren die Nachtschwärmer, die es auch in einem Krankenhaus gibt, schon im Bett und die Frühaufsteher noch in den Federn. Die durchschnittliche Fahrzeit von Altenberg nach St. Gertraud betrug rund siebzig Minuten. Also verblieben fünf Stunden, sich auf den Streifzug durch die Keller der Klinik vorzubereiten. Nachdem er eine schwarze Hose und einen schwarzen Rollkragenpullover aus dem Schrank geholt hatte, stand er einige Minuten am Fenster und verfolgte die Sonne, die schon tief über den Bergen stand und in wenigen Minuten hinter dem Mendelkamm verschwunden sein würde. Tief unter ihm konnte er gerade noch den Kalterer See ausmachen, umringt von ausgedehnten Weingärten, die sich die umliegenden Hänge hinaufzogen.

Zum wievielten Mal sah er bereits auf die Uhr? Noch über vier Stunden, bis er ins Auto steigen musste. Zeitvertreib dachte er. Zeit totschlagen. Ein schrecklicher Begriff. Die Zeit ist zu kostbar, um sie zu vernichten.

In der Toilette blieb er vor dem Spiegel stehen. Die schwarze Kleidung bildete einen auffallenden Kontrast zu der Blässe seines Gesichts, dem man das Alter in beinahe unhöflicher Deutlichkeit ansah. Was wäre, wenn es keine Spiegel gäbe? Und keine Fotoapparate. In so einer Welt wüsste niemand, wie er aussieht. Wäre er glücklicher, wenn ihm kein Spiegel verraten würde, dass seine Haare stetig dünner und von Jahr zu Jahr weniger wurden? Im Angesicht seiner Geheimratsecken dachte er an die Symbolkraft des Haares als Allegorie für die Kraft des Mannes. Samson fiel ihm ein, der unangefochten als stärkster Mann im Universum galt, bis ihm Delilah seine Haarpracht stutzte, worauf er seine Kraft einbüßte. Vorsichtig strich Tanner über seine Haare und dachte an die Ungerechtigkeit, dass Samson die

Haare wieder nachwuchsen, während seine eigene Haarpracht langsam zum Teufel ging. In wenigen Jahren würde sein Kopf einer kahlen Mondlandschaft ähneln, nur am Äquator mit einem schmalen Streifen haariger Vegetation ausgestattet.

Er stopfte eine schwarze Strickhaube in die Hosentasche, die seine Tarnung während des nächtlichen Einsatzes vervollkommnen würde. Sollte er auch das Gesicht schwärzen, wie er es aus seiner Militärzeit in Erinnerung hatte? Er sah im Spiegel, wie er den Kopf schüttelte.

Eine gute Stunde später parkte Tanner den Wagen drei Feldwege von der Klinik entfernt, vergewisserte sich, dass das Auto von der Straße aus nicht zu sehen war, dann steckte er die Taschenlampe ein und marschierte los. Es musste hier vor Kurzem geregnet haben. Schmutzige Pfützen machten sich auf dem gepflasterten Platz vor dem Krankenhaus breit, der still da lag. In der Dunkelheit konnte er am anderen Ende des Platzes die tiefschwarze Silhouette des Krankenhauses erahnen, hochaufragend wie ein bedrohlicher, schwarzer Berg.

Einige Meter vom Eingang entfernt parkte ein Lastwagen. Aus Interesse sah Tanner in das Führerhaus. Es war leer.

Ursulas Nachricht, die sie ihm kurz vor ihrem Tod zukommen ließ, kam ihm ins Gedächtnis. *Die Unterlagen sind im Kellerarchiv, Tür U18. Nicht vergessen: Code 4711.*

Er sondierte das Gelände, dann ging er im Schutz der Büsche um den Platz herum und näherte sich der Tür zu den Kellerräumen, in denen die Mülltonnen untergestellt waren. Es war so still, dass ihm selbst das Rauschen der Bäume laut vorkam, als er die Hinterfront des Klinikgebäudes entlang schlich, vorbei an einer endlosen Reihe von Fenstern, die alle dunkel waren. Nur zwei Fenster in einem der Obergeschosse waren erleuchtet.

Oberhalb der Tür brannte eine schwache Lampe. Hoffentlich war der Türcode während der letzten Tage nicht verändert worden. 4711. Mit einem leisen Klicken sprang die Tür auf. Die Kellertreppe lag auf der gegenüberliegenden Seite des Krankenhausbaus, und so tappte er den dunklen Flur entlang, bis sich plötzlich mit lautem Flackern die Leuchtstoffröhren einschalteten. Tanner bemerkte den Bewegungsmelder an der Decke und hoffte, dass dieser nur für die Beleuchtung verantwortlich war und keinen Alarm in einem der oberen Stockwerke auslöste. Er blieb stehen und horchte. Es blieb alles still. Nur ein leises Summen lag in der Luft, aber er wusste nicht, woher es kam. Nervös blickte er über seine Schulter. Wenige Meter weiter stand er wieder im Dunkeln. Ein leises Trippeln war zu hören, dann spürte er, wie irgendein Tier vorbeihuschte und ein anderes über seine Füße lief.

Im Licht der Taschenlampe erkannte er, dass sich der Gang teilte. Rechts führte eine Glastür in den Gebäudeteil, in dem Tanner die Wäscherei vermutete. Jedenfalls zog ein stechender Geruch nach Waschmittel durch den Flur. Wieder blieb er stehen. Stille. Nur sein eigener Herzschlag. Im Licht der Taschenlampe las er die Aufschrift ARCHIV an der Wand, verbunden mit einem roten Pfeil, der schließlich zu der Tür mit der Nummer *U18* führte. Der Eingang zum Archiv war nicht verschlossen. In dem Kellerraum war es heiß, und das Summen, das er bereits kannte, war hier lauter zu hören.

Leise schloss er die Tür hinter sich und ließ den Lichtkegel seiner Taschenlampe einmal quer durch den Raum streifen. Es gab kein Fenster. Keine Gefahr. Er schaltete das Licht ein. An drei Wänden zogen sich Stellagen aus dunklem Holz bis zur Decke hinauf, die sich unter dem Gewicht hunderter Aktenordner, dicker Stapel Papier und übereinander geschichteter Registriermappen bogen. An der gegenüberliegenden Wand standen zusätzliche Aktenschränke. Die würde er sich später ansehen. Im Licht der Leuchtstoffröhren tanzten Staubpartikel und lösten spontan einen Hustenanfall bei ihm aus. Ein Gefühl der Mutlosigkeit überfiel ihn im Angesicht der über und über mit Ordnern gefüllten Regale. Wie sollte er sich in diesem Papierwust zurechtfinden? Langsam schritt er eines der Regale entlang und versuchte, sich zu orientieren. Er stieg eine Leiter hinauf und sah, dass alle Ordner-Rücken durchweg fein säuberlich beschriftet waren, nur bei den obersten Akten, die feucht und verstaubt waren, konnte er die verwischte Schrift kaum entziffern. Er zog einen der Ordner heraus und blätterte darin, um eine Systematik der Ablage herauszufinden. Die Unterlagen waren offenbar chronologisch geordnet. Nach Jahren. Von links nach rechts und von oben nach unten.

Plötzlich war ihm, als hörte er ein Geräusch. Er stand oben auf der Leiter, hielt die Luft an und lauschte. Nichts. Kein Geräusch war zu hören. Fehlalarm. Noch einmal sah er sich die Rücken der Akten an, dann zog er einen Ordner heraus, der die Unterlagen aus der fraglichen Zeit beinhalten müsste.

Er schnappte sich einen Sessel und platzierte ihn genau unter einer der Neonröhren an der Decke. Dann begann er, sich geduldig durch den Ordner zu blättern, der in zeitlicher Reihenfolge ein Sammelsurium an OP-Protokollen, Diagnosen und Therapiemaßnahmen für jeden der dokumentierten Patienten enthielt. Tausende Patienten mussten allein in der fraglichen Zeit in der Ultentaler Klinik behandelt worden sein. Wie sollte er hier einen Eintrag finden, der für seine Fälle wichtig war? Nachdem er gefühlte hundert Mal die Leiter auf und ab geklettert war, hatte er die der fraglichen Zeit gewidmeten Aktenordner um sich geschart.

Plötzlich hatte Tanner das Gefühl, keine Luft zu bekommen. Die Kehle war ausgedorrt. Der Staub machte ihn verrückt, seine Augen tränten, und vergeblich versuchte er, möglichst lautlos zu niesen. Er fuhr sich mit dem Finger unter dem Kragen des Rollkragenpullovers entlang und bereute, dass er nicht etwas Passenderes angezogen hatte. Jetzt ein Bier trinken. Die teilweise handgeschriebenen Aufzeichnungen über Operationen, Heilungen und Todesfälle verschwammen vor seinen Augen. Etwas munterer wurde er, als er den Ordner Nummer 12 in die Hände bekam, der die Krankenhausprotokolle, beginnend mit dem Monat August vor drei Jahren, enthielt. Langsam kam er dem ominösen zweiten September näher. Das letzte Blatt in dem Ordner beschäftigte sich mit dem Klinikgeschehen am 30. August. Tanner sah nach oben. Sein Rücken schmerzte, er streckte sich, bevor er nochmals auf die Leiter kletterte und den Aktenordner 13 herauszog. Dann hockte er sich wieder auf den Sessel. Der Ordner war so prall gefüllt, dass die Metallbügel verbogen waren und den Papierpacken kaum halten konnten. Mit Herzklopfen überflog er den ersten September, der ein Routinetag gewesen sein musste, denn außer der komplikationsfreien Reparatur eines gebrochenen Unterarms gab es keine außergewöhnlichen Vorgänge. Er blätterte eine Seite weiter und landete beim dritten September. Er blätterte noch einmal vor und zurück. Der 2. 9. fehlte. Er ging näher heran und stellte fest, dass sich ein abgerissenes Stück Papier zwischen den metallenen Bügeln verklemmt hatte. Jemand hat eine oder mehrere Seiten mit den Aufzeichnungen des zweiten September herausgerissen.

Tanner stellte den Ordner zurück und wandte sich den an der gegenüberliegenden Wand aufgereihten Aktenschränken zu. Die meisten waren leer und stanken nach Katzenpisse und Schimmel. Nur der erste Schrank enthielt zwei dicke Mappen, die aber nicht so sauber gepflegt waren wie die Unterlagen in den Regalen. Er blätterte die erste Mappe durch und stieß auf eine viele Hundert Seiten lange Namensliste. Vorname, Nachname, alphabetisch geordnet und mit irgendwelchen Zusatzbemerkungen versehen, deren Bedeutung Tanner auf die Schnelle nicht durchschaute.

Plötzlich waren Schritte zu hören. Langsame, schlurfende Schritte, die rasch näher kamen. Rasch sprang er zum Lichtschalter und drückte sich in der Dunkelheit hinter einen der Aktenschränke. Hoffentlich würde ihn dort keiner entdecken. Die Tür flog auf und krachte gegen die Wand. Ein Mann tauchte aus der Helligkeit des Flurs auf, summte eine Melodie und blieb nach einigen Metern stehen. Der Lichtstrahl einer Taschenlampe tanzte über Wände und Regale. Tanner hielt den Atem an.

Dann verschwand der Mann wieder. Atemlos lauschte

Tanner in die Dunkelheit. Nach einigen Minuten griff er nach dem Aktenordner, in dem er zuletzt geblättert hatte, und verließ das Archiv.

Er schlich gerade die Front des Krankenhauses entlang, als plötzlich ein Lichtschein vor ihm auf die Steinplatten fiel, die das Gebäude umschlossen. Vor Schreck wäre ihm der schwere Ordner beinahe aus den Händen gerutscht. Reflexartig bückte er sich und erkannte einen älteren Mann in Uniform, der sich, ein Handy am Ohr, direkt über ihm aus dem Fenster lehnte. Offenbar derselbe Mann, der ihn vorhin im Archiv überrascht hatte. Abrupt blieb Tanner stehen und hielt den Atem an. Dann ließ er sich langsam auf die Knie nieder. Bewegungslos blieb er vor dem Fenster in der Hocke und verfolgte die heisere Stimme des Mannes, der in einem italienischen Dialekt redete, den Tanner nur teilweise verstand. Der Lichtfleck am Boden bewegte sich hin und her, und nach langen Minuten hörte er endlich, wie die Fensterflügel über ihm geschlossen wurden.

Er sah auf die Uhr. Drei Uhr früh vorbei. Irgendwo in einem der benachbarten Grundstücke bellte ein Hund. Er rief sich den Grundrissplan in Erinnerung. Vorsichtig lugte er um die Ecke. Stille. Niemand war zu sehen. Er richtete sich auf und überquerte lautlos den gepflasterten Platz, dann lief er die Straße hinunter, die ihn zu seinem Wagen führte, der in der Dunkelheit auf ihn wartete.

*

Mit müden Augen beobachtete er den dicken Aktenordner, den er auf den Küchentisch gelegt hatte. Wenn er Glück hatte, fand er darin eine Spur zu dem Mörder, die er bisher übersehen hatte.

Womit vertreibt man Müdigkeit? Während er gähnte, erinnerte er sich an eine einsame Flasche Vernatsch im Schrank neben der Spüle. *Vernatsch vom Kalterer See*, las er auf dem Etikett. *Ein kräftiger, unkomplizierter, geselliger Wein. Keine andere Sorte hat Kaltern, seine Menschen und Landschaft so geprägt wie diese Rebe.*

Wie wahr, dachte er und durchwühlte alle Küchenschubladen. Stopslziacher, wo bist du?

Im Wohnzimmer kippte er das Fenster und legte den Aktenordner etwas außerhalb seiner Griffweite auf den niedrigen Tisch vor der Couch. Ein leichter Windhauch bewegte den Vorhang, und er hörte das gleichmäßige Rauschen der Bäume vor dem Haus. Irgendwo in der Nähe hatte ein Bauer gemäht; der würzige Duft des Grummats zog von den Wiesen ins Zimmer. Die ersten Vögel waren zu hören. Es war richtig gewesen, nach seinem Job bei Fiat das Haus in Altenberg zu kaufen. Egal, welcher Irrsinn draußen vor sich ging, hier drinnen herrschten Ruhe und Beständigkeit. Tanner nahm einen großen Schluck aus dem Weinglas. Er dachte darüber nach, ob er ein konservativer Mensch war. Es war schon einige Jahre her, als ihm sein Bruder vorgeworfen hatte, konservativ zu sein, und meinte damit, dass Tanner veraltete und gänzlich unzeitgemäße Ansichten hatte. Er sah das völlig anders. Er als Konservativer sah sich als Bewahrer des bestehenden Systems. Natürlich nur die positiven Seiten des Bestehenden. Die Südtiroler Landschaft, die er so liebte, das gute Essen, den Wein und eine gewisse Routine, die stets beruhigend auf ihn einwirkte. Sein Bruder hatte dagegengehalten, dass der moderne Mensch das Altherge-brachte nicht mehr bewahren, sondern im Gegenteil über Bord werfen wollte. Was nun? Wahrscheinlich lag es daran, dass die *Mitte* zerbröselt ist, dachte er. Viele seiner Kollegen aus der Firma sind aus Hass gegen den Islam, die Asylanten und die jüdische Weltverschwörung ins rechte Lager über-gewechselt. Nein. Konservativ sein hat nichts mit Rechts-außen zu tun. Konservativ sein bedeutet Sicherheit. Tanner sah auf den Aktenordner, den er aus dem Archiv mitgenom-men hatte, und plötzlich meldeten sich Zweifel. Sicherheit gab es keine. Jedenfalls nicht, solange der Mörder frei he-rumlief.

Tanner gähnte, schlug den Aktendeckel auf und überflog die erste Namenstabelle, als ihn plötzlich der Hunger über-fiel. Was sollte er tun? Der Schock kam, als er den Kühl-schrank öffnete: Horror vacui! Vor Kurzem hatte Tanner he-rausgefunden, dass eine spezielle Sorte italienischer Käsekekse gut zum Rotwein passte, aber auch für sich al-lein einigermaßen schmeckte. Doch leider war auch der Käsecracker-Speicher leer.

Ich muss mich um den Vernatsch kümmern, dachte er und pilgerte zurück zum Sofa. Fünf Minuten später war er eingeschlafen.

SECHSUNDZWANZIG

Als er am nächsten Tag aufwachte, lag er noch immer auf der Couch. Müde hob er den Kopf und sah auf die Uhr. Es war kurz vor neun Uhr. Paula stand schon seit einer Stunde in ihrer Apotheke. Tanner seufzte. Sein Gehirn arbeitete zwar noch nicht schnell genug, aber sein Hunger war in der Zwischenzeit greifbar geworden. Tanner griff zum Äußersten und dachte über die nächsten Schritte in seinem Leben nach. Es war der Gedanke an den gut gefüllten Kühlschrank in Paulas Wohnung, der ihm klar vor Augen führte, was jetzt zu tun war.

*

Er hatte sich mit einem Alibi-Buch auf die Couch gelegt und sicherheitshalber ein Buch auf seinem Bauch platziert. Wie lange mochte er geschlafen haben? Es war schon dunkel, als plötzlich jemand die Tür zur Wohnung aufsperrte. Blitzartig drehte er die Lampe an und hielt sich das Buch vors Gesicht, gerade rechtzeitig, bevor Paula schwungvoll das Wohnzimmer betrat.

»Feierabend, mein Schatz! Täuschen gilt nicht.«

»Ich täusche niemals.«

»Doch!« Sie deutete auf seinen Bauch. »Du hältst dein Buch verkehrt rum. Außerdem hast du Falten im Gesicht.«

»In Ehren ergraut und ruhmgekrönt. Entsprechend meines Alters eben.«

»Das sind aber Knautschfalten, die dir das Kissen ins Gesicht gedrückt hat. So etwas bekommt man nur im Schlaf.«

Lächelnd kam sie näher und beugte sich zu ihm herunter. »Gib mir an Schmotz.«

»Vertragen wir uns wieder«, sagte er und setzte sich auf.

»Erst wenn du mir verrätst, was du heut Nacht getrieben hast?«

»Ich war im Krankenhaus.«

»Nachts?«

Er nickte und erzählte von seinem nächtlichen Abenteuer. Dann deutete er auf den dicken Ordner. »Der ist aus dem Kellerarchiv. Da drin stehen die Namen aller Menschen, die während der letzten Jahre in der Klinik Sankt Gertraud zu Gast waren.«

»In einem Krankenhaus ist man nicht zu Gast.« Sie deutete auf ihn. »Du zum Beispiel bist in diesem Haus bei mir zu Gast. Aber das ist etwas anderes. Warum hast du mir gestern nicht erzählt, dass du in der Klinik einbrechen willst?«

»Ich wollte dich nicht ängstigen.«

Sie nickte und begann zu lächeln. Tanner konnte ihr Lächeln nicht einordnen. »Es ist alles gut gegangen. Nur einmal hat mich ein Nachtwächter gestört.«

»Vielleicht gelingt es Schluzzer, dich etwas zu entlasten, damit du deine Gedanken ordnen kannst. Gedanken ordnen ist wichtig, mein Schatz.«

Er beschloss, auf diese Bemerkung nicht einzugehen. »Apropos Gedanken … Corinna Matteiner, die Frau des ersten Mordopfers, behauptet, dass sie ein Mann ausspioniert hat.«

»Du sagst *behauptet* … also glaubst du ihr nicht.«

Er schüttelte den Kopf. »Ich habe keinen Grund, ihr zu misstrauen. Es soll kurz vor dem Mord an ihrem Mann gewesen sein. Es war dunkel draußen und der Mann hat das Haus beobachtet und beim Fenster hereingeschaut.«

»Warum ist das wichtig?«

»Weil sie den Mann wiedererkennen würde. Sagte sie jedenfalls. Ich habe ihr die Fotografie Tappeiners zugemailt. Vielleicht haben wir Glück.«

»Tappeiner ist ein heißer Favorit von dir.«

Sie hob den Kopf und blickte ihn an, weil Tanner keine Antwort gab, dann griff sie nach dem Zettel, der neben dem Ordner lag. Es war Tanners Skizze mit dem Zeitpfeil, auf dem er mit energischen Strichen die drei Morde markiert hatte.

»Drei Tote in zwei Jahren.« Paula sagte es langsam und nachdenklich. »Ein Arzt, eine Hebamme und noch ein Arzt. Und immer an einem zweiten September. Was sagt uns das?«

»Maurizio und ich haben uns das schon hundertmal gefragt.«

Paula wedelte mit dem Zettel. »Das sind Jahrestage. Irgendjemand begeht am zweiten September einen Jahrestag.«

»Jahrestag? So wie Weihnachten oder einen Geburtstag?«

»Nicht Geburtstag ... eher das Gegenteil. Ein Todestag.«

»Wer feiert schon Todestage?«

»Ein Racheengel«, sagte sie nachdenklich. »Ein eiskalter Racheengel. Ein Jahr vor dem Mord an dem Dr. Matteiner ... also vor drei Jahren ... da muss es ein Ereignis gegeben haben, das den Rachengel wachgerüttelt und die Mordserie losgetreten hat.«

»Vor drei Jahren ... Daran haben Maurizio und ich auch gedacht. Zu dieser Zeit ist der Polizei kein Mord bekannt.«

»Es muss kein Mord sein. Eine *Initialzündung.* Irgendein besonderes Ereignis, das an diesem Tag im Krankenhaus Sankt Gertraud eingetreten ist.«

»Ein besonderes Ereignis eingetreten«, wiederholte er. »Kant sagt: Jedes Ereignis hat eine Ursache.«

Sie zog die Stirn in Falten. »Ist das so?«

»Alles Werden ist ein Bewirktwerden. Kausalität nennt der Bursche das. Das Ereignis sind die diversen Morde. Die Ursache trägt das Datum 2. 9. vor drei Jahren.«

»Geht's auch einfacher?«, fragte sie.

»Noch einfacher? Alle besonderen Ereignisse, wie du sie nennst, werden in der Klinik chronologisch dokumentiert. Ich bin stundenlang im Keller gesessen und habe die Akten durchgeblättert, bis mir die Augen wehtaten.« Er richtete den Oberkörper auf und hob die Hand. »Am Tag vorher, also am ersten September vor drei Jahren, verzeichnet die Chronik den Gips am Unterarm eines Schülers aus Kuppelwies. Harmlos. Und jetzt hör zu: Das Blatt für den zweiten September fehlt. Nur ein abgerissenes Stück Papier war noch im Ordner hängen geblieben. Irgendjemand hatte großes Interesse daran, dass keiner erfährt, was an diesem Tag geschehen ist. Wir kennen die Ereignisse, aber die Ursache liegt im Dunkeln.«

»Die Ursachen liegen im Dunkeln.« Unkonzentriert blätterte Paula in dem Aktenordner, aus dem ihr eine Staubwolke entgegenwehte. »Und was steht da drin?«

»Sagte ich schon. Die Namen aller Patienten des Krankenhauses aus den letzten Jahren. In alphabetischer Reihenfolge. Eng beschrieben und an die zweihundert Seiten lang.«

Über den Aktenordner gebeugt, blätterte Paula mal zwei Seiten vor, dann wieder eine zurück.

»Aufnahme am … Fachabteilung … Entlassung am …«, murmelte sie, ohne von den Seiten hochzuschauen. »Pure Statistik.«

Paula blätterte ein paar Seiten weiter, dann stieß sie plötzlich einen überraschten Schrei aus. »Da!«, rief sie und zeigte mit dem Finger auf eine Seite im Ordner und winkte Tanner, näher zu kommen. »Lies mal.«

Regina Brugger, 32 Jahre – Aufnahme 1. 9. – Abteilung FUG – Entlassung 5. 9.

»Schau, schau …« Tanner setzte sich wieder. »Die liebe Frau Brugger. Hoffentlich war's nichts Ernstes. Was bedeutet eigentlich FUG noch?«

»Paula fragen hilft. Regina Brugger wurde am 1. 9. in die stationäre Abteilung Frauenheilkunde und Geburtshilfe aufgenommen. Und wenige Tage später wird sie wieder entlassen.«

»Was bedeutet das?«

»Kann vielerlei sein. Sie hat Schmerzen im Unterbauch und lässt sich untersuchen. Danach gibt's eine OP, und ein paar Tage später kann sie wieder nach Hause gehen. Problem gelöst.«

»Schwere Operation?«

»Keine Ahnung. Aber eher nein. Sonst wäre sie länger im Krankenhaus geblieben.«

»Welche Möglichkeiten gibt es noch?«

Paula verschränkte die Arme vor der Brust. »Meiner Meinung nach war die Frau hochschwanger. Am ersten geht sie ins Krankenhaus. Am zweiten September kommt das Kind. Und bei der Geburt gab es Komplikationen.«

»Aber die Bruggers haben kein Kind.«

»Ich weiß. Die Komplikationen waren größere Komplikationen.«

Tanner wollte gerade eine Frage stellen, als jemand mehrmals ungeduldig an der Haustür klingelte. Paula ging in die Küche, schob die Gardine zur Seite und spähte hinaus.

»Aha«, sagte sie und drückte den Türöffner.

Tanner hörte das Summen, gefolgt von kräftigen Schritten im Treppenhaus, und einen Augenblick später stürmte Schluzzer ins Zimmer.

»Und schon bin ich da«, rief er, während er sich aus seinem Anorak quälte. Dann küsste er Paula auf die Wange und streckte Tanner die Hand hin. »Reporting, Chef … wie von Ihnen verlangt.«

»Um Gottes willen!« Überrascht hielt Paula ihre linke Hand auf den Mund, mit der rechten zeigte sie hastig auf Schluzzers Kopf. »Was hast du mit deinem Hirnkaschtl gemacht? Da hast ja einen Mords-Binggl.«

Schluzzer griff sich an die Stirn und verzog schmerzhaft das Gesicht. »Nicht der Rede wert. So was passiert, wenn man mit ganzem Einsatz bei der Sache ist. Detektivsein ist anstrengend.« Er lachte meckernd, während er sein Handy aus der Tasche nestelte.

»Reporting steht also auf dem Programm …« Schluzzer setzte sich zum Küchentisch und sah zu Tanner hoch, was ihm offenbar Schmerzen bereitete, denn er stöhnte und griff sich an den Kopf. Unter dem Licht der Küchenlampe sah die blau angelaufene Beule auf seiner Stirn beeindruckend aus.

»Also, Chef, ich habe das Haus stundenlang beschattet.« Er blätterte in seinem Notizbuch. »Begonnen habe ich die Observation um neun Uhr elf. Während der nächsten acht Stunden hatte ich visuell alles im Griff. Natürlich von unterschiedlichen Beobachtungspunkten aus. Tappeiner hat das Haus nicht einmal verlassen. Aber er hat Besuch bekommen. Von einem Mädchen. Oder einer jungen Frau.« Schluzzer hielt ihm sein Handy hin.

Tanner schob die Brille auf die Stirn und warf einen Blick auf das Foto. Die Person auf dem Bild war gut getroffen. Tanner kannte sie nur zu gut: Rebecca Bertolotti.

*

»Was will Rebecca bei Tappeiner?« Tanner wiederholte die Frage zweimal und beobachtete, wie Schluzzer mit den Schultern zuckte.

»Ich kenne die ganzen Mordgeschichten nur unvollständig, aber vielleicht hat sich Rebecca daran erinnert, wie fies sich der Dr. Kurz ihr gegenüber benommen hat, als sie von ihm schwanger war. Also beschließt sie, vom reichen Kompagnon namens Tappeiner eine Wiedergutmachung einzufordern. Als späte Rache. Vielleicht hat sie sogar eine kleine Erpressung gestartet.«

»Nach so langer Zeit?« Tanner schüttelte den Kopf. »Kein Mensch nimmt nach zwei Jahren Rache ... und schon gar nicht an einem Menschen, der gerade einem Mord zum Opfer gefallen ist.«

»Ruf Rebecca an«, sagte Paula. »Sie wird dir sagen, warum sie dort war.«

Tanner griff nach seinem Handy und sah, dass er eine Nachricht bekommen hatte.

Das ist nicht der Mann, der mich beobachtet hat.
Grüße, Corinna Matteiner.

»Nachricht von der Witwe Matteiners«, sagte er und hielt Paula das Handy hin, damit sie die Nachricht lesen konnte. Dann wählte er Rebeccas Nummer, die erst nach dem vierten Klingeln abhob.

»Was wollen Sie?«

»Sie haben Stefano Tappeiner in seinem Haus besucht.«

Es wurde still in der Leitung, aber Tanner konnte Rebeccas Gereiztheit geradezu hören.

»Sind Sie noch da?«

»Spionieren Sie hinter mir her? Lassen Sie mich verdammt nochmal zufrieden! Ab sofort betrachte ich Ihre Anrufe als Hausfriedensbruch. Noch einmal und Sie haben die Polizei am Hals. Dann sind Sie Ihre Detektivlizenz los.«

Ehe Tanner Luft holen konnte, hatte sie aufgelegt.

Paula hatte das kurze Gespräch verfolgt und lächelte ihm zu. »Die junge Dame ist sierig.«

Schluzzer griff sich an die Stirn und streichelte stöhnend seine Beule. »Ich habe Kopfweh.« Er sah auf Paula, »Du bist doch Apothekerin. Wie wär's mit einer Schmerztablette und zwei Grappa?«

»Ein Grappa und zwei Tabletten«, sagte sie.

»Das mit dem Grappa ist eine gute Idee«, sagte Tanner.

Paula schüttelte den Kopf. »Du hast keine Beule.«

»Ein Grappa zur Vorbeugung.« Tanner sagte es ganz leise. Dann wandte er sich Schluzzer zu, der in seinen Anorak schlüpfte. »Halt! Eine Frage noch. Sie haben also beobachtet, wie das Mädchen in Tappeiners Haus ging. Wie lange blieb sie drin?«

Keine Antwort.

»Ich meine, wann kam sie wieder heraus?« Tanners Stimme war lauter geworden.

Keine Antwort.

Schluzzers Blick war eine Mischung aus verständnislos und ausweichend.

»Sagen Sie …« Tanner dämpfte seine Stimme. »Sind Sie vielleicht während der Beschattung im Auto eingenickt?«

»Mein Kopfweh ist schlimmer geworden.« Schluzzer sprang auf. »Ich muss los.«

»Eine Bereicherung für jedes Detektivbüro«, sagte Tanner.

»Du bist ungerecht.« Paula imitierte mit Daumen und Zeigefinger eine Pistole. »Ich finde, mein Cousin hat seine Sache gut gemacht. Er hat das Haus beobachtet und von einer Besucherin ein Foto geschossen. Ist das nichts?«

»Wenn Schluzzer nach jedem Auftrag mit einer Beule am Kopf zurückkommt, ist er kein Detektiv erster Klasse.«

»Was wirst du jetzt tun?«

»Abendessen und dann ins Bett gehen.« Er erhob sich aus

seinem Sessel und griff nach seinem leeren Glas. »Ich trinke noch einen. Grappa hält gesund.«

»Du bist gesund genug«, sagte sie. »Kein Grappa mehr.«

Tanner schlief unruhig. Ein irrwitziger Traum trieb ihn durch sein Haus in Altenburg, und es war, als wüsste er während des Träumens, dass er träumte. Eine dicke Staubschicht lag in allen Räumen der Wohnung, und eine unsichtbare Kraft wirbelte ihn darin herum, bis er selber einem staubigen Bruder glich. Das Beunruhigende war, dass ihn die geheimnisvolle Kraft den Flur entlang und ins Badezimmer trieb, wo er zu einem langen Blick in den Spiegel gezwungen wurde. Verwundert stellte er fest, dass ihm nicht sein eigenes Antlitz entgegenstarrte, sondern das blasse, traurige Gesicht eines blonden Mädchens. Selbst im Traum wusste er, dass ihm das zarte Mädchen mit den blonden Haaren schon öfter begegnet war. Plötzlich verzerrte sich das Spiegelbild, und das Gesicht des Mädchens bekam zuerst stumpf dreinblickende Augen, dann verlor sie ihre blonden Haare und wurde schließlich zu einer Fratze, die einem Totenkopf ähnelte, mit zahnlos grinsendem Mund und toten, dunklen Augen.

Während er sich im Traum den Kopf zerbrach, welche Botschaft ihm das Mädchen im Spiegel geben wollte, schreckte er plötzlich hoch. Paula lag ruhig atmend neben ihm. Es war kein Geräusch gewesen, das ihn geweckt hatte, sondern der eigenartige Traum von dem blonden Mädchen, das er bereits so gut kannte.

Benommen von Schlaf und Grappa kroch er stöhnend aus dem Bett und tappte mit nach vorne gestreckten Händen durch das dunkle Schlafzimmer dorthin, wo er die Tür vermutete.

Der Durst trieb ihn zuerst zur Wasserleitung, dann suchte er nach seinem Notizheft und setzte sich mit einem großen Glas Wasser zum Küchentisch.

Regina Brugger. Der Name ging ihm nicht aus dem Kopf, den Paula in der Patientenliste des Krankenhauses gefunden hatte. *Am ersten geht sie ins Krankenhaus. Am zweiten September kommt das Kind. Und bei der Geburt gab es Komplikationen.*

Die Bruggers haben keine Kinder. Was ist am zweiten September passiert? Er versuchte Ordnung in seine Gedanken zu bringen, die wirr durch seinen Kopf jagten.

Was wäre, wenn … Energisch schob er sein Notizbuch zur Seite und nahm einen Schluck aus dem Wasserglas. Wie erstarrt blieb Tanner einige Minuten ruhig sitzen und starrte auf sein Notizheft, und plötzlich wurde ihm bewusst, dass dies das Dunkel erhellen würde, in dem er seit Tagen tappte. Allerdings nur, wenn es so wäre …

Was-wäre-wenn-Gedanken gehören zur Gruppe der Grübeleien und angsterfüllten Gedanken, dachte er.

Draußen hatte es inzwischen zu schütten begonnen, und er hörte, wie der Regen auf das Blechdach prasselte.

Es gibt eine Angst vor der Wahrheit, hatte er in einem schlauen Buch gelesen. Und Tanner kannte diese Angst. Sie tauchte immer dann auf, wenn sich einer seiner Fälle einer Lösung näherte und sich die Verdachtsmomente verdichteten, dass ein aufmerksamer Detektiv die Wahrheit schon riechen konnte. Tanner vermutete, dass diese Angst vor der Wahrheit eher die Furcht war, sich geirrt und aus den angeblich sonnenklaren Verdachtsmomenten falsche Schlüsse gezogen zu haben. Irrt der Detektiv und benennt den falschen Täter, dann droht Kritik und Blamage.

Nach kurzem Nachdenken schaltete er sein Notebook ein und googelte den Laden der Bruggers. *Antiquariato & Trödel, R.&M. Brugger, Meinhardstraße 22, 39012 Meran.* Die Website war zwar bunt, aber unprofessionell und alles andere als ansprechend. Während er darauf herumblätterte, ploppten immer wieder vielfarbige Werbebanner mit irgendwelchen obskuren Angeboten ins Bild. Schließlich fand er, was er suchte. Auf einer bildschirmfüllenden Fotografie sah man das Ehepaar Brugger freundlich lächelnd vor ihrem Geschäft in der Sonne stehen. Er ging mit dem Gesicht näher an den Bildschirm heran und machte einen Screenshot von Marian Bruggers Gesicht. Mit der Frage *Ist das der Mann, den Sie am Fenster gesehen haben?* schickte er das Bild an Corinna Matteiner.

Als er auf die Uhr sah, stellte er fest, dass bereits eine Stunde vergangen war. Seine Augen schmerzten. Durch das Fenster sah er auf den Regen, der draußen wolkenbruchartig niederging.

»Sag bloß, du sitzt schon die ganze Nacht hier«, sagte Paula überrascht, als sie plötzlich im Nachthemd die Küche betrat.

»Ich konnte nicht schlafen. Also habe ich beschlossen zu arbeiten.«

»Und? Gibt es ein Ergebnis?«

»Ich bin hundemüde.«

Paula strich ihm zärtlich über die Schulter. »Erzähl mir, worüber du nachgedacht hast.« Sie ging zum Kühlschrank und kam mit zwei halb gefüllten Weingläsern zurück. »Alkohol um diese Zeit ist die Ausnahme … nur zur Unterstützung und zum Nachdenken.«

»Der Ausgangspunkt meiner Gedanken war deine Bemerkung über Regina Brugger und die mögliche Geburt eines Kindes am zweiten September.«

Das Gespräch dauerte fast eine Stunde. Danach stellte er fest, dass es Paula gelungen war, seine dunklen Gedanken zu vertreiben. Die *Angst vor der Wahrheit* war verflogen.

»Was sagt eigentlich Maurizio dazu?«

»Ich werde morgen mit ihm reden. Aber vergiss nicht, er ist ein alter Mann geworden.«

Sie lächelte. »Alle Männer werden alt, der eine später, Maurizio eben früher.«

Tanner sah sie erstaunt an. »Für mich gilt das nicht. Ich kann noch mit sechzig wie vierzig sein.«

»Aber nur eine halbe Stunde am Tag«, sagte Paula. »Komm mit ins Bett.«

SIEBENUNDZWANZIG

Tanner wachte mit hämmerndem Kopfweh auf. Verschlafen streckte er den Arm aus. Paulas Bett war leer. Kein Wunder. Es war neun Uhr. Im Bad schluckte er zwei Schmerztabletten, dann stand er einige Minuten und sah aus dem Fenster. Der Himmel war bedeckt, aber der Regen hatte aufgehört. Die Äste der Bäume zeigten ihm, dass ein kräftiger Wind wehte. Schräg gegenüber hatte Frau Dorner ihre Gemischtwarenhandlung schon lange geöffnet, und Tanner beobachtete, wie zwei Frauen mit gefüllten Einkaufskörben aus dem Geschäft kamen, ein paar Worte miteinander redeten, bevor sie in unterschiedlichen Richtungen davoneilten. Nach der zweiten Tasse Kaffee begannen die Tabletten zu wirken und seine Stimmung verbesserte sich.

Tanner wollte gerade das Haus verlassen, als sein Telefon klingelte. Es war Corinna Matteiner, aufgeregt wie ein aufgescheuchtes Huhn. »Ich habe gerade Ihre Mail gelesen, das Sie mir mitten in der Nacht gegeben haben. Wer ist der Typ auf dem Foto? Es ist der Mann, der bei mir durchs Fenster geschaut hat.«

»Ganz sicher?«

»Ganz sicher. Jetzt sagen Sie schon ... wer ist das?«

Er zögerte einige Augenblicke, da er keine Lust hatte, ihr den Namen Bruggers zu verraten. »Ich weiß es nicht«, log er. »Aber ich erfahre es heute im Lauf des Tages. Dann melde ich mich bei Ihnen.«

Die Herbstfarben tauchen das Gebiet um den Kalterer

See in ein buntes Blätterkleid. Es war Hauptsaison in den Weinbergen und den Buschenschenken entlang der Weinstraße. Tanner hatte keinen Blick für die Landschaft. Kurz vor Unterplanitzing ging er vom Gas und fragte sich, wie er überhaupt hierhergekommen war.

Tanner ließ sein Auto auf einem der weiß markierten Parkplätze stehen, der nur einen Steinwurf von Paulas Apotheke entfernt war.

An der nächsten Ampelkreuzung blieb er stehen und trat dann einen Schritt zurück, als ein Bus auf die Haltestelle zusteuerte. Noch bevor das Fahrzeug in der Haltebucht zum Stehen gekommen war, öffnete sich die Tür. Und dann sah er sie. Das blasse, blonde Mädchen. Sie sprang als Erste aus dem Bus, dann überquerte sie die Straße. Sie trug wieder die engen Jeans und den dicken Wollpullover, den Tanner bereits kannte. Einen Moment lang beobachtete er sie, wie sie vor einem Schaufenster stehen blieb und auf ihr Handy sah. Jetzt oder nie. Tanner wartete nicht, bis die Ampel grün zeigte, sondern lief zwischen den fahrenden Autos hindurch über die Straße. Er blieb neben dem Mädchen stehen und legte eine Hand leicht auf die Schulter.

»Haben Sie einen Moment Zeit für mich?«

Sie wirbelte herum und stieß einen leisen Schrei aus. Tanner wollte sie nicht bedrängen und trat einen Schritt zurück.

»Was wollen Sie von mir?«

»Wir kennen uns schon einige Zeit«, sagte Tanner und näherte sich ihr wieder langsam.

Sie zog einen Schmollmund und zuckte mit den Achseln.

Etwas breitbeinig stand sie da, die Arme vor der Brust verschränkt. Schutzsuchend. Sehr mager sah sie aus, sehr blond und sehr niedergeschlagen. Ihre Gesichtszüge waren blass und schlaff, als hätten sie den Halt verloren. Nur die Lippen leuchteten im Dunkelrot ihres Lippenstiftes. Ihr linker Nasenflügel war gepierct, und Tanner sah einen großen, wahrscheinlich falschen Stein, der bei jeder Bewegung ihres Gesichts glitzerte.

Tanner zeigte mit der Hand die Straße hinauf. »Da vorne in der Goethestraße ist das Café Monika. Trinkst du lieber Tee oder Kaffee?«

Sie antwortete nicht. Vorsichtig berührte er ihren Oberarm und ließ gleich wieder los. »Gehen wir.«

Im Café blieb Tanner kurz stehen und deutete auf die geschwungene Treppe im Hintergrund. »Wir gehen auf die Galerie. Dort ist es ruhiger.« Er ging vor ihr die Holzstiege nach oben, wo ihnen der Kellner einen freien Tisch am Fenster zuwies.

Tanner richtete es so ein, dass er neben ihr saß und nicht auf dem Stuhl gegenüber. Jede Konfrontation vermeiden.

»Darf ich beim Du bleiben?«, fragte er und wartete, bis sie nickte.

Tanner bestellte ein Glas Weißwein. Er schätzte sie auf achtzehn Jahre. Vielleicht sogar weniger. Während sie in der kleinformatigen Karte blätterte, überlegte er, wie er das Gespräch weiterführen sollte.

Der Kellner brachte ungewöhnlich schnell die Bestellung. Tanner sah ihr zu, wie sie zwei Stück Süßstoff in den Kaffee warf. »Du warst unaufmerksam, als du aus dem Bus gesprungen bist«, sagte er. »Deshalb hast du mich nicht gesehen.«

Sie lächelte ein müdes Lächeln. »Einmal dem Fehlläuten der Nachtglocke gefolgt – es ist niemals gutzumachen.«

Tanner lächelte zurück. »Kafka.«

»Wir haben ihn gerade im Studium.«

Wo studierte sie? Und was? Er beschloss, diese Fragen auf später zu verschieben.

»Ich denke mir, dass du mit mir reden möchtest«, sagte er stattdessen.

Sie kaute auf der Unterlippe und hatte den Blick starr auf Tanners zweiten Hemdknopf von oben gerichtet. »Ich habe schon einige Male versucht, mit Ihnen zu reden.«

»Wir sollten damit starten, uns gegenseitig vorzustellen. Mein Name ist Tiberio Tanner.«

Sie nickte. »Von Beruf Detektiv. Ich weiß.«

Tanner versuchte gerade, einen Löffel Schlagsahne, gemischt mit Erdbeermarmelade zum Mund zu führen, als das hoch aufgetürmte süße Gemisch das Gleichgewicht verlor und auf sein weißes Hemd kleckerte.

Hektisch wischte er mit der Serviette auf dem Fleck herum, der sich spontan vergrößerte. Das Mädchen hatte das Missgeschick verfolgt und schmunzelte.

Na bravo. Wenigstens war es ihm gelungen, die Situation etwas zu entspannen.

»Ich heiße Luisa«, sagte sie und sah wie unbeteiligt aus dem Fenster.

Tanner hatte immer noch keine gute Idee, wie er das Gespräch mit dem Mädchen starten sollte. Irgendwo muss man beginnen, sagte er sich und legte das Foto auf den

Tisch, das links und rechts neben dem Dr. Kurz Stefano Tappeiner und den bereits seit zwei Jahren toten Dr. Matteiner zeigte.

»Kennst du einen auf dem Bild?«

Überraschenderweise warf sie nur einen kurzen Blick auf die Fotografie, dann nickte sie und schob ihm das Bild wieder hin. »Das Triumvirat. Ich kenne das Foto.«

»Triumvirat?«

Sie zögerte. »Eigentlich das Herrscherduo im Krankenhaus. Und der dritte ist ein armer Hund.«

»Du kennst die drei?«

»Am wenigsten weiß ich über den Tappeiner. Er ist so etwas wie der Finanzchef in der Klinik. Ich habe ihn nur einige Male gesehen.«

Tanners Verwunderung stieg. Er zeigte auf Bruno Kurz. »Und was weißt du über den hier?«

»Das ist Bruno. Mein Stiefvater.«

*

»Ich habe noch eine Fotografie.« Tanner legte das Bild vor sie hin, das Marietta Kurz und Stefano Tappeiner zeigt, die Arm in Arm aus der *Pension Pläsier* kommen.

»Ist das deine Mutter?«

»Mein Gott ja«, sagte das Mädchen. »Dass die beiden ein Verhältnis haben, weiß ich schon lange. Die dumme Kuh. Sie und der Finanzchef. Reines Zweckbündnis.«

51 Prozent meet 49 Prozent, dachte Tanner. Er betrachtete das Mädchen von der Seite und suchte nach Ähnlichkeit zu ihrer Mutter, fand aber keine.

Ob sie wusste, dass er es war, der die Leiche von Bruno Kurz gefunden hatte? »Das mit dem Tod deines Vaters tut mir leid«, sagte er.

Sie schüttelte den Kopf. »Er war nur mein Stiefvater. Und er war ein Arschloch. Es ist nur gerecht, dass er tot ist.«

»Du kennst Kafka. Studierst du Literatur?«

»Kafka war oft in Italien. In Riva am Gardasee zum Beispiel. Und in Brescia. Ich möchte Lehrerin werden.«

»Wohnst du bei deinen Eltern?«

Sie lächelte. »Ich bin schon vor einem Jahr von zu Hause ausgezogen. Jetzt wohne ich in einer WG.«

»Kein Kontakt mehr zu Ihren Eltern?«

»So wenig wie möglich. Ich habe keine Eltern. Wie ich schon sagte … meine Mutter ist eine dumme Kuh, die nur Geld und teure Klamotten im Kopf hat. Sie war damals stinksauer, als sie mit mir schwanger war. Und Bruno … mein Stiefvater hat sich im Suff an mich herangemacht, als ich elf war.«

»Wo ist dein Vater?«

»Mein wirklicher Vater?« Sie zuckte mit den Schultern. »Keine Ahnung.« Sie machte eine geringschätzige Handbewegung. »Er hat mich gezeugt … und weg war er. Fuggifuggi, verstehen Sie?«

»Ich habe den Auftrag, den Mord an deinem Stiefvater aufzuklären.«

»Von wem?«

»Von einem Verwandten deiner Mutter. Er hat ein Weingut oberhalb Partschins. Im Vinschgau.«

»Murach«, sagte sie mit finsterem Gesicht. »Der Baron. Auch so ein Arschloch. Er und die ganze gräfliche Sippe.«

»Alles Arschlöcher in der Familie? So etwas ist selten.«

»Das größte Schwein ist Bruno, mein sogenannter Stiefvater.«

»Wer hat ihn getötet?«

Sie starrte auf seinen zweiten Hemdknopf, sagte aber nichts. Er nahm einen Schluck und blickte sie über den Rand des Weinglases an. Was sah er? Verwirrung? Mutlosigkeit? Sie ist mit der Welt nicht im Einklang, dachte er, tief verletzt und verschreckt, als ob unter ihrem blassen Gesicht eine Maske aus Angst wäre. Ihre Augen waren glanzlos und jetzt auf einen imaginären Punkt irgendwo an der Wand gerichtet.

»Luisa«. Tanner flüsterte es nur. Dennoch zuckte sie überrascht zusammen.

»Warum wurde dein Stiefvater getötet?«

Sie presste beide Hände auf ihre Wangen und senkte langsam den Kopf.

»Warum wurde Bruno Kurz getötet?«, wiederholte sie mit tonloser Stimme. Wenn Tanner hinterher die Aufgabe bekommen hätte, ihre Stimme zu beschreiben, würde er dazu nicht in der Lage sein.

»Du kennst den Mörder«, sagte Tanner.

»Über den Tod darf man nicht sprechen.«

»Das ist Unsinn. Bei Mord muss man es sogar. Also los!«

»Es war vor drei Jahren.«

Es war einmal ... Tanner lehnte sich zurück. Das dürfte eine längere Geschichte werden.

»Vor drei Jahren kam eine Frau zu meinem Stiefvater in die Klinik. Sie war schwanger, und aus irgendeinem Grund hat Bruno entschieden, die Geburt einzuleiten.«

Paulas Ausspruch kam ihm in den Sinn. *Am ersten geht sie ins Krankenhaus. Am zweiten September kommt das Kind. Und bei der Geburt gab es Komplikationen.*

»Du sprichst von Regina Brugger.«

Sie zog die Mundwinkel nach unten und hob die Augenbrauen, während sie anerkennend nickte. »Was der Frau in der Klinik passiert ist, weiß ich, weil es Bruno hinterher meiner Mutter erzählt hat.« Sie lächelte. »Ich war Ohrenzeuge. Während der Geburt sind Schwierigkeiten aufgetreten, und Bruno hat einen Kaiserschnitt vorgenommen.«

»Die Operation ging schief, stimmt das?« Tanners Aufregung wuchs.

Sie nickte. »Bruno muss so besoffen gewesen sein, dass er es vermurkst hat. Alles ist schiefgelaufen. Die Nabelschnur hat das Kind erwürgt, und es hat nicht viel gefehlt, dann wäre auch Regina Brugger gestorben.«

»War Herr Brugger bei der Geburt dabei?«

»Nein. Außer der Schwangeren nur Hedwig Pammer, die Hebamme, und der junge Anästhesist. Matteiner hieß der. Und natürlich der Chefarzt. Bruno, der Saufkopf. Er hat das tote Baby auf dem Gewissen. Totschlag würden es die Juristen nennen. Meines Erachtens war es glatter Mord. So hat es wohl auch Frau Brugger gesehen.«

»Ich frage mich nur, wie viel die Schwangere mitbekam. Zum Beispiel, dass der Arzt betrunken war.«

»Ich weiß, wie sich Bruno benimmt, wenn er voll ist. Das konnte man gar nicht übersehen. Natürlich hat die Frau das gecheckt. Sicher schon vor der OP. Sie hatte sich für eine Vollnarkose entschieden, und als alles vorbei war, lag noch das blaue Bändchen neben ihr am Bett, das eigentlich für das Baby bestimmt war. Irgendjemand muss Frau Brugger hinterher erzählt haben, was während der Operation abgelaufen ist.«

»Wer?«

»Keine Ahnung. Ich vermute, dass es diese Hedwig Pammer war. Bruno hat der Hebamme 200.000 Euro gegeben, damit sie den Mund hält. Ich weiß, dass er auch Matteiner mit viel Geld den Mund gestopft hat. Ich habe in Brunos Unterlagen gestöbert. Er war übrigens furchtbar aufgeregt, als Matteiner den Job in seiner Klinik gekündigt hat.«

»Du bist viel herumgekommen in der letzten Zeit«, sagte Tanner.

»Ich habe das Ehepaar Brugger beobachtet, und mir war schnell klar, dass sie von Hass und Rachegelüsten getrieben waren. Hass gegen alle drei, denen sie die Schuld am Tod ihres Neugeborenen gaben. Und so beschlossen sie Rache … immer am zweiten September … Hass und Rache gegen alle drei Personen. So wurde der zweite September vor drei Jahren zum Gedenktag.«

»Zu einem mörderischen Gedenktag«, ergänzte Tanner. »Zuerst der Matteiner, dann die Hebamme und zuletzt Bruno, der Hauptschuldige.«

Sie bestellten noch Kaffee und Luisa, die Hunger hatte, ein weiteres Stück Kuchen.

Durch das Fenster hinter ihm drang gedämpft der Lärm des Straßenverkehrs, das Fenster auf der gegenüberliegenden Wand lenkte Tanners Blick auf die braunen Blätter eines Kastanienbaums. Neben dem Baum erhob sich die nahe Fassade des gegenüberstehenden Wohnblocks, wie ein aufgespanntes, graues Tuch, und sein Blick fiel auf ein

Fenster, das nur wenige Meter entfernt war. Fasziniert beobachtete er eine hübsche Frau, die ihre langen Haare kämmte.

»Ich bin immer noch da«, sagte Luisa, worauf sein Blick ins Zimmer und zu ihr zurückkehrte.

»Ich überlege, ob Bruno Kurz auch den Bruggers Geld angeboten hat.« Tanner versuchte, den Faden wieder aufzugreifen.

»Davon weiß ich nichts. Das Ehepaar Brugger wollte Rache. Sonst nichts.«

Wie beiläufig erzählte Tanner von seinem nächtlichen Besuch im Archiv des Krankenhauses. »Ich habe geahnt, dass irgendetwas am 2. 9. passiert sein muss, aber dieser Tag fehlt in den Aufzeichnungen der Klinik. Jemand hat sie entfernt.«

»Es sind zwei Blätter. Bruno hat sie damals aus dem Ordner herausgerissen und nach Hause mitgenommen. Nichts sollte auf sein ärztliches Versagen hinweisen.« Sie lächelte. »Nach Brunos Tod habe ich die zwei Blätter in seinem Schreibtisch gefunden. Sie liegen bei mir zu Hause. Gut versteckt.«

Der Kaffee und Luisas Kuchen kamen und sie unterbrachen ihr Gespräch, bis sich der Kellner wieder entfernt hatte.

»Warum bist du nicht zur Polizei gegangen?«

Sie seufzte. »Warum bin ich nicht zur Polizei? Ich mag die Burschen nicht. Die haben mich vor einem Jahr ins Gefängnis gesteckt. Nur wegen ein paar Joints.« Sie sah ihn an. »Und einiger Tabletten. Ich bin amtsbekannt. Verstehen Sie meine Scheu vor allen Uniformen?«

»Hast du geahnt, was auf deinen Stiefvater zukommt?«

Luisa spielte mit ihren Fingern. »Sie stellen eigenartige Fragen. Das habe ich nicht nur geahnt, sondern sogar erwartet. Herbeigesehnt. Nach den Morden an Matteiner und der Hebamme habe ich eins und eins zusammengezählt. Es war mehr als eine Vermutung, dass als Nächstes Bruno dran sein könnte. Der elendige Schuft. Und ob Sie es glauben oder nicht … ich hatte plötzlich Verständnis für das Ehepaar Brugger. Ich konnte ihre Rachegelüste nachvollziehen. Sie haben ihr Kind verloren. Können Sie mich verstehen?«

Konnte er das verstehen? Tanner überlegte einige Augenblicke. Ja, dachte er, das kann man nachvollziehen. »Das ist ein weites Feld«, sagte er schließlich. »Immerhin gibt es noch den Mord an Ursula Klammer.«

»Ich kann beweisen, dass es beide Bruggers waren, die ihre Nachbarin ermordet haben.«

Tanner hob den Kopf. »Beweisen? Wie?«

»Ich war dort. Ich sah ihn. Und dann sie. In der Nacht. Alle beide. Und das war kein nachbarschaftlicher Besuch. Brugger musste nicht einmal in Ursulas Haus einbrechen. Er hat geläutet, und sie hat ihm die Tür geöffnet. Das war's.« Sie hielt den Blick fest auf den Kuchenteller gerichtet. »Ich habe gehört, dass Ursulas Haus durchsucht und regelrecht auf den Kopf gestellt wurde. Und sie soll gefoltert worden sein. Sagt man. Die Bruggers wollten herausfinden, ob Ursula irgendetwas wusste, was sich am 2. 9. vor drei Jahren in der Klinik abgespielt hat. Sie haben wohl nichts gefunden.«

Mehr werden wir erst erfahren, wenn die beiden wegen mehrfachen Mords vor Gericht stehen, dachte Tanner.

»Jetzt können Sie wieder mit Ihrer Frage kommen, warum ich das nicht der Polizei erzählt habe.« Sie schob ein Kuchenstück in den Mund. »Ich hoffe, Sie verpfeifen mich nicht.«

Tanner nickte ihr zu.

Wieder entstand eine kurze Pause.

»Marian Brugger war übrigens auch hinter Ihnen her«, sagte sie.

Tanner ging ein Licht auf. »Die anonymen Briefe … sie sind von dir.«

Sie nickte. »Ich wusste zuerst nicht, wer der Mann war, der Sie beobachtet hat. Erst später bin ich draufgekommen, dass es Marian Brugger war.«

»Der Mann mit dem braunen Schlapphut«, sagte Tanner.

»Genau. Er ist auch einige Male um Brunos Haus geschlichen. Nur um Ursulas Zuhause brauchte er nicht herumzuschleichen. Die waren ja Nachbarn. Eigentlich verstehe ich das ganze Drama nicht. Heute denke ich manchmal, dass ich vieles kommen sah, was dann auch eingetreten ist. Nur das mit Ursula war eine Überraschung. Damit habe ich nicht gerechnet.«

Tanner wollte es nicht aussprechen, dass er sich schuldig an Ursulas Tod fühlte.

Mitschuldig jedenfalls. »Ich sprach im Beisein des Ehepaares Brugger mit Ursula über die Patientenakten. Und darüber, dass ich mir diese ansehen wollte. Ursula wusste nicht genau, wo diese im Keller der Klinik aufbewahrt werden, aber sie versprach mir, es herauszufinden. Die Bruggers hatten wohl Angst, dass ich in den Krankenhausakten darauf stoßen würde, dass Regina vor drei Jahren als Patientin im Krankenhaus war.«

»Ich hatte ähnliche Gedanken«, sagte Luisa. »Marian und Regina Brugger sind Mörder, aber das ganze Drama begann mit dem Saufbold Bruno. Er hat mich nie leiden mögen, und ich bin jetzt happy, dass er tot ist.« Sie lachte. »Bruno hat mich zu einem Psychiater geschickt. Das hat er vorher mit meiner Mutter abgesprochen.« Sie lachte wieder. »Und wissen Sie, was der Psycho über mich geschrieben hat? Ich leide unter signifikanten Persönlichkeitsstörungen, psychotischen Depressionen und einer sozialen Phobie.«

»Jetzt kann ich gut verstehen, dass du nicht zu Hause wohnen willst«, sagte Tanner.

»Ich lebe mein eigenes Leben.« Sie brach mit der Hand ein Stück vom Kuchen ab und stopfte es sich in den Mund.

*

Unruhe erfasste ihn. Ein besoffener Chefarzt während einer todbringenden Operation, ein Anästhesist, der nicht eingreift und eine bestechliche Hebamme. Er konnte jetzt nicht im Haus still sitzen. Nachdem er den Wagen vor Paulas Haus geparkt hatte, marschierte er den Rofensteiner Weg nach oben. Nur gelegentlich begegneten ihm Passanten, die im Viertel wohnten und ihren Hund spazieren führten, oder andere, die eilig ihrer Beschäftigung nachgingen. Tief atmete er die frische Luft ein. Immer wieder wanderten seine Gedanken zu Luisa und weiter zu dem Ehepaar Brugger. Es war ihm, als hätte er das Ganze noch nicht ganz verstanden. Der Fall war geklärt. Zweimal sagte er sich diesen Satz laut vor. Die schmalen Gassen, die er entlangging, sahen aus wie immer, die wenigen Autos fuhren wie immer vorsichtig

durch die engen Kurven auf die SP 99, die Richtung Jenesien führte. Plötzlich hatte er wieder das Gefühl, beobachtet
zu werden. Er drehte sich um und sah nach allen Seiten. Da
war niemand. Es war kühl geworden, und ihn fröstelte. Der
Weg führte an einem Wohnblock vorbei mit zahlreichen
Balkonen, die wie geschachtelt neben- und übereinander
standen, eine ganze Landschaft aus Satellitenschüsseln und
bunten Wäschestücken, die an Schnüren im Wind flatterten.
Als Tanner an dem Haus vorbeiging, sah er in einem Erdge-
schossfenster das Gesicht eines kleinen Buben, der ihn
bleich und mit traurigen Augen anstarrte. Er drehte ihm den
Kopf nach, und während Tanner an dem lang gestreckten
Gebäude entlangging, wurde das blasse Gesicht kleiner und
kleiner. Nach einigen Metern drehte sich Tanner nochmals
zu dem Fenster um, aber der Bub war nicht mehr da.

Marian und Regina Brugger … vier Morde und ein Täter.
Oder besser: Zwei Täter. Wie sollte es nun weitergehen?
Ein irrwitziger Gedanke kam ihm. Er sah auf die Uhr. Wenn
er jetzt zu den Bruggers ginge … vor seinem inneren Auge
sah er sich vor der Haustür stehen. Er schüttelte den Kopf
und brach den Film ab. Keine gute Idee.

Nach einer halben Stunde Schweigen legte Paula ihr Buch
zur Seite. »Überlass das der Polizei.«

Klare, kurze Botschaft. Tanner faltete die Zeitung zusammen. »Ich habe lange mit Maurizio telefoniert. Die Polizei
wird sich beim Ehepaar Brugger nicht exponieren. Das waren seine Worte.«

»Und warum?«

»Weil sein Nachfolger De Santis nicht nur der neue Commissario Capo, sondern auch ein Non-Checker ist. Er hat gestern Peter Sartori festnehmen lassen.«

»Ursulas Mann ist in Haft?«

»Maurizio sagt, dass sich De Santis total verlaufen hat. Er ist felsenfest überzeugt, dass Sartori hinter den ganzen Morden steckt und auch seine eigene Frau Ursula umgebracht hat.«

»Der spinnt.«

»Das sagt Maurizio auch.«

»Was willst du tun?«

»Wenn die Polizei nicht zum Mörder will, werde ich es tun.«

»Alleine? Die beiden sind gefährlich. Nimm Maurizio mit.«

»Maurizio liegt mit 39 Grad Fieber im Bett.«

»Schluzzer. Das ist *die* Chance für ihn, sich zu bewähren. Und glaub mir, der kann das. Und er will Detektiv und dein Mitarbeiter werden.«

Tanner drückte beide Hände an die Ohren.

ACHTUNDZWANZIG

Mit den Worten »Und schon bin ich da«, betrat Schluzzer das Wohnzimmer. »Was gibt's, Chef?«

»Nennen Sie mich nicht Chef. Showtime ist angebrochen.« Tanner deutete dem Mann, sich zu setzen.

Paula brachte Getränke, begrüßte ihren Cousin und verließ das Wohnzimmer wieder.

»Ich hab das vorhin nicht genau verstanden«, sagte Schluzzer. »Sagten Sie Showtime oder Showdown?«

»Ich brauche Ihre Unterstützung.«

»Und schon stehe ich bereit.«

In einfachen Worten erklärte Tanner, dass es sich um einen nicht ungefährlichen Einsatz handelte. »Ein riskantes Projekt steht vor der Tür.«

»Vor der Tür«, wiederholte Schluzzer. »*Ante portas* heißt das. Habe ich gelesen.«

»Und was wir vorhaben, wird eine große Herausforderung. Für Sie und für mich. Das Ganze kann auch schiefgehen.«

»Ich unterstütze Sie«, sagte Schluzzer und klopfte auf Tanners Arm.

»Das beruhigt«, sagte Tanner. »Eigentlich hatte ich vor, Sie gründlich auf solch kritische Einsätze vorzubereiten. Das müssen wir aber auf später verschieben. Heute müssen Sie ins kalte Wasser springen.«

»Ich kann nicht schwimmen, Chef.«

Tanner beugte sich langsam vor und sah seinem Gegenüber in die Augen. »Haben Sie schon mal eine Pistole in der Hand gehalten?«

Schluzzer ließ ein empörtes Schnaufen hören. »Sie kennen meine Vergangenheit nicht, Chef. In meiner Jugend, die noch nicht so lange her ist, war ich Mitglied im Schützenverein Südtirol, genau gesagt, im Bataillon Ahrntal. Gemeinsam mit meinem Tatta. Wir hatten damals schon 200 Mitglieder und die hübschesten Marketenderinnen diesseits der Zillertaler Alpen.«

»Das mit den Marketenderinnen verstehe ich. Meine Frage betraf Ihre Erfahrungen mit einer Schusswaffe.«

»Und schon kann ich es erklären. Mit sechzehn wurde ich nämlich auch Mitglied bei den Sportschützen. *Einem Verein, dem die Erhaltung der Heimat, die Traditionspflege und der Väterglaube am Herzen liegt.* So stand es in unseren Statuten. Dort war ich sogar zweimal Schützenmeister beim Dreikönigsschießen mit je 95 Ringen.«

»Welche Waffe, Schluzzer?«

»Zuerst Luftpistole, dann Schnellfeuerpistole.«

»Schnellfeuerpistole … das klingt schon interessanter. Welches Modell?«

»Ich hab das Ding noch zu Hause. Von meinem Vater geerbt. Nicht ganz legal, aber in ausgezeichnetem Zustand.«

»Welches Modell, Schluzzer?«

»Sie wiederholen sich, Chef. Es ist eine Walther Olympia aus dem Jahr 1936. Zehn Patronen Kaliber 5,6 × 15 mm. Longrifle natürlich.«

»Natürlich«, wiederholte Tanner und nickte beeindruckt.

»Mordsmäßige Schussleistung, sagte mein Tatta immer.«

»Den Begriff *mordsmäßig* werden wir in diesem Zusammenhang vermeiden.«

»Wer ist die Zielperson?«, fragte Schluzzer, und es klang sehr professionell.

»Es sind zwei. Herr und Frau Brugger. Er ist 40 Jahre alt, sie 39. Und die beiden sind gefährlich.«

»Wo genau ist unser Einsatzort?«

»Gratsch. Ein paar Kilometer südlich vom Schloss Tirol. Das Haus, um das es geht, liegt ziemlich abgelegen am Ende einer Sackgasse.«

»Wann?«

»Morgen.«

»Und was, wenn die Zielgruppe nicht zu Hause ist?«

»Sie wird dort sein. Morgen ist Samstag und außerdem greifen wir in der Nacht an. Da liegen die beiden im Bett.«

»Dort wäre ich auch gern. In der Nacht, meine ich.«

»Wir wollen bei Dunkelheit nicht erkannt werden. Also ziehen Sie keine weiße Hose an, verstanden?«

»Aber ich habe eine weiße Weste, Chef.«

»Sehen Sie sich das an.« Tanner schob ein Blatt Papier über den Tisch. »Ich habe aus der Erinnerung den Grundriss des Hauses aufgezeichnet. Erdgeschoss und erster Stock. Hier wird sich unser Abenteuer abspielen.«

»Ich liebe Abenteuer«, sagte Schluzzer.

»Passen Sie jetzt auf. Mein Plan ist folgender.«

NEUNUNDZWANZIG

Es dämmerte bereits, als Tanner eine halbe Stunde später bei Kaltern die Weinstraße verließ und auf der SP15 zu seinem Haus in Altenburg fuhr. Fieberhaft lief er durch die Räume, öffnete den kleinen Wandsafe im Vorzimmer und entnahm ihm die *Glock 34*, eine halb automatische Pistole für Neun-Millimeter-Munition, die er vor einigen Wochen erworben hatte.

»Sie zittern«, sagte Tanner und berührte Schluzzer am Arm. »Haben Sie Angst?«

»Keine Angst. Nur meine Stimme zittert etwas.«

Tanner hatte seinen Wagen zwei Straßen entfernt abgestellt. Es hatte zu regnen angefangen, als sie die Straße entlangschlichen. Plötzlich hörten sie das Nageln eines untertourig daherkommenden Dieselfahrzeugs. Tanner zwängte sich und Schluzzer in eine dunkle Ecke. Ein Fiat kam die Straße herauf, wurde langsamer und blieb vor einem der Nachbarhäuser stehen. Ein Paar stieg aus. Schluzzer drehte den Kopf und sah Tanner fragend an. »Er ist zu dick und sie zu klein«, flüsterte Tanner. »Nicht unser Paar.«

Auf unsicheren Beinen schwankten die beiden zu einem Haus auf der gegenüberliegenden Straßenseite.

Die Sicht war schlecht. Gut so. Der Regen war stärker geworden, und jede zweite Straßenlampe war ausgeschaltet oder defekt. Stille. Nur das leise Rauschen des Regens war zu hören. Sie schlichen an Ursulas Haus vorbei, in dem kein Licht zu sehen war. Peter Sartori saß in U-Haft. Unschuldig.

Tanner deutete mit dem Kinn auf das Gebäude hinter der Mauer. »Das ist das Haus.«

Er winkte Schluzzer näher heran und flüsterte ihm einige Sätze ins Ohr. »Ab sofort läuft alles so, wie wir es verabredet haben.« Tanner deutete mit dem Zeigefinger auf den ausladenden Rhododendron, dessen Zweige über den Gehsteig hingen.

»Das hier ist Ihre Stellung.«

Schluzzers Augen weiteten sich, dann nickte er.

»Alles klar?«

»Alles klar«, flüsterte Schluzzer.

»Ihre Waffe?«

Schluzzer klopfte auf seine prall gefüllte Hosentasche.

»Zehn Minuten, okay?«

Schluzzer nickte eifrig, dann hielt er den Daumen der rechten Hand nach oben.

Tanner schwang sich über die niedrige Mauer und verschwand im Dunkel des Gartens. Nach einigen Metern drehte er sich um. Schluzzer war nicht mehr zu sehen. Wie ein dunkler Klotz lag das Haus der Bruggers ruhig und verlassen da. Während er die Mauer entlangschlich, sah er, dass aus einem Fenster Licht auf die Zweige eines Baumes fiel, die tanzende Schatten auf den Rasen warfen. In einem der Räume auf der Rückseite des Hauses brannte Licht. Hell, aber durch einen beigen Vorhang gedämpft. Ein Windstoß blies durch den Garten und ließ Tanners Hose flattern. Plötzlich ging über ihm das Licht an. Eine flüchtige Bewegung war zu sehen, dann erschien eine Gestalt am Fenster.

Tanner erstarrte, kauerte sich unter das Gestrüpp und rührte sich nicht mehr. Er befand sich außerhalb des Lichtscheins, der aus dem Fenster in den Garten fiel, und so war er sicher, dass ihn in der dunklen Kleidung keiner sah. War das die Küche? Leise Stimmen waren zu hören. Das Fenster wurde wieder dunkel. Er ließ einige Augenblicke verstreichen, dann schlich er weiter die Hausmauer entlang.

Auf der Rückseite des Gebäudes entdeckte er einen von Gras überwachsenen Pfad, der durch dichtes Gebüsch die Böschung nach oben führte. Tanner schaute auf das Haus und den Hang dahinter und beschloss, sich von der anderen Seite her dem Haus zu nähern, dort, wo er den Garagenanbau wusste. Es müsste ihm nur gelingen, einige Meter den schroffen Hang hinaufzuklettern, um das Haus zu umrunden. Zwischen dem Anwesen der Bruggers und dem unbebauten Nachbargrundstück stieg er über einen wackeligen Holzzaun, knickte dabei einige der morschen Latten um und stolperte nach wenigen Metern auf die Böschung zu, wo er begann, sich Meter für Meter den unwegsamen Steilhang nach oben zu kämpfen. Je weiter er hinaufkroch, desto stärker roch es nach nassem Laub und vermoderter Erde. Er befand sich jetzt direkt hinter dem Haus, wo der Boden durch den Regen besonders feucht und matschig war. Die nasse Erde schmatzte unter seinen Schuhen, Zweige schlugen ihm ins Gesicht, und er verlor wiederholt den Halt, sodass er immer wieder ein Stück des Abhanges zurückrutschte. Keuchend richtete er sich auf und stand vor einem mächtigen Felsbrocken, der ihm mitten im Weg lag. Sein Gesicht und die Hände waren zerkratzt, aber Tanner merkte es nicht. Er hielt den Atem an und horchte. Stille. Nur das

Rauschen der Bäume und weit entfernt das leise Brummen eines Flugzeugs. Als er den Felsblock mühsam umrundet hatte, kletterte er möglichst geräuschlos auf der anderen Hausseite den steilen Hang hinunter. Hoffentlich war da keine Alarmanlage oder ein Bewegungsmelder. Doch es blieb ruhig und dunkel. Schwer atmend lehnte sich Tanner einige Sekunden mit dem Rücken gegen die grobkörnig verputzte Hausmauer. Sein Körper zitterte leicht, als er die Außenwand der Garage entlangging und zu einem schmutzigen, mit Spinnweben verhangenen Fenster kam, durch das er schemenhaft zwei Autos erkennen konnte.

Auf der Vorderseite des Garagenanbaus stieß er auf eine schmale Eisentür, die leicht quietschte, als er sie vorsichtig öffnete. Langsam schob er sich in die dämmrige Garage, die so schmal war, dass er sich mit dem Rücken gegen die Wand drücken musste, um an den beiden Autos vorbeizukommen.

Glück muss man haben. Im Hintergrund der Garage stieß er auf einen direkten Zugang ins Haus. Das vereinfachte die Sache. Als er sich an dem zweiten Wagen vorbeizwängte, stieß er einen Blechkübel um, der lautstark umfiel und den Betonboden entlangschepperte. Versteinert blieb er stehen und horchte auf irgendwelche näher kommende Geräusche, doch nur leises Knacken aus den Wänden war zu hören, so als wollte ihn das Haus darauf hinweisen, dass er in der Garage nichts verloren hatte.

Prüfend legte er sein Ohr an die kalte Eisentür. Kein Geräusch. Alles ruhig. Langsam drückte er die Klinke nach unten. Die schmale Tür war nicht verschlossen. Als er in den kühlen, dunklen Hausflur trat, spürte er, wie sich sein

Herzschlag beschleunigte. Jetzt besaß er freien Zugang in das Haus der Bruggers.

Schritt für Schritt tastete er sich durch den Raum, in dem es nach Putzmitteln und Benzin roch. Am anderen Ende kam er zu einer Tür, die sich geräuschlos öffnen ließ. Er hatte offenbar das Treppenhaus erreicht. Die Luft war stickig. Wie in einem Bunker. Neben einem Schrank hing ein Feuerlöscher an der Wand. Die Tür auf der gegenüberliegenden Seite war verschlossen.

Über ihm ging das Licht an. Verdammt. Ein Bewegungsmelder. An dieser Stelle hätte er ihn nicht vermutet. Der Raum, in dem er sich befand, war in der Tat ein Teil des Treppenhauses. Er löste den Drahtbügel der Wandlampe, entfernte die Glasabdeckung und verbrannte sich beim Herausschrauben der Glühbirne die Hand, obwohl er das Taschentuch herumgewickelt hatte. Nach einigen Sekunden, in denen sich seine Augen wieder an die Dunkelheit gewöhnt hatten, tastete er nach seiner Pistole in der Hosentasche. Seine Nerven waren aufs Äußerste gespannt, und er spürte, wie sich sein Magen umdrehte. Die schmale Kellerstiege führte in einen quadratischen Vorraum. Unter seinen Füßen spürte er das glatte Muster eines gekachelten Bodens. Er blieb stehen und versuchte, sich zu orientieren. Von oben fiel etwas Licht, und aus dem Schatten kamen vage Umrisse einer breiten Holztreppe zum Vorschein.

Plötzlich hörte er Schritte. Direkt über ihm. Im ersten Stock. Behutsame, leise Schritte. Einige Schritte hin und einige zurück.

Holztreppen knarren, dachte er, ging direkt neben der Wand nach oben und probierte jede Stufe vorsichtig, bevor er sein ganzes Gewicht darauf setzte. Wieder tastete er nach seiner Pistole, während er Schritt für Schritt nach oben schlich. Dann war von oben nichts mehr zu hören. Er blieb stehen und lauschte in die Dunkelheit. Keine Schritte mehr. Nur sein eigener Pulsschlag dröhnte ihm in den Ohren. Plötzlich war eine Stimme zu hören. Von oben. Tanners Magen verkrampfte sich. Dann setzten die Schritte wieder ein. Leise schlich er weiter nach oben, und als er auf dem obersten Treppenabsatz angekommen war, konnte er einige Details ausmachen, da durch die schrägen Dachfenster etwas Licht der Straßenlampen hereinfiel. Rechts war der Gang schon nach einem Meter zu Ende, verschlossen durch einen halb leeren Schrank. Genau gegenüber sah er zwei weiß lackierte Türen. Zwei Räume nebeneinander? Oder ein großes Zimmer mit zwei Türen?

Da waren die Stimmen wieder. Diesmal etwas lauter. Er konnte nur nicht ausmachen, aus welchem Teil des Obergeschosses die Gespräche kamen. Wahrscheinlich befanden sich hinter den beiden Türen doch zwei getrennte Räume. Ein Schlafzimmer vorne und daneben eine Kammer für Gäste. Die Stimmen zweier Menschen. Hinter der ersten der beiden Türen. Ein ruhiges Gespräch. Wie der harmlose Small Talk auf einer Party, auch wenn Tanner nicht in der Lage war, einzelne Wörter zu unterscheiden. Er stellte sich auf die Zehen, und der Blick aus dem schrägen Fenster fiel auf zwei Bäume und eine Straßenlampe, die ihr gelbes Licht auf die nackten Äste warf.

Tanners Mund war ausgetrocknet, und sein Herz hämmerte laut und schnell. Jetzt war er sicher, die Leute, die miteinander redeten, mussten sich direkt hinter der linken

Tür aufhalten. Angespannt schlich er an die Tür heran und horchte. Da war die Stimme eines Mannes. War das Marian Brugger? Eine dunkle Stimme, die langsam sprach, wie wenn sie jemanden zu beruhigen versuchte. Tanner stand jetzt genau vor der Tür. Sein Herz raste wie ein sich ständig wiederholender Trommelwirbel. Er spürte den Schweiß auf seinen Handflächen, dann holte er die Pistole aus der Tasche und umklammerte sie.

Wann war der richtige Zeitpunkt, um die Tür aufzustoßen? Jetzt! Er schlug auf die Klinke, stieß mit dem Fuß gegen die Türe und sprang mit einem Satz ins Zimmer. Tanner blinzelte. Im ersten Moment sah er niemanden, da er von einem hellen Glaslüster, der vor seinem Kopf hing, geblendet war. Erst nach einem hektischen Schritt zur Seite hatte er die Lage erfasst. Hinter ihm, in der Ecke des Raumes stand Marian Brugger, eine Pistole in der Hand, die genau auf ihn gerichtet war.

*

Noch war kein Wort gefallen. Tanner ließ seinen Blick im Raum kreisen. Hinter Brugger war eine zweite Tür, die in ein Nebenzimmer führte. Zwei Räume. Er hatte es richtig eingeschätzt. Und neben der Tür stand Marian Brugger, die Pistole in der Hand. Seine Haare hingen ihm in die Stirn, und sein Gesicht war rot angelaufen.

»Der Schnüffler«, sagte Brugger. »Ich dachte mir, dass Sie über kurz oder lang hier auftauchen.«

»Die Sache ist entschieden«, sagte Tanner.

Bruggers Gesicht wurde noch röter. Er trat zwei Schritte zurück und einen zur Seite.

»Die Sache ist alles andere als entschieden«, zischte Brugger. »Legen Sie die Pistole weg!«

»Legen Sie die Pistole weg«, sagte Tanner und versuchte krampfhaft, seine Chancen abzuschätzen. Unentschieden, dachte er. Patt!

»Kein Patt«, sagte Brugger, als hätte er Tanners Gedanken erraten.

Brugger hat recht, ging es Tanner durch den Kopf. Selbst wenn er als Erster feuerte, hätte sein Gegenüber noch die Chance, abzudrücken. Und vice versa. Patt.

»Wir sollten einen Deal aushandeln.« Tanner spürte, dass seine Stimme zitterte.

»Kein Deal«, sagte Brugger.

Mit einem Knall flog die Tür auf, und Regina Brugger betrat den Raum. Mit einer Mistgabel in den Händen. Eine beeindruckend spitze, vierzackige Forkl.

»Kein Deal«, wiederholte Brugger. »Und Ende Patt.«

»Pistole weg«, sagte sie.

»Wie fühlt man sich nach vier Morden?« Reden. Jetzt war Reden angesagt. Zeit gewinnen. Panikreaktion vermeiden. Verdammt, wo blieb Schluzzer? Nach seinem Empfinden waren die zehn Minuten längst verstrichen.

Tanner räusperte sich. »Mein ursprüngliches Ziel war, Ihnen die Chance zu geben, sich der Polizei zu stellen.«

»Sehr großzügig«, sagte Brugger. »Und wie sieht ihr jetziges Ziel aus?«

»Ich kenne die traurige Geschichte Ihres tot geborenen Kindes.« Aus den Augenwinkeln beobachtete Tanner, wie sie die Mistgabel nur noch in einer Hand hielt und auf den Boden stellte. Er deutete auf die zweite Tür im Hintergrund.

»Der angrenzende Raum … sollte das vielleicht das Kinderzimmer werden?«

Frau Brugger wollte etwas sagen, doch er fuhr sie an: »Halt den Mund.«

»Den Weg, sich der Polizei zu stellen, haben Sie sich selbst verbaut. Wer sich der Polizei stellt, kann das Strafmaß außerordentlich beeinflussen. Mit dem Mord an Ursula Klammer sind Sie sich selbst in die Quere gekommen. Das mit Ihrer Nachbarin hat nichts mehr mit Rache zu tun. Purer Mord. Eine brutale und unsinnige Bluttat.«

»Sie reden Scheiße«, sagte Brugger. »Legen Sie die Waffe weg.«

Im Zeitlupentempo nahm Tanner die Pistole in die rechte Hand, mit der linken zog er das blaue Stoffband aus der Brusttasche und hielt es der Frau hin.

»Mein Gott«, sagte Brugger. »Jetzt kommen Sie wieder damit.«

Tanner warf einen raschen Blick über seine Schulter. Regina Brugger hob den Arm, nahm die Mistgabel wie einen Speer fest in die Hand und drückte sie gegen seinen Rücken.

»Das mit dem Stoffband beweist gar nichts«, sagte Brugger.

Tanner schüttelte den Kopf. »Ich kann jeden Ihrer Morde beweisen.«

Langsam wurde der Druck in seinem Rücken stärker. Der erste Schmerz durchzuckte ihn, als sich die spitzen Zinken der Gabel in seinen Rücken gruben und das Blut wie ein Rinnsal langsam hinunterlief.

»Sie wollen etwas beweisen? Dazu werden wir Ihnen jede Gelegenheit nehmen.«

Nicht beirren lassen. Tanner sagte sich den Satz zweimal vor.

»Ursula hatte Vertrauen zu Ihnen als Nachbarn, nicht wahr? Hat Sie Ihnen bereitwillig die Tür geöffnet, als Sie geläutet haben? Haben Sie das blutige Werk allein vollbracht? Oder gemeinsam mit Ihrer Frau? Hat Ihre Nachbarin geschrien, als Sie ihr das Messer in die Brust gestoßen haben? Musste sie leiden? Oder war es ein Stich von hinten ins Herz? Los! Sagen Sie es mir!«

Tanner spürte, wie ihm die Schweißtropfen über die Wange liefen. »Draußen vor Ihrem Haus wartet ein Kollege von mir. Er hat keine Glock, wie ich, sondern eine Walther Pistole, Kaliber 5,6 × 15 mm. Beste Qualität.«

»Ich glaube Ihnen kein Wort.«

Tanner bewegte sich ruckartig nach vorn, um dem Druck der Gabelspitzen zu entkommen. Die Folge war, dass Regina Brugger noch stärker zustieß. Von Schmerz durchzuckt gelang es Tanner, gerade noch einen Aufschrei zu unterdrücken.

»Wir können uns gerne noch eine Stunde hier gegenüberstehen«, sagte er. »Die Frage ist, ob uns das weiterbringt.«

»Darum werden wir unsere Diskussion jetzt rasch beenden.«

»Sie werden mich nicht töten.« Tanner versuchte es, ruhig und gefasst zu artikulieren.

»Wir wollen es nicht. Aber Sie zwingen uns dazu.«

Tanner zwang sich ein schmerzhaftes Lächeln ab. »Ihr Haus hier … meiner Meinung nach kein geeigneter Platz, um mich stillzulegen.«

»Wie recht Sie haben. Nicht hier.« Er deutete mit dem Kinn zur Tür. »Unser Auto steht in der Garage. Gehen wir.«

Schluss mit lustig. Tanner beschloss, in den Angriff-Modus überzugehen. Wenn es zu einer körperlichen Auseinandersetzung kommt, hatte er mal gelernt, immer als Erster zuschlagen. Er schätzte die Entfernung zu dem Kopf des Mannes ab, der ihm genau gegenüberstand, dann ballte er die Faust, und genau, als er sie dem Mann ins Gesicht rammen wollte, schlug die Frau mit der Mistgabel auf Tanners Arm. Verdammt! Nicht aufgepasst.

Schmerz durchzuckte ihn. Seine Pistole schlitterte über den Boden. Mit der anderen Hand griff er auf seinen Unterarm. Hoffentlich war der Knochen noch heil.

Regina nahm die Gabel in die linke Hand und hielt ihm die rechte vor das Gesicht. »Ihr Handy. Los! Und Ihren Autoschlüssel.«

Die Frau verließ als Erstes das Zimmer und schaltete im Treppenhaus das Licht ein.

Verdammt! Zum x-ten Mal verfluchte er Schluzzer. Wo blieb der Kerl? Womöglich war er eingeschlafen.

Hintereinander gingen sie die Treppe hinunter und durchquerten den kleinen Vorgarten. Zuerst ging sie, dann Tanner, gefolgt von Brugger.

Die Frau fuhr das Auto aus der Garage und hielt vor den beiden Männern, die im Licht der Straßenlampe standen.

In diesem Moment sah Tanner, dass Schluzzer aus der Dunkelheit seines Verstecks auftauchte. Obwohl jetzt nicht der Zeitpunkt war, sich über seinen Helfer zu amüsieren, musste Tanner lächeln, als er sah, wie Schluzzer mit ungeschickten, marionettenhaften Bewegungen angeschlichen kam. Einen Augenblick verharrte er hinter dem Ehepaar Brugger. Tanner bereute schon, dass er sich von Paula überreden ließ, ihren Cousin mitzunehmen.

Schluzzer schoss Marian Brugger ins Bein. Einmal. Und dann noch einmal.

Ein martialischer Aufschrei drang in die Nacht hinaus. Brugger fiel die Pistole auf den Boden, er begann zu wanken, dann kippte er zur Seite. Seine Frau warf die Mistgabel zur Seite. Sie brüllte seinen Namen und warf sich auf ihren Mann.

»Ich dachte, ich schieße gleich auf ihn«, sagte Schluzzer. »Seine Schusswaffe erschien mir gefährlicher als die Mistgabel der Frau.« Wie in Wildwestmanier blies er theatralisch über die Mündung seiner Pistole.

»Geben Sie auf die Frau acht, Schluzzer.« Tanner schob Regina Brugger zur Seite, dann kniete er sich zu Brugger hinunter und untersuchte die Wunden. Zwei saubere Schüsse. Links ein kleines Einschussloch am Oberschenkel und auf der anderen Seite eine kaum größere Wunde, wo das Geschoss ausgetreten ist. Am rechten Schenkel war keine Austrittswunde zu sehen. Wahrscheinlich steckte das Projektil noch im Bein.

Tanner ging zu Regina Brugger. »Kein Blutgefäß getroffen. Keine Lebensgefahr.«

Tanner wandte sich an Schluzzer, »Rufen Sie die Polizei. Und die Rettung.«

Schluzzer zog sein Handy aus der Tasche. »Und schon telefoniere ich, Chef.«

DREISSIG

Paula lächelte, als Schluzzer und Maurizio hintereinander die Wohnung betraten. Wie im Gänsemarsch. »Der Wein ist bereits eingekühlt.«

»Ich trinke Rotwein«, sagte Maurizio.

»Und schon fühle ich mich wohl«, sagte Schluzzer.

»Es ist warm genug, um draußen zu sitzen.« Paula deutete zur Tür, die auf die Terrasse führte. »Tiberio wartet schon auf euch.«

Es war schon spät, und bald würde die Sonne hinter dem Mendelkamm versinken. Paula trat mit einem gut gefüllten Tablett auf die Terrasse.

»Ahh!« Schluzzer wischte sich mit der Zunge über die Lippen. »Fingerfood!«

»Kein Fingerfood, Schluzzer. Das sind Speckbrote.«

»Wie Sie meinen, Chef.«

Tanner streckte die Beine aus. Was gab es Schöneres, als auf der Terrasse zu sitzen und hinunter ins Tal zu schauen. Heute keine Hektik mehr. Er legte den Kopf zurück und betrachtete Paula, die zwei Weinflaschen auf den Tisch stellte.

Als Maurizio auf die Terrasse watschelte, holte Tanner noch einen Sessel aus dem Wohnzimmer und stellte ihn zum Tisch.

»Maurizio, mein Freund, ich bin gerade dabei, eine CD einzulegen. Welche Musik wünschst du dir?«

»Die Südtiroler Vagabunden. Die mag ich.«

»So etwas besitze ich leider nicht«, sagte Tanner. »Darf's auch etwas Klassisches sein?«

»Etwas Klassisches«, wiederholte Schluzzer. »Was ist das?«

»Etwas Altes«, sagte Paula.

Maurizio machte es sich neben Schluzzer im Sessel bequem und steckte ein alufarbenes Röhrchen in den Mund, an dem er krampfhaft zu saugen begann.

»Ich dachte, du hast dir das Rauchen abgewöhnt.«

»Ich bin mittendrin.« Er nahm das Röhrchen aus dem Mund und hielt es Tanner hin. »Die E-Zigarette versorgt mich mit der lebensnotwendigen Nikotindosis, aber ohne Teer in der Lunge. Dafür mit einer Doppelportion Waldmeistergeschmack.«

»Waldmeister?«

»Nur heute. Ich habe für jeden Wochentag einen anderen Aromastoff. Morgen ist wieder Erdbeer dran.«

»Aromazusätze sind gefährlich«, sagte Schluzzer.

Maurizio stieß eine gelbliche Rauchwolke aus. »Ich verwende nur naturidentische Aromastoffe. Völlig ungefährlich.« Er lachte, verschluckte sich und begann zu husten, was in einem krampfartigen Röcheln endete. Sein rotes Gesicht war bläulich angelaufen. »Waldmeister tut mir gut«, japste er.

»Nehmen Sie Fliegenpilz«, sagte Schluzzer. »Pure Natur.«

»Wo ist deine Frau?«, fragte Tanner. »Ich hab ausdrücklich auch sie eingeladen.«

»Sie lässt sich entschuldigen. Unsere Tochter ist krank und sie wurde zur Enkel-Betreuung abberufen.«

Einen Moment sah Maurizio nachdenklich auf Tanner, dann schoss seine Hand nach oben.

»Hat dich ein Geistesblitz gestreift?«, fragte Tanner.

»Erinnerst du dich noch an deinen Anruf bei der Polizei, als du die Leiche der armen Ursula in ihrem Haus entdeckt hattest?«

»Wie sollte ich diesen Augenblick je in meinem Leben vergessen?«

»Lass dir berichten, wie sich die Geschichte mit deinem anonymen Anruf in der Questura weiterentwickelt hat. Nero De Santis hat sich mehrere Male den Tonbandmitschnitt deines Anrufs angehört und dann eine Sprachanalyse in Auftrag gegeben. Zu diesem Zweck hat er eine Gruppe aus San Francisco einfliegen lassen, die sich *Forensic Phonology Agents* nennen.«

»Haben die meine Stimme erkannt?«, fragte Tanner.

»Hör zu. Mein ehemaliger Mitarbeiter Gerd Rieper hat mir das Gutachten am Telefon vorgelesen, das von den Amis an De Santis weitergeleitet wurde. Danach ist der anonyme Anrufer zwischen 75 und 80 Jahre alt …«

Maurizio musste seine Rede kurz unterbrechen, weil Paula in homerisches Gelächter ausbrach und es einige Sekunden dauerte, bis sie sich beruhigt hatte.

»Lass dich nicht unqualifiziert ablenken«, sagte Tanner.

»Also …« Maurizio sah in die Runde, ob auch alle aufmerksam zuhörten. »Die Sprachanalyse hat ergeben, dass der verdächtige Anrufer galloitalienische Wurzeln hat und wahrscheinlich aus der Lombardei stammt, aber seit Jahren einen engen Bezug zum Piemont haben dürfte. Er hat einen relativ begrenzten Wortschatz …«

Paula kicherte.

»Du störst meine Rede.« Maurizio strafte sie mit einem ernsten Blick. »Jedenfalls lautete so das Ergebnis der Sprachwissenschaftler. Der Verdächtige redete mit lombardischem Dialekt und hat einen Sprachduktus, der Silvio Berlusconi sehr ähnlich ist.«

»Heute ist ein schöner Tag«, sagte Paula und griff nach den beiden Weinflaschen.

»Rubinroter Edelvernatsch Schiava für dich«, sagte sie und füllte Maurizios Glas. »Und Chardonnay für dich.«

»Ist der auch reinsortig?«, fragte Schluzzer.

»Maurizio, wie geht es Herrn und Frau Brugger?«, wollte Tanner wissen.

»Marian Brugger hat einen Verband bis zum Hüftbeuger. Ein Projektil steckte im Muskel und musste operativ entfernt werden.«

»Keine bleibenden Schäden?«, fragte Tanner und schaute zu Schluzzer hinüber.

Maurizio schüttelte den Kopf. »Er muss nicht mehr im Bett bleiben. Von Gerd weiß ich, dass die erste Einvernahme bereits stattgefunden hat. Marian Brugger wurde im Rollstuhl ins Gericht gekarrt. Seine Frau spielte vor dem Staatsanwalt großes Theater. Zerknirschtheit und Tränen der Reue.«

»Nero De Santis soll sauer sein, sagte man mir.«

»Der Staatsanwalt hat dafür gesorgt, dass Peter Sartori sofort aus der U-Haft entlassen wird. Damit war allen klar, dass De Santis auf der falschen Fährte war. Die ganze Questura freut sich.«

»Nur mir dankt keiner«, sagte Schluzzer.

Maurizio schüttelte seinen Zeigefinger in Schluzzers Richtung. »Auf Sie, lieber Freund, kommen noch Fragen zu wegen dem Besitz und Gebrauch einer Schusswaffe. Ziehen Sie sich warm an.«

»Mir ist nicht kalt«, sagte Schluzzer. »Meine Pistole ist eine Walther Olympia aus dem Jahr 1936. Für Sportschützen zugelassen.« Schluzzer zeigte mit dem Daumen an seine Brust. »Und so einer bin ich.«

Maurizio zuckte mit den Schultern. »Ziehen Sie sich trotzdem warm an.« Dann deutete er auf Tanner. »Hast du mir nicht von dem Mann erzählt, der dich ein- oder zweimal verfolgt oder beobachtet hat?«

Tanner nickte. »Der mit dem braunen Schlapphut.«

Maurizio reckte wieder seinen Zeigefinger. »Hatte ich es doch richtig in Erinnerung. Ein Carabiniero hat den braunen Schlapphut gefunden. In Bruggers Auto.«

Ende

GLOSSAR SÜDTIROLERISCH – DEUTSCH

Binggl Beule

Bsuff Trunkenbold

Dottloff Blödian

Farzlschmecker Einer, der alles sehr genau nimmt

Feig (a guade) Tolle Frau

Forkl Mistgabel

Gerschtnsuppe Deftige Suppe aus Rollgerste, Fleisch, Kartoffeln und Gemüse

Giovanni-Palatucci-Platz 1 Adresse der Staatspolizei, Quästur Bozen

Gneatig eilig

Goaslschnöllen, Schnalzen »Lärm-Machen«, Knallen mit der Peitsche

Graukas Südtiroler Spezialität: Fettarmer, ein bisschen stinkiger und wunderbar aromatischer Almkäse

Grummat Heu (zweite Ernte)

Hiasl Dummerchen

Hirnkaschtl Kopf

Klemmsekl Geizkragen

Marende Zwischenmahlzeit: Die Marende am Nachmittag besteht traditionsgemäß aus Südtiroler Speck, Schüttelbrot und Wein, vorzugsweise Vernatsch

Nörggele (Mehrzahl: die Norgge) Südtiroler Sagengestalt, meist böse Engel, die nicht in der Hölle hausen, sondern unsterblich auf Erden gefangen sind

Option für Deutschland Die faschistischen Diktaturen

Italien und Deutschland haben zwischen 1939 und 1943 die deutschsprachigen Südtiroler zu einer Entscheidung gezwungen, entweder ihre Südtiroler Heimat zu verlassen (d. h., die »Option für Deutschland« auszuüben) oder in Südtirol zu bleiben.

Oschpele! Ausruf der Überraschung

Rohnen Rote Beete

Sauriffl Schimpfwort, z. B. Lausbub

Schlatterer Taugenichts

Sierig, auch sirig böse, ungehalten

Sierbingl zornige Person

Schloaf Schleife, hier: Hure

Schlutzer, auch Schlutzkrapfen Gefüllte Teigtaschen aus Südtirol

Schmattig wohlhabend, reich

Schmotz Kuss, Busserl

Schnaidig fescher Mann/Frau

Schnegge attraktive Frau

Sierbingl zornige Person

Stopslziacher Korkenzieher

Tatta Vater, Papa

Tirtlan, Tirtlen Traditionelles Schmalzgebäck

Toagoff Spinner, Idiot

Törggelen Südtirols *fünfte Jahreszeit*: Kulinarischer Genuss in den Buschenschänken und Gaststuben, wenn die Trauben geerntet sind. (*Torggl* = die hölzerne Weinpresse – von lat. torquere = drehen)

tramhappet konfus

Tratsch Frau, die alles weiterplaudert

Trompl ordinäre oder dumme Frau

Tschamderer (etwas) dummer Mann

Tscheggl Tölpel

Tschulle dummes Mädchen (blöde Kuh)

Vinschger Paarl Roggen-Weizen-Sauerteig-Fladen

Weiboror Mann, der nicht lange bei einer Frau bleiben kann